Échange loft londonien contre cottage bucolique

Titre de l'édition originale : *The Switch*

Pour la traduction française :
Ouvrage dirigé par Alice Serverin
Graphisme : Camille Decoster
Image de couverture : © Shutterstock - Nenilkime

34-36 rue La Pérouse
75116 Paris
www.hugoetcie.fr

ISBN : 9782755687859
Dépôt légal : mai 2021
Imprimé en Espagne par Blackprint

Échange loft londonien contre cottage bucolique

Traduit de l'anglais (Royaume-Uni)
par Karine Xaragai

BETH O'LEARY

Hugo Roman

À Helena et Jeannine, mes vaillantes, brillantes
et inspirantes grands-mères.

75

1

LEENA

– Je crois qu'on devrait échanger, dis-je à Bee en me soulevant de ma chaise pour m'adresser à elle par-dessus mon écran d'ordinateur. Je suis en train de la flinguer, cette présentation. Je t'assure, tu devrais faire le début et moi la fin. Comme ça, quand ce sera mon tour, je serai moins... moins... tu sais...

J'agite les mains pour lui traduire mon futur état d'esprit.

– Moins nerveuse ? suggère Bee d'un air faussement inquiet.

– Allez, s'il te plaît...

– Leena. Ma très chère amie. Mon phare dans la nuit. Mon emmerdeuse préférée. Tu es bien plus douée que moi pour les débuts de présentation et ce n'est pas maintenant, à dix minutes de la réunion avec notre plus gros client, qu'on va inverser les rôles. On n'a rien changé au dernier comité de programmation, ni à l'avant-dernier ni à l'avant-avant-dernier. Ce serait d'autant plus risqué que je n'ai pas la moindre idée de ce qu'il y a sur ce foutu diapo d'ouverture.

Je retombe lourdement sur ma chaise.

– Tu as raison. Bien sûr. Sauf que, dis-je en me redressant d'un coup. Sauf que cette fois, je me sens vraiment... mais vraiment...

Bee ne daigne même pas lever les yeux de son écran.

– Mmm... Mais oui. Tu te sens pire que jamais. Tremblements, mains moites, la totale. Sauf qu'une fois dans le feu de l'action, tu seras charmante et brillante, comme d'habitude, et tout le monde n'y verra que du feu.

– Et si jamais je...

– Mais non.

– Bee, j'ai vraiment l'impression que...

– Je sais.

– Non, mais cette fois…

– Plus que huit minutes, Leena. Essaie donc la bonne vieille technique de respiration.

– Quelle technique de respiration ?

Bee se ménage une pause.

– Tu sais bien, dit-elle patiemment, tu respires par le nez.

– Ah, je respire normalement, tu veux dire ? Je croyais que tu faisais allusion à une technique de méditation ou à un truc comme ça.

Bee pousse un reniflement méprisant.

– Tu as déjà affronté des situations bien pires que celle-là, Leena, et des centaines de fois.

J'enserre à deux mains mon mug, complètement crispée. Une peur physique squatte mon estomac, si réelle qu'elle en devient presque concrète : une pierre, un nœud, quelque chose qu'on pourrait trancher au couteau.

– Je sais, dis-je, je sais bien.

– Il faut juste que tu retrouves ta niaque. Et le seul moyen pour ça, c'est de rester sur le ring. D'accord ? Allez ! Tu es Leena Cotton, la plus jeune consultante senior de Selmount Consulting, l'étoile montante de la boîte. Et, ajoute-t-elle en baissant la voix, bientôt… un jour prochain… comanager de notre boîte à nous. D'accord ?

D'accord. Sauf que là, je ne me sens pas du tout dans la peau de la Leena Cotton qu'elle décrit.

Bee me dévisage, ses sourcils froncés par l'inquiétude. Je ferme les yeux pour chasser le trac et l'espace d'une seconde, ça marche : j'entrevois la fille que j'étais il y a un an et demi, celle qui aurait déroulé une présentation de ce genre sans trembler.

L'assistant du PDG d'Upgo, notre client, traverse le bureau d'un pas pressé.

– Leena, Bee… vous êtes prêtes ?

Je me lève, aussitôt rattrapée par un vertige : la nausée me submerge. Merde. Ça, c'est nouveau.

– Ça va ? murmure Bee.

Je déglutis, agrippant le bureau à m'en faire mal aux poignets. Je ne vais pas y arriver… Je n'en ai pas la force, je suis si *fatiguée*… Et puis, à la dernière seconde, le courage me revient.

– Ça va très bien. Allons-y !

Une demi-heure. Ce n'est pas bien long, une demi-heure. Même pas le temps de regarder un épisode de *Buffy* en entier ou de… de faire cuire une grosse pomme de terre. Mais c'est plus qu'assez pour bousiller définitivement une carrière.

Depuis le temps que je le craignais… Il y a plus d'un an maintenant que je me dépatouille au bureau, entre bourdes et négligences, le genre de choses qui d'habitude ne m'arrive *jamais*. Comme si, depuis la mort de Carla, j'avais deux mains gauches et une concentration aux abonnés absents. Jusque-là, je m'étais tellement appliquée, j'avais tellement serré les dents que j'avais cru limiter la casse.

De toute évidence, je me suis trompée.

J'ai vraiment eu l'impression que j'allais crever durant ce meeting. J'avais déjà eu une attaque de panique à l'époque de la fac, mais pas aussi terrible que celle-là. Jamais je ne m'étais sentie partir en vrille à ce point. Comme si la peur avait brisé ses chaînes : ce n'était plus un double nœud, elle avait des tentacules qui se resserraient sur mes poignets et sur mes chevilles, qui se contractaient autour de ma gorge. Mon cœur battait à tout rompre – toujours plus vite –, jusqu'à devenir un organe étranger à moi-même. On aurait dit un vilain petit oiseau piégé à l'intérieur de ma cage thoracique.

À la rigueur, me planter une fois sur le chiffre d'affaires, ça aurait pu passer. Mais tout de suite après, la nausée est revenue et je me suis trompée une deuxième fois, puis une troisième, ma respiration s'est accélérée et mon cerveau s'est empli de… pas de brouillard, non… plutôt d'une lumière brillante, très brillante. Trop brillante pour que je puisse continuer à y voir.

Alors, quand Bee est intervenue : « Permettez-moi de… »

Puis lorsque quelqu'un d'autre a lancé : « Allons, ça devient ridicule… »

Enfin, quand le PDG d'Upgo Finance a dit : « Il me semble que nous en avons assez vu, vous ne croyez pas… »

J'étais déjà loin. Pliée en deux, suffoquant tel un poisson hors de l'eau, persuadée que j'allais mourir.

– Tout va bien…

Bee me serre les mains très fort. Nous nous sommes repliées dans l'une des cabines téléphoniques, dans un coin des bureaux d'Upgo. C'est elle qui m'a conduite jusqu'ici. Moi, j'étais toujours en hyperventilation, le chemisier trempé de sueur.

– Je suis là, Leena. Tout va bien.

La respiration hachée, je m'enquiers d'une voix étranglée :

– J'ai fait perdre le contrat d'Upgo à la boîte, hein ?

– Rebecca est au téléphone avec le PDG. Je suis sûre que tout va bien se passer. Allez, concentre-toi sur ton souffle.

– Leena ? Leena, tu vas bien ?

Je garde les yeux fermés. Si je ne les rouvre pas, ce ne sera peut-être pas Céci, l'assistante de ma chef.

– Leena ?

Rhaa… Comment a-t-elle fait pour débouler si vite ? Les bureaux d'Upgo sont à au moins vingt minutes en métro du siège social de Selmount.

– Oh, Leena, quelle histoire ! s'écrie Céci en nous rejoignant dans la cabine.

Et elle se met à me masser l'épaule en cercles insistants.

– Ma pauvre… Mais oui, pleure un bon coup, ça te fera du bien.

Je ne pleure pas, en fait. Je m'efforce de respirer calmement en regardant Céci qui arbore une robe haute couture et un sourire lumineux. Elle jubile. Et me rappelle pour la énième fois l'importance de la solidarité féminine au boulot. J'y crois vraiment, à deux cents pour cent. Pour moi, c'est même une règle de conduite et c'est comme ça que je compte arriver au sommet.

Néanmoins, les femmes restent des… comment dire… des êtres humains. Et certains êtres humains sont carrément ignobles.

– Qu'est-ce qu'on peut faire pour toi, Céci ? siffle Bee.

– Rebecca m'envoie prendre de tes nouvelles, Leena. Tu sais. Après ta… (Elle agite les doigts en l'air.) Ton *petit malaise*.

Son iPhone se met à vibrer.

– Oh ! Justement, c'est elle.

Bee et moi patientons, les épaules crispées, pendant que Céci lit l'e-mail de ma chef avec une lenteur inhumaine.

– Alors ? demande Bee.

– Mmm ? fait Céci.

Je hoquette :

– Rebecca. Qu'est-ce qu'elle dit ? Est-ce qu'elle… Est-ce que je nous ai fait perdre le contrat ?

Céci incline la tête sur le côté, les yeux toujours rivés à son téléphone. Nous attendons. La vague de panique attend, elle aussi, prête à me submerger à nouveau.

– Voilà, Rebecca a tout arrangé… cette fille est vraiment extraordinaire, non ? Ils nous gardent sur le projet et ils se sont montrés *extrêmement* compréhensifs, étant donné les circonstances… finit par répondre Céci avec un petit sourire. Mais Rebecca veut te voir tout de suite, du coup… tu ferais mieux de foncer au bureau, non ?

– Où ça ? Où est-ce qu'elle veut me voir ?

– Hein ? Ah, euh… Salle 5C, aux ressources humaines.

Évidemment. Quel autre endroit choisirait-elle pour me virer ?

Rebecca est assise en face de moi. À côté d'elle, Judy, des ressources humaines. Judy est de son côté du bureau, pas du mien. Ça part mal.

Rebecca repousse ses cheveux et me regarde avec une compassion peinée qui ne peut être que de très mauvais augure. Car c'est ma chef : la reine de l'amour vache, la championne de l'humiliation en réunion. Un jour, elle m'a dit qu'exiger l'impossible était le seul moyen d'obtenir les meilleurs résultats.

En gros, si elle est tout miel avec moi, c'est très mauvais signe.

– Leena, ça va mieux ?

– Oui, oui… Euh, je me sens tout à fait bien. Je t'en prie, Rebecca… Écoute, je peux tout t'expliquer. Ce qui s'est passé tout à l'heure en meeting, c'est…

Rebecca agite la main, la mine soucieuse.

– Écoute, tu es une pro jusqu'au bout des ongles et Dieu sait que c'est ce que j'aime le plus chez toi.

Elle coule un regard à Judy avant de continuer :

– C'est vrai, Selmount a la plus haute estime pour ton attitude de battante, pour ta… niaque. Mais il faut arrêter les conneries, Leena ! Tu as une gueule à faire peur.

Judy toussote discrètement.

– Enfin, bref, enchaîne Rebecca aussi sec, on se demande si tu n'as pas les batteries un peu à plat. On vient de vérifier ton dossier et… tu sais à quand remontent tes dernières vacances ?

– C'est… une question piège ?

– Oui. Oui, Leena, c'en est une, parce que l'année dernière tu n'as pas pris *un seul jour de congé*. Ce qui d'ailleurs ne devrait pas être possible, termine-t-elle en fusillant Judy du regard.

– Je te l'ai déjà dit, siffle Judy, je ne sais pas comment elle a fait pour passer à travers les mailles du filet !

Moi, je sais comment j'ai fait. La Direction des ressources humaines nous chante toujours le même refrain : ils veillent à ce qu'on prenne tous les congés auxquels on a droit, mais en réalité, ils se contentent de nous envoyer un petit courriel deux fois par an, histoire de nous rappeler le nombre de jours qu'il nous reste, le tout assorti d'une petite phrase bien inspirante sur « l'importance du bien-être », leur « politique d'approche holistique » et la nécessité de « déconnecter pour maximiser son potentiel ».

– Je t'assure, Rebecca, je vais très bien. Je suis vraiment navrée que ma… d'avoir perturbé le meeting de ce matin, mais si tu veux bien me…

À nouveau, froncement de sourcils et mains qui s'agitent.

– Leena, je suis désolée. Je sais que tu traverses une passe extrêmement difficile. C'est un projet hyper stressant et ça fait un moment que je me dis qu'on a été injustes en te le confiant. Je sais bien qu'en général je déconne quand je vous sors ce genre de truc, mais là, je suis sérieuse : ton bien-être compte vraiment pour moi, OK ? Du coup, j'en ai discuté avec nos associés et on te retire du projet Upgo.

Un frisson me parcourt, un tremblement ridicule, exagéré, mon corps me rappelant que je n'ai toujours pas récupéré les rênes de la situation. Je veux répliquer, mais Rebecca me prend de vitesse.

– Et on a aussi décidé de ne plus te confier aucun projet pour les deux mois à venir. Ton traitement médical, ce sera un congé. Deux mois de vacances. Tu ne remettras les pieds au siège de Selmount que quand tu te seras reposée, détendue. Interdiction de revenir tant que tu auras l'air d'avoir passé un an en zone de guerre. OK ?

– Ce n'est pas nécessaire. Rebecca, je t'en prie ! Laisse-moi une chance de te prouver que je…

– Mais c'est un putain de cadeau que je te fais là, Leena ! rétorque Rebecca, exaspérée. Deux mois ! Deux mois de congés payés !

– Je n'en veux pas. Je veux travailler.

– *Ah oui ?* Parce que ta tronche, elle, crie que tu veux *dormir*. Tu as bossé jusqu'à deux heures du matin toute la semaine, tu crois peut-être que je ne le sais pas ?

– Je suis désolée. Il faudrait que j'arrive à me fixer des horaires réguliers… c'est juste que j'ai eu quelques…

– Je ne critique pas la façon dont tu gères ta charge de travail, je te demande à quel moment tu vas enfin te décider à prendre un putain de jour de repos !

Judy égrène un discret chapelet de toussotements. Rebecca lui jette un regard courroucé.

– Une semaine ! dis-je, au désespoir. Je vais prendre une semaine, bien me reposer, et à mon retour je…

– Deux mois. De congés. Ça n'est pas négociable, Leena. Tu en as besoin. Ne m'oblige pas à te coller les RH sur le dos pour te le prouver.

Menace qu'elle accompagne d'un mouvement de menton dédaigneux en direction de Judy. Cette dernière baisse la tête sous l'affront, comme si on lui avait administré une gifle retentissante ou une pichenette sur le front.

Ma respiration repart crescendo. C'est vrai, je rame un peu en ce moment, mais je ne peux pas prendre deux mois de congés. Chez Selmount, tout tient à la réputation : si jamais on me met sur la touche pendant huit semaines après ce meeting catastrophe, je serai la risée de tous mes collègues.

Rebecca insiste :

– Dans huit semaines, rien n'aura bougé, OK ? On sera toujours là quand tu reviendras. Et toi, tu seras toujours Leena Cotton, la plus jeune consultante senior de la boîte, notre locomotive, notre petit génie. Tout le monde a besoin de faire un break à un moment ou un autre, conclut-elle en me regardant avec intensité. Même toi.

Je sors de cet entretien l'estomac retourné. Moi qui croyais qu'elles allaient me virer… J'avais déjà préparé tout un tas de répliques sur mon licenciement abusif. Mais… un congé de deux mois ?

– Alors ?

Je manque de trébucher sur Bee.

– Je rôdais dans les couloirs, explique-t-elle. Qu'est-ce que t'a dit Rebecca ?

– Elle m'a dit que… de prendre des vacances.

Bee encaisse le coup, mais soutient mon regard.

– Allons déjeuner, même si c'est un peu tôt.

Nous slalomons dans Commercial Street entre les touristes et les hommes d'affaires quand mon téléphone se met à sonner. Un coup d'œil à l'écran et je chancelle, manquant heurter un homme dont la vapoteuse lui pend des lèvres comme une pipe.

Bee regarde l'écran du téléphone par-dessus mon épaule.

– Rien ne t'oblige à répondre tout de suite. Tu peux laisser sonner.

Mon doigt hésite au-dessus de l'icône verte. Je percute l'épaule d'un passant en costume, lequel me grommelle sa désapprobation tandis que je pars valdinguer de l'autre côté du trottoir. Bee doit même me rattraper pour que je ne me casse pas la figure.

– Qu'est-ce que tu me dirais de faire si j'étais à ta place, là, sans réfléchir ? me demande-t-elle.

Ignorant son conseil, je prends l'appel. Bee soupire en poussant la porte du Watson's Café, notre cantine préférée pour les rares occasions où nous désertons les bureaux de Selmount à midi.

– Salut, maman.

– Coucou, Leena !

Je frémis intérieurement. Ma mère a une voix tout enjouée, faussement désinvolte, comme si elle avait répété sa salutation avant de composer mon numéro.

– Je voudrais te parler d'hypnothérapie, dit-elle.

Je m'assieds face à Bee.

– De quoi ?

– D'hypnothérapie, répète maman d'une voix déjà moins assurée. Tu en as entendu parler ? Il y a un hypnothérapeute, à Leeds... je pense que ça pourrait nous faire beaucoup de bien, Leena. Du coup, je me suis dit qu'on pourrait peut-être y aller ensemble, la prochaine fois que tu monteras me voir ?

– Je n'ai pas besoin d'un hypnothérapeute, maman.

– Tu sais, ça n'a rien à voir avec les spectacles où les gens se font hypnotiser, dans le genre de ce que font Messmer et d'autres, c'est...

– Je n'ai pas besoin d'un hypnothérapeute, maman.

J'ai répliqué un peu sèchement, le silence qui s'ensuit m'indique qu'elle est vexée. Je ferme les yeux, tentant à nouveau de calmer ma respiration.

– Je ne vois aucun mal à ce que toi, tu essaies, mais moi, je vais très bien.

– Je me disais simplement que peut-être... que peut-être ça nous ferait du bien de faire quelque chose ensemble, pas forcément une thérapie, mais...

Je remarque qu'elle a laissé tomber la partie « hypno ». Je lisse en arrière mes cheveux raides de laque, tout en évitant le regard de Bee.

– Il me semble, poursuit ma mère, qu'on devrait se parler dans un lieu où... où des choses blessantes ne peuvent pas être formulées. Pour rester dans un dialogue uniquement positif.

Derrière ces mots, je devine le dernier bouquin de développement personnel qu'elle a lu. Je l'entends dans son emploi prudent de la voix passive, dans son ton mesuré, dans les expressions « choses blessantes » et « dialogue positif ». C'est ça qui me fait hésiter, qui me donne envie de lui répondre : « Oui, maman, n'importe quoi pourvu que ça te fasse du bien. » Mais alors je repense au choix que ma mère a aidé Carla à faire.

À la façon dont elle a soutenu ma sœur dans l'arrêt de son traitement, dont elle l'a soutenue dans son… dans son renoncement.

Il faudra sûrement plus que de l'hypnothérapie à la Messmer pour m'aider à digérer ça.

– Écoute, j'y réfléchirai. Au revoir, maman.

– Au revoir, Leena.

Bee me laisse le temps de me ressaisir.

– Ça va ? finit-elle par me demander.

Ça fait un an que Bee travaille avec moi sur le projet Upgo ; elle m'a soutenue jour après jour depuis la mort de Carla. Elle en sait donc aussi long que mon propre copain sur ma relation avec ma mère, sinon plus. Je ne vois Ethan que le week-end et un soir dans la semaine de temps en temps, quand on arrive à se libérer du boulot à des horaires corrects, alors que Bee et moi passons environ seize heures par jour ensemble.

Je me frotte les yeux avec force. Résultat, j'ai des grains de mascara séché plein les doigts. Je dois ressembler à une folle.

– Tu avais raison, Bee. Je n'aurais pas dû prendre l'appel. J'ai tout géré de travers.

– Moi, j'ai trouvé que tu t'en sortais plutôt bien.

– S'il te plaît, parlons d'autre chose. De choses sans lien avec ma famille. Ou avec le boulot. Rien qui soit aussi calamiteux. Tiens, parle-moi plutôt de ton rendez-vous d'hier soir.

– Si tu veux du non-calamiteux, il va falloir trouver un autre sujet de conversation, rétorque Bee en se carrant dans son fauteuil.

– Oh, non… c'était nul ?

Bee enchaîne avec tact afin de me laisser discrètement refouler mes larmes.

– Carrément odieux. J'ai su que c'était une erreur dès qu'il s'est approché pour me faire la bise. J'ai été agressée par l'odeur de moisi de la vieille serviette de toilette dont il s'était sûrement servi.

Ça marche. Le détail est suffisamment dégueu pour me ramener sur terre.

– Beurk…

– Il avait aussi un énorme caca au coin de l'œil. Genre morve d'œil.

– Oh, Bee…

Comment lui dire de ne plus cataloguer aussi vite les gens qu'elle rencontre ? De toute façon, mes capacités à galvaniser les foules semblent m'avoir désertée, et puis cette histoire de serviette est franchement dégoûtante.

– Je suis sur le point de renoncer à trouver quelqu'un, je me prépare à affronter l'éternité en tant que mère célibataire, poursuit Bee en essayant d'attirer l'attention du serveur. J'en suis venue à penser que ces rancards sont même pires que la solitude. Au moins, quand tu es seule, il n'y a plus rien à attendre, pas vrai ?

– Plus rien à attendre ?

– C'est ça. Aucun espoir. Et c'est parfait. On sait très bien comment on va tous finir : seul. Comme on est entré dans ce monde, on devra le quitter, etc., etc. Alors qu'un rendez-vous… un rendez-vous, c'est rempli d'espoir. En fait, c'est un exercice fastidieux qui a pour finalité de nous prouver à quel point le genre humain est décevant. Chaque fois que tu crois avoir trouvé un homme bien, celui qu'il te faut, il faut que s'invitent ses problèmes avec sa maman, son ego friable et son étrange fétichisme pour le fromage.

Le garçon se tourne enfin dans notre direction.

– Comme d'habitude ? nous lance-t-il depuis l'autre bout du café.

– Oui ! Avec double dose de sirop d'érable sur ses pancakes ! réplique Bee en me désignant.

– Tu as bien dit « fétichisme pour le fromage » ?

– Disons que j'ai vu des photos qui m'ont définitivement dégoûtée du brie.

– Dégoûtée du brie ? dis-je, horrifiée. Mais… Oh, mais non… C'est si bon, le brie ! Comment peut-on altérer la valeur positive du brie ?

Bee me tapote la main.

– J'ai dans l'idée que tu n'auras jamais à le savoir, mon amie. Tiens, à ce propos, puisque je suis censée te remonter le moral, pourquoi on ne parlerait pas de ta vie sentimentale à toi – invariablement idyllique ? Le compte à rebours doit être enclenché, maintenant, Ethan va te faire sa demande, dit-elle avant de stopper net face à mon expression : Ah non ? Tu ne veux pas parler de ça non plus ?

– Je viens de me… Oh non, oh non, oh non… C'est pas vrai. C'est un cauchemar.

Je m'évente les joues, les paupières brûlantes de larmes contenues.

– Mais qu'est-ce qui n'est pas vrai, tu peux me dire ? C'est quoi cette crise existentielle ?

– Le boulot…

J'enfonce mes poings dans mes orbites jusqu'à me faire mal aux yeux.

– Je n'arrive pas à croire que la boîte va se passer de mes services pendant deux mois entiers. C'est comme un… un mini licenciement.

– En fait, dit Bee, d'un ton qui me fait écarter les mains et rouvrir les yeux, ce sont des vacances de deux mois.

– Oui, mais…

– Leena, je t'adore, je sais que tu en baves en ce moment, mais tu ne pourrais pas essayer de voir ça comme une bonne chose ? Parce que je vais avoir beaucoup de mal à continuer de t'adorer si tu dois passer les huit prochaines semaines à te lamenter d'avoir écopé de deux mois de congés payés.

– Oh, je…

– Tu pourrais aller à Bali ! Ou explorer la jungle amazonienne ! Faire le tour du monde en bateau ! (Elle écarquille les yeux.) Tu sais ce que je donnerais, moi, pour avoir ce genre de liberté ?

Je ravale mes larmes.

– Oui. C'est vrai. Excuse-moi, Bee.

– Mais tu as raison. Je sais bien que ce ne sont pas de vraies vacances pour toi. Simplement, pense un peu aux copines qui passent leurs congés annuels dans des musées de dinosaures grouillant de gosses de neuf ans, OK ?

J'inspire et j'expire lentement, le temps que cette idée fasse son chemin en moi.

– Merci, dis-je alors que le garçon s'approche de notre table. J'avais besoin d'entendre ça.

Bee me sourit, puis regarde son assiette.

– Tu sais, dit-elle avec désinvolture, tu pourrais même en profiter pour te remettre à bosser sur notre business plan.

J'accuse le coup. Voilà deux ans que Bee et moi envisageons de créer notre propre boîte de consulting – on était prêtes à se lancer quand Carla est tombée malade. Depuis, le projet est un peu… en rade.

Je m'écrie d'un ton aussi enjoué que possible :

– Mais oui ! Absolument.

Bee hausse un sourcil sceptique qui me douche aussitôt.

– Je suis vraiment désolée, Bee. J'en ai envie, je t'assure, mais en ce moment, ça me paraît… impossible. Comment veux-tu qu'on se mette à notre compte, alors que je rame pour garder mon job à Selmount ?

Bee mastique longuement une bouchée de pancake, l'air pensif.

– D'accord. Ta confiance en toi en a pris un coup, ça, je comprends. Je peux attendre. Mais si tu n'emploies pas ce temps libre à plancher sur notre business plan, c'est sur toi que tu devrais travailler. Ma Leena Cotton ne parle pas de « garder son job » comme si elle n'avait rien de mieux à espérer, et en aucun cas elle n'utilise le mot « impossible ». Or moi, c'est cette Leena Cotton que je veux retrouver. Donc, dit-elle en pointant sa fourchette sur moi, tu as deux mois pour me la ramener.

– Et comment je vais faire ça, moi ?

Bee hausse les épaules.

– « Se trouver », ça n'est pas dans mes compétences. Je m'occupe de la stratégie, moi… toi, tu fais partie des livrables.

Sa boutade m'arrache un petit rire et je lui saisis la main dans un élan de reconnaissance.

– Merci, Bee. Tu es quelqu'un de formidable. Vraiment. Une fille extraordinaire.

Elle me tapote la main.

– Mouais… Va donc dire ça aux célibataires de Londres, ma chère, soupire-t-elle avant de reprendre sa fourchette.

2

EILEEN

Voilà quatre longs mois que mon mari s'est fait la malle avec notre prof de danse, quatre mois de pur bonheur durant lesquels il ne m'a pas manqué une seule seconde. Jusqu'à aujourd'hui.

Sur le buffet, le pot en verre me nargue. Cela fait un quart d'heure que j'essaie d'en ôter le couvercle. Mon poignet me lance, mais je n'ai pas encore dit mon dernier mot. Certaines femmes restent seules toute leur vie, ça ne les empêche pas de manger des aliments en bocal !

Je décoche un regard noir au pot récalcitrant avant de me sermonner vertement. J'ai soixante-dix-neuf ans. J'ai mis un enfant au monde. Je me suis enchaînée à un bulldozer pour sauver une forêt. J'ai tenu tête à Betsy au sujet des nouvelles règles de stationnement dans Lower Lane.

Je suis tout à fait capable d'ouvrir un malheureux pot de sauce tomate.

Assis sur le rebord de la fenêtre, mon chat Gromit me regarde fouiller dans le tiroir à la recherche de quelque ustensile qui viendrait en renfort de mes doigts de plus en plus défaillants.

– Tu me prends pour une vieille toquée, n'est-ce pas ?

Gromit remue la queue. Mouvement fluide, mais sardonique. *Tous les humains sont toqués*, dit ce mouvement de queue. *Tu devrais prendre exemple sur moi. On m'ouvre tous mes pots en verre.*

– Ma foi, tu peux t'estimer heureux que ton repas de ce soir soit en sachet, lui dis-je en agitant une cuillère à spaghetti dans sa direction.

En plus, je n'aime même pas les chats. C'était l'idée de Wade de prendre des chatons l'année dernière, mais il a perdu tout intérêt pour Wallace et Gromit le jour où il a rencontré Miss Cha-Cha-Cha, il a décidé dans la foulée que Hamleigh était trop petit pour lui et que les chats, c'était bon pour les vieux. « Tu peux les garder tous les deux, m'a-t-il déclaré, grand seigneur. Ils conviennent mieux à ton mode de vie. »

Pauvre con prétentieux ! En plus, c'est lui, le plus âgé de nous deux : quatre-vingt-un ans en septembre. Quant à mon mode de vie… Eh bien ! attends un peu de voir, Wade Cotton. Attends un peu de voir ce qui t'attend.

– Les choses vont changer, Gromit, dis-je en refermant mes doigts sur le couteau à pain, au fond du tiroir.

Gromit m'adresse un lent clin d'œil impassible, puis ses yeux s'écarquillent et il file dehors en me voyant brandir le couteau à deux mains. *Han !* fais-je en transperçant le couvercle. Il me faut m'y reprendre à deux fois, comme une meurtrière novice dans une pièce d'Agatha Christie, mais enfin, le couvercle s'ouvre tout seul. D'un geste triomphal, je verse le contenu du pot dans la casserole, en fredonnant.

Voilà. Dès que la sauce aura réchauffé et que les pâtes seront prêtes, j'irai m'installer à la table de la salle à manger avec mon assiette et je pourrai examiner tranquillement la liste que j'ai établie.

Basil Wallingham

Pour :

– vit au bout de la rue – pas trop loin à pied ;

– a encore ses dents ;

– a encore assez la patate pour faire fuir les écureuils de ses mangeoires à oiseaux.

Contre :

– raseur de compétition ;

– porte toujours du tweed ;

– possiblement fasciste.

M. Rogers

Pour :

– 67 ans à peine ;

– belle masse de cheveux (très impressionnant) ;

– danse comme dans *Danse avec les Stars* (encore plus impressionnant) ;

– poli avec tout le monde, même avec Basil (c'est ça, le plus impressionnant).

Contre :

– fervent chrétien. Vraiment très pieux. Possiblement rasoir au lit ? ;

– ne vient à Hamleigh qu'une fois par mois ;

– ne s'intéresse à personne à part Jésus.

Docteur Piotr Nowak

Pour :

– polonais. Comme c'est excitant ! ;

– médecin. Utile en cas de maladie ;

– interlocuteur passionnant et joueur de Scrabble émérite.

Contre :

– un peu trop jeune pour moi (59 ans) ;

– très certainement encore amoureux de son ex-femme ;

– ressemble un peu à Wade (pas sa faute, mais rebutant).

Je mastique avec lenteur avant de saisir mon stylo. J'ai repoussé cette pensée toute la journée, mais… si je dois recenser tous les célibataires d'âge convenable, je ne dois en omettre aucun. Après tout, j'ai bien noté Basil sur la liste, non ?

Arnold Macintyre

Pour :

– habite la porte à côté ;

– âge correct (72 ans).

Contre :

– individu odieux ;

– a empoisonné mon lapin (toujours pas prouvé à ce jour, c'est vrai, mais je sais que c'est lui) ;

– a coupé les branches de mon arbre qui était plein de nids ;

– rabat-joie universel ;

– doit se repaître de chatons au petit déjeuner ;

– doit descendre d'une lignée d'ogres sanguinaires ;

– me hait presque autant que je le hais.

Après réflexion, je barre « doit descendre d'une lignée d'ogres sanguinaires ». Je ne devrais pas mêler ses parents à ça – pour autant que je sache, c'étaient peut-être des gens charmants. Les chatons, en revanche, je laisse.

Voilà. La liste est complète. J'incline la tête sur le côté, mais ces quelques noms me paraissent tout aussi mornes sous cet angle-là. Il faut voir les choses en face : le choix est très restreint à Hamleigh-in-Harksdale, population cent soixante-huit habitants. Si je veux trouver l'amour à mon âge, je dois étendre le champ de mes investigations. Jusqu'à Tauntingham, par exemple. Il y a au moins deux cents habitants à Tauntingham et ce n'est qu'à une demi-heure de bus.

La sonnerie du téléphone retentit dans le salon ; j'arrive juste à temps pour décrocher.

– Allô ?

– Mamie ? C'est Leena.

Je m'épanouis.

– Attends, je prends un siège.

Je m'installe dans mon fauteuil de prédilection, le vert à motifs de roses. Ce coup de téléphone, c'est toujours le meilleur moment de ma journée. Même lorsque son ton était d'une tristesse infinie, même lorsque notre conversation ne tournait qu'autour de la mort de Carla – ou qu'au contraire on éludait le sujet parce que c'était trop douloureux –, même à cette époque-là, c'étaient les appels de Leena qui me faisaient tenir.

– Comment vas-tu, ma chérie ?

– Très bien et toi ?

Je fronce les sourcils.

– Oh, toi... ça ne va pas.

– Oui, je sais, c'est sorti tout seul, désolée. Comme quand quelqu'un éternue et qu'on répond machinalement « à vos souhaits ».

Je l'entends déglutir péniblement.

– Mamie, il m'est arrivé quelque chose au boulot... j'ai fait une attaque de panique. Et on m'a obligée à prendre deux mois de congés payés.

Je porte la main à mon cœur.

– Oh, Leena ! Mais tu sais, ce n'est pas une mauvaise chose que tu prennes un peu de vacances. Te couper de tout, ça te fera du bien.

– On me met sur la touche, mamie. J'ai perdu le contrôle du ballon.

– Ma foi, c'est un peu normal, étant donné les...

– Non, réplique-t-elle d'une voix brouillée. Non, ça n'est pas normal. J'ai... j'avais promis à Carla, bon sang, je lui avais dit que ça ne me freinerait pas... de la perdre, et elle me disait toujours... elle me disait toujours qu'elle était fière de moi, mais maintenant, je...

Leena fond en larmes. Je sens mes doigts se crisper sur mon cardigan, comme lorsque Wallace et Gromit sont couchés sur mes genoux et qu'ils sortent involontairement les griffes. Même petite, Leena ne pleurait presque jamais. Contrairement à Carla. Quand Carla était triste, elle levait les bras au ciel comme une tragédienne, l'image même du désespoir... On avait du mal à ne pas éclater de rire. Leena, elle, se contentait de se renfrogner, de rentrer la tête dans les épaules et de nous regarder d'un air de reproche sous ses longs cils bruns.

– Voyons, ma chérie. Carla aurait voulu que tu prennes des vacances.

– Oui, je sais que je devrais voir ça comme des vacances, mais je n'y arrive pas. C'est juste que… je m'en veux tellement de m'être plantée.

Sa voix me parvient étouffée, comme si elle parlait la tête plongée entre ses mains.

J'ôte mes lunettes pour me masser l'arête du nez.

– Tu ne t'es pas plantée, ma chérie. Tu es surmenée, voilà tout. Et si tu venais passer le week-end à la maison ? Tout te paraîtra moins sombre devant une tasse de chocolat chaud. On pourra avoir une vraie conversation en tête à tête et tu pourras prendre un peu de recul, loin de Londres…

Long silence.

Je glisse :

– Ça fait très longtemps que tu n'es pas venue me voir…

– Je sais, mamie. Je suis vraiment désolée.

– Oh, ce n'est pas grave. Tu es venue quand Wade m'a quittée, je t'en serai toujours reconnaissante. Et j'ai beaucoup de chance d'avoir une petite-fille qui m'appelle aussi souvent.

– Mais je sais bien qu'au téléphone, ce n'est pas pareil, mamie. Et ce n'est pas que je… Tu sais bien que j'aurais très envie de te voir.

Aucune allusion à sa mère. Avant la mort de Carla, Leena serait venue rendre visite à Marian, au moins une fois par mois. Quand prendra-t-elle fin, cette horrible dispute qui oppose la mère et la fille ? Je prends garde à ne pas en parler. Je ne veux pas m'immiscer, ce n'est pas mon rôle, mais…

– Ta mère t'a appelée ?

À nouveau, un ange passe.

– Oui.

– À propos de… (Sur quoi Marian avait-elle arrêté son choix, finalement ?) L'hyperthérapie.

– L'hypnothérapie, mamie.

– Ah oui, c'est ça.

Leena se tait. C'est qu'elle est dure, notre Leena, dure comme l'acier. Comment s'en sortiront-elles, ces deux têtes de mule, si aucune ne fait un pas vers l'autre ?

Je romps le silence :

– Très bien. Je ne m'en mêlerai pas.

– Je suis désolée, mamie. Je sais que c'est difficile à vivre pour toi.

– Non, non, ne t'en fais pas pour moi. Mais tu veux bien réfléchir à monter, ce week-end ? Tu sais, ma chérie, ce n'est pas facile de t'aider de si loin.

Leena renifle.

– Tu sais quoi, mamie, je vais venir. De toute manière, j'en avais l'intention et puis ça me ferait vraiment très plaisir de te voir.

Je rayonne.

– À la bonne heure ! Je te ferai ton plat préféré et je te raconterai les derniers potins du village. Roland s'est mis au régime, tu sais. Et Betsy a voulu se faire une teinture, mais ça a mal tourné et j'ai dû la conduire chez le coiffeur avec une serviette sur la tête.

Leena pouffe de rire.

– Merci, mamie, dit-elle au bout d'un moment. Tu as toujours le truc pour me remonter le moral.

– C'est normal, entre Eileen. On veille l'une sur l'autre.

Je lui disais toujours ça quand elle était petite – Leena, c'est le diminutif d'Eileen. Marian lui avait donné mon prénom lorsque nous avions tous cru que j'allais passer l'arme à gauche au début des années 1990, après une méchante pneumonie. Quand en définitive il est apparu que je n'allais pas mourir, avoir deux Eileen dans la famille s'est révélé très compliqué au quotidien. C'est ainsi qu'est né le petit nom de Leena.

– Bisou, mamie.

– Bisou, ma chérie.

Alors qu'elle raccroche, je m'aperçois que je ne lui ai pas parlé de mon nouveau projet. Zut ! Je m'étais promis d'aborder le sujet la prochaine fois qu'elle m'appellerait. Ce n'est pas que j'aie honte de chercher l'amour – pas vraiment. Mais les jeunes ont tendance à trouver très drôle que les personnes âgées aient elles aussi envie de tomber amoureuses. Ils ne pensent pas à mal, mais c'est comme quand on se moque des enfants qui singent les grandes personnes.

Je retourne dans la salle à manger et je considère ma triste liste de partis possibles. Tout ça me semble bien dérisoire, à présent. Carla occupe tout mon esprit. J'essaie de penser à autre chose – aux vestes en tweed de Basil, à l'ex-femme de Piotr –, en vain. Alors, je m'assieds et je m'abandonne aux souvenirs.

Je revois Carla petite, avec sa masse de bouclettes et ses genoux écorchés, agrippée à la main de sa sœur. Je revois la jeune femme dans son tee-shirt Greenpeace délavé, trop maigre, mais souriante, pleine de feu. Et puis je revois Carla alitée dans le salon de Marian. Décharnée, les traits crispés, jetant ses dernières forces dans la bataille contre le cancer.

Non, je ne devrais pas la décrire ainsi, comme quelqu'un de faible : jusqu'au bout Carla est restée égale à elle-même, impétueuse. Même lors de la dernière visite de Leena, quelques jours à peine avant sa mort, Carla refusait de se laisser embobiner par les belles paroles de sa grande sœur.

Elle était dans le lit médicalisé que de gentils soignants avaient apporté chez Marian, un soir. Ils l'avaient installé en deux temps trois mouvements et s'étaient éclipsés avant que j'aie pu leur offrir une tasse de thé. Marian et moi nous tenions sur le seuil. Leena était à côté du lit, dans le fauteuil que nous avions tiré là un jour et qui y était resté. Le salon ne s'organisait plus autour de la télévision, mais autour de ce lit, avec ses barres de protection du même crème que les pétales de magnolia et sa télécommande grise, toujours perdue sous les couvertures, qui permettait de régler la hauteur du matelas et de redresser Carla quand elle voulait s'asseoir.

– Tu es formidable, lui disait Leena, les yeux brillants de larmes. Je te trouve formidable, si courageuse et…

Vive comme l'éclair malgré son état, Carla lui avait donné une tape sur le bras.

– Arrête. Tu ne dirais jamais ce genre de choses si je n'étais pas mourante.

Même dans son filet de voix sans timbre, on percevait encore son humour.

– Tu es bien plus gentille avec moi, ces derniers temps. C'est bizarre. Je regrette l'époque où tu me reprochais de gâcher ma vie. Tes sermons me manquent.

Leena avait tressailli.

– Je ne t'ai jamais…

– C'est bon, Leena, je te taquine.

Leena avait changé de position dans le fauteuil, mal à l'aise, et Carla avait levé les yeux au ciel, comme pour dire : « Oh là là, quelle histoire. » J'avais fini par m'habituer à son absence de sourcils, mais je me souviens à quel point ça m'avait dérangée au début – davantage, peut-être, que la perte de ses longues boucles brunes.

– OK, OK, avait dit Carla. Je vais être sérieuse.

Son regard était passé de Marian à moi, puis elle avait pris la main de Leena, la pâleur de ses pauvres doigts tranchant sur la peau bronzée de sa sœur.

– D'accord ? Regarde, je fais ma tête sérieuse.

Carla avait fermé les yeux un moment.

– Il y a certaines choses que je voulais te dire, tu sais. Des choses sérieuses, justement.

Elle avait rouvert les yeux et son regard s'était posé sur Leena.

– Tu te souviens de la fois où on était allées camper, l'été où tu es revenue de la fac ? Tu m'avais raconté comment, d'après toi, le consulting en management allait changer la face du monde et j'avais rigolé. Ensuite, on s'était disputées à propos du capitalisme…

– Je me souviens, oui.

– Je n'aurais pas dû rire.

Carla avait dégluti péniblement et la douleur avait envahi ses traits : une crispation autour des yeux, un frémissement sur ses lèvres desséchées.

– J'aurais dû t'écouter et te dire que j'étais fière de toi. Tu façonnes le monde, dans un certain sens, tu le rends meilleur, et le monde a besoin de gens comme toi. Je veux que tu fasses dégager tous ces vieux schnocks et que ce soit toi qui mènes la danse. Monte ta propre boîte. Aide les autres. Et promets-moi que mon départ ne te freinera pas.

Leena pleurait, voûtée par le chagrin, secouée de sanglots. Carla s'était agacée.

– Leena, arrête, tu entends ? Punaise, voilà ce qui se passe quand on redevient sérieux ! Tu veux une autre tape sur la main ?

– Non, avait répondu Leena en riant à travers ses larmes. Non, s'il te plaît, arrête. Ça fait mal.

– Bon. Mais chaque fois que tu laisseras passer une occasion, que tu t'interrogeras sur ta capacité à réussir, que tu songeras à renoncer à une de tes envies… sache que je te filerai une tape depuis l'au-delà.

Voilà, c'était ça, Carla Cotton.

Elle était féroce, elle était fantaisiste, et elle savait bien qu'on ne s'en sortirait pas sans elle.

3

LEENA

Je me réveille à six heures vingt-deux, soit vingt-deux minutes après l'heure habituelle de l'alarme. Je me redresse d'un coup, effarée. Ce qui me fait flipper, je crois, c'est ce silence étrange, l'absence du bip-bip insupportablement joyeux du téléphone. Il me faut un moment pour me souvenir que non, je ne suis pas en retard : je ne dois ni me lever, ni me rendre au bureau. En fait, j'ai même interdiction formelle de retourner là-bas.

Je me renfonce dans l'oreiller, rattrapée par un sentiment d'horreur et de honte. J'ai super mal dormi, revivant en boucle cet affreux meeting dans un état de demi-sommeil, et puis lorsqu'enfin je me suis endormie pour de bon, j'ai rêvé de Carla. L'une des dernières nuits que j'avais passées chez maman, je m'étais glissée dans le lit de ma sœur et je l'avais serrée contre moi, son corps frêle blotti contre le mien comme celui d'une enfant. Au bout d'un moment, elle m'avait donné un coup de coude. « Arrête de tremper l'oreiller ! », puis elle m'avait embrassée sur la joue et m'avait envoyée nous faire un chocolat chaud de minuit. On avait ensuite bavardé un moment en gloussant dans le noir comme quand on était petites.

Ça faisait plusieurs mois que je n'avais pas rêvé de Carla. Bien éveillée à présent, j'éprouve soudain si cruellement l'absence de ma sœur que j'éclate en sanglots en articulant un petit « Oh, non ! » étouffé, me remémorant ces premiers mois où le chagrin m'expédiait d'atroces coups qui me mettaient au tapis. Rien que d'y penser, je me demande comment j'ai réussi à surmonter cette période de désespoir.

C'est nul. Il faut que je me bouge. Que j'aille courir. Ça me remettra les idées en place. J'enfile le legging Lululemon que m'a offert Ethan pour mon anniversaire, un vieux tee-shirt, et je sors. Je cours dans les rues de Shoreditch jusqu'à ce que les briques sombres et le street art cèdent la place aux entrepôts reconvertis de Clerkenwell, aux bars aux stores baissés, aux restaurants d'Upper Street et à la prospérité verdoyante d'Islington, jusqu'à ce qu'enfin, dégoulinante de transpiration, j'arrive à me focaliser uniquement sur le bout de trottoir devant moi. Un pas après l'autre, un pas après l'autre, un pas après l'autre.

À mon retour, je trouve Martha dans la cuisine, s'efforçant de jucher son corps de femme enceinte jusqu'aux dents sur l'un des ridicules tabourets art déco qu'elle a choisis pour la cuisine. Ce matin, elle arbore des couettes : Martha a toujours fait très jeune, elle a le visage qui s'y prête, mais avec des couettes, jamais on ne lui donnerait l'âge légal pour porter un enfant.

Elle refuse d'un geste le bras que je lui offre.

– C'est très gentil, ma chérie, mais tu transpires beaucoup trop pour toucher qui que ce soit.

Je m'essuie le visage avec le bas de mon tee-shirt et je vais me chercher un verre d'eau à l'évier.

– Il nous faut des sièges dignes de ce nom, lui dis-je par-dessus mon épaule.

– Ah non, sûrement pas ! Ceux-là sont absolument parfaits, réplique-t-elle en gigotant pour caser son derrière sur l'assise.

Je lève les yeux au ciel.

Martha est architecte d'intérieur haut de gamme. Son travail est tape-à-l'œil, épuisant et irrégulier ; ses clients, épouvantablement difficiles, l'appellent à toutes les heures du jour et de la nuit pour d'interminables prises de tête sur des tissus de rideaux. Mais le bon côté de son métier, c'est qu'elle a des rabais sur les meubles design. Du coup, elle a parsemé notre appartement de tout un assortiment de babioles hyper stylées qui soit ne servent à rien (le vase en forme de W sur le rebord de la fenêtre, la lampe en fer forgé qui émet une vague lueur quand on l'allume), soit s'évertuent à ne pas remplir leur fonction première (les tabourets sur lesquels on peut à peine poser les fesses, la table basse à surface convexe).

Pourtant, sa déco semble la satisfaire et de mon côté, je suis si peu à l'appartement que ça ne me dérange pas beaucoup. Je n'aurais jamais dû me laisser convaincre de prendre cette colocation avec elle, mais habiter dans une ancienne imprimerie me paraissait le comble du chic, à mon arrivée à Londres. Aujourd'hui, ça n'est qu'un espace hors de prix dans lequel je peux m'écrouler sur un lit et je ne me rends plus du tout compte de la chance que nous avons d'habiter dans ce qu'il est convenu d'appeler un « entrepôt d'artisan ». Quand Martha s'en ira, il faudra vraiment que je persuade Fitz, mon autre colocataire, d'emménager dans un endroit plus raisonnable. En dehors de la vieille folle au chat, notre voisine de palier, tous les résidents de cet immeuble semblent avoir une barbe de hipster ou une start-up. Je ne suis pas sûre que Shoreditch soit un endroit pour nous.

– Tu as pu parler à Yaz, hier soir ? dis-je en me resservant de l'eau.

Yaz est la copine de Martha. Actuellement, elle est partie avec sa troupe de théâtre en Amérique pour une tournée de six mois. Leur relation me cause des pics de stress par procuration. Entre elles, tout semble devoir se faire par le biais d'une logistique incroyablement complexe. Elles ne sont jamais dans le même fuseau horaire, s'échangent des documents essentiels par-dessus l'Atlantique et prennent des décisions cruciales sur WhatsApp avec une qualité de réseau plus que capricieuse. Leur situation actuelle illustre à merveille leur façon de faire : Yaz va rentrer dans huit semaines, prendre possession d'une maison (qui reste à acheter) et y installer son amie enceinte avant la naissance du bébé, sachant que le terme est à quelques jours de leur hypothétique emménagement. Rien que d'y penser, j'en ai un regain de suée.

– Oui, elle va bien, répond Martha en caressant distraitement son gros ventre. Elle m'a parlé à dix mille à l'heure de Tchekhov et de matchs de baseball. Bref, tu la connais, elle était en mode Yaz.

Son tendre sourire se mue en énorme bâillement.

– Elle maigrit à vue d'œil, n'empêche. Ce qui lui manque, ce sont de vrais repas.

Je réprime un sourire. Martha n'est pas encore mère, mais depuis que je la connais elle passe son temps à materner son entourage. Nourrir les autres, c'est un de ses hobbies. Dans le même ordre d'idées, elle continue d'inviter ses amis de Pilates à dîner à la maison, dans l'espoir non dissimulé qu'ils fassent de Fitz un homme honnête.

En parlant de Fitz… je regarde l'heure sur ma montre connectée. Il en est à son quatrième job de l'année : il ferait mieux de ne pas arriver en retard, cette fois-ci.

– Fitz est levé ? dis-je.

Comme s'il m'avait entendue, il fait son entrée d'un pas nonchalant, remontant son col pour passer une cravate. Comme d'habitude, il arbore une barbe taillée au millimètre près : voilà trois ans que j'habite avec lui et je ne sais toujours pas comment il parvient à ce résultat. Fitz a toujours l'air stable et équilibré, mais c'est une impression trompeuse : sa vie est dans un désordre permanent. En revanche, ses chaussettes sont toujours impeccablement repassées. (Pour sa défense, il faut dire qu'elles sont systématiquement exposées aux regards – il manque toujours trois centimètres à ses pantalons – et elles sont plus originales que les chaussettes de monsieur Tout-le-Monde. Il y a celles à motif *Bob l'Éponge*, les mouchetées comme une peinture de Van Gogh et enfin ses préférées, ses « chaussettes politiques » qui proclament *Le Brexit est une connerie*.)

– Je suis levé. La question est : pourquoi es-tu debout, toi, la vacancière ? me demande-t-il en finissant de nouer sa fine cravate.

– Oh, Leena, s'exclame Martha, les yeux agrandis de compassion. Je te demande pardon. J'avais complètement oublié que tu n'allais pas bosser ce matin. Comment tu te sens ?

– Malheureuse. Et en colère d'être malheureuse. Car comment peut-on légitimement se sentir malheureuse de se voir offrir deux mois de congés payés ? Le problème, c'est que je n'arrête pas de revivre le moment où j'ai vrillé devant tout le monde. Et là, je n'ai plus qu'une seule envie : me recroqueviller en position fœtale.

– La position fœtale n'est pas aussi statique qu'on le croit, grimace Martha en se massant un côté du ventre. Sinon, c'est une réaction tout à fait naturelle, mon chou. Il faut que tu te reposes, c'est ce que te dit ton corps. Et tu dois aussi te pardonner. Tu as fait une petite erreur, rien de plus.

– Oui, mais c'est la première fois que ça lui arrive, philosophe Fitz en allant vers la machine à smoothies. Laisse-lui le temps de s'y faire...

Je fais la moue.

– Ce n'est pas la première fois que je commets une erreur.

– Oh, je t'en prie, Miss Parfaite ! Cite-m'en une ! lance Fitz en nous décochant un clin d'œil par-dessus l'épaule.

Devant mon expression irritée, Martha esquisse un geste de réconfort avant de se souvenir que je suis en nage ; elle se contente donc de me tapoter le tee-shirt au niveau de l'épaule en me demandant :

– Tu as des projets pour ce week-end ?

– Oui, je monte à Hamleigh, dis-je en jetant un coup d'œil à mon téléphone.

J'attends un texto d'Ethan. Hier, il a dû travailler tard, mais j'espère qu'il pourra se libérer ce soir. J'ai besoin d'un de ses merveilleux câlins, de ceux qui n'en finissent pas, quand je me blottis dans son cou et qu'il m'enveloppe tout entière dans son étreinte.

Fitz fait la grimace.

– Ah oui, tu vas voir ta mère dans le Nord… C'est de ça que tu as envie, là, tout de suite ?

Martha le sermonne aussitôt :

– Fitz ! Moi, je trouve que c'est une super idée, Leena. Voir ta mamie, ça te fera beaucoup de bien, et puis tu n'es pas obligée de rendre visite à ta mère si tu ne te sens pas prête à l'affronter. Ethan vient avec toi ?

– Ça m'étonnerait… il bosse sur son projet à Swindon. C'est jeudi qu'il doit livrer, d'ici là, il vit au bureau.

Fitz adresse un grommellement entendu à la machine à smoothies, mais je sais déjà ce qu'il pense. Il trouve qu'Ethan et moi ne donnons pas suffisamment la priorité à notre couple. C'est vrai qu'on ne se voit pas aussi souvent qu'on le voudrait… On a beau travailler pour la même boîte, on est toujours sur des projets différents, en général dans des parcs industriels paumés à mille kilomètres l'un de l'autre. À la mort de Carla, tandis que je luttais pour garder la tête hors de l'eau, c'est Ethan qui m'a forcée à me focaliser sur mon travail en me rappelant ce qui me plaisait tant là-dedans, c'est lui qui m'a poussée à aller de l'avant pour ne pas sombrer.

Sauf que maintenant, je n'ai plus de travail pour m'aider à tenir, pas dans les huit prochaines semaines, en tout cas. Rien que de songer à toutes ces heures de calme, de silence et de gamberge, je sens mon estomac chuter dans mes talons. J'ai besoin d'un objectif, d'un projet, de quelque chose, enfin ! Si j'arrête de bouger, ces eaux noires vont se refermer sur moi et cette idée me file la chair de poule. C'est la panique.

Je regarde l'heure sur mon téléphone. Ethan a une heure et demie de retard. Il s'est sans doute fait coincer par un des associés au moment de partir… De mon côté, j'ai passé l'après-midi à briquer l'appartement. J'avais fini à temps pour l'arrivée d'Ethan, mais vu que ça fait deux heures que je l'attends, j'en ai profité pour tirer les meubles, dépoussiérer les pieds de chaise et accomplir le genre de nettoyage excessif qui fait de vous la vedette d'un documentaire sur les troubles obsessionnels compulsifs.

Enfin j'entends sa clé tourner dans la serrure ! Je m'extirpe de sous le canapé et je brosse la poussière accumulée sur mon sweat après cette monumentale journée de ménage. C'est mon sweat *Buffy* : on y voit sa figure en gros plan, en mode combat. (Quand je ne porte pas de tailleurs, je suis la reine des maxi pulls de geek. Certes, je n'ai plus le temps de mater des séries cultes, mais je peux encore leur afficher ma loyauté.)

En entrant dans la pièce, Ethan mime une stupeur théâtrale, tournant sur lui-même pour s'émerveiller du changement. En général, on s'arrange entre colocs pour garder l'appartement à peu près rangé, mais là, il étincelle.

– J'aurais dû savoir que tu ne pourrais pas prendre un jour de congé sans te lancer dans une activité frénétique, dit Ethan en m'embrassant.

Il porte une élégante eau de Cologne aux agrumes et il a le nez tout refroidi par la pluie fraîche de mars.

– Ton appart rutile. Ça te dit de faire le mien, demain ?

Je lui donne une tape sur le bras. Il rit en rejetant comme toujours sa mèche sur le côté. Il m'embrasse à nouveau et mon cœur se pince d'envie en voyant son état d'effervescence au sortir du boulot. Cette excitation me manque.

– Désolé pour le retard, enchaîne-t-il en allant dans la cuisine. Li voulait absolument me parler des chiffres de la R&D pour le projet Webster, tu le connais. Comment ça va, mon ange, tu tiens le coup ? me lance-t-il par-dessus son épaule.

Mon estomac se serre. *Tu tiens le coup, mon ange ?* C'est ce qu'il me disait au téléphone chaque soir, à l'époque où Carla déclinait de jour en jour. Il me le disait quand j'ouvrais la porte, débarquant pile au moment où j'avais besoin de lui avec une bouteille de vin et une étreinte réconfortante ; c'est ce qu'il m'a dit lorsque j'ai avancé, les jambes en coton, jusqu'au cercueil de Carla, le jour des obsèques, me cramponnant à sa main à lui briser les doigts. Jamais je n'aurais pu surmonter toutes ces épreuves sans lui. Je ne sais pas comment l'on peut suffisamment témoigner sa gratitude à la personne qui vous a soutenu durant la période la plus noire de votre existence.

– Ça… va, dis-je.

Ethan revient dans le salon, en chaussettes, ce qui a un petit côté incongru avec son costume-cravate.

– Pour ma part, dit-il, j'estime que c'est une bonne chose, ce break forcé.

– Ah oui ?

Je m'enfonce dans le canapé. Ethan s'installe à côté de moi en attirant mes jambes sur ses genoux.

– Tout à fait. En plus, tu as toujours la possibilité de mettre ton grain de sel dans mes projets, histoire de garder la main. Je ne demande pas mieux, tu le sais bien, et de mon côté, je peux mine de rien glisser à Rebecca que tu m'es d'une aide précieuse, de façon qu'elle sache que tu es toujours dans le coup, même en congé.

Je me redresse un peu.

– C’est vrai ?

– Bien sûr. (Il m’embrasse.) Ne t’en fais pas, je suis là, tu sais…

Je change de position pour le dévisager : sa belle bouche expressive, ses cheveux bruns et soyeux, le petit chapelet de taches de rousseur au-dessus de ses pommettes hautes. Il est si beau, et puis il est là, avec moi, au moment où j’ai le plus besoin de lui. J’ai trop de chance d’avoir rencontré un homme comme lui.

Il se penche pour attraper la sacoche de son ordinateur portable, mollement retenue par l’accoudoir du canapé.

– Tiens, tu veux regarder le diapo de demain avec moi ? Pour le projet Webster.

J’hésite, mais il a déjà ouvert son ordi qu’il a posé en équilibre sur mes cuisses. Je me laisse aller en arrière, je l’écoute et je m’aperçois qu’il a raison : ça me fait du bien. Allongée sur le canapé, portée par sa douce voix grave qui énonce chiffres d’affaires et projections, je me sens presque moi-même.

4

EILEEN

Vendredi après-midi, c'est la course ! Gromit m'a laissé des entrailles de souris sur le paillasson. Ça partait sûrement d'une bonne intention d'un point de vue de chat, mais je me suis bien embêtée à nettoyer les semelles de mes chaussures préférées. J'arrive à la mairie un peu essoufflée, juste à temps pour la réunion des Voisins vigilants.

Les Voisins vigilants de Hamleigh-in-Harksdale sont une association sans réels statuts, mais tout à fait prospère. La criminalité est un sujet qui préoccupe énormément les habitants de Hamleigh, bien que, si ma mémoire est bonne, nous n'ayons eu qu'un seul délit en cinq ans : le vol de la tondeuse de Basil. Après enquête, c'était Betsy qui la lui avait empruntée, laquelle a juré ses grands dieux lui avoir demandé la permission au préalable. Quelle que soit la version à laquelle on adhère, on peut difficilement parler de vague de criminalité et deux heures de réunion hebdomadaire, c'est sans doute un peu exagéré.

Par bonheur, c'est moi qui siège désormais à la présidence des Voisins vigilants, secondée dans ma fonction par Betsy, vigilante adjointe (à l'unanimité, il a été décidé qu'elle ne pouvait occuper la place de vigilante en chef, vu ses antécédents judiciaires mentionnés ci-dessus). Depuis notre nomination, les réunions ont pris un tour nettement plus intéressant. En effet, comme nous ne sommes pas à proprement parler une association de Voisins vigilants, mais juste un groupe de personnes qui aiment bien observer leurs voisins, nous ne sommes pas tenus de nous plier à un quelconque règlement officiel. Voilà pourquoi nous ne faisons même plus semblant de discuter crimes et délits : nous nous sommes recentrés sur les potins, les scandales et les querelles de clocher. Ensuite, nous avons introduit à l'affaire quantité de petits biscuits, garni les chaises de coussins et créé une pancarte « Réservé aux membres » que nous accrochons à la porte lorsque nous nous réunissons, ce qui a pour effet d'attiser la jalousie des non-membres tandis que les autres se rengorgent de « faire partie du club ».

Betsy fait régner l'ordre en abattant son maillet sur la table basse de la mairie. (Dieu sait où elle a déniché ce maillet, mais le fait est qu'elle ne perd pas une occasion de s'en servir.) L'autre jour, alors que Basil se montrait particulièrement belliqueux durant la partie de bingo, elle lui en a asséné un bon coup sur le front. Ça l'a calmé. Cela dit, peu après, le docteur Piotr a pris Betsy à part pour lui expliquer que, vu la récente attaque de Basil, mieux valait lui éviter toute blessure à la tête.

– Quel est le premier point de la réunion ? s'enquiert Betsy.

Je lui tends l'ordre du jour.

Réunion Voisins vigilants du 20 mars

1. Bienvenue.

2. Thé, biscuits.

3. Docteur Piotr : se garer devant son cabinet.

4. Roland : faut-il continuer de boycotter le Julie's ? Initiative à réévaluer : pas d'autre endroit où acheter de bons sandwichs au bacon.

5. Betsy : éclaircissements requis – la jupe-culotte est-elle vraiment « redevenue tendance » ?

6. Biscuits, deuxième service de thé.

7. Eileen : soirée ciné-classique – proposition pour bannir tous les films avec Jack Nicholson, on n'en peut plus, il doit bien y avoir d'autres gentlemen d'un certain âge sachant jouer la comédie.

8. Basil : mise à jour à propos de la guerre contre les écureuils.

9. Crimes et délits éventuels.

10. Biscuits, troisième service de thé.

11. Questions diverses.

Comme c'est Basil qui se charge de faire le thé, il est atrocement léger. En plus, une moitié d'entre nous ont encore un sachet de thé qui flotte dans leur mug car Basil est trop presbyte pour s'apercevoir qu'il a oublié de tous les retirer. Cela dit, Betsy a apporté un délicieux assortiment de biscuits. Je grignote un succulent croquant au gingembre pendant que Piotr nous entretient d'un ton grave de « ceux d'entre nous qui garent leur scooter pour handicapés sur deux emplacements de parking » (il veut dire Roland) et des « conséquences sur les autres patients » (il veut dire sur Basil qui s'en plaint toujours).

Moi, je repense à ma liste laissée sur la table de la salle à manger et, distraitement, je m'imagine en train de faire l'amour avec le docteur Piotr... J'avale un morceau de croquant de travers et la réunion des Voisins vigilants sombre un bref instant dans la panique, le temps que tout le monde me flanque des tapes dans le dos. Betsy s'apprête à me faire la manœuvre de Heimlich lorsque je retrouve ma voix pour informer les participants que je suis tout à fait remise. Et que, si jamais je venais à m'étouffer pour de bon, je préférerais que ce soit Piotr qui s'occupe de mon cas. Nous échangeons tous deux un regard amusé par-dessus la tête de Betsy. Je me demande avec un brin d'espoir si ce regard ne pourrait pas être qualifié de vaguement aguicheur, mais depuis le temps que je n'en ai pas vu, je ne saurais dire.

Comme prévu, Betsy a mal pris ma remarque, mais très vite, le débat sur les jupes-culottes la détourne de son ressentiment. Si le sujet s'est imposé, c'est que la semaine passée, Kathleen a déclaré à Betsy que les jupes-culottes étaient du dernier chic. Dans la foulée, Betsy en a commandé six sur la chaîne du téléachat. (À trente-cinq ans, Kathleen abaisse considérablement la moyenne d'âge des Voisins vigilants. Avec trois enfants de moins de six ans, elle donnerait n'importe quoi pour sortir de chez elle, ce qui fait qu'elle s'est inscrite à toutes les activités proposées par la commune.) Betsy, rattrapée par un doute après ses achats, a éprouvé le besoin d'organiser un vote. C'est le moyen qu'elle préfère pour s'éviter tout jugement sur sa personne – si une décision est prise de manière démocratique, la faute éventuelle devient une responsabilité commune.

À l'issue du vote, les Voisins vigilants déclarent officiellement que la jupe-culotte est bel et bien redevenue tendance. À mon avis, Basil, dont la voix était pourtant décisive, n'a pas tout à fait compris de quoi il retournait.

Après le deuxième service de biscuits, je défends ma position sur les films de Jack Nicholson, mais ma proposition est rejetée : étonnamment, Pénélope est une fan inconditionnelle de l'acteur. Ensuite, Basil déblatère en long et en large sur les écureuils (c'est toujours le moment idéal pour faire une micro sieste si besoin). Puis c'est à nouveau l'heure de faire passer les biscuits et de discuter du point essentiel de l'ordre du jour : « crimes et délits éventuels ». Également connu sous l'appellation « derniers potins en date ».

Pénélope s'adresse à moi en clignant des yeux comme une chouette :

– Eileen, Betsy m'a dit que tu avais vendu ta voiture ?

Pénélope ressemble à un tout petit oiseau : elle a l'air si frêle que j'ai toujours peur qu'elle se casse quelque chose. Dans les faits, pourtant, c'est une femme au caractère bien trempé. L'autre jour, je l'ai vue chasser au pistolet à eau un chat qui s'intéressait de trop près à son nid de mésanges bleues. Elle l'a eu en plein dans l'œil.

– Je trouve fort sage que tu aies définitivement lâché le volant, Eileen, déclare Betsy.

Je me redresse, piquée.

– Ah, mais je conduis toujours. Simplement, Marian me prête sa voiture, on se la partage.

– Ah bon, tu continues de prendre la voiture ? se récrie Betsy. Eh bien ! Quel courage il te faut, ma pauvre, après l'incident dans Sniddle Road !

Betsy a un cœur d'or, c'est une amie très chère, mais elle est aussi remarquablement douée pour décocher des vacheries de telle façon qu'on ne peut rien objecter. Quant à mon « incident » dans Sniddle Road, c'est à peine s'il mérite d'être mentionné. J'avoue, ce n'était pas mon créneau le plus réussi, mais qui aurait cru qu'un 4x4 se plierait aussi facilement ? De l'extérieur, cet engin avait l'air d'un char d'assaut.

– Tu as donc renoncé à ton dernier projet en date ? me demande Basil en se frottant la moustache pour en faire tomber des miettes de biscuit. Tu ne faisais pas taxi pour chiens perdus avec ta voiture ?

Je le reprends d'un ton très digne :

– Je donnais un coup de main aux charmants bénévoles du refuge de Daredale, c'est vrai. Mais ils ont leur propre véhicule, maintenant.

– Oh, tu ne tarderas pas à trouver autre chose à faire, j'en suis sûr ! glousse Basil.

Je le fusille du regard.

– Au fait, poursuit-il, tu as déjà renoncé à nous dégoter un sponsor pour le Premier Mai ? Pas de grosse boîte en vue pour parrainer notre petite kermesse ?

Je serre les dents. Il se trouve que je me suis démenée pour trouver un sponsor. J'avais espéré que nous pourrions reverser les fonds collectés à l'association caritative d'accompagnement des malades du cancer qui a tant fait pour Carla, au lieu de nous en servir pour couvrir les frais d'organisation, comme c'est l'habitude. Mais de nos jours, c'est la croix et la bannière pour trouver ne serait-ce qu'un interlocuteur dans les grandes entreprises de Leeds. J'ai aussi contacté les boîtes du coin, mais elles se serrent toutes la ceinture, elles n'ont pas d'argent à donner à notre petite fête de village.

– Étonnant, non ? pouffe Basil.

– Écoute Basil, je ne vais pas m'excuser pour avoir voulu faire avancer les choses, dis-je d'un ton glacial.

– Mais tout à fait, tout à fait. Et je dirais même que c'est très courageux de ta part de persévérer contre vents et marées.

Par bonheur, on change de sujet : Pénélope se tourne vers Piotr pour discuter de la toute dernière maladie de Roland et j'en profite pour m'entretenir à voix basse avec Betsy.

– Tu as reparlé à ta fille, ma chérie ? À propos de sa venue ici ?

Betsy pince les lèvres.

– J'ai essayé. Sans succès.

C'est le mari de Betsy qui pose problème. Si j'ai bien compris, sa fille refuse de se retrouver dans la même pièce que lui. Il faut dire que Cliff est un sale bonhomme, je ne sais pas comment Betsy le supporte depuis tout ce temps. Même Wade ne pouvait pas l'encadrer. Mais couper Betsy de sa fille ne fera qu'aggraver les choses, c'est certain. N'empêche, ce n'est pas à moi de m'en mêler et je me contente d'une pression amicale sur ses doigts.

– Elle viendra quand elle s'y sentira prête, dis-je.

– Ma foi, elle ferait mieux de ne pas trop traîner, rétorque Betsy. J'ai tout de même quatre-vingts ans !

Je souris. Betsy a quatre-vingt-cinq ans. Mais même lorsqu'elle veut insister sur son âge avancé, elle ne peut pas s'empêcher de se rajeunir.

– Ils ont réduit les bus pour Knargill à un passage par jour, est en train de raconter Basil à Roland, mon voisin de réunion. On dira ce qu'on veut, pour moi, ça fait partie du problème.

Les plaintes favorites de Basil se concentrent sur (dans l'ordre) : les écureuils, les transports en commun, les conditions météo et l'état de la nation. On ne devrait jamais le lancer sur l'un de ces sujets, et encore moins sur le dernier, car lorsqu'il commence à parler immigration, Basil devient très vite haïssable.

– Et voilà comment elle a fini, poursuit-il, noyée dans son potage poireaux-pommes de terre ! Une vision d'horreur, vous pouvez me croire. La jeune dame qui l'a trouvée passait juste lui proposer du double vitrage. Elle a vu que la porte n'était pas fermée à clé et la pauvre femme était là : morte depuis une semaine sans que personne le sache !

– Qu'est-ce que c'est que ça, Basil ? dis-je. Encore une de tes histoires sordides ?

– Une dame, à Knargill, répond-il avec complaisance, en buvant son thé à petites gorgées. Noyée dans son bol de soupe.

– C'est affreux! s'émeut Betsy.

– Il y avait des mouches et des asticots lorsqu'on l'a trouvée? s'enquiert Pénélope avec intérêt.

– Pénélope! explosons-nous en chœur avant de nous tourner d'un bloc vers Basil.

– Probable, réplique-t-il en opinant d'un air docte. Très probable. La pauvre femme n'avait que soixante-dix-neuf ans. Son mari était mort l'année précédente. Elle n'avait plus personne. Les voisins ont dit qu'elle restait des mois sans parler à personne, à part aux petits oiseaux.

Je me sens soudain toute drôle. Un petit vertige, peut-être… Je reprends un croquant au gingembre d'une main qui tremble plus que d'habitude.

Cette dame avait le même âge que moi. Mais les ressemblances s'arrêtent là, me dis-je avec fermeté. Déjà, jamais je ne choisirais un potage poireaux-pommes de terre en entrée – trop fade.

Je déglutis, mal à l'aise. L'incident du pot de sauce tomate me rappelle de façon déplaisante à quelle vitesse on peut perdre son autonomie. Et la perte d'autonomie, ça peut vite tourner au tragique quand on vit seul.

– On devrait faire davantage pour les personnes isolées, dis-je soudain. Avec la diminution des horaires de bus et le manque de moyens des Transports pour seniors de Dales, ces gens-là ont du mal à se déplacer, même quand ils le voudraient.

La surprise se peint sur tous les visages. D'habitude, quand on mentionne les habitants de Knargill lors d'une réunion des Voisins vigilants, Betsy émet un caquètement malicieux qui se termine invariablement par: « Ça leur apprendra à vivre à Knargill. »

– Ma foi, oui, c'est sûr… dit Pénélope d'un ton dubitatif dans le silence qui suit mon intervention.

– Mettons donc la question au prochain ordre du jour, dis-je en me faisant un pense-bête sur mon imprimé.

Un ange passe…

– Vous savez qu'à Firs Blandon, ils parlent d'organiser une kermesse concurrente le Premier Mai, lance Basil en me décochant un regard aigu, comme s'il testait ma loyauté au village.

Je me récrie:

– Ce n'est pas possible!

Basil devrait pourtant savoir que jamais je ne me rallierai aux habitants de Firs Blandon. Il y a dix ou vingt ans, lorsque Hamleigh a été privé de courant durant trois jours suite à une énorme tempête, tous les villages des environs ont proposé des dons et des chambres aux malheureux qui ne pouvaient plus se chauffer. Pas un seul habitant de Firs Blandon n'a levé le petit doigt pour leur venir en aide.

– En tout cas, dis-je d'un ton sans appel, le Premier Mai de Firs Blandon ne pourra jamais égaler le nôtre.

– Ça, c'est sûr ! clame Betsy, et tout le monde se détend, soulagé d'avoir quitté ce terrain glissant. Quelqu'un veut d'autres biscuits ?

La fin de la réunion se déroule normalement, mais toute la journée, je suis poursuivie par une désagréable impression. Ça me fait bien plaisir que Leena arrive demain. Je me sens épuisée et c'est sacrément plus facile d'être autonome quand on ne l'est pas tout seul.

5

LEENA

Hamleigh-in-Harksdale est aussi adorable que son nom. Le village est niché entre deux collines, au sud des Yorkshire Dales : dans le bus qui brinquebale sur la route de la vallée, je n'aperçois que ses toits et ses cheminées de guingois entre les escarpements rocheux de couleur fauve.

Je n'ai pas grandi à Hamleigh – maman ne s'y est installée que lorsque Carla est tombée malade. Aussi, deux visions du village s'opposent dans mon esprit : une moitié de mes souvenirs est sépia, teintée de la douce nostalgie de l'enfance, tandis que l'autre est obscurcie par la douleur encore vive du deuil. Mon estomac se serre. J'essaie de me remémorer la joie que j'éprouvais, petite, au sortir de ce virage qui s'ouvre sur les toits de Hamleigh.

Même à l'adolescence, lorsque nous étions comme chiens et chats, Carla et moi faisions la paix le temps d'un séjour chez papy et mamie. Dans la voiture que conduisait maman, nous râlions en pensant aux soirées que nous allions rater à Leeds, mais dès que nous arrivions à Hamleigh, nous retrouvions d'autres priorités. Le cidre et les baisers en cachette avec des garçons de sixième nous semblaient soudain vaguement absurdes, comme étrangers à notre vie. Nous passions nos journées dehors, à ramasser des mûres dans de vieilles boîtes Tupperware au couvercle tout fendillé, sans nous soucier d'égratigner nos mollets nouvellement épilés. De retour à la maison, nous ferions admirer nos blessures de guerre à toute l'école, nos jupes d'uniforme remontées jusqu'à la taille.

Par la vitre sale du bus, je regarde la vallée se fondre en traînées de couleurs : une palette de roux et de verts, le gris sable des murs de pierre sèche. Les moutons lèvent des yeux endormis sur notre passage. Il bruine un peu ; je sens déjà l'odeur humide, lumineuse, que la pluie donne à la terre, comme si celle-ci venait de s'éveiller. L'air est plus frais, ici.

Pas dans le bus, bien sûr. Dans le bus règnent des relents de sommeil fétide et de sandwich au poulet tikka. Mais dès que j'en descendrai, je sais que ma première bouffée d'air pur sera divine.

Hamleigh en soi se résume à trois rues à peine : Lower Lane, Middling Lane et Peewit Street. Les maisons sont presque toutes des cottages en roche calcaire, mais de l'autre côté de Middling Lane, un nouveau lotissement a vu le jour : il a poussé comme une verrue au coin du village, avec ses briques d'un orange arrogant et ses fenêtres à encadrement noir. Mamie n'a que mépris pour lui. Chaque fois que je lui fais remarquer que la Grande-Bretagne a désespérément besoin de logements neufs et abordables, elle me rétorque : « seulement parce que de petites idiotes dans ton genre continuent de claquer des millions pour s'acheter des appartements grands comme des boîtes à chaussures à Londres », ce qui, je le concède, est un point de vue assez valable, en termes économiques. Je regrette simplement de ne pas être l'une de ces petites idiotes, mais une fille qui claque des dizaines de milliers de livres en location afin d'avoir la satisfaction de vivre dans un « entrepôt d'artisan ».

De l'arrêt de bus, je vais droit chez mamie. Je me surprends à détourner les yeux en dépassant la rue de maman, comme quand on passe devant un accident sur l'autoroute.

La maison de ma grand-mère est la plus belle de tout le village : Clearwater Cottage, 5 Middling Lane. Un vieux toit d'ardoises de bric et de broc, une glycine qui grimpe en façade, une porte rouge rubis... C'est une maison de conte de fées. La boule d'angoisse coincée entre mes côtes se dissout au moment où j'arrive à la porte.

Je soulève le heurtoir.

– Leena ? fait la voix de mamie.

Je fronce les sourcils, perplexe. Je regarde à droite, à gauche, puis en haut et je glapis :

– Mamie !

Ma grand-mère est dans le pommier, à gauche de la porte d'entrée. Presque au niveau de la fenêtre de l'étage, les pieds calés sur une branche, en pantalon kaki et tee-shirt marron, les deux se fondant fort joliment dans le feuillage. Sans sa masse de cheveux blancs, je ne l'aurais peut-être pas repérée.

– Qu'est-ce que tu fiches dans cet arbre ?

– Je taille !

Mamie agite un grand outil coupant.

Je frémis, pas du tout rassurée.

– Tu es très… très en hauteur ! dis-je, avec le maximum de tact.

Je ne veux pas lui reprocher d'être trop âgée pour ce genre de sport, mais je repense à cet épisode de *Vingt-quatre heures aux urgences* où une vieille dame s'était fracturé six os d'un coup en tombant d'une chaise.

Mamie entreprend de redescendre cahin-caha. Cahin-caha, oui.

– Vas-y doucement ! Ne te presse pas pour moi ! dis-je, en m'enfonçant les ongles dans les paumes de mes mains.

– Et voilà !

Mamie se paie même le luxe de sauter au bas de l'arbre et s'époussette les cuisses.

– On n'est jamais si bien servi que par soi-même, m'explique-t-elle. Ça fait des mois que j'attends l'élagueur.

Je la détaille de la tête aux pieds. C'est bon, elle semble indemne. En fait, elle me paraît plutôt en forme (malgré un petit air fatigué, peut-être) ; elle a des couleurs et ses yeux bruns brillent derrière ses lunettes à monture verte. Je lui ôte une feuille des cheveux et remets en place une boucle de son carré souple et désordonné. Elle me prend la main et la serre tendrement.

– Bonjour, ma chérie, dit-elle, le visage épanoui. Un chocolat chaud ?

Mamie me prépare un chocolat dans la plus pure tradition : sur le feu, avec de la crème et du vrai chocolat. Un mug de pure décadence. Si on en boit plus d'un, disait toujours Carla, on ne peut plus rien avaler de la journée, mais j'avoue, c'est mon péché mignon.

Je me rends utile, je range les plats mis à sécher sur l'égouttoir pendant que mamie remue le chocolat. Ça fait des mois que je ne suis pas venue ici – la dernière fois, c'était quand papy Wade est parti, à la fin de l'année passée – mais depuis, rien n'a changé. Le bois orange des plinthes et des éléments de cuisine, les carpettes aux motifs fanés, les photos de famille au mur, avec leurs cadres tous un peu de travers.

On ne remarque même pas l'absence de papy Wade – ou plutôt on se demande s'il a jamais été là. Je ne crois pas qu'il ait pris autre chose que ses vêtements. De toute façon, Clearwater Cottage a toujours été la maison de mamie, pas la sienne. Papy occupait juste le fauteuil dans le coin du salon, écoutant ses émissions de radio au mépris de tout le monde. Quel choc quand il est parti avec la prof de danse de salon ! Ce n'est pas tant que je le pensais épris de mamie, mais jamais je n'aurais imaginé qu'il aurait le cran de s'enfuir avec quelqu'un. Mon grand-père est le genre de personne qui se plaint toujours de tout, mais qui ne fait jamais rien. J'en ai donc conclu que c'était la prof de danse qui était allée au feu sur le front de la séduction.

Mamie me jette un regard par-dessus son épaule, sans cesser de remuer le chocolat dans la casserole consacrée à cet usage.

– Je suis si contente que tu sois là, ma chérie.

– Excuse-moi, j'aurais dû venir plus tôt.

Je tripote nerveusement les magnets sur le frigo.

– Oh, je ne t'en veux pas de rester à Londres ! À ton âge, j'aurais fait pareil, si j'avais pu.

Je lui lance un coup d'œil. Mamie ne parle pas souvent du passé : comme elle dit toujours, elle préfère regarder devant plutôt qu'en arrière. Je sais pourtant qu'un travail l'attendait à Londres, avant qu'elle ne rencontre papy – elle avait une petite vingtaine d'années à l'époque. Puis ils se sont mariés et ils se sont installés dans cette maison. Un point, c'est tout. C'est comme ça que ma grand-mère conclut toujours : *un point, c'est tout.*

Même si maintenant, je me rends compte que ce « point » n'était pas forcément voué à être un point final.

– Tu peux toujours aller à Londres, mamie. Tu pourrais même aller y habiter si tu voulais, maintenant que papy n'est plus là pour t'en empêcher.

Mamie verse le chocolat dans des mugs.

– Oh, ne dis pas n'importe quoi... Je ne peux pas m'envoler pour Londres, pas au moment où ta mère a besoin de moi.

Je me crispe.

– Elle s'en sortirait très bien toute seule, mamie. Elle n'est pas en sucre, contrairement à ce que tu crois.

Ma grand-mère me jette un regard comme pour me dire : « Et qu'est-ce que tu en sais, toi ? »

Je détourne la tête. Le journal à projets de mamie est ouvert sur la table. Ce carnet l'accompagne partout où elle va – on dirait moi avec mon téléphone : toujours horrifiée si elle s'aperçoit qu'il n'est pas dans son sac, même lorsqu'elle sort acheter un litre de lait.

– Alors, qu'y a-t-il sur la liste du jour ? dis-je avant de froncer les sourcils. « A encore ses dents ? » (Je m'étrangle.) « Possiblement rasoir au lit ? » Mais qu'est-ce que c'est que ça ?

Mamie m'arrache le carnet des mains.

– Rien !

– Tu as rougi ?

Je ne pense pas avoir déjà vu ma grand-mère piquer un fard.

Sa main vole jusqu'à sa joue.

– Ne sois pas bête, dit-elle. Rougir, ça ne se fait plus depuis les années 1960 !

J'éclate de rire en lui ôtant tendrement la main de la joue.

– Eh, on dirait bien que si ! Nuance rosée, sans doute possible. Bon, tu vas me dire ce qui se passe ? C'est ton nouveau projet ? D'habitude, ils ne sont pas aussi bizarres.

Elle pince les lèvres, faisant filer son rouge à lèvres pêche dans les sillons.

– Oh, non ! excuse-moi, mamie, je ne voulais pas te vexer...

Je la fais asseoir à table.

– C'est quelque chose d'important pour toi et j'ai dit une bêtise ?

– Non, non... fait mamie sans conviction.

Je tente de lui faire lâcher son carnet qu'elle finit par m'abandonner à regret.

Je survole la liste qu'elle a dressée. Je vois clairement de quoi il retourne, à présent. Mon cœur fond, genre guimauve douce-amère, car bien qu'elle soit adorable, bien qu'elle ressemble à mamie, cette liste est également un peu triste.

Ma grand-mère a les épaules crispées : elle me dévisage avec méfiance et je m'en veux d'avoir été si insensible.

– Eh bien ! dis-je, ce n'est pas là-dedans que tu trouveras ton bonheur... (Je parcours à nouveau la liste.) Basil, c'est celui avec la moustache et le sticker *Grande-Bretagne d'abord* sur le pare-chocs, c'est ça ?

– Oui, répond mamie, toujours circonspecte.

– Tu l'aimes bien ?

– Ma foi, je... euh... Non, pas vraiment. Il a un petit côté sectaire.

Je m'empare d'un stylo et je biffe Basil de la liste.

– Attends ! s'écrie mamie. Je pourrais peut-être... finir par m'attacher à lui ?

Le ton de sa voix me fend le cœur. Elle a l'air si lasse. Comme si ce Basil était ce qu'elle pouvait espérer de mieux ! Décidément, mamie n'est pas dans son état normal : jamais Eileen Cotton ne jetterait son dévolu sur un homme tel que Basil. D'accord, elle a bien choisi papy Wade... Mais j'ai toujours pensé qu'elle avait su dès le début que c'était une erreur et qu'elle n'était restée avec lui que par une sorte de loyauté obstinée – leur relation étant devenue par la force des choses plus une association qu'un véritable mariage. Quand il l'a quittée, elle n'a pas semblé voir son départ comme une trahison, plutôt comme un acte d'une impolitesse extrême.

– Règle numéro un quand on cherche l'âme sœur, dis-je du ton que j'emploie avec Bee lorsqu'elle envisage de rappeler l'un de ses rancards pourris du week-end. Tu ne changeras jamais un homme. Même s'il a encore ses dents. Suivant : M. Rogers. Ce n'est pas le père de la pasteur ?

– C'est un homme charmant, glisse mamie d'un ton plein d'espoir.

Je constate avec plaisir que ses épaules se sont un peu détendues.

Je parcours les pour et les contre qu'elle a notés pour ce M. Rogers. En lisant ses commentaires, je laisse échapper quelque chose à mi-chemin entre le rire et le hoquet… jusqu'à ce que je surprenne son expression. Je me reprends.

– Bon. De toute évidence, tu cherches quelque chose de plus… de plus physique que ce que M. Rogers est prêt à t'apporter.

– Oh, Seigneur ! Quelle drôle de conversation à avoir avec sa petite-fille…

– Et une fois par mois, c'est loin d'être suffisant. Si tu ne le vois que toutes les quatre semaines, il te faudra des plombes avant d'apprendre à le connaître.

Je raye M. Rogers de la liste.

– Au suivant : oh, je me souviens du docteur Piotr ! Mais tu oublies la règle numéro deux, mamie : ne jamais s'intéresser à un homme qui a le cœur pris ailleurs. Si le docteur Piotr est toujours amoureux de son ex-femme, tu seras bonne pour une déception sentimentale et rien de plus.

Mamie se frotte le menton.

– Ma foi, un homme peut…

Je lève un doigt grondeur.

– J'espère sincèrement que tu ne vas pas dire « changer ».

– Euh… fait mamie en me regardant éliminer Piotr de la liste.

– Et pour finir… Oh, mamie ! Non, non, non ! Arnold… l'Arnold d'à côté ? Le beau-père de Jackson Greenwood ?

– Ex-beau-père maintenant, rectifie-t-elle avec le petit froncement de sourcil diabolique qui signale son passage en mode potins.

Mais je refuse de me laisser entraîner sur un autre terrain.

– Quoi, Arnold, l'homme le plus grincheux de la terre ? Tu mérites bien mieux.

– Je devais être juste et noter tous les gentlemen possibles, se justifie mamie alors que je rature le nom d'Arnold. C'est le seul autre célibataire de plus de soixante-dix ans.

Nous considérons toutes deux la liste de noms barrés.

– Bon, dis-je, il vaut toujours mieux repartir de zéro.

Voyant les épaules de ma grand-mère s'affaisser à nouveau, je lui prends le carnet des mains.

– Mamie, je suis si contente que tu te cherches quelqu'un d'autre ! Tu as été très malheureuse avec papy, tu mérites vraiment de rencontrer un homme charmant. Tu vas voir, je vais tout faire pour t'aider, absolument tout.

– C'est très gentil de ta part, mais il n'y a pas grand-chose que tu puisses faire, en réalité. Le fait est que je ne connais aucun bon parti à Hamleigh, dit-elle en récupérant le mouchoir fourré dans sa manche. Je m'étais dit que peut-être… je pourrais aller tenter ma chance à Tauntingham, on ne sait jamais.

J'imagine aussitôt ma mamie sillonnant les petites routes du village endormi de Tauntingham, armée de son carnet à projets, prenant des notes dans sa chasse aux gentlemen chenus.

– Je ne suis pas sûre que ce soit la méthode la plus efficace, dis-je prudemment. Et les sites de rencontres, tu y as pensé ?

Mamie fait la grimace.

– Je ne saurais pas par où commencer.

Je me lève. Il y a une éternité que je ne me suis pas sentie aussi enthousiaste.

– Attends, je vais chercher mon ordinateur portable, dis-je, déjà dans le vestibule.

J'effectue une petite demi-heure de recherches avant de m'attaquer au profil de mamie. Apparemment, les clés d'un profil gagnant sont la franchise, la singularité, l'humour et (plus que tout ce qui précède) une photo réussie. Mais à peine l'inscription finalisée, je m'aperçois que nous avons un problème.

Sur ce site, il n'y a pas une seule personne de son âge à moins d'une heure de route. Ce n'est pas que mamie ne connaisse pas de bons partis dans le coin, c'est qu'il n'y en a pas. Dire que Bee ne cesse de se lamenter sur la pénurie d'hommes valables à Londres… elle ne se rend pas compte de la chance qu'elle a. Dans une ville de huit millions d'habitants, il y a forcément quelqu'un de seul.

Je me tourne lentement vers ma grand-mère.

Quand je pense à mamie, c'est toujours sous les traits d'une force de la nature qui plie le monde à sa volonté. Je ne peux pas imaginer de vieille dame plus juvénile qu'elle. Elle a toujours mené sa vie tambour battant, sans jamais montrer de signe d'épuisement, alors qu'elle approche des quatre-vingts ans : oui, elle est vraiment extraordinaire pour son âge.

Sauf que pour le moment, elle ne ressemble pas du tout à la mamie que je connais.

Il faut dire qu'elle a passé une année vraiment horrible. Devoir affronter la mort d'une de ses petites-filles, soutenir ma mère dans le deuil, puis se faire plaquer par papy… Je prends tout à coup conscience de ma naïveté. Je suis ridicule. Ma grand-mère a beau me paraître invincible, elle ne l'est pas : *personne* ne pourrait vivre ce qu'elle a enduré sans y laisser des plumes. Regardez-la, assise dans sa cuisine, envisageant très sérieusement de sortir avec Basil le sectaire. Rien ne va plus à Clearwater Cottage.

Ce dont je me serais rendu compte plus tôt si j'étais venue la voir de temps en temps.

Bourrée de remords, je retourne à mon ordi portable. Chaque fois que je me souviens que je ne vais pas pouvoir aller travailler lundi, je me sens minable, inutile, apeurée. J'ai besoin *de faire* quelque chose, *d'aider* quelqu'un, pour cesser de ruminer mes erreurs.

Je modifie le champ de recherche et bingo ! Quatre cents hommes entre soixante-dix et quatre-vingt-cinq ans cherchent l'amour.

– J'ai une idée, mamie. Mais tu m'écoutes, d'accord ? Il y a des *centaines* de partis possibles à Londres.

Elle fait tourner son mug vide entre ses mains.

– Je te l'ai déjà dit, Leena. Ta maman a besoin de moi en ce moment. Je ne peux pas aller à Londres.

– Maman s'en sortira très bien sans toi.

– Ah oui, hein ?

– Tu as besoin de faire un break, mamie. Tu mérites de faire un break. Allez… Dis-moi, qu'est-ce qui te poussait tant à aller à Londres, quand tu étais jeune ?

– Je voulais changer le monde, répond-elle avec un petit sourire. À l'époque, je devais penser que Londres était l'endroit où l'on pouvait faire de grandes choses. Et moi, je voulais vivre la grande aventure. Je voulais… héler un taxi avec un fringant inconnu et le laisser me ramener chez moi. Traverser le London Bridge en mission, avec le vent dans mes cheveux. Je voulais être quelqu'un d'important, je pense.

– Mais tu es quelqu'un d'important, mamie ! Pour commencer, Hamleigh s'écroulerait sans toi. Combien de fois as-tu sauvé l'épicerie du village, hein ? Cinq ?

Elle sourit.

– Je ne dis pas que je n'ai jamais rien fait d'utile dans ma vie. J'ai mis au monde ta mère qui à son tour vous a mises au monde, Carla et toi, ça me suffit amplement.

Je lui presse les doigts, émue.

– C'était quoi, ce travail ? Celui que tu as refusé pour te marier avec papy ?

Mamie baisse les yeux sur la table.

– Oh, c'était pour une organisation caritative qui montait des centres socioculturels à destination des jeunes de quartiers déshérités. Bah, je n'aurais fait que taper à la machine et apporter le café. Mais pour moi, ce n'était qu'un début. Je m'étais aussi choisi un appartement, pas trop loin de l'endroit où tu vis aujourd'hui, même si le quartier était bien différent, à l'époque.

– Quoi, tu aurais dû vivre à Shoreditch ? dis-je, fascinée. C'est tellement...

Je n'arrive pas à imaginer ce que serait devenue ma grand-mère si elle avait pris ce job. C'est une idée si étrange !

– Tellement difficile à croire ? me demande-t-elle avec ironie.

– Pas du tout ! C'est juste... génial, mamie. Il faut que tu viennes habiter quelque temps chez moi ! Vivre ta grande aventure à Shoreditch, comme tu en rêvais dans ta jeunesse.

– Il est hors de question que je laisse ta mère en ce moment, répète-t-elle d'un ton ferme. Et j'ai bien trop de choses à faire ici pour pouvoir m'absenter. Un point, c'est tout, Leena.

Et la revoilà partie avec ses « un point, c'est tout » ! Moi, je me sens en ébullition, comme quand je suis au bureau. Ça faisait un temps fou que ça ne m'était pas arrivé, cette montée d'adrénaline. Je sais que c'est ce qu'il faut à mamie, j'en suis sûre : c'est exactement ce dont elle a besoin.

Je repense soudain aux paroles de Bee sur la nécessité de me retrouver, de redevenir moi-même. Voilà un an que je me planque à Londres, ensevelie sous une montagne de travail. Un an que je fuis ma mère. Que je fuis tout et tout le monde, en réalité. Mais à présent, j'ai deux mois pour me remettre les idées en place. Et vu que je ne peux même pas poser les yeux sur la maison où Carla est morte...

S'il fallait commencer par là, justement ?

– Mamie... et si on faisait un échange ? Et si je restais ici pour mener à bien tous tes projets pendant que toi, tu prendrais mon appartement à Londres ?

Ma grand-mère ouvre de grands yeux.

– Un échange ?

– Un échange de lieux. Toi, tu pars vivre ton rêve londonien ! Tu essaies de te trouver quelqu'un, tu t'offres ta grande aventure… tu retrouves la femme que tu étais avant papy Wade. Pendant ce temps, moi, je viendrai m'installer ici. Je me déconnecterai de tout, à la campagne, j'essaierai d'analyser ce qui s'est passé, puis je m'occuperai de tes petits projets et je… j'aiderai maman si elle en a besoin. Je ferai tout ce que tu fais pour elle, tu sais, ses courses et tutti quanti.

J'ai un peu la tête qui tourne. Est-ce vraiment une bonne idée ? C'est carrément extrême, même pour moi.

Le regard de mamie se fait songeur.

– Tu viendrais t'installer ici ? Et tu serais là pour Marian en cas de besoin ?

Je vois clair dans son jeu. Elle n'en parle jamais, mais je sais qu'elle donnerait n'importe quoi pour nous réconcilier, maman et moi, vu que nous sommes en froid depuis le décès de Carla. En toute honnêteté, je pense que maman se débrouille cent fois mieux que mamie ne se l'imagine – en tout cas, elle n'a sûrement pas besoin qu'on soit aux petits soins pour elle – mais si mamie veut entendre que je la remplacerai auprès de maman, alors…

– Mais oui, bien sûr, absolument ! (Je tourne l'ordi vers elle.) Regarde, mamie ! Quatre cents hommes qui n'attendent que de te rencontrer à Londres.

Mamie remonte ses lunettes de lecture sur son nez.

– Ça par exemple ! s'exclame-t-elle en découvrant les photos à l'écran.

Ses lunettes dégringolent et son regard tombe sur la table.

– Mais j'ai d'autres responsabilités, ici. Les Voisins vigilants, Wallace et Gromit… et puis, c'est moi qui conduis la fourgonnette pour le bingo… Je ne peux pas te demander de te charger de tout ça.

Je réprime un sourire face à la liste faramineuse de ses responsabilités.

– Tu ne me demandes rien, c'est moi qui te le propose.

Un long silence s'ensuit.

– Ça paraît un peu fou, finit par dire mamie.

– Je sais. Et ça l'est, un peu. Mais je trouve aussi ça génial. (Je lui fais un grand sourire.) Je n'accepterai aucun refus de ta part, et tu sais que quand je dis ça, je le pense vraiment !

Mamie semble amusée.

– Ça, c'est vrai.

Elle pousse une lente expiration.

– Bonté divine… tu crois que je serai de taille à affronter Londres ?

– Oh, pitié, mamie ! La question, c'est plutôt de savoir si Londres sera de taille à t'affronter, toi.

6

EILEEN

Leena est repartie à Londres dès le lendemain. Elle n'a pas dû rester là-bas plus d'une heure, juste le temps de faire ses valises pour Hamleigh. Je ne peux m'empêcher de penser qu'elle avait peur de changer d'avis.

Car cet échange, c'est une idée folle, bien évidemment. Complètement dingue.

Mais c'est aussi génial, le genre d'idée que j'aurais pu avoir moi-même, avant. Avant que je ne m'habitue à ma place préférée aux réunions des Voisins vigilants, à mon fauteuil vert du salon et au confort de croiser toujours les mêmes personnes, été comme hiver. Avant que Wade ne mette sous l'éteignoir toutes mes idées dingues et géniales.

Plus Leena me parle de flâner dans Hyde Park et de visiter ses cafés préférés de Shoreditch et plus mon enthousiasme grandit. En plus, savoir que Leena est ici, à Hamleigh, près de sa mère… pff, j'irais bien plus loin que Londres – au bout du monde s'il le fallait ! – pour que ces deux-là se réconcilient enfin.

Installée à la table de la salle à manger, je lisse une nouvelle page de mon carnet à projets. La clé de toute l'opération sera de veiller que Leena ne se retrouve pas désœuvrée pendant son séjour ici. Sa chef a beau penser que ma petite-fille a besoin de ralentir le rythme pendant quelque temps, la dernière fois que Leena a fait quelque chose lentement, c'était en 1995 (elle a été *très* lente à apprendre à faire du vélo). Si elle ne trouve pas à s'occuper, elle risque de s'effondrer. Voilà pourquoi je lui laisse une liste où figurent quelques-uns de mes projets. Elle pourra toujours s'en charger en mon absence.

Projets

1. Promener le chien de Jackson Greenwood tous les mercredis matin à sept heures.

2. Conduire la fourgonnette pour le bingo du lundi de Pâques, à dix-sept heures. Plus de détails en p. 2.

3. Assister aux réunions des Voisins vigilants tous les vendredis à dix-sept heures. (Prendre des notes, sinon une semaine après personne ne se souviendra de ce qui aura été débattu. Ne pas oublier d'apporter des biscuits en plus quand c'est le tour de Basil. Il achète des biscuits secs périmés au magasin discount et ils ne valent rien pour tremper dans le thé.)

4. Organiser la kermesse du Premier Mai. (Je suis présidente du comité, mais mieux vaut voir avec Betsy pour ton inscription, elle aime bien se charger de ce genre de chose.)

5. Faire le grand nettoyage de printemps du jardin. (S'il te plaît, commence par la remise. Elle est quelque part sous le lierre.)

Voilà. Ça fait *des tas* de choses à faire.

Je jette un coup d'œil à la pendule de la salle à manger : il est déjà six heures du matin, et aujourd'hui, je pars pour Londres. Inutile de perdre du temps à se prendre la tête, comme dit Leena. Mieux vaut se jeter à l'eau sans réfléchir.

Sous mon excitation, la nervosité affleure. Je suis passée par pas mal d'angoisses, depuis un an, mais il y a belle lurette que je n'ai pas éprouvé le frisson de l'inconnu.

Je déglutis à grand-peine, les mains tremblantes sur mes genoux. J'espère que Marian comprendra qu'une période en tête à tête avec sa fille est la meilleure chose qui puisse leur arriver à toutes les deux. Et si elle devait à nouveau passer par une de ses crises, je sais que Leena ne la laissera pas tomber. Je dois lui faire confiance, en tout cas.

Leena surgit dans la salle à manger, en pyjama.

– Tes bagages sont prêts ?

Elle avait l'air complètement épuisée le samedi de son arrivée : sa peau, d'habitude lumineuse et dorée, était grasse et cireuse, et elle avait maigri. Aujourd'hui, ses cernes noirs ont disparu et pour une fois, elle a lâché ses cheveux, ce qui lui donne tout de suite l'air plus détendue. Leena a une magnifique crinière châtain, mais elle la tire toujours en arrière en la lissant avec tout un tas de lotions. Je la regarde avec amour. Ces bouclettes frisées dont elle se plaint tant lui font comme un halo dans la lumière, encadrant son petit visage au nez fin et aux sourcils graves et foncés – la seule bonne chose qu'elle ait héritée de ce qui lui sert de père.

Je sais que je ne suis pas tout à fait objective, mais je trouve ma petite-fille d'une beauté à couper le souffle.

– Oui, mes valises sont prêtes, dis-je d'une voix mal assurée.

Leena vient s'asseoir à côté de moi et passe un bras autour de mon cou.

– C'est ma liste de choses à faire ? me demande-t-elle en parcourant la feuille d'un air amusé. Mais mamie, combien de... il y en a combien de pages, exactement ?

– Non, mais ça, ce sont des petits détails que je te mets en plus...

– Attends, c'est bien un schéma de la télécommande de la télé ?

– Oui, elle est compliquée.

– Et... mais mamie, ce sont tous tes mots de passe, ça ? Et là, c'est ton code de carte bleue ?

– Non, c'est au cas où tu aurais besoin de ma carte de crédit d'urgence. Elle est dans le buffet. Je peux aussi te noter où je la cache, si tu veux.

– Non, non... je n'ai que trop d'infos sur tes données personnelles, dit-elle en sortant son téléphone pour le consulter. Merci pour tout, mamie, c'est très gentil, ajoute-t-elle, distraite.

– Une dernière chose. Il me faut ça.

– Pardon ? dit-elle avant de suivre mon doigt pointé. Mon téléphone ? Tu veux que je te le prête ?

– Non, je veux le garder pendant ces deux mois. Tu n'auras qu'à utiliser le mien. Et je prendrai aussi ton chouette petit ordinateur portable. Tu n'auras qu'à te servir de mon PC. Cet échange ne doit pas être qu'à mon avantage, tu sais. Tu as besoin de laisser ta vie londonienne derrière toi et ça passe par un sevrage de tous ces écrans auxquels tu es toujours collée.

Leena en reste bouche bée.

– Quoi, tu veux que je te laisse mon ordi et mon téléphone pendant *deux* mois ? Mais... je ne pourrai jamais...

– C'est impossible ? Tu ne peux pas vivre sans eux ?

– Si, je peux, s'empresse-t-elle de répliquer. C'est juste que je ne vois pas le... Je suis d'accord pour faire un break, mamie, mais pas pour me couper de l'humanité tout entière.

– Mais à qui veux-tu tant parler ? Tu peux toujours leur envoyer un texto, non ? Et leur dire que tu as changé de numéro de téléphone pour les deux mois à venir. Tiens, on va s'en occuper tout de suite et choisir les personnes que tu veux prévenir.

– Mais… et mes… et mes e-mails ? Mon travail…

Je prends une mine sévère. Leena souffle lentement, les joues gonflées.

– C'est un téléphone, Leena, pas une extension de toi-même. Je ne te demande pas de t'arracher un membre. Allez, passe-le-moi.

J'essaie de le lui prendre. Elle se crispe dessus, puis, prenant peut-être conscience du point auquel elle est ridicule, finit par le lâcher sans toutefois en détacher son regard. Je sors mon propre téléphone du tiroir du buffet.

– Quoi, ce truc ? râle-t-elle. Mais il date du néolithique !

– Il passe des appels et envoie des messages. C'est tout ce qu'on lui demande.

Je jette à nouveau un coup d'œil à la pendule. Plus que trois heures avant mon train. Que vais-je me mettre ? Si seulement j'avais réfléchi plus sérieusement à la question de savoir si les jupes-culottes étaient « tendance »… J'aime bien celle que Betsy m'a prêtée, mais je ne veux pas avoir l'air d'une vieille campagnarde démodée.

– Quelqu'un a frappé ? s'enquiert Leena d'un ton surpris.

Nous nous taisons, les deux téléphones entre nous, posés sur la table. On frappe en effet de façon insistante, mais le son ne vient pas de la porte d'entrée.

Je souffle.

– Pff, ce doit être Arnold. Il tape toujours au carreau de la cuisine.

Leena fronce le nez.

– Pourquoi ça ?

– Je l'ignore, dis-je en me levant avec irritation. Il y a un portillon dans la haie qui sépare son jardin du mien. Arnold a l'air de penser que ça lui donne le droit d'entrer chez moi quand bon lui semble.

– Quel con ! lance Leena, désinvolte, pendant que nous nous dirigeons vers la cuisine.

– *Chut !*

– Oh, mais Arnold, ce n'est pas celui qui devient sourd ?

– Non, tu confonds avec Roland, le mari de Pénélope.

– Ah, bon. Alors, dans ce cas : quel con ! murmure-t-elle dans un aparté théâtral qui me fait pouffer.

À peine entrées dans la cuisine, nous découvrons la figure d'Arnold qui s'encadre dans le carreau, énorme et menaçante. Malgré la buée qui recouvre la vitre, je distingue son nez d'aigle, ses cheveux hirsutes et les culs-de-bouteille qui l'aident à y voir. Je prends un air pincé.

– Oui, Arnold ? dis-je, refusant clairement d'ouvrir la fenêtre.

Avec lui, chaque conversation est un rapport de force. On doit défendre son point de vue pied à pied, même pour des détails dont tout le monde se fiche.

– Tes saletés de chats ! braille-t-il.

– Je t'entends parfaitement sans crier, merci, dis-je du ton le plus glacial possible. Tu es bien placé pour savoir que cette maison n'a pas de double vitrage.

Pour ça aussi, il est toujours sur mon dos.

– Tes saletés de chats ont mangé toutes mes pensées !

– C'est ridicule, les chats ne mangent pas les pensées.

– Les tiens, si ! rétorque-t-il, furieux. Tu veux bien ouvrir la fenêtre ou m'inviter à entrer, afin que nous puissions en discuter comme deux personnes civilisées ?

– Bien sûr, dis-je avec un sourire poli. Commence donc par faire le tour et aller frapper à la porte d'entrée, nous verrons bien si tu me trouves chez moi. Comme deux personnes civilisées.

Du coin de l'œil, je vois que Leena me regarde, pantoise.

– Je sais bien que tu es chez toi ! s'énerve Arnold dont les sourcils se rapprochent en une expression orageuse, comme quand je lui casse vraiment les pieds. Alors, ouvre-moi la porte de derrière, s'il te plaît !

J'affiche toujours mon sourire poli.

– Elle est coincée.

– Je t'ai vue passer par là pas plus tard que ce matin, pour aller sortir tes poubelles !

Je hausse les sourcils.

– Comment, Arnold, *tu m'espionnes* ?

Il se trouble.

– Non, bien sûr que non. J'ai juste vu que… tu sais, ça glisse dehors quand il pleut. Tu devrais vraiment faire poser une barre d'appui près de cette porte.

Je me hérisse. Les barres d'appui, c'est bon pour les vieilles dames qui ne tiennent plus sur leurs jambes. Quand j'en serai là, j'espère me mouvoir le plus gracieusement possible à l'aide d'un déambulateur, d'un monte-escalier ou de toute autre monstruosité. Mais vu que pour l'instant, je suis encore capable de faire mes vingt longueurs à la piscine de Daredale et même de piquer un petit jogging pour ne pas louper mon bus, je n'aime pas du tout qu'on me fasse passer pour une vieille tremblotante qui a besoin d'une barre d'appui.

Et bien entendu, c'est précisément pour m'énerver qu'Arnold l'a suggéré. Le vieux couillon !

– Eh bien, dit Leena d'un ton enjoué, cette conversation est très constructive, mais comme nous avons beaucoup de choses à faire ce matin, on pourrait peut-être avancer ? Avez-vous vu de vos yeux les chats manger vos pensées, Arnold ?

Arnold hésite. C'est un piètre menteur, il est incapable de sortir un bobard sans se ménager une longue pause avant.

– Non, finit-il par reconnaître. Mais je sais que ce sont eux. Ils sont toujours fourrés dedans, ils n'arrêtent pas de manger mes fleurs pile quand elles viennent de s'ouvrir.

Leena hoche la tête d'un air sage.

– Eh bien, Arnold, dès que vous en aurez la preuve, passez-nous donc un coup de téléphone. Comme je vais garder la maison d'Eileen pendant les deux mois à venir, ce sera à moi que vous aurez affaire.

Arnold cligne des yeux d'un air ahuri. De mon côté, je me retiens pour ne pas sourire. Quand Leena prend son ton professionnel, elle devient merveilleusement intimidante.

– D'accord ? conclut-elle.

– Contentez-vous de surveiller ces chats ! lance Arnold avant de repartir à grands pas vers le portillon qui fait communiquer nos deux jardins.

– Il faut que tu remplaces ce portillon par une grosse barrière, suggère Leena. Tu as été *hilarante*, mamie – je ne te savais pas si peau de vache.

Je veux protester, mais c'est un sourire qui me vient aux lèvres. Leena me serre affectueusement le bras.

– Tu verras, mamie, tu vas t'en sortir comme une fleur, à Londres. Bien ! Et maintenant, allons te chercher la tenue *idéale* pour tes débuts de Londonienne, d'accord ?

Je serre ma fille de toutes mes forces. Nous sommes dans l'entrée et par-dessus son épaule, je vois le salon : le lit de Carla a disparu, mais les chaises sont toujours disposées en arc de cercle autour de l'endroit où il était. La pièce n'a jamais retrouvé son agencement d'origine.

– Tout ira très bien, ne t'en fais surtout pas pour moi, me dit Marian d'un ton assuré. C'est une excellente idée, je trouve. Tu as tellement besoin de faire un break, maman !

Mais elle s'est remise à pleurer. Il y a bien longtemps que je n'ai pas vu ses yeux bruns autrement qu'obscurcis : désormais, ils sont cernés de noir, comme deux petites ecchymoses. Elle a toujours été belle, ma Marian… les garçons lui couraient après, les filles copiaient sa coiffure, les parents nous regardaient, Wade et moi, perplexes, en se demandant d'où nous avions pu sortir une telle beauté. Elle a la même peau dorée que Leena et ses cheveux souples sont illuminés de reflets miel qui font l'envie de tous les coiffeurs. Mais aux commissures des lèvres, de nouvelles rides lui tirent la bouche vers le bas et son pantalon de yoga souligne sa maigreur. Ce n'est pas possible, je ne peux pas la laisser pendant deux mois. Comment ai-je pu l'envisager une seule seconde ?

– Non, n'y songe même pas ! dit Marian en agitant un doigt grondeur. Je vais très bien. Tout va bien se passer. Et puis il y aura Leena !

Dans son sourire ironique, j'entrevois l'ancienne Marian, malicieuse et impulsive.

– Je dois dire, maman, que je ne te pensais pas capable de persuader ma fille de venir s'installer ici, à un kilomètre de son horrible mère, pendant deux longs mois.

– Leena n'a jamais dit que tu étais une horrible mère. Et d'abord, c'est elle qui a eu l'idée !

– Pas possible ?

– Eh si ! Mais je suis d'accord avec elle : ce sera une bonne chose pour vous deux.

Marian sourit, plus faiblement cette fois.

– C'est merveilleux, maman. Je suis sûre que d'ici ton retour, nous nous serons retrouvées, elle et moi, et que tout ira mieux entre nous.

Marian… toujours optimiste, même dans les abîmes du chagrin. Bouleversée, je lui serre très fort les bras avant de l'embrasser sur la joue. Oui, cet échange, c'est la meilleure opération qui soit. Notre famille est dans une ornière. Si nous voulons en sortir, il faut faire bouger les choses.

À ma grande surprise, la plupart des Voisins vigilants sont venus me dire au revoir sur le quai de la gare de Daredale – c'est le docteur Piotr qui les a tous conduits dans la fourgonnette scolaire, le brave homme ! C'est que ça leur fait loin, depuis Hamleigh, et je suis tout émue. Quand une Betsy larmoyante me fait passer son numéro de téléphone fixe – « au cas où tu ne l'aurais pas noté quelque part » –, je me demande soudain pourquoi je quitte Hamleigh-in-Harksdale. Quelle mouche m'a piquée ? Puis je regarde le docteur Piotr, Basil avec son pin's du drapeau britannique au revers de sa veste et Leena, à l'écart, mince, réservée, et ma résolution se raffermit aussitôt.

C'est la meilleure chose à faire pour ma famille. Qui plus est, je vais avoir quatre-vingts ans. Tant qu'à vivre une aventure, autant que ce soit maintenant.

Leena m'aide à monter dans le train et hisse mes valises dans le porte-bagages, extorquant aux autres voyageurs la promesse qu'ils m'aideront à les descendre à l'arrivée à Londres. Nous nous embrassons et après un dernier au revoir, elle saute du wagon à la dernière seconde.

Je fais signe à mes amis par la fenêtre tandis que le Yorkshire s'éloigne lentement. Le train sillonne les champs en direction de Londres, et tout à coup j'éprouve comme un regain de vie, une trépidation intérieure, un nouvel espoir, tel un lévrier qu'on vient de lâcher sur la piste.

7

LEENA

La maison de ma mère se situe dans Lower Lane. Elle est mitoyenne, avec une porte gris tourterelle et un heurtoir en laiton. Après avoir poireauté sur le pas de la porte, je sors la clé que m'a donnée mamie. J'ai oublié la mienne à Londres… un bel acte manqué ou je ne m'y connais pas.

Ça me fait tout drôle de m'introduire dans la maison de ma mère, mais ce serait encore plus étrange de frapper à la porte. Il y a un an et demi, j'aurais débarqué sans réfléchir.

Plantée sur le seuil, j'essaie de respirer calmement. L'entrée est tellement identique à mes souvenirs que j'en ai des frissons : la vague odeur de produits d'entretien, la vieille console en bois, l'épais tapis en peluche, si moelleux sous les pieds. Maman a toujours aimé les maisons – elle est agent immobilier – mais je suis soudain frappée par le caractère un peu suranné de l'endroit : elle n'a pas touché à la déco des anciens propriétaires et le jaune crème des murs est bien éloigné de l'audacieux papier peint de la maison où j'ai grandi. Cette maison-là a été achetée par commodité – elle a été achetée pour Carla, pas pour maman.

C'est horrible de revenir ici. Je ressens le même coup de poing à l'estomac que lorsqu'on aperçoit un ex-copain à une soirée – cette impression que vos deux vies passées se télescopent au présent.

Et puis, je la vois, au fond de l'entrée : la porte du salon. J'avale ma salive. Je ne peux pas la regarder. Je préfère me concentrer sur l'immense photo encadrée de Carla, sur la table au pied de l'escalier. Maman l'a posée là à la mort de ma sœur. Je déteste cette photo. En entrant chez ma mère, j'ai l'impression d'arriver à la veillée funèbre. En plus, Carla ne se ressemble pas du tout sur cette photo : habillée pour le bal de fin d'année, elle a les cheveux en chignon et le visage encadré de deux mèches lissées, comme Keira Knightley dans *Love Actually*. Pour l'occasion, elle avait ôté son piercing de nez et la photo avait été prise avant qu'elle se soit fait mettre ses piercings aux sourcils – elle a l'air bizarre sans eux. Elle disait toujours que son visage n'était pas normal sans quelques clous par-ci par-là. « Un peu comme si toi, tu sortais sans cinq couches de laque », me taquinait-elle en tirant sur ma queue-de-cheval.

Maman apparaît en haut de l'escalier, en jean et pull ample. Tandis qu'elle descend les marches, je la sens électrique, comme si je l'avais surprise en pleine préparation d'un repas de fête ou se hâtant d'aller accueillir un visiteur important.

– Bonjour, Leena, dit-elle en s'arrêtant net au pied de l'escalier.

Elle est beaucoup plus mince qu'avant, toute en coudes et en genoux saillants. Je détourne le regard, gênée.

– Salut, maman.

Je reste plantée sur le paillasson. Elle s'approche prudemment, comme si je risquais de m'enfuir. De mon côté, je vois deux versions de ma mère en même temps, comme un dessin sur papier carbone. La femme qui se tient devant moi, fiévreuse, fragile, sur le point de se briser : celle qui a aidé ma sœur à mourir et qui a refusé de m'écouter quand je lui disais qu'on avait encore le choix, qu'il y avait d'autres options, des traitements expérimentaux et des soins en clinique privée. Et en dessous, je vois la femme qui m'a élevée, ma mère : un tourbillon de reflets miel et de grandes idées. Impulsive, brillante, irrésistible, et toujours, toujours à mes côtés.

Le seul fait de la regarder me met dans une colère qui m'affole. Je déteste ce sentiment, je déteste le sentir s'épanouir dans mon ventre comme des volutes d'encre dans de l'eau. C'était vraiment une idée stupide de me forcer à revenir ici pendant huit longues semaines ! Je veux éteindre ma colère – je veux lui pardonner – mais quand je la vois et que je me souviens, les émotions me reviennent en boomerang.

Fitz avait raison : c'était vraiment la dernière chose à faire après mon attaque de panique de la semaine dernière.

Maman esquisse un sourire d'excuse.

– Je t'avoue que je ne sais pas comment on doit s'y prendre, toi et moi. Mais je suis très contente que tu sois là. C'est un début.

– Oui. Je suis juste passée te dire que… tu sais, comme a dit mamie, je t'aiderai pour tout ce qu'il faut. Les courses et autres.

Maman me regarde d'un drôle d'air.

– Mamie t'a dit que j'avais besoin qu'on m'aide à faire mes courses ?

En réalité, ma grand-mère ne m'a pas vraiment précisé en quoi je devrais aider ma mère, bien qu'elle ait toujours évoqué la chose d'un ton très sérieux.

Je me trémousse, mal à l'aise.

– Bref, je t'aiderai pour tout ce dont tu as besoin.

La boule d'anxiété est revenue se coincer entre mes côtes.

Maman incline la tête sur le côté d'un air d'invite.

– Tu ne veux pas entrer ?

Je n'en sais rien encore. Je pensais en être capable, mais au pied du mur, je n'en suis plus si sûre. Je cherche à changer de sujet et mon regard se pose sur la photo préférée de maman, accrochée au mur. On y voit un temple indonésien avec en premier plan une yogi très souple dans la posture de l'arbre. Elle a changé le cadre, je crois – intéressant qu'elle n'ait modifié que ça et rien d'autre. Elle nous désignait toujours cette photo quand elle avait passé une mauvaise journée au travail ou quand Carla et moi la rendions folle. « Allez, les filles : en dix respirations, je pars là-bas. » Elle fermait alors les yeux et s'imaginait au pied du temple, avec la yogi. Lorsqu'elle rouvrait les yeux, elle disait : « Voilà. Ça va mieux. »

Mon regard se pose sur la surface de la table. Elle croule littéralement sous les… les pierres ? Les cristaux ?

– C'est quoi, toutes ces petites pierres ?

Ma mère mord immédiatement à l'hameçon.

– Oh, ça ! ce sont mes cristaux. Ils m'ont fait beaucoup de bien. Je les ai achetés en ligne. Ça, c'est une obsidienne flocon de neige – elle élimine les chagrins, elle nettoie l'âme… et celle-là, c'est une aigue-marine, elle donne du courage et…

– Maman, tu…

Je m'interromps. Je ne devrais pas lui dire que ce n'est qu'un ramassis de conneries, mais c'est tellement énervant de la voir passer par toutes ces phases ! Au début, elle déborde toujours d'enthousiasme, persuadée que sa dernière lubie va tout arranger. Et puis, quand l'obsidienne n'élimine pas par enchantement le chagrin d'avoir perdu sa fille (ça alors !), elle s'effondre à nouveau. Mamie trouve qu'il n'y a pas de mal à ça, mais pour moi, c'est cruel de la voir y croire à chaque fois. La potion magique, ça n'existe pas. Tout ce qu'on peut faire, c'est aller de l'avant, même quand ça fait un mal de chien.

– Tiens, celle-là, je l'ai achetée pour toi, dit-elle en prenant une pierre dans le tas. C'est une pierre de lune. Elle favorise l'intuition et fait remonter à la surface les émotions enfouies. C'est la pierre des nouveaux départs.

– Je ne suis pas sûre que ce soit le moment de faire remonter mes émotions à la surface, dis-je.

Ma petite plaisanterie tombe à plat.

– Lorsque les émotions ressurgissent, tu as l'impression qu'elles vont te briser, poursuit maman, imperturbable. Mais en fait, non. Toutes mes crises m'ont aidée, chacune à leur manière. Je le crois très sincèrement.

Je la dévisage, surprise.

– Quelles crises ?

Maman fronce légèrement les sourcils, son regard croisant brièvement le mien, et elle avance vers moi.

– Désolée, je pensais que ta grand-mère t'en aurait parlé. C'est sans importance. Prends la pierre de lune, Leena, tu veux bien ?

– Je ne veux pas de pierre de lune. Quelles crises ?

– Tiens, insiste-t-elle, la main tendue. Prends-la.

– Je te dis que je n'en veux pas. Qu'est-ce que tu voudrais que j'en fasse, d'abord ?

– Pose-la près de ton lit.

– Je n'en veux pas.

– Prends-la, d'accord ? Cesse d'être aussi étroite d'esprit !

Elle me fourre la petite pierre dans les mains. Je m'écarte vivement et la pierre de lune tombe sur le paillasson avec un léger bruit mat et pourtant assourdissant. Nous restons plantées là, à contempler le ridicule caillou à nos pieds.

Ma mère s'éclaircit la voix avant de le ramasser.

– Recommençons depuis le début, me dit-elle avec douceur. Entre. Viens prendre une tasse de thé.

Elle me désigne le salon. Je me braque.

– Non, je dois y aller. Mamie m'a laissé toute une liste de choses à faire et je... il faut que je m'y mette.

Un long silence.

– Bon. Je peux au moins avoir un câlin d'au revoir ? finit par me demander maman.

J'hésite un moment avant de lui ouvrir mes bras. Je la sens toute frêle contre moi, ses omoplates saillent anormalement sous mes doigts. Nos mouvements sont contraints – ce n'est pas un vrai câlin, c'est un agencement corporel, une formalité.

Une fois dehors, je me surprends à prendre de grandes goulées d'air, comme si j'avais retenu ma respiration chez ma mère. Je retourne chez mamie, d'abord d'un pas rapide, puis de plus en plus rapide, avant de me mettre carrément à courir. Au lieu de m'arrêter devant la maison, je la dépasse, j'embraye sur la nationale et enfin, je sens se diluer l'encre noire de ma colère. Le chagrin, la pitié s'apaisent dans la foulée.

C'est en revenant sur mes pas que je m'aperçois que ma mère a glissé la pierre de lune dans la poche de mon blouson. Il faut lui rendre justice : quand elle a quelque chose en tête, rien ne peut la faire dévier. Je tiens ça d'elle.

C'est sans doute une partie du problème.

En temps normal, quand je suis dans cet état-là, je me plonge dans le travail. De préférence dans une tâche débordant de données : les chiffres, c'est mieux que les lettres pour se vider la tête. Ça vient sûrement de leur sécheresse, ils sont comme une pointe fine face au fusain des mots.

En l'absence de tout travail à faire, je me suis rabattue sur la liste de mamie. Je m'essaie donc au jardinage.

Jusqu'ici, je ne suis pas fan.

Quelle corvée ! C'est tout bonnement… sans fin ! J'ai rempli deux sacs de lierre avant de m'apercevoir qu'il y en avait tout autant de l'autre côté de la remise, mais aussi le long des troncs et dans les arbres ! Il y a même de sales petites racines crampons qui se sont faufilées sous le plancher. D'ailleurs, il y a plus de lierre que de remise. Si je l'arrache dans sa totalité, que restera-t-il au juste ?

Je me masse l'épaule en contemplant les collines qui ondulent derrière le vieux mur de pierre au fond du jardin : les nuages sont d'un gris particulièrement menaçant. Quelle excellente excuse pour fuir l'énormité de la tâche !

Je rentre dans la maison. C'est étrange d'être à Clearwater Cottage sans mamie, de faire du thé dans ses tasses en porcelaine à motifs, de me déplacer comme si j'étais chez moi. Mais Ethan va venir ce week-end, je me sentirai moins seule. En fait, je pense que cette séparation est la meilleure chose qui pouvait nous arriver après cette année d'enfer : des week-ends à deux, à buller au coin du feu, à discuter de petits riens, à parler de tout sauf de Selmount…

Rhaa, Selmount ! Mot banni. Toutes pensées concernant ma boîte doivent être laissées à la porte de Clearwater Cottage : elles ne doivent pas en franchir le seuil. Comme Arnold, selon les notes que m'a laissées mamie.

On frappe – à la porte d'entrée cette fois, pas à la fenêtre de la cuisine. Je baisse les yeux sur ma tenue. Mon cher sweat *Buffy* est couvert de terre et de petits bouts de… de je ne sais pas quoi, de feuilles mortes et de trucs verts. Je ne suis pas vraiment en état de recevoir des visiteurs. Et si je faisais semblant de ne pas être là ? Oui, mais je suis à Hamleigh… la personne qui frappe a sans doute reçu un appel d'Arnold lui confirmant que j'étais dans le jardin. Je secoue la tête pour débarrasser mes cheveux du plus de saletés possible et je vais à la porte.

La personne à qui j'ouvre est le genre de vieille dame qui, dans un épisode de *Doctor Who*, se révélerait être un alien. La vieille dame trop parfaite pour être vraie. Cheveux permanentés gris-blanc, petit foulard impeccable, lunettes au bout d'une chaîne, sac à main serré sur le ventre. Je me souviens d'elle. Elle faisait partie de la petite troupe de personnes âgées qui sont venues dire au revoir à mamie à la gare de Daredale, et je suis sûre de l'avoir déjà vue chez mamie et papy quand j'étais petite. Betsy, je crois ?

– Bonjour, mon chou, dit-elle. Alors, comment t'en sors-tu sans Eileen ?

J'ouvre de grands yeux.

– Eh bien, euh… ça ne fait qu'un jour qu'elle est partie, donc… tout va bien. Merci.

– Tu t'occupes de tous ses projets en cours, c'est ça ?

– Oui, oui, je gère tout sans problème. Si mamie peut le faire, je peux sûrement le faire aussi.

Betsy me dévisage avec le plus grand sérieux.

– Il n'y en a pas deux comme Eileen.

– Non, bien sûr que non. Je voulais seulement dire que… Oh !

Sans m'avoir réellement bousculée, Betsy est entrée dans le vestibule et se dirige d'un pas décidé vers le salon. Je la suis du regard, perplexe, avant de me rappeler mes bonnes manières.

– Une tasse de thé ? dis-je en refermant la porte d'entrée.

– Sans lait, avec deux sucres ! réplique Betsy en se carrant dans un fauteuil.

Je vais à la cuisine, incrédule. Si une de mes voisines s'invitait comme ça chez moi, à Londres… Sans mentir, je crois que je pourrais appeler la police.

Une fois que nous sommes toutes les deux installées devant un thé, le silence se fait. Betsy me regarde, avec l'air d'attendre quelque chose, mais je n'ai pas la moindre idée de ce que je suis censée dire. Faire la conversation à mamie, c'est facile parce que c'est mamie, mais sinon, je ne sais pas ce qu'on doit raconter à une vieille personne. La seule autre que je connaisse, c'est papy Wade, et c'est un con. Du coup, je l'ai toujours plus ou moins ignoré.

Et si je voyais ça comme un meeting avec un nouveau client ? Je m'apprête à débiter les banalités auxquelles je recours en cas de grave nécessité, quand Betsy me coupe l'herbe sous le pied.

– Alors, et toi ? Comment vas-tu, ma chère petite Leena ? me demande-t-elle en prenant une gorgée de thé.

– Oh, moi, ça va très bien, merci.

– Non, mais… en vrai, insiste-t-elle en me transperçant du regard, ses yeux d'un bleu délavé pleins de sérieux et de concentration.

Je change de position sur mon siège.

– Je vais très bien… vraiment.

– Ça fait… oh, plus d'un an, maintenant, n'est-ce pas, que vous avez perdu Carla ?

Je déteste cette expression, « perdu Carla ». Comme si nous n'avions pas fait suffisamment attention à elle et que nous l'ayons laissée partir par inadvertance. Nous n'avons pas de mots adéquats pour parler de la mort – ils sont tous trop petits.

– Oui. Un an et deux mois.

– Quelle charmante petite c'était…

Je m'absorbe dans la contemplation de mon thé. Je doute que Betsy ait vraiment aimé Carla : ma sœur était une jeune femme trop hardie et trop effrontée pour trouver grâce aux yeux de la vieille dame. Je serre les dents, surprise de sentir mes paupières se mettre à brûler, signe que les larmes ne sont pas loin.

– Et ta mère… Ça a été très dur pour elle, n'est-ce pas ?

Comment cette conversation a-t-elle si vite dérapé vers des sujets intimes ? Je bois quelques gorgées de mon thé, mais il est trop chaud et je me brûle la langue.

– Chacun vit son deuil à sa manière.

Je trouve cette réplique très utile dans ce genre de conversation. En général, ça clôt le débat.

– Oui, mais elle s'est tout de même… effondrée, n'est-ce pas ? Est-ce qu'elle parvient vraiment à faire face, voilà la question que je me pose.

Je dévisage Betsy. Sa façon d'empiéter sur mon intimité confine à l'impolitesse, non ?

– Ne peut-on faire quelque chose pour elle ? propose-t-elle en reposant sa tasse de thé. Tu ne veux pas nous laisser lui venir en aide ?

– Qu'est-ce que vous pourriez bien faire, vous ?

Ma question a claqué de façon trop brutale, avec ce « vous » presque insultant qui m'a échappé. Betsy se hérisse, vexée.

Je bafouille :

– Je veux dire… Je ne vois pas ce que…

– Je comprends très bien, réplique Betsy d'un ton sec. Je ne pourrai lui être d'aucune utilité, c'est certain.

– Non, je voulais simplement dire que…

Mais la sonnerie du téléphone de Betsy retentit soudain, stridente dans notre silence embarrassé. Betsy met une éternité pour répondre, se débattant maladroitement avec l'étui en cuir.

– Allô ?

Une voix métallique grince au bout du fil, indistincte, mais incontestablement forte.

– Il y a du jambon et du fromage au frigo, si tu veux te faire un sandwich, répond Betsy.

Nouveau grincement métallique.

– Eh bien, j'étale la mayonnaise d'un côté et… Oui. Je suis sûre que tu… très bien, Cliff chéri, je vais rentrer. Oui. Tout à fait. Je fais au plus vite.

Je n'en crois pas mes oreilles. L'a-t-il sommée de rentrer à la maison pour lui préparer un sandwich ? C'est tellement ridicule que… si jamais Ethan me faisait une chose pareille, j'éclaterais de rire, c'est sûr, parce que ce serait tellement absurde que je flairerais tout de suite la blague. Cela dit, c'est sans doute différent pour la génération de Betsy. Il y a cinquante ans, tout le monde aurait trouvé normal qu'une femme prépare chacun des repas de son mari.

Betsy range le téléphone dans son sac, puis tente de se lever d'un bond sans toutefois trouver l'élan nécessaire. Elle retombe donc dans le fauteuil, aussi impuissante qu'un culbuto.

Consciente de m'y être prise comme un manche, je tente de l'amadouer :

– Restez donc encore un peu. Votre mari peut sûrement attendre, si vous voulez qu'on…

– Non, mon mari ne peut pas attendre, réplique Betsy d'un ton sec. Je dois m'en aller.

Je m'apprête à l'aider à se lever du fauteuil.

– Non, non, merci, ça ira très bien.

Une fois debout, elle me décoche à nouveau un de ses regards graves.

– J'espère, Leena, que tu mesures l'ampleur de la tâche que tu as acceptée en venant ici.

C'est plus fort que moi, je me mords la lèvre pour ne pas sourire. Betsy se rembrunit un peu plus.

– Je suis sûre que tout ça doit paraître très simple à quelqu'un comme toi, mais Eileen fait des tas de choses à Hamleigh et nous avons besoin que tu la remplaces. J'imagine que tu vas te charger des responsabilités qui sont les siennes au comité d'organisation du Premier Mai ?

– Oui, absolument, dis-je en réussissant à garder mon sérieux, cette fois.

– Bon. Très bien. Je passerai t'apporter ta liste de tâches en temps voulu. Au revoir, Leena.

Sur ces mots, elle fait une sortie que je ne peux que qualifier de théâtrale.

6

8

EILEEN

Franchement, c'est un miracle que je sois encore en vie. Depuis mon arrivée à Londres, j'ai frôlé la mort à cinq reprises.

1. J'ai failli être écrasée par un « vélo collectif » : un étrange véhicule propulsé par un tas de jeunes gens qui pédalent en poussant de grands cris de joie tout en éclusant des bières. Je me demande avec un peu d'inquiétude dans quel état seront mes genoux demain matin, mais le côté positif, c'est qu'ils sont toujours rattachés au reste de ma personne.

2. J'ai pris un escalator du côté gauche (ce n'est pas la chose à faire, ai-je appris à mes dépens).

3. J'ai mangé un « sauté » préparé par Fitz (très mauvais cuisinier. C'était dégoûtant. J'essaierai de lui enseigner une ou deux choses pendant mon séjour ici).

4. J'ai changé de métro à la station Monument (mon plan dit bien que c'est la même station que Bank, mais je n'en suis pas convaincue. Il m'a fallu faire une sacrée trotte entre les deux. Comme j'avais déjà les jambes en compote après ma rencontre avec le vélo collectif, j'ai dû prendre un siège à côté d'un musicien de rue qui jouait de l'ukulélé. Il a été très compréhensif. Il m'a prêté son ampli pour que je m'asseye dessus).

5. J'ai croisé le chat de la voisine, un féroce tigré à qui il manque la moitié d'une oreille. Dans l'escalier, il s'est jeté sur moi en crachant, avant de s'assommer contre la balustrade. Au moins, le pire a été évité…

J'ai du mal à me l'avouer, mais je suis exténuée, et plus qu'un peu secouée. Tout va trop vite à Londres et les gens sont aimables comme des portes de prison. Dans le métro, un homme m'a injuriée parce que je montais trop lentement ; quand je me suis arrêtée pour prendre un plan dans Oxford Street, une dame m'a heurtée sans même s'excuser. Puis, de retour à l'immeuble où vit Leena, j'ai croisé ses voisins d'en bas, un jeune couple au look artiste, des gens qui mettent des chaussettes dans leurs sandales. Eh bien, quand j'ai voulu leur faire un brin de causette, la femme a carrément levé les yeux au ciel à l'adresse de son mari.

Je suis en total décalage, ici. De toute la journée, je n'ai vu que trois personnes qui m'ont semblé avoir plus de soixante-dix ans et l'une d'elles s'est révélée être un artiste de rue déguisé en Einstein.

L'idée m'a traversé l'esprit, je l'avoue, que les choses auraient été un peu plus faciles si je n'avais pas été toute seule – si j'avais eu Wade à mes côtés, par exemple –, mais Wade ne serait jamais venu dans Oxford Street. Il ne me manque pas, mais c'est parfois l'idée d'un mari qui me manque, quelqu'un qui me prêterait son bras pour m'aider à descendre le marchepied incommode du bus, qui me tiendrait mon parapluie pendant que je règle ma tasse de thé.

Pourtant, je dois rester positive. Mon aventure ne fait que commencer et il fallait s'attendre à ce que les débuts soient difficiles. Il faut simplement que je m'occupe. Demain soir, Bee, l'amie de Leena, vient à l'appartement pour m'aider dans mes « rencontres en ligne ». D'après Leena, Bee est une experte en la matière. Qui sait, peut-être que d'ici jeudi, j'aurai trouvé quelqu'un ?

Dans le frigo de Leena, le lait commence à cailler ; je le verse dans l'évier en soupirant et je prends mon sac à main en vue d'une nouvelle sortie. Cette fois, débarrassée des voisins mal élevés en chaussettes et sandales, je peux jeter un bon coup d'œil en arrivant en bas. Il y a un grand espace ouvert entre la cage d'escalier et la porte de l'immeuble : trois canapés y sont disposés selon des angles bizarres, l'un maculé de taches étrangement noirâtres, les deux autres couverts de taches étrangement claires. La moquette est élimée, mais il y a deux magnifiques baies vitrées qui laissent entrer le soleil à flots. C'était sans doute conçu au départ pour être une partie commune… quel dommage que personne n'en ait jamais rien fait !

Dès que je rentre de mes emplettes, le féroce chat tigré bondit du sofa taché de sombre pour venir se frotter à mes mollets. Il ne marche pas tout à fait droit. J'espère que sa rencontre avec la balustrade ne lui a pas causé de traumatisme au cerveau… J'ai repéré sa maîtresse, ce matin, elle sortait de l'immeuble en traînant un chariot à provisions. C'est une vieille dame toute voûtée, atteinte d'alopécie. J'hésite en regardant le chat grimper l'escalier d'une démarche sinueuse. Il a l'air complètement ivre.

S'il s'agissait de Wallace ou de Gromit, j'aimerais que quelqu'un me prévienne. Ici, les choses se passent peut-être de façon différente, mais une bonne voisine reste une bonne voisine, où qu'on se trouve.

Je monte l'escalier et vais frapper à la porte de la propriétaire du chat, en posant mon sac de courses entre mes pieds.

– Oui ? fait une voix.

– Bonjour ! Je suis la grand-mère de Leena.

– Qui ?

– La grand-mère de Leena.

– La grand-mère de qui ?

– De Leena. Votre voisine d'à côté, dis-je patiemment.

Peut-être que la vieille dame perd un peu la boule. Pénélope aussi a commencé à se dégrader à partir de la tête – c'est affreusement triste, quoique le bon côté des choses, c'est qu'elle semble avoir oublié qu'elle ne peut pas encadrer Roland. C'est comme une seconde lune de miel entre eux.

– Laquelle c'est, celle-là ? demande la femme. (Sa voix est éraillée comme si elle avait besoin de se racler la gorge.) La lesbienne, celui qui s'habille chic ou l'autre ?

J'accuse le coup. Martha est sans conteste la lesbienne – elle m'a tout raconté sur sa copine après que j'ai mis les pieds dans le plat en demandant qui était le père de l'enfant. Et j'ai beau adorer ma petite-fille, lorsqu'elle n'est pas en tailleur, elle porte toujours un sweat à l'effigie d'une vedette de la télé. Pas tout à fait le genre chic. Ce qui nous laisse…

Je hasarde :

– Euh… l'autre ?

– Celle avec la tignasse châtain clair tirée en arrière ? Petite, qui court toujours dans tous les sens, toujours maussade ?

– Leena a de très beaux cheveux, dis-je d'un ton sec avant de me mordre la langue. Mais… oui, c'est ça. Ça doit être elle.

– Ah. Bon. Merci, mais ça ne m'intéresse pas, conclut la dame que j'entends s'éloigner de la porte d'un pas traînant.

– Qu'est-ce qui ne vous intéresse pas ? dis-je, surprise.

– Ce que vous voulez.

Je fronce les sourcils.

– Mais je ne veux rien.

Je commence à comprendre pourquoi Arnold se fâche si fort quand je ne le laisse pas entrer. Ce n'est pas très pratique pour mener une conversation.

– Je suis venue vous parler de votre chat.

– Ah…

Elle semble encore plus méfiante qu'avant, mais je l'entends revenir de son pas traînant jusqu'à la porte qu'elle entrebâille de quatre ou cinq centimètres. Deux grands yeux bruns me fixent dans cet interstice.

– Je crains qu'il n'ait rencontré la balustrade de l'escalier, dis-je d'un ton d'excuse. C'est-à-dire qu'il s'y est cogné.

Les yeux s'étrécissent.

– Vous lui avez donné un coup de pied, hein ?

– Quoi ? Mais non ! Jamais je ne donnerais un coup de pied à un chat, dis-je, horrifiée. J'en ai moi-même deux, vous savez. Deux chats noirs, ils s'appellent Wallace et Gromit.

Les yeux bruns s'animent et la porte s'entrouvre un peu plus.

– J'adore les chats noirs.

Je souris.

– Dans ce cas, nous allons bien nous entendre, dis-je en lui tendant la main dans l'entrebâillement de la porte. Je m'appelle Eileen.

Elle prend un temps infini pour saisir ma main, mais alors que je suis sur le point de me décourager, ses doigts se referment enfin sur les miens.

– Moi, c'est Letitia. Voulez-vous… je ne pense pas que vous… (Elle se racle la gorge.) Je suppose que vous ne voulez pas entrer ? Pour me parler du chat, s'empresse-t-elle de préciser.

– Au contraire, avec plaisir ! dis-je en mettant un pied à l'intérieur de l'appartement.

L'appartement de Letitia est tout aussi singulier qu'elle, mais pas dans le sens qu'on pourrait croire. Elle-même ressemble à… à une sans-abri, mais à l'intérieur, c'est une tout autre histoire. L'appartement est bourré à craquer d'antiquités et de curiosités. Des pièces de monnaie anciennes, disposées en spirale sur des tables en chêne, des plumes scintillantes, dorées et bleu paon, accrochées par des pinces à linge sur un fil d'étendage, de délicats bols en porcelaine soigneusement empilés dans des vitrines aux pieds filiformes et aux poignées en fer forgé. C'est tout à fait extraordinaire. Un croisement entre une boutique d'antiquaire et un musée très exigu – voire une chambre d'enfant.

Ma troisième tasse de thé à la main, je lui souris largement au-dessus de sa collection de pots et de vases qui occupent presque toute la surface de la table de la salle à manger. Je ne me suis pas sentie aussi bien de toute la journée. Quelle *fascinante* voisine ai-je découverte là ! C'est sidérant que Leena ne m'ait jamais parlé d'elle, même si ces deux-là ne semblent pas se croiser très souvent. J'ai du mal à le croire, vu que seule une mince cloison sépare leurs deux existences, mais d'après ce que j'ai compris, Letitia n'adresse la parole à aucun de ses voisins. Ou plutôt, aucun de ses voisins n'adresse la parole à Letitia.

Je m'étonne :

– Personne ? Pas une seule personne de l'immeuble n'est venue se présenter lors de son emménagement ?

Letitia fait non de la tête, ce qui fait cliqueter de longs pendants d'oreilles qui lui tirent sur les lobes. Ça lui donne un air assez mystique.

– Non, personne ne me parle, dit-elle sans rancœur particulière. Je pense que vous êtes la première à qui je dis un mot depuis… depuis vendredi dernier, quand je me suis fait livrer mes surgelés.

– Oh, ma pauvre… Et cette partie commune, en bas ? Vous avez essayé de vous asseoir là ? De cette façon, les gens seraient bien obligés de vous dire bonjour en passant.

– J'ai essayé, une fois. Mais quelqu'un s'est plaint. Il paraît que ce n'était pas bon pour l'image de l'immeuble. Alors je reste chez moi, maintenant. Ici, au moins, je n'embête personne.

– Mais c'est affreux ! Vous ne vous sentez pas seule ? dis-je avant de me reprendre. Pardonnez-moi d'être aussi indiscrète…

– Si, je me sens seule, répond Letitia au bout d'un moment. Mais j'ai Solstice. Ma chatte. Qui marche toujours un peu bizarrement, au fait.

Nous avions effectivement commencé par parler de son chat, puis nous avons tout de suite enchaîné sur d'autres sujets et trois heures ont passé.

– Eh bien ! Je suis vraiment navrée que ma Leena ne soit jamais venue vous dire bonjour.

Letitia hausse les épaules. Remarquant les taches sur sa robe tunique, je frémis un peu.

– Elle est rarement chez elle, d'après ce que j'ai compris et quand elle est là, c'est avec son homme, là… celui qui a les cheveux brillants. Je ne l'aime pas. Je le trouve…

Letitia agite la main, faisant valser un attrape-rêves au-dessus de sa tête, qui, à son tour, fait tinter un carillon violet et argent.

– Je le trouve *timoré*.

Ooh, j'adore cette Letitia.

Elle regarde le contenu de ma tasse. Tout un assortiment de feuilles noires s'est déposé au fond.

– Vous voulez que je vous lise l'avenir ? me demande-t-elle.

– Vous lisez dans les feuilles de thé ?

– J'étais diseuse de bonne aventure, à l'époque, m'explique Letitia. Je m'installais sur Trafalgar Square et je lisais les lignes de la main.

Letitia est peut-être la femme la plus intéressante que j'aie jamais rencontrée. Quand je pense qu'elle reste coincée chez elle, été comme hiver, sans que personne vienne lui rendre visite ! Combien d'autres personnages fascinants sont mis au rebut dans Londres, oubliés dans leurs petits appartements ?

– Comme c'est excitant ! Oui, je vous en prie, lisez-moi donc l'avenir ! dis-je en poussant ma tasse vers elle.

Mais elle me fait signe de la reprendre.

– Faites-la tourner de la main gauche. Au moins trois fois.

J'obéis en regardant les feuilles agiter le fond de thé.

– Comme ça ?

– Oui, c'est bien.

Elle me prend la tasse et verse délicatement le thé restant dans la soucoupe, ne laissant que les feuilles collées au fond. Elle fait lentement tourner la tasse, dans un sens puis dans l'autre, en respirant profondément, absorbée dans sa lecture. Je me surprends à retenir ma respiration. Je ne suis pas sûre de croire qu'on puisse lire l'avenir au fond d'une tasse de thé, mais après tout, qu'est-ce que j'en sais ? Je me demande l'espace d'une seconde ce qu'en dirait Wade – il était *très* critique à propos de tout ça – avant de chasser vivement cette pensée. Je me fiche pas mal de ce qu'en dirait ce vieux con !

– Hum… fait Letitia.

– Oui ? dis-je d'un ton plein d'espoir.

Elle pince les lèvres, refait « hum… », puis me regarde d'un air d'excuse.

À mon tour, je scrute le fond de la tasse

– Vous ne… vous ne voyez rien ?

– Oh, que si, je vois quelque chose, réplique Letitia en se caressant le menton. C'est tout à fait… clair.

Elle repousse la tasse vers moi en la tournant de façon que l'anse pointe vers elle.

Je regarde les feuilles de thé. Les épaules de Letitia se mettent à trembler avant que j'aie vu ce qu'elle voit. Et quand l'hilarité me prend aussi, elle ulule déjà de rire, sans retenue, des larmes au coin des yeux, sa tunique tachée tressautant à chaque hoquet.

Les feuilles de thé dessinent… des parties génitales. Des parties génitales masculines. J'aurais voulu le faire exprès que ça n'aurait pas été plus clair.

– Et qu'est-ce que ça veut dire, hein ? dis-je quand je retrouve enfin ma respiration.

– À mon avis, ça veut dire que vous allez au-devant de choses agréables, répond Letitia en s'essuyant les yeux. Ou alors que lire dans les feuilles de thé, c'est con comme une bite.

Je porte la main à la bouche, choquée par ce vocabulaire, avant d'éclater de rire à nouveau. Ça faisait longtemps que je ne m'étais pas autant amusée. Depuis… bref. Je ne me souviens plus.

– Vous reviendrez me voir ? s'enquiert Letitia.

Je lui prends la main en évitant les vases qui encombrent la table.

– Aussi souvent que vous accepterez de me recevoir.

Je désigne la tasse de thé du menton.

– J'imagine que vous voudrez savoir ce qui va advenir de votre petite prédiction, n'est-ce pas ?

– Il n'y a rien de petit là-dedans, réplique Letitia, déclenchant un nouveau fou rire entre nous.

9

9

LEENA

Six heures vingt-deux… je suis réveillée. Apparemment, c'est une nouvelle habitude. Je file au petit coin, puis je m'efforce de me rendormir, mais j'ai laissé la porte de la chambre ouverte et il ne faut que vingt secondes à Wallace le chat pour se glisser à l'intérieur, repérer ma figure et s'asseoir dessus.

Je le repousse en grognant et je me lève. Ah, c'était Gromit et pas Wallace. Baptiser deux chats Wallace et Gromit est tout à fait le genre de blague qu'adore faire ma grand-mère. Pourtant, si je lui pose la question, je suis sûre qu'elle feindra l'innocence et affirmera que c'est papy Wade qui en a eu l'idée.

En bas, après avoir donné à manger à Wallace/Gromit – qui a miaulé sans discontinuer tout au long de l'escalier, s'arrêtant à peine pour respirer entre deux modulations plaintives –, je regarde d'un œil endormi l'assortiment de thés derrière la bouilloire, tous rangés dans de vieilles boîtes à biscuits soigneusement étiquetées. Punaise, qu'est-ce que je ne donnerais pas pour la machine à café de Fitz ! Le matin exige un coup de pouce particulier que ni le thé ni même le café instantané ne sont en mesure de donner.

C'est mercredi, autrement dit, le jour où je dois sortir le chien de Jackson Greenwood. J'ai veillé très tard hier soir pour lui faire cuire des friandises à partir de ce que j'ai pu trouver dans le frigo de mamie. J'ai fait quelques recherches sur la promenade des chiens et apparemment, les friandises en sont un élément essentiel. Sauf que quand je me suis rendu compte que les magasins, ou plutôt le magasin, était fermé, j'ai dû improviser en vitesse. Me voilà maintenant nantie de cubes spongieux à base de viande hachée, d'œuf et de Weetabix écrasé… Je les ai mis dans un sac à sandwichs, sur le buffet. Ça a l'air dégoûtant.

Pendant que la bouilloire chauffe, je regarde mes friandises pour chien. Et là, je me demande : mais qu'est-ce que je fous dans cette cuisine ? Puis – parce que ce genre de pensée mène rarement à quoi que ce soit de constructif et qu'il est un peu tard pour changer de plan maintenant –, je me fais une tasse de thé.

Je flâne dans le vestibule, ma tasse à la main, quand j'aperçois une lettre sur le paillasson. Elle est adressée à *Leena Cotton* d'une grosse écriture tremblée. À l'intérieur, une liste manuscrite qui commence par :

Responsabilités du comité d'organisation du Premier Mai, à confier à Leena Cotton durant les congés d'Eileen Cotton, codirectrice de longue date.

Les congés ! Je manque m'étouffer avec mon thé.

1. Paillettes.
2. Lampions.
3. Élagage des arbres – organiser.
4. Buffet (stands).
5. ~~Trouver un sponsor.~~
6. Guirlandes.
7. Toilettes de chantier.
8. Panneaux.
9. Parking.
10. Déguisements pour défilé.

Ma curiosité est officiellement piquée. Pour le coup, ça me semble un projet amusant – je n'ai jamais organisé d'événements jusqu'à ce jour et au vu de cette liste, mamie se charge d'une énorme partie de la logistique : le parking, les panneaux, les stands de nourriture. Et… les paillettes. Quoi que ça puisse vouloir dire. Je vais devoir demander à Betsy.

Un frémissement naît au creux de mon ventre, cette petite excitation qui me saisissait chaque fois qu'un nouveau projet arrivait sur mon bureau. Je songe soudain au beau business plan aux couleurs coordonnées que j'avais concocté pour B & L Boutique Consulting. Les dossiers sont sur Dropbox : je pourrais les récupérer sur l'ordinateur de mamie, tout à l'heure. Mon excitation s'accroît. Je vide mon thé en une gorgée tout en relisant la liste.

L'entrée « Trouver un sponsor » a été barrée. Je me souviens maintenant que mamie avait dit qu'elle espérait trouver un parrainage pour la kermesse du Premier Mai. Elle souhaitait que les bénéfices de la vente des entrées puissent aller à l'association d'aide aux malades du cancer qui nous a tellement soutenues durant la maladie de Carla. Avait-elle renoncé à son projet ? Je fronce les sourcils et, saisissant un stylo sur la console, je note un astérisque en face de l'entrée raturée.

Encore une tasse de thé et me voilà dehors. J'éprouve une certaine curiosité à l'idée de revoir Jackson Greenwood. Petite, quand je séjournais chez mes grands-parents, je l'avais quasiment sous le nez puisqu'il habitait chez Arnold : c'était un garçon taciturne et renfrogné, toujours en train de courir à grandes enjambées dans le jardin, leur vieux chien sur les talons. Jackson était le genre de garçon que tout le monde qualifiait d'enfant « à problème », sans qu'il ait jamais rien fait de mal. Il était juste maussade.

Apparemment, Jackson est devenu instituteur à l'école primaire du village. Et ça ne… colle pas avec l'image que j'ai gardée de lui. Pour moi, les enseignants d'école primaire sont des personnes souriantes et pleines d'entrain qui disent des choses comme « Bien essayé ! » alors que Jackson passait son temps à tirer la tête.

Aujourd'hui, il vit dans l'un des nouveaux pâtés de maisons de Hamleigh. En approchant du lotissement, je suis frappée par son étrange absence de profondeur sur l'arrière-plan ombreux des Dales, les belles collines du Yorkshire. On dirait une maquette informatique en 2D : voilà à quoi va ressembler le lotissement une fois terminé. Sous la lumière des réverbères, les jardins sont gris et uniformes, pelouse rase et gravier, sauf devant la maison de Jackson où pousse tout un enchevêtrement de végétation luxuriante. Il a transformé son jardin en potager. Dieu sait ce que doivent en penser ses voisins les plus proches – leurs jardins à eux sont davantage en harmonie avec les autres, romarin en pot de terre cuite et petites plantes grimpantes bien domestiquées, escaladant des treillages près de la porte d'entrée.

Dès que je frappe à la porte, des aboiements surexcités retentissent avant de cesser tout net. Je fais la grimace. Quelqu'un vient de se faire gronder…

Jackson ouvre la porte, mais avant que j'aie pu voir sa tête, une énorme boule de fourrure noire – sa laisse volant entre ses pattes – me rentre dans le ventre et m'expédie à la renverse.

Ouf !

Je suis violemment tombée sur le coccyx, mon poignet a pris tout le poids de ma chute, mais mon principal souci, c'est le chien qui me lèche le visage avec un enthousiasme démesuré.

– Bonjour… Tu… est-ce que tu… Bon sang, mais…

Le chien s'est assis sur moi et commence à mordiller mon collier. Oh, non ! voilà qu'il se met à tirer dessus, maintenant ! Génial, c'est…

– Oh, merde, je suis désolé !

Une grosse main tire le chien en arrière.

– Assis, Hank !

Le dénommé Hank se détache de moi à contrecœur et atterrit en position assise. Par malheur, il a emporté mon collier entre ses crocs, je vois le pendentif danser au bout de la chaîne cassée. Hank contemple son maître avec adoration et je suis la direction de son regard.

Ça me fait tout drôle de revoir Jackson. C'est incontestablement le gamin que j'ai connu, mais c'est comme si on avait défroissé ses traits d'adolescent : sa mâchoire s'est détendue et ses épaules se sont relâchées. Le garçon maussade s'est mué en géant à la belle carrure. L'air tout endormi, la tignasse brune en bataille, il arbore ce qui semble être une tache de café sur son tee-shirt et un très gros trou au genou gauche de son jean. Du côté de la main qui tient fermement la laisse de Hank, une bande de peau blanche indique l'emplacement de sa montre : il a pris un léger coup de soleil sur l'avant-bras, un exploit quand on connaît le printemps anglais.

Jackson possède l'un de ces visages indéchiffrables qui signifient soit qu'on est profond et mystérieux, soit qu'on n'a pas grand-chose à dire. Du coup, je ne sais pas vraiment comment interpréter son expression. Je dirais qu'elle se situe à mi-chemin entre la confusion et la timidité.

– Vous n'êtes pas Eileen Cotton.

Son accent du Yorkshire est plus marqué que dans mon souvenir – ou alors c'est moi qui suis restée éloignée trop longtemps.

– Mais si, c'est moi. Leena. Tu te souviens ?

Il me dévisage avec perplexité. Puis ses yeux s'écarquillent.

– Leena Cotton ?

– C'est ça !

– Ah…

Au bout de quelques secondes interminables, Jackson porte son regard vers l'horizon et s'éclaircit la voix.

– Tu as… changé. Je veux dire, physiquement.

– Toi aussi ! Tu es beaucoup plus…

Je pique un fard. Dans quoi me suis-je embarquée avec cette phrase ? Le premier mot qui m'est venu à l'esprit, c'est « viril ». Or, ce n'est pas le genre de qualificatif que je compte énoncer à voix haute.

– Il paraît que tu enseignes à l'école primaire, maintenant ? dis-je à toute vitesse.

– Eh oui, c'est ça.

Il fourrage dans sa tignasse. À présent, elle est tout ébouriffée.

– Eh bien !

Je baisse les yeux sur Hank qui a lâché mon collier et s'efforce maintenant de le récupérer par terre, tâche très certainement frustrante en l'absence de pouces opposables.

Je m'exclame d'une voix forte :

– J'imagine que c'est le chien !

Mais qu'est-ce qui me prend de crier comme ça ?

Jackson se racle la gorge.

– Eh oui… C'est Hank.

Puis, comme il ne développe pas davantage, je lance :

– Super ! Bon. Je vais le promener, donc ?

Jackson hésite, la main toujours fourrée dans ses cheveux.

– Hein ?

– Le chien. Tu veux que je le sorte ?

Jackson baisse les yeux sur Hank. Celui-ci lui rend son regard, sa queue balayant méthodiquement mon collier sur le pas de la porte, d'avant en arrière et d'arrière en avant.

– Où est Eileen ? me demande Jackson au bout d'un long moment de sidération.

– Ah, elle ne t'a pas dit ? Elle est partie vivre à Londres pendant deux mois. Pendant ce temps, c'est moi qui garde sa maison et qui m'occupe de ses projets – toutes les petites choses qu'elle fait au village…

– C'est qu'elle en fait, des « petites choses », tu sais… dit Jackson en se grattant la nuque.

C'est un geste qu'un autre mec pourrait faire de manière étudiée, dans le seul but d'exhiber ses biceps, mais chez lui, ça paraît tout à fait naturel. Jackson a un côté désordonné qui le rend très sexy, impression renforcée par ses yeux très bleus et son nez de rugbyman, tout tordu d'un côté suite à une fracture.

– Pas de problème, je gère la situation ! dis-je avec conviction.

– Tu as déjà promené un chien ?

– Non, mais ne t'en fais pas, je me suis bien préparée.

Inutile de lui parler de mes recherches extensives sur les promenades, les caractéristiques des labradors et l'itinéraire que m'a donné mamie.

Jackson recommence à gratter le pelage de Hank.

– Il n'a que huit mois, mais il est un peu agité. Si je demande à Eileen de le promener le mercredi, c'est qu'elle est très douée avec lui, et puis ça me laisse le temps de préparer un peu mes cours avant l'arrivée des enfants…

Je tente de reprendre mon collier ; avec un petit jappement, Hank se jette sur ma main que je retire vivement en glapissant de peur. Zut ! C'est précisément ce qu'il ne faut pas faire, je le sais pourtant ! J'aurais dû lui présenter le dos de ma main.

– Hank ! gronde Jackson. C'est très mal élevé de ta part. Assis !

Hank obéit, la tête basse, l'image même de la contrition. Néanmoins, je ne suis pas sûre que cette attitude traduise des remords véritables. Ses yeux de chien battu sont toujours fixés sur mon collier.

Je m'éclaircis la voix.

– Donc, je te le ramène dans une heure ?

– Oui, merci. Si tu es sûre que ça te va. Je serai à l'école. Tiens, me dit Jackson en me tendant une clé. Tu n'auras qu'à la laisser sous la véranda après avoir enfermé Hank.

Je considère la clé dans ma paume. Je sais bien que nous ne sommes pas à proprement parler des étrangers l'un pour l'autre, mais ça fait dix ans que je n'ai pas parlé à Jackson et je suis un peu surprise qu'il me donne l'accès libre à sa maison. De toute façon, je n'ai pas le temps d'y réfléchir car, très vite, Hank, envisageant la possibilité que la clé soit une friandise, me saute dessus pour voir ça de plus près.

Jackson le force à se rasseoir.

– Petit crétin ! Je n'ai jamais vu un chien aussi diabolique à éduquer, m'avoue-t-il d'un air penaud, mais en grattant affectueusement Hank derrière les oreilles.

Ah, de mieux en mieux… Un chien diabolique.

– Tu es sûre que tu t'en sens capable ? me demande Jackson qui a peut-être perçu mon hésitation.

Il semble assez peu convaincu par mes capacités.

Après l'incident de tout à l'heure, il est clair que je suis un *tantinet* moins enthousiaste à l'idée de promener ce chien, mais si Jackson ne m'en croit pas capable, je vais devoir m'y coller, un point c'est tout.

– On va très bien s'en sortir tous les deux, pas vrai, Hank ?

Hank me saute dessus d'un air extasié. Je perds l'équilibre en poussant un petit cri. Google ne m'a peut-être pas *complètement* préparée à cette épreuve.

– Eh bien, allons-y ! dis-je d'un ton faussement confiant. Salut !

– À plus tard ! me lance Jackson alors que nous partons comme des fusées sur le chemin. Au moindre problème, tu n'as qu'à…

Mais je n'entends déjà plus rien. Hank a très, très envie de courir. La vache ! Pas besoin de prendre de l'élan, il me traîne littéralement derrière lui. Oh, crotte, il est sur la route, il est sur la… Ah, c'est bon, on revient sur le… Mais qu'est-ce qu'il mange, là ? Où est-ce qu'il a dégoté ce truc ?

Nous traversons le village en direction des champs environnants : les dix plus longues minutes de ma vie. Nous passons devant *la totalité* des habitants de Hamleigh-in-Harksdale – on dirait qu'ils se sont tous donné le mot pour sortir de chez eux à ce moment précis, histoire de me voir traînée par un labrador surexcité.

Sur toute la longueur de Middling Lane, un vieux monsieur tente de me dépasser sur son scooter pour handicapé. Le large vêtement de pluie qui le protège contre la bruine le dissimule presque entièrement ; à travers le plastique, il me crie :

– Tu devrais faire marcher Hank au pied !

– D'accord ! Merci !

– C'est ce que fait Eileen ! braille le vieil homme en roulant à ma hauteur.

– C'est bon à savoir, dis-je d'un ton enjoué, alors que le chien s'efforce de me démettre l'épaule. Au pied, Hank ! dis-je du ton sémillant que l'on prend pour parler aux chiens ou aux petits enfants.

Hank ne me jette même pas un regard.

– Je m'appelle Roland, me lance l'homme sur le scooter pour handicapé. Tu dois être Leena.

– Oui, c'est ça. Au pied, Hank ! Au pied !

Attiré par une odeur intéressante, Hank pile net. Surprise, je trébuche sur lui et il recommence à me lécher le visage alors que je suis à terre. Entre-temps, Roland en a profité pour me dépasser de façon triomphale, ce que je trouve éminemment agaçant : à aucun moment je n'ai consenti à faire la course avec lui, mais il est clair que je viens de la perdre.

Une fois sortie du village et hors de portée de tous ces yeux inquisiteurs, je force Hank à s'arrêter. Je m'appuie enfin à un arbre. Putain de merde, l'exercice tient plus du parcours du combattant que de la promenade ! Mais comment ma grand-mère arrive-t-elle à maîtriser cette bête sauvage ?

Je regarde autour de moi – je me souviens de ce champ. Bien sûr, il est différent par temps gris, mais Carla et moi, on venait pique-niquer ici, quand on était petites ; un jour, elle était restée coincée en haut de cet arbre et avait bruyamment éclaté en sanglots. Même lorsque je l'avais guidée dans sa descente, calmement, un pied après l'autre, elle n'avait pas cessé de pleurer.

D'un coup de tête, Hank me ramène brutalement au présent. Tirant sur sa laisse avec l'énergie du désespoir, il en décolle les pattes avant du sol. Sur Internet, il était bien précisé de ne pas laisser le chien tirer sur sa laisse. Je suis censée l'encourager à revenir vers moi.

Je pioche une friandise dans le sac.

– Hank!

Hank fonce sur moi, gobe la friandise et se remet aussitôt à tirer sur sa laisse. La même scène se reproduit trois fois. Les friandises se sont mises en purée au fond du sac à sandwichs : je sens des résidus d'œuf et de viande hachée sous mes ongles.

Vaincue, je me remets en route et je fais le tour du champ en marche sportive. De temps en temps, je tente un optimiste « Au pied ! » ou je tire Hank de mon côté, mais en toute honnêteté, c'est moi que ce chien promène.

Je porte les bottes en caoutchouc de mamie – il se trouve que je n'en ai pas et que nous faisons la même pointure. Elles n'ont pas cessé de me frotter au niveau du talon depuis que je suis partie de Clearwater Cottage. Et pour couronner le tout, j'ai un énorme caillou au bout d'un orteil. Je tente sans succès de faire stopper Hank, puis je me penche pour ôter la botte qui me fait mal.

Ce faisant, je tiens fermement la laisse, personne ne peut dire le contraire. Évidemment que je la tiens. Qui relâcherait son attention avec un chien tel que Hank ? Sauf que… je ne sais pas comment ça s'est produit, mais dans la confusion, pendant que je sautillais à cloche-pied, que ma botte se renversait et que je tentais de ne pas mettre ma chaussette dans la boue, il semblerait que j'aie lâché la laisse.

Hank est parti comme un boulet de canon. Lancé à fond de train, ses pattes se croisant presque au milieu, il file avec pour seul objectif les champs au-delà.

Merde ! Merde !

J'ai piqué un sprint après lui, mais courir avec une seule botte, c'est très difficile – un peu comme faire une course en sac. Au bout de quelques pas, je trébuche et tombe à nouveau. Hank s'éloigne de moi au grand galop. Je me remets debout tant bien que mal, affolée, le souffle court. Oh, non ! Oh, non ! Je ne le vois même plus… Il est… Il est… où est-ce qu'il est passé ?

Je retourne enfiler ma botte en toute hâte et je me mets à courir. Je n'ai jamais couru aussi vite de ma vie. Après quelques minutes d'errance, je me mets en mode « contrôle de situation de crise », comprenant enfin qu'il vaudrait mieux que j'organise mes recherches de façon *légèrement* plus méthodique. Hors d'haleine, je me mets donc à zigzaguer à travers champs. À force de m'agiter en vain, je fonds en larmes, ce qui n'arrange pas ma foulée, et enfin, au bout de presque une heure, je m'écroule sous un arbre en sanglotant.

J'ai perdu le chien de Jackson. Remplacer ma grand-mère était censé être facile, reposant, quelque chose que *je ne pouvais pas foirer*. Mais c'est horrible. Dieu sait ce qui a pu arriver à Hank, maintenant ! Pourvu qu'il n'ait pas atteint la nationale ! Et si… Et s'il se faisait manger ? Existe-t-il un animal mangeur de chiots dans les collines du Yorkshire ? Oh, mon Dieu, si seulement j'arrêtais de bramer comme un veau !

Au bout de quelques minutes, je me relève : rester assise est encore pire que courir. J'appelle Hank de toutes mes forces, je m'époumone, mais il y a tellement de vent que je m'entends à peine. Dire qu'il y a encore une semaine, je livrais un plan en seize points, debout devant tout le monde dans une salle de réunion : comment faciliter l'achat massif d'actions dans le cadre d'un changement d'initiative managériale. À présent, je pleure à chaudes larmes dans un champ, en hurlant « Hank ! » dans le vent, les pieds à vif et les cheveux (sûrement en pétard) me giflant le visage. On peut dire que je gère la situation de façon catastrophique. Pourtant, en temps normal, je suis plutôt douée pour gérer les situations d'urgence. En tout cas, je suis certaine que Rebecca a pointé cette qualité chez moi lors de ma dernière évaluation.

Je me raccroche à cette idée. Je respire aussi calmement que je peux. Pas d'autre choix que de retourner à Hamleigh. Je n'ai pas le numéro de Jackson (énorme négligence de ma part : comment ai-je pu oublier de le lui demander ?) et il faut qu'il soit informé de ce qui se passe.

J'en ai la nausée. Il va me détester, c'est clair. Je me déteste déjà moi-même. Oh, pauvre Hank, tout seul, là-bas, dans les champs ! Il est sans doute tout démuni maintenant qu'il a compris qu'il m'avait perdue. Je sanglote de plus belle – j'ai du mal à respirer. Allons, il faut que je me ressaisisse. Allez ! Allez ! Mais c'est quoi, mon problème à la fin ?

La traversée de Hamleigh m'avait paru pénible à l'aller, mais au retour, c'est cent fois pire. Des yeux me scrutent derrière les carreaux et par les embrasures. De l'autre côté de la rue, un enfant me montre du doigt :

– Regarde, maman, une femme des cavernes !

Roland, qui repasse en scooter pour handicapé, ouvre de grands yeux en arrivant à ma hauteur.

– Qu'est-ce que tu as fait de Hank ?

– Je l'ai perdu, dis-je entre deux sanglots.

Il pousse une exclamation étouffée.

– Bonté divine !

Serrant les dents, je continue à marcher.

– Il faut organiser une battue, s'échauffe Roland. Nous devons tout de suite réunir le comité du village ! Je préviens Betsy.

Oh non, pas Betsy !

– Il faut d'abord que je parle à Jackson, dis-je en m'essuyant le visage du revers de la manche. S'il vous plaît. Laissez-moi lui parler avant de prévenir Betsy.

Mais Roland est très occupé à effectuer un demi-tour en trois points et au ralenti. Il ne semble pas m'avoir entendue. Je m'égosille :

– Laissez-moi d'abord parler à Jackson !

– Ne t'inquiète pas, Leena, nous allons retrouver Hank ! me lance-t-il par-dessus son épaule, avant de filer dans un ronronnement électrique.

Je pousse un juron et poursuis péniblement ma route. Je répète dans ma tête ce que je vais dire à Jackson, mais il n'y a pas de bonne façon d'annoncer à quelqu'un qu'on a perdu son chien. Ressasser cette conversation imaginaire augmente ma nausée. Au moment où j'arrive chez Jackson, je suis dans le même état de tension qu'avant une grosse présentation, ce qui, si je me base sur mes dernières performances, signifie sans doute que je vais faire une attaque de panique.

Je sonne à la porte. Pourvu que le paillasson s'ouvre à la façon d'une trappe, comme dans les dessins animés, et que je disparaisse à tout jamais sous terre !

Mais Jackson vient m'ouvrir et là, j'ai une accablante sensation de déjà-vu.

Pattes qui dérapent, chute en arrière, chien qui me lèche la face, maître du chien qui nous toise de toute sa hauteur…

– *Hank !*

J'enfouis mon visage dans sa fourrure en le serrant de toutes mes forces, vu qu'il remue comme un cheval de rodéo.

– Hank ! Oh, mon Dieu, j'ai cru que…

Je lève les yeux, consciente du regard de Jackson sur moi.

Il me paraît très grand, tout à coup. Il était déjà grand tout à l'heure, mais maintenant il est carrément… *imposant*. Il ne ressemble plus du tout à un aimable géant, on dirait plutôt un homme qui pourrait mettre un terme à une bagarre de bar d'un simple mot prononcé lentement, à voix basse.

– Je suis désolée, Jackson, vraiment désolée, dis-je pendant que Hank m'escalade, ses pattes laissant des traces de boue sur mon jean déjà dégoûtant. Je t'en prie, il faut me croire ! Je n'ai pas fait exprès, il m'a échappé. Je suis désolée. Je croyais m'être bien préparée, mais… je suis vraiment navrée. Tu es en retard à cause de moi ?

– J'ai prévenu l'école quand la pasteur m'a téléphoné pour me dire qu'elle avait vu Hank trotter dans Peewit Street. Le directeur s'occupe de ma classe.

J'enfouis mon visage dans la fourrure du chien.

– Ça va, toi ? me demande Jackson.

– Si moi, je vais ? fais-je d'une voix étouffée.

– Tu as l'air… euh…

– D'une folle ?

Jackson tique légèrement.

– Ce n'est pas ce que j'allais dire.

Je lève les yeux sur lui : son expression s'est radoucie et il s'est adossé à l'encadrement de la porte.

– Je vais très bien, dis-je en m'essuyant les joues. Mais je me sens vraiment nulle, j'aurais dû faire plus attention.

– Écoute, tout est bien qui finit bien. Tu es sûre que ça va ?

Hank entreprend une inspection complète de mes bottes, les reniflant sauvagement tout en me fouettant par intermittence avec sa queue.

– Tu n'es pas obligé d'être aimable, dis-je en esquivant un coup de queue. Tu as le droit d'être en colère contre moi. Je le mérite.

Jackson me dévisage avec perplexité.

– J'étais en colère contre toi, c'est vrai, mais… Tu t'es excusée, non ?

– Oui, euh… Mais, bon…

Jackson me regarde me remettre debout et faire un vague geste pour épousseter mon jean.

– Tu es pardonnée, si c'est ça que tu veux, me dit-il. De toute façon, Hank est un petit crétin, je n'aurais jamais dû te laisser partir avec lui dans la campagne.

– Je te revaudrai ça, dis-je en tentant de reprendre contenance.

– Ce n'est pas la peine.

– Si, dis-je d'un ton décidé. Au contraire. Donne-moi une corvée à faire et je la ferai. Tu veux que je fasse le ménage dans les classes après l'école ?

Tu as besoin d'aide pour la partie administrative ? Je suis très douée pour la paperasse.

– Tu veux que je te mette des heures de colle, c'est ça ? me demande-t-il d'un air amusé.

– Non, mais j'ai vraiment tout foiré, dis-je, frustrée. J'essaie juste de réparer ma bêtise.

– Elle est réparée… Mais si tu cherches à tout prix un job à faire, il y a une classe qui aurait bien besoin d'un coup de pinceau. Ça, ça me rendrait vraiment service.

– Mais oui, bien sûr ! Donne-moi une heure et j'y serai.

– D'accord. Je te ferai signe.

Il s'accroupit près de Hank, lui gratte les oreilles et relève les yeux vers moi.

– Tu n'as rien à te reprocher, Leena. Tout va bien. Il est à nouveau sous contrôle, tu vois ?

Hank est peut-être à nouveau sous contrôle, mais moi, je ne le suis pas du tout. Qu'est-ce qui m'a pris de courir en rond dans les champs, en hurlant dans le vent, en pleurant comme une folle ? C'est Bee qui a raison : rien ne va plus, je ne suis plus moi-même.

10

EILEEN

Lorsque Bee débarque dans l'appartement, j'en reste muette d'admiration. C'est tout simplement la personne la plus glamour que j'aie jamais vue. Son visage est d'une beauté à couper le souffle, en dépit – ou peut-être en raison – de son asymétrie : un œil un peu plus haut que l'autre, un coin de la bouche légèrement plus retroussé. Elle a une peau d'un caramel magnifique et des cheveux extraordinairement raides et brillants, on dirait une eau noire ruisselant par-dessus un barrage. L'espace d'un instant, j'essaie d'imaginer la vie qu'on doit avoir quand on est aussi jeune et belle. On doit pouvoir tout faire, je pense.

Une demi-heure avec Bee et je découvre avec stupeur qu'il n'en est rien.

– Impossible de trouver un mec dans cette ville pourrie, lance-t-elle en remplissant nos verres de vin pour la deuxième fois. Ils sont tous nuls à chier – pardon pour mon vocabulaire. Leena n'arrête pas de me dire qu'on trouve des hommes bien partout, qu'il faut embrasser quelques crapauds pour trouver le prince charmant, mais ça va faire un an que je léchouille des amphibiens et je suis en train de *perdre la foi*.

La fin de sa phrase est soulignée par plusieurs rasades de vin.

– Désolée, Eileen… je ne veux pas vous décourager. Peut-être que ça se bouscule sur le marché des plus de soixante-dix ans.

– Ça, j'en doute… dis-je, démoralisée.

Je suis même gênée de discuter de ma vie sentimentale avec Bee : si une fille comme elle n'arrive pas à trouver un homme, comment diable y parviendrais-je ? Je n'ai même pas été capable de garder mon mari.

Voyant la tête que je fais, Bee pose son verre de vin.

– Oh, ne m'écoutez pas. C'est moi qui en ai marre des rendez-vous merdiques. Mais là, ce n'est pas pareil ! Des perspectives radieuses s'ouvrent à vous. Allons jeter un coup d'œil à votre profil en ligne, d'accord ?

– Oh, non, ne t'embête pas avec ça, dis-je d'une petite voix, me remémorant toutes les choses embarrassantes que Leena a inscrites dessus : *Adore sortir ! Jeune de cœur ! Cherche l'amour !*

Ignorant mes protestations, Bee ouvre son ordinateur portable.

– Leena m'a donné votre mot de passe, dit-elle en pianotant sur le clavier. Ooh, il y a déjà quelques messieurs qui vous ont laissé des messages !

– Non, c'est vrai ?

Je me penche pour mieux voir, remontant mes lunettes sur mon nez. Bonté divine, mais qu'est-ce que… Seigneur !

Bee referme l'ordinateur d'un geste brusque.

– Hum… fait-elle en écarquillant les yeux. Bon. Vous venez de vivre un moment clé. Votre première *dick pic*.

– Ma première *quoi* ?

Bee fait la grimace.

– Écoutez, c'est encore plus compliqué que d'expliquer à ma fille d'où viennent les bébés. Euh…

Je me mets à rire.

– Ne t'inquiète pas pour moi. J'ai soixante-dix-neuf ans. À tes yeux, ça fait peut-être de moi une vieille dame innocente, mais ça me donne aussi cinquante ans d'expérience supplémentaire. J'ai vu pas mal d'horreurs dans ma vie et quoi que puisse représenter cette photo, ça n'est rien comparé au derrière verruqueux de mon ex-mari.

Bee part d'un fou rire.

C'est la première fois que je dis « mon ex-mari » à voix haute… Toutefois, je n'ai pas le temps de m'appesantir sur ce fait, car Bee a déjà rouvert son ordinateur. L'image s'étale en gros plan sur l'écran.

J'incline la tête sur le côté.

– Mon Dieu…

– Plutôt fringant pour un octogénaire, commente Bee, la tête inclinée de l'autre côté.

– Et qu'est-ce qu'une telle photo est censée vouloir véhiculer comme message ?

– Excellente question, répond Bee. Vous donner envie de coucher avec lui, je dirais.

– Vraiment ? (Je suis fascinée.) Et ça marche ?

– Ça, c'est un grand mystère. À première vue, on pourrait penser que non, mais dans ce cas, pourquoi les hommes continuent-ils d'en envoyer ? Même les rats sont capables d'apprendre que certaines techniques d'accouplement doivent être abandonnées quand elles sont inefficaces, non ?

– C'est peut-être le même principe que pour les exhibitionnistes dans les parcs, dis-je en louchant sur l'écran. La question n'est pas de savoir si ça plaît aux dames – ces hommes-là aiment juste montrer leur Popaul.

Bee repart d'un éclat de rire.

– Leur Popaul ! répète-t-elle en s'essuyant les yeux. Ah, Leena avait raison, vous êtes une perle. Bon. Vous voulez qu'on bloque ce monsieur pour éviter qu'il communique avec vous à l'avenir ?

– Oui, s'il te plaît, dis-je, en songeant aux feuilles de thé de Letitia. J'ai eu ma dose de Popaul.

– Et ce mec-là ?

Je regarde avec un peu de méfiance, mais cette fois, c'est un visage qui me sourit depuis l'écran. De fait, c'est un très bel homme : ses cheveux argentés ramenés en arrière dégagent un front imposant et il arbore une dentition irréprochable. Ça pourrait même être une photo de studio.

Je demande :

– Il existe dans la réalité ?

C'est vrai, on entend tout le temps parler d'hommes sur Internet qui au final se révèlent être des dames, au Texas.

– Bonne question, acquiesce Bee, surtout avec un portrait pareil.

Elle pianote quelques instants sur le clavier.

– OK, j'ai fait une recherche par images et le seul autre endroit où on trouve cette photo, c'est sur ce site-là... Même nom, les bios concordent... Je crois que c'est un acteur !

Bee me montre le site d'un théâtre : la photo illustre la description d'un certain Tod Malone, comédien qui joue le rôle de Sir Toby Belch dans *La Nuit des rois* au St John's Theatre.

– Mmm... il a l'air cool, estime Bee. On lui répond ?

Je regarde par-dessus son épaule.

– Qu'est-ce qu'il me dit ?

– Bonjour, Eileen ! Apparemment, vous êtes venue à Londres pour vivre une grande aventure. Je suis très curieux de savoir comment l'idée vous en est venue...

– Je peux ?

Bee oriente l'écran vers moi ; je me mets à pianoter.

– Ma petite-fille voulait faire un break à la campagne et moi, j'avais envie d'un peu d'excitation en ville. Alors nous avons échangé nos vies…

– Ooh, j'adore ! dit Bee avec enthousiasme. Et ces trois petits points Ça fait très mystérieux.

Je souris.

– Ma foi, merci.

Bee clique sur Envoyer.

– Et maintenant, on attend, dit-elle en reprenant du vin.

– Et si on en profitait pour aller voir ton profil en ligne ?

– Mon profil ? Pitié, non ! Inutile que vous voyiez ça, Eileen.

– Je t'ai bien montré le mien ! dis-je d'un ton appuyé en prenant une gorgée de vin.

Ça faisait très longtemps que je n'avais pas bu de vin, mais apparemment, ça fait partie du mode de vie, ici. Il y a une réserve de bouteilles sous la télévision et le frigo contient toujours une bouteille de vin blanc, minimum.

– En fait, moi, je vais sur une appli, pas sur un site comme celui-là, m'explique Bee en désignant l'ordinateur du menton. Du coup, c'est sur mon téléphone.

– Je suis tout à fait capable d'y voir sur un écran de téléphone, dis-je d'un ton patient.

Bee me fait une grimace d'excuse.

– Bien sûr, pardonnez-moi.

Elle se mordille la lèvre inférieure, puis, au bout de quelques secondes, prend son téléphone et entre une série de chiffres.

– Voilà.

Elle fait défiler des photos d'elle. Chacune est assortie d'une brève légende : *Mère qui travaille, toujours au taquet. Tout le temps à la bourre : patience minimum, caféine maximum.*

Oh, là là… Et moi qui étais intimidée par le glamour de Bee… ce n'est rien comparé à ces photos. Elles semblent tout droit sorties d'un magazine de luxe.

– Ah, oui… j'ai fait un peu de mannequinat, l'année dernière, juste un petit extra, me dit-elle d'un ton léger.

L'ennui, c'est que la description qu'elle fait d'elle-même ne pourrait pas être moins attirante.

Elle me montre comment faire défiler les profils de droite à gauche ainsi que la page où elle peut répondre aux différents hommes qui la contactent.

– Mais combien y en a-t-il ? demandé-je en me rapprochant de l'écran. Pourquoi est-ce que tu ne leur as pas répondu ? Celui-là est très beau.

– Ah, lui, c'est un de ces PDG hyper brillants, grosse réussite, lâche-t-elle avec mépris. Pas du tout mon style.

Je fronce les sourcils, perplexe.

– Et pourquoi pas ?

– Je n'aime pas sortir avec des mecs qui gagnent plus que moi, réplique-t-elle en haussant une épaule. C'est un principe.

– Et tu en as d'autres, des principes ? dis-je en méditant sur celui-ci.

Elle se met à compter sur ses doigts :

– Il doit être sportif, ne pas travailler dans le consulting ou la finance, il faut qu'il soit bon danseur, excessivement sexy, il ne doit pas avoir un prénom bizarre, il doit aimer les chats, il ne doit pas être snob ni avoir des parents riches, il ne doit pas avoir des passions de mec bien ennuyeuses genre les voitures et les fléchettes, il doit être féministe et quand je dis féministe, ça n'est pas seulement quand ça l'arrange, il doit être ouvert d'esprit au sujet de Jaime, ma fille…

– Ah, parle-moi un peu de ta fille, dis-je, distraite malgré moi.

Bee change d'écran si vite que j'en ai la tête qui tourne.

– Elle est chez son père, ce soir.

Elle fait défiler des photos. Enfin, elle s'arrête sur celle d'une fillette aux cheveux courts qui sourit de toutes ses dents à l'objectif derrière des lunettes à grosse monture.

– C'est elle, dit Bee avec fierté.

– Quelle jolie petite fille !

Mon cœur se serre, pas tant devant l'enfant – bien qu'elle soit adorable – mais devant l'expression de Bee. Elle fond, littéralement. Bee aime sa fille plus que tout au monde, ça se voit tout de suite.

– Elle veut être championne de tennis, m'explique-t-elle. Elle est déjà première de son club dans sa catégorie.

– Eh bien !

– Elle aime aussi les dinosaures et les livres sur le cerveau. Et elle est végane. Ce qui est très énervant.

– Ah oui, dis-je avec compassion. Mon amie Kathleen en souffre aussi.

– Pardon, elle souffre de quoi ?

– De véganisme.

Bee part d'un éclat de rire. Elle a un rire tout à fait charmant. En l'entendant, et maintenant que j'ai vu comment elle regardait Jaime, j'ai soudain l'impression de bien mieux la connaître et je ne l'en apprécie que davantage. C'est le problème avec les sites de rencontres, je suppose. On ne peut pas entendre votre rire ni voir votre regard se faire rêveur quand vous parlez de quelque chose que vous aimez.

Tout en regardant Bee faire défiler d'autres photos de sa fille, je me dis en mon for intérieur : *Je ne suis peut-être pas très au fait des rencontres en ligne, mais à mon humble avis, je me débrouillerais bien mieux que Bee pour lui trouver un homme qui lui convient.*

Je prends mon nouveau carnet à projets. Je l'ai acheté chez Smiths, hier – c'est Leena qui a gardé l'autre, à Hamleigh.

Partie commune – remettre à neuf, c'est noté en premier sur ma liste. J'en ai parlé à Martha ce matin ; elle était tout excitée et a commencé à m'agiter des nuanciers sous le nez avant de partir travailler. Je sais qu'ici les choses sont différentes, mais je ne peux m'empêcher de penser qu'un peu de solidarité ne serait pas de trop dans cet immeuble.

Sous cette première entrée, je note soigneusement : *Trouver un homme à Bee.*

– Ooh, votre comédien argenté vous a répondu ! s'écrie Bee.

Elle tourne l'ordinateur vers moi.

Todoffstage écrit: Salut, Eileen. Je suis maintenant plus intrigué que jamais. Quelle idée formidable ! Que pense votre petite-fille de la vie à la campagne ? Et comment vous en sortez-vous à Londres ? Est-ce un choc pour l'organisme ?

Je souris et me mets à pianoter :

EileenCotton79 écrit: Ma petite-fille ne donne plus de nouvelles : soit tout se passe très bien, soit elle a mis le feu à la maison ! Et je suis un peu dépassée par Londres. J'ai du mal à savoir par où commencer !

– Oh, bien joué, madame Cotton… dit Bee. Alors ça, c'est futé.

Todoffstage écrit: Ma foi, ça fait soixante-cinq ans que je vis à Londres... Alors si vous avez envie qu'un vieux sage vous donne quelques tuyaux, je pourrais vous montrer des lieux qui valent le détour ? En commençant par un café, peut-être ?

Alors que j'esquisse un mouvement vers le clavier, Bee repousse ma main.

– Laissez-le mariner !

Je lève les yeux au ciel.

– Ce genre de bêtise, c'est bon pour les jeunes…

EileenCotton79 écrit: Très volontiers. Vendredi, ça vous va ?

11

LEENA

Vendredi après-midi… Dans le silence de la maison, Wallace et Gromit cheminant entre mes pieds, je m'assieds devant l'ordinateur de mamie et je me connecte à Dropbox. Tout est là. *B & L Boutique Consulting. Politique de prix. Études de marché. Opérations et logistique.* Je clique dessus sans rien toucher encore, me contentant de tout relire. Finalement, je m'abîme tellement dans mon dossier que j'en perds la notion du temps. La réunion des Voisins vigilants, c'est à cinq heures ! J'enfourche comme une folle le vélo que j'ai exhumé de la remise et manque passer par-dessus le guidon en tournant dans Lower Lane.

Ce n'est qu'en franchissant le seuil de la mairie que je me rends compte de mon ignorance. Les Voisins vigilants, c'est quoi au juste ? S'agit-il de… combattre le crime ? Est-ce une société de justiciers ?

Je parcours du regard la foule hétéroclite qui s'est rassemblée dans le hall de la mairie : soit ces gens sont des superhéros en civil, soit ça n'est pas une société de justiciers. Il y a là Roland, l'enthousiaste organisateur de battue, Betsy qui arbore un foulard rose vif, un rouge à lèvres assorti et une jupe-culotte, et le docteur Piotr, nettement plus replet que dans mes souvenirs d'enfance. C'est lui qui m'a suturé le genou quand j'avais neuf ans et qui a extrait un pois cassé de l'oreille de Carla.

Il y a aussi une dame minuscule (un tout petit oiseau aux membres fins comme des allumettes), un moustachu qui louche (je reconnais Basil le sectaire) et une jeune femme exténuée à la manche tachée de ce qui me semble être une régurgitation de bébé.

– Oh, zut ! dit-elle en suivant mon regard. J'ai oublié de nettoyer ça, je voulais le faire, pourtant.

Je lui tends la main.

– Leena.

– Kathleen.

Ses cheveux s'ornent de mèches qui ont besoin d'être refaites et elle a une tache de dentifrice sur le menton : bref, c'est tout le portrait de la mère épuisée. Pourquoi s'embête-t-elle à venir à cette réunion au lieu de, je ne sais pas, moi… faire la sieste ?

– Je m'appelle Pénélope, dit le petit oiseau.

Là-dessus elle me tend la main de très haut, à la manière d'une tête couronnée, comme si j'étais censée lui faire le baisemain. Ne sachant trop comment me comporter, je lui serre la main normalement.

Betsy se fige en me voyant et son sourire arrive trop tard pour être sincère.

– Bonjour, Leena, je ne savais pas si tu viendrais.

– Bien sûr ! J'ai apporté la pancarte, pour la porte.

– Il reste encore de la place ? fait une voix dans le hall.

– Oh, Jackson, quelle bonne surprise ! minaude Betsy. Je ne savais pas si tu étais libre aujourd'hui !

Je lève la tête et sens mes joues s'embraser. Jackson entre à grandes enjambées, vêtu d'un maillot de rugby et coiffé d'une casquette usée jusqu'à la trame. J'étais dans un tel état la dernière fois qu'il m'a vue… Chaque fois que je me souviens m'être présentée à sa porte en nage et la morve au nez, j'ai envie de repartir à Londres ventre à terre. J'essaie de croiser son regard, mais il est tout de suite accaparé par ces dames. C'est bien simple, il en a une pendue à chaque bras, comme Hugh Hefner – sauf que les âges sont inversés. Basil insiste pour lui offrir une tasse de thé. Personne ne m'en a encore proposé une à moi, me dis-je, mal à l'aise. C'est mauvais signe, non ?

– Eh bien, maintenant que Leena est enfin là, nous pouvons peut-être commencer ? demande Betsy.

Je me mords la langue pour ne pas lui faire remarquer que ce n'est pas moi qui suis arrivée en dernier, c'est Jackson. Mais tout le monde est bien trop occupé à lui faire passer des biscuits pour s'en apercevoir.

– Asseyez-vous, s'il vous plaît !

J'ai du mal à ne pas frémir en voyant ces personnes âgées se traîner jusqu'à leur chaise – en prenant petit à petit de la vitesse –, plier les genoux tant bien que mal et se laisser tomber à la va-comme-je-te-pousse sur leur siège avec un bruit sourd.

– D'habitude, c'est la place de Jackson, me fait remarquer Roland alors que j'esquisse le geste de m'asseoir.

– Ah.

Je regarde autour de moi, en position de squat.

– Jackson, ça te dérange si…

Jackson me fait un grand signe affable de la main.

– Pas de souci, assieds-toi là.

– Non, dit gravement Roland à l'instant où mon derrière touche le siège. Non, non, ça, c'est la place de *Jackson*.

Jackson se met à rire.

– C'est sans importance, Roland.

– Mais c'est ton siège préféré ! proteste Roland.

– Leena peut tout à fait le prendre.

– Quel jeune homme attentionné, susurre Pénélope à Betsy.

– Mmm… Et il a été *si* gentil à propos du chien, réplique Betsy en joignant les mains sur les genoux.

Je serre les dents et je me redresse.

– Tiens, j'ai une idée ! Et si nous échangions tous nos places, histoire de modifier notre point de vue ? dis-je. Vous serez surpris de la différence que ça fait tout de suite.

Tous me regardent d'un air vide, sauf Jackson qui semble plié en deux par un fou rire intérieur.

– Moi, c'est ici que je me mets, déclare Basil avec fermeté. Je ne veux pas changer de point de vue, merci. Je suis très bien ici.

– Oh, mais…

– Sais-tu ce que ça m'a coûté comme effort de m'asseoir sur cette chaise, jeune fille ? me demande Roland.

– Mais je peux vous aider à…

– En plus, c'est la place la plus proche des toilettes pour hommes, renchérit Basil.

– Oui, approuve Pénélope, et quand Basil a besoin d'aller au petit coin, *il a besoin d'aller au petit coin*, ma chère, et personne ne peut y aller à sa place.

– Bon, très bien, dis-je.

Tous semblent satisfaits. Ils ont réussi à faire échouer ma petite tentative de changement avec leurs histoires de vessie.

– Tu ferais mieux de prendre ta place, Jackson, dis-je en allant m'asseoir ailleurs.

Mieux vaut savoir choisir ses combats : celui-ci me semble perdu d'avance.

– Franchement, ça m'est égal, tu sais, me dit Jackson d'un air tranquille.

Je me récrie, plus sèchement que je n'aurais voulu :

– Non, non ! tu aimes être à cette place. Je suis tout à fait bien ici.

Une fois la réunion commencée, je passe une bonne partie de la séance à me demander quel est le sujet du jour. Ce n'est pas rare chez moi – je dirais même que quatre-vingts pour cent des meetings de clients se passent ainsi –, néanmoins, je m'efforce de participer à la discussion.

Ce qui me trouble le plus, c'est que personne ne mentionne le moindre crime. Jusqu'ici nous avons parlé : de sandwiches au bacon (Roland a découvert que Mabel, au 5, Peewit Street en fait d'excellents, du coup il recommence à boycotter ceux du Julie's, qui à ce que je comprends est un café à Knargill), d'écureuils (Basil est un farouche anti-écureuils) et des pommes de terre qui feraient grossir ou non (je pense franchement qu'il vaudrait mieux s'inquiéter des sandwiches au bacon). Ensuite, tout le monde se plaint pendant vingt minutes de Firs Blandon, un village du coin qui a osé déplacer la barrière d'un éleveur de cinquante centimètres vers la gauche afin de marquer ce que ses habitants estiment être la limite entre les deux paroisses. À ce stade, je perds un peu le fil de la discussion et je me concentre uniquement sur la dégustation de mes biscuits.

Je jette un coup d'œil à l'ordre du jour. Encore un point à débattre avant que nous en arrivions à « Crimes et délits éventuels ? » qui, je suppose, nous donnera enfin l'occasion de parler de crimes réels.

– Ah oui, c'était le dernier petit projet d'Eileen, n'est-ce pas ? lance Betsy. C'est donc toi qui t'en occuperas, hein, Leena ?

– Pardon ? dis-je entre deux bouchées de ce qui doit être mon centième biscuit.

– Tu t'occuperas de procurer un moyen de transport aux personnes âgées et isolées de Knargill, lit Betsy. Je ne sais pas comment Eileen comptait organiser ça, mais…

Elle me dévisage d'un air interrogateur.

De mon côté, je réfléchis au problème. Ça ne me semble pas bien compliqué à mettre en place.

– Lesquels d'entre vous ont une voiture ? Je ne compte pas Jackson, Piotr et Kathleen qui de toute évidence n'ont pas le temps pour ça… mais pour les autres, vous êtes tous à la retraite, non ? Est-ce que vous pourriez organiser, euh… un transport à tour de rôle, un jour sur deux ?

Tout le monde s'affole, sauf Jackson qui a plus que jamais l'air de s'amuser.

Je regarde Betsy.

– D'après vous, quel endroit conviendrait le mieux pour leur faire faire une petite sortie de temps en temps ? Leeds, c'est trop loin... mais peut-être Daredale ?

Un ange passe. Enfin, le docteur Piotr vient à ma rescousse.

– Comment te dire, Leena... la plupart des membres ici présents ne... Bien que la plupart d'entre eux aient en effet une voiture... soupire-t-il d'un ton vaguement résigné, il est plutôt déconseillé de les laisser conduire ne serait-ce que jusqu'à Daredale.

– Ça ne veut pas dire que nous ne *pouvons* pas y aller, objecte Betsy. J'ai toujours mon permis, tu sais.

– Et le docteur Piotr ne peut pas m'empêcher de prendre le volant tant que je ne suis pas officiellement toc-toc, précise Pénélope avec délectation.

– Ah. Bon, dis-je. Eh bien, de toute façon, je pensais me trouver une voiture, celle de mamie et maman est...

– Hors d'usage ? complète Betsy.

– Au-delà de toute réparation ? dit Basil en même temps.

– L'un d'entre vous aurait-il une voiture à me prêter le temps de mon séjour ici ?

Silence.

– Pénélope ? dis-je gaiement.

Pour moi, c'est la meilleure option. Les hommes ne vont pas lever le petit doigt et il est hors de question que je quémande le moindre soutien auprès de Betsy.

– Je pourrais emprunter votre voiture de temps en temps ?

– Oh, mais je... Enfin, je continue à...

Elle laisse sa phrase en suspens, avant de lâcher de mauvaise grâce :

– Eh bien, oui... sans doute.

– Formidable ! Merci, Pénélope !

J'attends qu'elle regarde ailleurs pour décocher un clin d'œil au docteur Piotr qui m'adresse un pouce approbateur en retour.

Donc, je me suis rallié le docteur Piotr, c'est déjà ça. Et j'ai une voiture.

– Bon, ça, c'est réglé ! lance Betsy en tapant dans ses mains. Avançons, avançons... Le Premier Mai ! Je sais qu'il ne s'agit pas d'une réunion officielle du comité d'organisation, mais comme l'ensemble du comité est présent et que certains sujets urgents ne peuvent pas attendre la prochaine réunion, nous pourrions peut-être en profiter pour discuter d'une ou deux choses aujourd'hui ?

Tout le monde hoche la tête. Je suis sûre que le comité du Premier Mai se compose exactement des mêmes personnes que le comité des Voisins vigilants, aussi pourrais-je souligner que deux réunions séparées ne sont pas véritablement nécessaires. Mais après réflexion, je préfère m'abstenir.

– Le thème ! poursuit Betsy. Je suppose que nous sommes tous d'accord avec la suggestion de Jackson ? *Tropical ?*

– Tropical ? dis-je, avant de me mordre la langue.

Betsy fait pivoter son siège pour me fusiller du regard.

– Oui, Leena. Tropical. C'est parfait pour un festival de printemps ensoleillé. Tu ne trouves pas ?

– Eh bien, je…

Je parcours l'assistance du regard avant de le poser sur Jackson qui hausse très légèrement les sourcils, comme pour m'encourager à continuer.

J'expose donc mes réserves :

– Je ne sais pas trop si ce thème mettra vraiment en valeur nos points forts. Ce qui attirera les gens, c'est une fête de village traditionnelle à laquelle ils pourront venir en famille. Un thème « tropical », ça fait un peu… nocturne à Clapham.

Je ne croise que des regards vides.

– Suggère donc un autre thème, Leena, si ça peut te fait plaisir, me dit Betsy d'un ton glacial.

À nouveau, je tourne mon regard vers Jackson. Il s'est renversé dans son siège, les bras croisés. Il y a dans sa posture quelque chose de très insolent qui me pousse à passer à l'action au lieu de temporiser.

– Que diriez-vous d'un thème médiéval ?

Je pense à *Game of Thrones* que je suis en train de revoir en marathon depuis mon arrivée à Hamleigh. Ethan s'est toujours moqué de moi parce que j'achetais mes séries préférées en DVD, mais qui est-ce qui rigole maintenant que je suis dans une contrée sans wifi ou presque ?

– On pourrait servir de l'hydromel, avoir des bardes qui raconteraient des histoires aux enfants et le roi et la reine de Mai pourraient porter de belles robes avec des manches amples et des couronnes de fleurs, comme le roi Arthur et la reine Guenièvre.

Je ne suis pas trop sûre que le roi Arthur soit d'époque médiévale, mais l'heure n'est pas à la pédanterie.

– Et on pourrait faire venir des fauconniers, organiser des joutes… Pour la musique, il y aurait des harpes et des luths. J'imagine des guirlandes de fleurs entre les réverbères, des stands débordant de fruits frais et de friandises, des feux de joie, on pourrait faire rôtir un porc entier…

– Hum… bon. Nous allons donc passer au vote ? dit Betsy. Le plan de Leena, à savoir tous nous ramener au Moyen Âge, ou l'idée de Jackson que nous avons tous approuvée la semaine dernière ?

Je lâche un petit rire incrédule.

– C'est un peu orienté comme question, ça, Betsy.

– Que ceux qui sont pour l'idée de Leena lèvent la main, lance-t-elle d'un ton appuyé.

Tout le monde se regarde. Personne ne lève la main.

– Et maintenant, que ceux qui sont pour l'idée de Jackson lèvent la main.

Toutes les mains se lèvent.

– Bon ! C'était bien tenté, Leena, dit Betsy sans un sourire.

– Donnez-moi deux semaines, dis-je. Le temps de faire un vrai brainstorming, de trouver des idées concrètes, de ficeler un dossier à vous montrer. Votons le thème dans les règles à la prochaine réunion du comité du Premier Mai. Car après tout, peut-on vraiment décider des questions du Premier Mai lors d'une réunion des Voisins vigilants ?

Le sourire de Betsy se fige.

– C'est bien vu, dit Roland. En effet, ça ne serait pas correct.

– Pas correct, dis-je en écho. Tout à fait, Roland.

– Bon, très bien. Deux semaines, alors, acquiesce Betsy.

Je jette un coup d'œil à Jackson. Le but n'est pas de marquer des points, c'est clair, mais je viens tout de même d'en marquer un, et j'aimerais bien qu'il ait noté la chose. Il soutient mon regard, toujours affalé sur sa chaise, jambes écartées comme un homme mal élevé dans le métro, l'air aussi amusé et impassible qu'en début de séance.

– Eh bien, c'est tout, merci ! conclut Betsy. Et Leena, n'oublie pas que la prochaine fois, c'est ton tour d'apporter des biscuits.

– Mais oui. Pas de problème.

– Et ça, c'est ta place, dit Roland en hochant la tête dans ma direction. Souviens-t'en aussi.

– Merci, Roland, je n'y manquerai pas.

– Ah, au fait, Leena… dit encore Betsy. Je pense que tu as oublié de sortir les poubelles d'Eileen, hier.

Je souffle lentement par le nez.

Ces gens-là ne sont animés que par de bonnes intentions. Sans doute.

– Merci, Betsy. C'est bon à savoir.

Dans des raclements de chaises et des traînements de pieds, tout le monde se lève et se dirige vers la porte. À côté de moi, Kathleen se réveille en sursaut avant de regarder sa montre en clignant des yeux.

– Merde ! Qu'est-ce qui a été décidé ? On en a fini avec la guerre contre les écureuils ? (Elle saisit mon expression grincheuse.) C'est pas vrai, les écureuils ont gagné ?

12

EILEEN

Ça ne marchera jamais. Je vais appeler Leena, lui dire que c'était une folie de croire qu'on pourrait échanger nos vies si simplement et je vais rentrer à la maison. On boira un chocolat chaud, on en rira toutes les deux et on reprendra chacune notre existence et notre personnalité là où on les avait laissées.

Je suis bien décidée à retrouver ma vie normale quand Fitz entre dans le salon.

– Saint Guacamole ! s'exclame-t-il en se figeant sur place. Eileen ! Vous êtes à tomber !

– Je n'y vais pas, lui dis-je d'un ton ferme, en me penchant pour délacer mes chaussures. C'est ridicule.

– Hop, hop, hop ! (Fitz fait valser mes pantoufles avant que j'aie pu les enfiler.) Vous n'allez pas gâcher cette merveille de brushing en passant l'après-midi à la maison, dit-il en désignant mes cheveux d'un doigt menaçant. Vous êtes belle comme une princesse, madame Cotton, et vous devez absolument rencontrer ce Tod !

Je lui ai parlé de mon rendez-vous, hier soir. Ou plutôt, ce matin – je me levais pour commencer ma journée et Fitz rentrait d'une soirée en ville. Comme il semblait assez ravagé – il était quand même cinq heures et demie du matin –, je m'étais dit qu'il ne se souviendrait pas de notre conversation. Manque de chance, il a meilleure mémoire que ce que j'avais escompté.

Je change de position sur le canapé, mal à l'aise, ma plus belle jupe plissée me rentrant dans les hanches. Mon dos m'élance.

– Je suis trop vieille pour ça. Je ne peux pas, j'ai trop de… dis-je en désignant mon ventre d'un geste vague.

Fitz me sourit malicieusement.

– Papillons dans l'estomac ?

– Oh, sottises !

Mais je ne trouve pas de meilleure formule. Il s'installe à côté de moi.

– Bon, je ne vous connais pas très bien, Eileen, mais je connais Leena et il me semble que bon nombre de ses qualités lui viennent de vous. Or Leena a *horreur* de l'échec.

– Ce n'est pas un échec !

– Vous avez raison, vous devez au moins essayer pour échouer. Et vous, vous n'essayez même pas.

Je me hérisse.

– Oh, je te vois venir avec tes gros sabots…

– Et ça marche ?

– Bien sûr que ça marche ! Allez, file-moi ces chaussures, s'il te plaît.

Je manque perdre mes nerfs sur le trajet. J'ouvre même la bouche pour dire au chauffeur de taxi de faire demi-tour. Mais pendant que nous nous frayons difficilement un chemin dans la circulation, une femme à vélo pédale à notre hauteur ; elle a des boucles brunes sous son casque et je repense à Carla. Elle adorerait voir sa vieille grand-mère aller à un rendez-vous galant. Et je parie qu'elle me dirait que c'est une véritable honte de laisser un bel acteur du West End me filer entre les doigts.

Je m'inquiète de ne pas trouver Tod dans le café, mais finalement il n'est pas difficile à repérer. Il attire l'œil de la même façon que les gens riches attirent l'œil où qu'ils soient : ses vêtements tombent de façon un peu trop parfaite et sa peau a un éclat particulier, comme s'il était maquillé.

Oh, mais… il est maquillé. Ça alors, je… enfin, j'imagine qu'il doit sortir du théâtre, mais quand même… Que dirait *Wade* ?

– Eileen ?

M'apercevant que je le dévisage depuis un moment, je me sens rougir. C'est la seconde fois que je rougis en une semaine. Je dois absolument me ressaisir.

– Oui, dis-je en serrant la main qu'il me tend.

Il se lève pour m'avancer une chaise. Il se déplace avec aisance pour un homme de son âge et je saisis au passage une bouffée de son eau de Cologne. Bois précieux et orange, sans doute aussi chère que son manteau en laine foncée.

– Vous êtes aussi belle que sur votre photo, me dit-il en se carrant en face de moi avec un sourire – il a des dents étonnamment blanches.

– Alors ça, je sais que ce n'est pas vrai, parce que c'est ma petite-fille qui a choisi cette photo et qu'elle date d'il y a au moins dix ans.

Mon ton guindé m'horrifie, mais Tod se contente de rire.

– Vous n'avez pas pris une ride, m'assure-t-il. Un café ?

– Oh, je vais…

J'esquisse un geste vers mon porte-monnaie, mais il agite la main d'un air contrarié.

– Non, non, c'est moi qui vous invite. S'il vous plaît. J'insiste. Un flat white ?

– Un… excusez-moi, vous dites ?

– Est-ce qu'un flat white vous ferait plaisir ?

– Je n'ai pas la moindre idée de ce que c'est.

Tod pousse un rugissement de rire.

– Oh, je crois que vous allez beaucoup me plaire, Eileen Cotton.

Je ne vois vraiment pas ce qu'il y a de drôle, mais je souris quand même parce qu'il est très beau quand il rit. Et le reste du temps aussi, d'ailleurs. Au début, son maquillage me déconcerte un peu – sa peau est un peu étrange, son teint parfaitement uni. Mais je m'y fais, apparemment.

– Un flat white est une sorte de café, m'explique Tod en hélant un serveur d'une main experte. Faites-moi confiance, vous allez adorer.

– Je vais goûter, alors, dis-je et Tod passe commande.

Il est beaucoup moins intimidant que ce à quoi je m'attendais et je me détends peu à peu pendant qu'il plaisante avec le serveur tout en lissant ses cheveux en arrière.

– Alors, dit-il en revenant vers moi. (Il me décoche un sourire ravageur.) En ce qui me concerne, je nous trouve trop âgés pour tourner autour du pot. Je vais donc jouer cartes sur table.

– Ah, d'accord, dis-je. Enfin, c'est une bonne chose ?

– Écoutez, je ne suis pas à la recherche d'une relation durable. J'ai été marié à une femme vraiment merveilleuse avec laquelle j'ai vécu les plus belles années de ma vie : je n'ai aucune envie d'essayer de les copier, car c'est impossible.

– Ah, dis-je, assez émue malgré son ton détaché. Ma foi, c'est très romantique, vraiment.

Tod se remet à rire.

– Ce que je recherche, Eileen, c'est un peu d'amusement.

– Un peu d'amusement ? Puisqu'on joue franc jeu… (Je pianote sur la table du café.) Pourriez-vous être un peu plus explicite ?

Il tend la main vers la mienne.

– Vous permettez ? me demande-t-il doucement.

– Oui ? dis-je, sans trop savoir ce à quoi je suis en train de consentir.

Il retourne ma main et appuie son pouce très doucement à l'endroit tendre entre le poignet et la paume et il commence à me caresser en décrivant de petits cercles languides. Ma respiration s'accélère.

– Plus précisément, dit-il, j'aimerais que nous savourions ensemble du bon café, de bons repas, du bon vin et qu'ensuite nous allions au lit.

– Au... lit, dis-je, la bouche sèche. Ensemble.

Il incline la tête sur le côté.

– Une amourette, pour ainsi dire. Non exclusive. Purement sensuelle. Juste le temps de votre séjour à Londres et ensuite, nous nous dirons au revoir sans aucun regret.

Il me lâche lentement la main.

– Qu'est-ce que vous en dites, Eileen ?

– J'en dis... que...

Je m'éclaircis la voix en massant ma paume qui picote encore d'excitation. Tout mon corps me picote, en fait. Ça m'étonne qu'on ne m'entende pas claquer comme un vieux radiateur qui se réchauffe.

– J'en dis que je trouve ça sympa, dis-je en me mordant la lèvre pour ne pas sourire.

– Mon rendez-vous s'est très bien passé, dis-je à Leena de mon ton le plus catégorique.

Je m'installe sur le canapé en me calant le dos avec un coussin.

– Et toi, comment s'est passée ta première réunion des Voisins vigilants ?

– Oh, très bien, très bien... Allez, tu dois m'en dire plus sur cet homme mystère !

– Une dame sait rester discrète sur ces choses-là... Et ta mère ? Comment s'en sort-elle ?

– Mamie ! Tu as couché avec lui ?

– Je te demande pardon ? Mais non ! Ce n'est pas une question à poser à sa grand-mère, voyons !

– Enfin, quand on dit « une dame sait rester discrète sur ces choses-là », c'est en général ce qu'on a en tête, réplique Leena d'une voix amusée. Tu ne vas vraiment rien me raconter sur ce Tod ?

– Non, je ne pense pas.

J'ai déjà tout raconté à Fitz, mais en lui faisant jurer le secret, et il m'a promis qu'il n'en dirait pas un mot à Leena. Je n'ai guère envie de parler de mon « amourette » avec ma petite-fille.

– Bon, râle Leena, après tout, c'est moi qui t'ai dit de partir et de penser à toi… (Elle marque une pause.) Mamie… Je peux te poser une question ?

– Bien sûr.

– Est-ce qu'il est arrivé quelque chose à maman ? Quelque chose dont tu ne m'as pas parlé ?

– Qu'est-ce que tu veux dire par là ? demandé-je prudemment.

– Elle a parlé de « crises ».

Je ferme les yeux.

– Ah.

– Que s'est-il passé ?

– Rien, elle a juste eu quelques… faiblesses.

– Une faiblesse… genre se mettre à pleurer dans le bus ? Ou une faiblesse qui nécessite d'aller chez un médecin ?

– La seconde sorte, ma chérie.

– Comment as-tu pu me cacher ça ?

– Je n'ai pas arrêté de te dire que ta mère luttait, Leena.

– Oui, mais je pensais que tu voulais dire que… je pensais qu'elle était… je ne m'étais pas rendu compte qu'il lui arrivait de *craquer nerveusement.*

– Je pensais qu'elle t'en parlerait d'elle-même si elle le souhaitait. Je ne voulais pas m'en mêler.

– Et quand tu m'as laissée ici pour m'occuper de maman, tu n'as pas jugé utile de mentionner qu'elle pourrait avoir une de ces « crises » à tout moment ? Qu'est-ce qui se passe ? Je dois aller la voir plus souvent ? Quelle est la gravité de son état, exactement ? Qu'a dit le docteur ?

Je me masse l'arête du nez.

– Le docteur Piotr lui a donné des comprimés, il y a deux ou trois mois.

– Des antidépresseurs ?

– Je crois.

– Et elle les prend ?

– Je crois.

– Bon. D'accord. Bon sang, mamie. C'est… c'est très bien de ta part de ne pas vouloir t'en mêler, mais… j'aurais quand même préféré que tu m'en parles.

– Est-ce que ça aurait changé tes sentiments vis-à-vis d'elle ? Serais-tu revenue plus tôt à la maison ?

Un long silence s'installe.

– J'aimerais te dire que oui, mais je… je sais que j'ai été… un peu bizarre avec maman ces derniers temps. Pourtant, je veux améliorer nos relations. Bee prétend que je ne suis plus moi-même et elle a raison. Je pense que c'est en partie ça qui provoque cette distance entre maman et moi, le fait qu'elle me mette à ce point en colère… Je veux apaiser la situation. Pour moi, aussi bien que pour elle.

Je souris légèrement. Et ma foi, puisqu'elle me donne le droit de me mêler de leurs affaires…

– Elle n'attend que ça, ma chérie. Tu lui manques terriblement.

Leena renifle. Au bout d'un long silence, elle reprend :

– Je dois te laisser, mamie… Il y a quelqu'un qui m'appelle sur ton portable pour une histoire de fauconnerie.

– Pardon ?

Mais elle a déjà raccroché.

Je soupire. Maintenant, je suis plus que jamais inquiète pour Marian.

Je m'apprête à éteindre le téléphone de Leena quand un message apparaît en haut de l'écran. Il est d'une certaine Céci. Je suis sûre que Leena m'a parlé d'elle. Ne serait-ce pas sa peau de vache de collègue, cette horrible bonne femme ?

Salut, Leena ! Juste un mot pour te dire que le projet Upgo avance vraiment bien en ton absence, qu'il monte même en puissance, au cas où tu te ferais du souci ! Fais-moi signe si jamais tu redescends à Londres un de ces quatre. Bises, C.

Je fronce les sourcils. Leena n'a pas besoin qu'on lui rappelle ce projet Upgo et elle n'a pas donné son nouveau numéro de téléphone à cette Céci, ce qui veut dire qu'elle ne voulait pas avoir de ses nouvelles pendant son absence du bureau. Je crois me souvenir de la description que Leena m'a faite d'elle : « Quatre-vingts pour cent de jambes, vingt pour cent de mauvaises intentions. » Mon petit doigt me dit que cette Céci n'œuvre pas dans l'intérêt de Leena. Avec un petit murmure réprobateur, je ferme le message.

Cette conversation avec Leena m'a mis les nerfs en pelote ; je cherche de quoi m'occuper les mains. Je suis en train de fixer la vaisselle laissée par Fitz quand mon regard tombe sur l'ordinateur portable de Leena, posé sur le comptoir du petit déjeuner. Je m'anime. Tod est peut-être disponible pour une petite conversation.

Il y a un nouveau message pour moi sur le site de rencontres, mais il est de quelqu'un d'autre.

OldCountryBoy écrit: Salut, Eileen. J'espère que ça ne vous ennuie pas que je vous dise « salut » ?

La photo de profil d'OldCountryBoy est une vieille photo de lui jeune homme, vêtu d'une ample veste blanche avec une casquette. Il était certainement séduisant à l'époque, mais ça ne veut plus dire grand-chose aujourd'hui. Quoique la beauté ne m'intéresse pas tant que ça. Après tout, Wade était un vrai tombeur et on voit ce qu'il est devenu.

EileenCotton79 écrit: Bien sûr que non ! Je suis sur ce site pour faire des rencontres.

J'hésite, puis, au bout d'un moment de réflexion, j'ajoute un smiley souriant, comme Leena quand elle m'envoie des textos. C'est un peu aguicheur – je trouve – mais pourquoi pas, hein ? Après tout, Tod et moi sommes « non exclusifs ». Et la jeune Eileen Cotton de vingt ans, avec ses grands projets d'aventure londonienne… Cette Eileen Cotton aurait très certainement imaginé avoir plus d'un homme dans son décor.

13

LEENA

– Tu es sûre que tu ne veux pas leur acheter tout bêtement un gâteau ? me demande Ethan.

Je pose le téléphone en équilibre sur le robot-mixeur vintage de mamie : j'essaie de confectionner des brownies en guise d'offrandes et j'ai décidé que Roland et Pénélope seraient mes premières cibles. Mon but, rallier le comité du Premier Mai à mon thème médiéval. Si une équipe se ligue contre vous, la meilleure approche est de diviser pour mieux régner, or j'ai senti une faiblesse du côté de Pénélope. Loin de l'influence de Betsy, elle pourrait se montrer tout à fait amicale envers moi. Après tout, elle me laisse bien lui emprunter sa voiture.

– Non ! Je te rappelle que je vis une idylle rurale à Hamleigh. Faire de la pâtisserie est très idyllique et très rural.

Le couteau glisse sur le bloc de beurre froid et la pointe me rentre dans le pouce. Je réprime à grand-peine un juron pour ne pas ruiner l'ambiance de bonheur domestique que je tente de créer.

– La pâtisserie, c'est aussi un peu difficile, me fait remarquer gentiment Ethan, surtout si on n'en a jamais fait.

– J'ai un article de blog tout à fait complet pour me guider étape par étape, dis-je en louchant sur l'impression papier posée à côté du bol à mixeur, tout en suçant mon pouce endolori.

J'ouvre le paquet de farine avec levure incorporée. Il se déchire, expédiant un nuage blanc sur mon jean.

– Rhaa…

– Voyons, mon ange. Achète des brownies, dispose-les sur une assiette et trouve-toi une occupation plus intéressante. À ce propos, ça fait des heures que je potasse cette matrice de traçabilité des exigences et que je n'arrive à rien. Ça te dirait de t'y attaquer ?

J'époussette mon jean. En fait, je n'ai aucune envie de m'attaquer à ça – à ma grande surprise, je me suis aperçue que je me passais fort bien de Selmount depuis que je suis ici. Et puis, même moi ça me rebute, les matrices de traçabilité des exigences.

– Euh, non… dis-je. Ça t'ennuie ? Excuse-moi, Ethan, mais j'ai vraiment besoin de faire un break avec tout ça.

– Ouh là, tu tournes le dos à un tableur, toi… Ça doit être la première fois.

– Désolée !

– Pas de souci. Mais je dois te laisser – ça va me demander des heures de boulot si je dois faire ça en solo.

– Ah, d'accord. Désolée. Mais tu viens toujours ce week-end, hein ?

– Oui, bien sûr, si je peux m'absenter. Allez, mon ange, on se reparle très vite !

– Bons…

Oh. Il a déjà raccroché.

Ce même soir, Pénélope vient m'ouvrir la porte. Son regard tombe sur l'assiette de brownies très très très foncés que je lui présente d'autorité.

– Euh… bonsoir, dit-elle.

– Coucou ! Je vous ai fait des brownies !

Je compte sur le principe du « c'est l'intention qui compte », car mes brownies sont clairement brûlés.

– Écoutez, je suis nulle en pâtisserie, mais je tenais absolument à vous apporter quelque chose pour vous remercier de me prêter la voiture.

Pénélope me dévisage d'un regard vide.

– Roland ! crie-t-elle, si fort que j'en sursaute. Pardon, mais il est un peu dur d'oreille, tu sais. Roland ! Roland ! C'est la fille de Marian, elle veut te parler de la voiture !

– Je pourrais peut-être entrer et en parler avec vous deux ? dis-je pendant que Pénélope continue de crier par-dessus son épaule.

Pour une femme d'allure aussi frêle, elle a des poumons impressionnants.

– Hum, fait-elle, soudain fuyante.

Une voix que je connais bien me parvient alors.

– Pénélope, mon chou… Viens voir les cocktails tropicaux qu'a préparés Jackson, ils sont super sympas !

C'est Betsy, sans l'ombre d'un doute.

J'en reste pantoise. Jackson s'encadre derrière Pénélope.

– Oh, bonsoir, dit-il.

Il tient un cocktail à la main – un knickerbocker glory, à première vue. Il n'y manque rien, même pas la petite ombrelle jaune piquée sur le dessus.

Une petite ombrelle jaune, *ça ne s'improvise pas*.

– Organiseriez-vous une réunion de préparation du Premier Mai sans moi ? dis-je en les fixant de mon regard le plus dur, celui que je réserve en général aux hommes pris en flagrant délit de comportement déplacé dans le métro.

Jackson recule imperceptiblement.

– Non. Non, non, pas du tout. Je préparais juste à manger pour Pénélope et Roland, je le fais toutes les semaines. Parfois, Basil et Betsy m'accompagnent et on… on s'est mis à parler de cocktails.

– Ah oui, vous vous êtes mis à parler de cocktails ?

– Pourquoi tu n'entres pas, Leena ? propose Pénélope.

Je franchis le seuil. La maison ressemble à une capsule temporelle des années 1960 : un tapis à motif automnal dans des teintes marron et orange, des peintures à l'huile sombres, trois canards en porcelaine s'envolant sur le mur de l'entrée, au-dessus de l'escalier. À l'intérieur, il fait une chaleur étouffante et l'air sent le pot-pourri et la sauce.

Roland, Betsy, Basil et Pénélope sont assis à la table de la salle à manger, avec leurs verres à cocktail piqués d'ombrelles de couleurs variées et ornés d'une rondelle d'ananas.

– Tiens, dis-je du ton le plus aimable possible. Et donc ? Qu'est-ce qu'on mange, ce soir ?

– Oh, juste un rôti, me répond Jackson en s'éclipsant dans la cuisine.

Mais bien sûr… « juste un rôti ».

– Et des brownies en dessert, ajoute-t-il.

Heureusement qu'il ne peut pas voir ma tête, car je n'aurais pas pu cacher mon désarroi. Je pose doucement mon plat de brownies carbonisés sur le vaisselier rustique, près de la porte de la salle à manger. N'y aurait-il pas un endroit où je pourrais les cacher afin que Jackson ne les voie pas ? Tiens, ce gros pot à plante verte, là-bas… Les brownies pourraient sans problème se fondre dans le terreau si je les mettais tout autour.

– De quoi voulais-tu nous parler, ma chère ? me demande Pénélope en retournant à sa place.

Il me faut un moment avant de me souvenir du prétexte que j'avais trouvé pour lui apporter mes brownies réconciliateurs.

– De la voiture !

– Ah, oui. Ça te rend service, hé ? me demande Roland.

– Oui, j'étais justement venue vous remercier… la voiture m'a bien aidée.

C'est faux. Cette voiture est une véritable antiquité. Toute cette semaine, j'ai découvert que la climatisation alternait inexplicablement entre « chaleur de sauna » et « froid de canard ». J'ai eu beau potasser le manuel en ligne, je n'ai toujours pas compris ni comment ni pourquoi. Ce phénomène me rend dangereuse au volant, car je dois régulièrement ôter ou remettre mon pull en conduisant.

– Espérons dans l'intérêt de Pénélope que tu fais mieux les créneaux qu'Eileen, pouffe Basil.

Je fronce les sourcils, mais Betsy le remet en place avant que j'aie eu le temps de le faire.

– Au moins, Eileen a le bon sens de lacer ses chaussures avant de sortir dans la rue, Basil, riposte-t-elle d'un ton acerbe.

Basil se renfrogne en se massant le genou.

– Ma chute n'a rien de drôle, merci. Et ce ne sont pas les lacets qui m'ont fait tomber, ce sont les nids-de-poule de Lower Lane. Un jour, quelqu'un se tuera, je vous le dis.

– Ça, c'est vrai, opine Roland. J'ai failli me renverser en scooter, l'autre jour.

– Un cocktail ? me propose Jackson en émergeant de la cuisine avec les maniques sur l'épaule et à la main le verre qu'il vient de préparer.

Je considère le cocktail. Il a vraiment l'air excellent. Et il est toujours bon de tester la concurrence.

– Oui, avec plaisir. En revanche, s'il devait y avoir d'autres réunions de préparation du Premier Mai, j'aimerais bien y être conviée, dis-je en haussant les sourcils.

– Ce n'était pas une… (Jackson soupire.) Bon. On ne fera plus de dégustation de cocktails sans te prévenir. Satisfaite ?

– Tout à fait.

Une pensée me vient à l'esprit.

– Tant que je vous ai tous là, je voulais vous poser une question. Trouver un sponsor pour le Premier Mai… ma grand-mère avait finalement renoncé, vous savez pourquoi ?

– Ah, souffle Basil. Le dernier projet en date d'Eileen… Elle n'arrivait à rien sur celui-là non plus, si je me souviens bien.

– Et maintenant qu'elle est partie à Londres, j'avais pensé t'épargner cette peine, renchérit Betsy en sirotant son cocktail.

Basil secoue la tête avec incrédulité.

– Eileen a toujours de drôles d'idées, mais partir à Londres, c'est de loin la plus étrange. Tu sais qu'elle habite avec une lesbienne ? dit-il à Betsy. Et enceinte, par-dessus le marché ? Tu y crois, toi ?

Je l'interromps :

– Oui. Il se trouve que cette lesbienne enceinte est ma colocataire et accessoirement l'une de mes plus proches amies. Vous avez un problème avec les lesbiennes, Basil ?

Il semble surpris.

– Quoi ?

– À moins que vous n'ayez de problèmes avec les lesbiennes qui ont des enfants ?

– Oh, je…

– Eh bien, il vous plaira peut-être d'apprendre que les enfants grandissent aussi bien s'ils sont élevés par un couple de même sexe dans un environnement stable que lorsqu'ils sont élevés par un couple hétérosexuel. Ce qui compte, Basil, c'est d'être *là* pour son enfant, de l'aimer, de s'occuper de lui : c'est ça qui fait un bon parent.

Je m'apprête à continuer mon sermon quand Jackson me fait taire en se levant brusquement de table.

Je le suis des yeux. L'ai-je offensé ? Jackson est-il secrètement homophobe ? C'est décevant de sa part.

– Jackson n'a pas la chance de pouvoir être là pour son enfant, dit doucement Betsy dans le silence qui s'est fait.

Je me tourne vers elle.

– Quoi ?

– La fille de Jackson. Elle vit en Amérique.

– Ah, je… je l'ignorais, bredouillé-je, les joues en feu. Je ne voulais pas dire qu'on ne peut pas être un bon parent si… Je devrais aller m'excuser…

Pénélope se lève à son tour et me pose la main sur le bras.

– Il ne vaut mieux pas, me dit-elle non sans gentillesse. Je vais y aller, moi.

– Mamie ! Comment tu as pu oublier de me dire que Jackson avait une fille ? dis-je en rentrant chez moi, les joues encore en feu.

– Oh, les Greenwood ont connu quelques années *très* intéressantes, me répond mamie en baissant le ton d'une demi-octave, prenant sa voix

« détails croustillants » qu'elle réserve pour ses meilleurs potins villageois. Quand la mère de Jackson a quitté Arnold, elle… Désolée, j'ai un message sur mon téléphone, laisse-moi juste…

Tonalité. Je soupire, j'attends dix secondes et je la rappelle.

– Je t'ai raccroché au nez, ma chérie ? s'enquiert mamie.

– Oui, mais ce n'est pas grave… tu disais, la mère de Jackson…

Je m'engage dans Lower Lane. Basil a raison, ces nids-de-poule sont un danger public. J'en prends note mentalement : appeler le conseil municipal pour les faire reboucher.

– Oh, oui. Donc, la mère de Jackson a largué ce vieux grincheux d'Arnold et elle est partie avec ce Denley de Tauntingham. Tu sais, celui qui a la maison en Espagne qu'il a sans doute achetée avec l'argent sale du commerce de voitures d'occasion de son père ?

J'éclate de rire.

– Mamie, je commence à peine à m'y retrouver dans tous les potins de Hamleigh. Je ne peux pas élargir mon champ de connaissances à toute la région des Dales, c'est trop tôt.

– Oh, tu t'y feras en un rien de temps, tu n'as qu'à inviter Betsy pour le café une fois par semaine. Elle te racontera tout ce que tu as à savoir.

Je fais la grimace. Je n'ai pas l'impression que Betsy ait envie de venir boire le café chez moi une fois par semaine.

– Continue, mamie… la fille de Jackson ?

– À cette époque, Jackson habitait chez Arnold – je n'ai jamais su pourquoi, mais bizarrement Jackson a toujours eu de l'affection pour lui – et je savais que Jackson sortait avec une blonde pleine d'entrain, une certaine Marigold, de Daredale, qui se voyait bien en future starlette de Hollywood. J'ai toujours su que ce n'était pas une fille bien, dit mamie, qui se met à parler comme Betsy. Elle portait de ces horribles chaussures à talons hauts qui s'enfonçaient toujours dans la boue de l'allée ; elle poussait des cris d'orfraie jusqu'à ce que Jackson la décoince.

– Des talons hauts, hein ? Et puis quoi encore ?

– Oh, n'essaie pas de me faire passer pour une vieille dame ringarde. Je te signale que Fitz m'a emmenée faire du shopping hier et j'ai acheté toutes sortes de choses tendance. Et je t'ai aussi emprunté tes bottes à talons hauts pour aller boire un verre, juste après.

J'ouvre de grands yeux inquiets. Ma grand-mère est-elle assez stable sur ses jambes pour porter mes bottes à talons ?

– Mais cette fille, cette Marigold, elle se promenait partout en talons aiguilles et en jupe courte, tellement moulante qu'elle pouvait à peine marcher. Jackson passait son temps à lui tenir la porte et à l'aider à monter en voiture, à lui porter ses sacs et elle, elle ne levait jamais le petit doigt pour lui. Puis ils ont rompu, ou du moins je pense qu'ils ont rompu parce qu'elle a cessé de venir le voir, et *c'est six mois après* qu'elle s'est pointée, ronde comme un bonbon Mentos.

J'éclate de rire.

– Un bonbon Mentos ?

– Tout à fait, répète mamie avec délectation. Enceinte ! Et avant qu'on ait eu le temps de dire ouf, Jackson passait la moitié de son temps à Daredale pour s'occuper du bébé. C'était il y a… trois ou quatre ans, peut-être ? Et puis – c'est ça le vrai potin – Marigold est partie à Los Angeles pour faire ses grands débuts au cinéma et elle a emmené la petite fille. Jackson la voit à peine, maintenant.

Oh, non. Pauvre, pauvre Jackson ! Je culpabilise tellement d'avoir dit ça chez Pénélope que je ne lui en veux même plus d'avoir monté un bar à cocktails clandestin.

Enfin, *presque* plus.

Mon téléphone se met à bourdonner à mon oreille. Cet engin étant une relique de l'ère des disquettes et des Game Boy, il me faut un moment pour comprendre ce qui se passe : j'ai un double appel.

– Faut que je te laisse, mamie. On se rappelle très vite, bisou !

– Ah, au revoir, ma chérie.

Je raccroche avec elle et je prends l'appel en attente.

– Allô ? fait une voix hésitante à l'autre bout du fil. Je parle bien à Leena Cotton ?

– Oui, c'est moi.

Étrangement, j'ai pris ma voix professionnelle.

– Je m'appelle Nicola Alderson, dit la dame, et j'appelle au sujet de l'annonce que j'ai vue à l'épicerie, celle pour l'aide au transport ?

– Oh !

Hier, je suis allée coller quelques affiches à Knargill (enfin, des impressions faites sur l'ordinateur de mamie). Je ne m'attendais pas à une réaction aussi rapide.

– Bonjour, Nicola, merci d'appeler.

– Vous êtes bien sûre que c'est gratuit ? Parce que tout ça, c'est… trop beau pour être vrai. Mon petit-fils me dit toujours de faire attention à ces e-mails qui vous disent que vous avez gagné de l'argent… et une offre de transport gratis, ça pourrait entrer dans la même catégorie, si vous voulez mon avis. Parce que dans la vie, rien n'est gratuit, comme on dit.

Je hoche la tête. Cette vieille dame marque un point – en fait, je regrette que ma propre grand-mère soit si peu soupçonneuse pour ce genre de choses. Elle nous a fait très peur il y a quelques années lorsqu'elle a pris un e-mail de fishing pour une lettre officielle de la banque : elle était à deux doigts de transférer toutes ses économies sur un mystérieux compte en Russie.

– Vous avez bien raison. Mais à la base, c'est ma grand-mère qui a eu l'idée d'aider les personnes isolées à se déplacer plus souvent. Et comme pour le moment je garde sa maison et que je m'occupe de tous ses projets, je… j'ai pensé que c'était encore le moyen le plus simple. J'ai une voiture, j'ai du temps libre, du coup…

– Y a-t-il moyen de savoir si vous n'allez pas m'emmener dans les bois pour me dévorer ?

Je pouffe.

– Eh bien, je pourrais vous retourner la question, vous savez.

– Ma foi, ce n'est pas faux…

– Mais je peux vous montrer un extrait de mon casier judiciaire, si ça peut vous rassurer.

– Je n'ai pas la moindre idée de ce que vous racontez. Mais je saurai sûrement me faire une opinion en vous voyant. On peut se retrouver devant l'église ? Il faudrait que vous soyez un sacré numéro pour arriver à m'assassiner là-bas.

– Parfait, dites-moi quelle heure vous convient.

14

EILEEN

Il est dix heures du soir. J'embrasse un homme devant la porte de son immeuble. Je porte des bottes à talons. Les mains de Tod se glissent sous ma veste et ses pouces s'attardent le long de la fermeture Éclair de ma longue robe en lin, comme s'ils prenaient leurs marques pour plus tard.

Depuis que j'ai rencontré Tod, j'ai l'impression d'avoir ouvert une porte donnant accès à une partie de moi-même que j'avais entièrement oubliée. Hier, je me suis surprise à *glousser comme une gamine*. Je ne sais même plus si je gloussais comme ça quand j'étais jeune.

C'est délicieux. Vraiment. Mais derrière tout ça, j'entends comme un murmure sombre et coupable monter de mon ventre. J'avais fort bien réussi à laisser Wade derrière moi, mais depuis que j'ai commencé à fréquenter Tod, je ne parviens pas à me le sortir de la tête aussi facilement.

À mon avis, c'est simplement une question d'habitude. Après tout, je n'avais pas embrassé d'autre homme que mon mari depuis cinquante ans. Les lèvres de Tod sont différentes, même la forme de sa tête, de sa nuque et de ses épaules est étrange sous mes mains après tant d'années à apprendre les contours du corps de Wade. Embrasser Tod, c'est comme essayer les vêtements de quelqu'un d'autre. Étrange et déconcertant, oui… mais amusant.

Je me dégage de son étreinte à regret.

– Tu ne montes pas ? me demande-t-il.

– Pas déjà. (Je lui souris.) Nous n'en sommes qu'à notre troisième rendez-vous.

C'était ma condition. J'ai accepté toutes les modalités de Tod concernant notre drôle de relation, mais j'ai bien précisé que je ne coucherais pas avec lui avant le cinquième rendez-vous. Je voulais me laisser le temps de décider s'il était assez bien pour ça. Je ne suis pas la dernière à aimer m'amuser, mais je ne compte pas me… quelle était l'expression qu'a employée Fitz ? – ah, oui, me faire « arnaquer ». Le sexe, ça veut vraiment dire quelque chose pour moi, et je ne veux pas m'y adonner avec un homme que je n'apprécie guère. Or, il se trouve que j'aime beaucoup Tod. À tel point que cette règle du cinquième rendez-vous m'apparaît maintenant…

Il hausse un sourcil.

– Je sais reconnaître une femme qui hésite quand j'en vois une, dit-il avant de me donner un long baiser sur la bouche. Allez, monte dans un taxi et rentre chez toi avant que nous ne fassions quelque chose que nous pourrions regretter, hein ? Le règlement, c'est le règlement, ajoute-t-il avec un clin d'œil.

Seigneur, ce clin d'œil…

Je ferais mieux de me trouver un taxi.

Je dors tard le lendemain, jusqu'à huit heures. En sortant de la chambre de Leena, je découvre Martha sur le canapé, en larmes.

– Oh, Martha !

J'hésite sur le seuil. Je ne veux pas la mettre dans l'embarras en faisant irruption dans le salon. Mais elle tourne vers moi son visage maculé de larmes et me fait signe d'approcher.

– S'il vous plaît, venez vous asseoir avec moi, dit-elle en se massant le ventre. Pleurer seule, c'est encore un cran en dessous de ma déprime normale. D'habitude, je fais ça sur l'épaule de Leena.

Elle renifle alors que je prends place à côté d'elle.

– Vous avez l'air en forme, madame Cotton. Ooh, mais seriez-vous sortie avec votre renard argenté, hier soir ?

Je me sens rougir. Martha sourit.

– Souvenez-vous de ne pas trop vous attacher, me dit-elle en s'essuyant le nez. Enfin, je vous dis ça parce que vous m'avez demandé de vous le rappeler. Personnellement, je trouve que ce mec est une affaire.

– Ne t'en fais pas pour moi. Qu'est-ce qui t'arrive, ma chérie ? Si ça n'est pas indiscret, bien sûr ?

– Avec Yaz, on est sur le point d'emménager dans une maison. Cette maison ne me plaît pas, mais Yaz dit qu'on n'a plus le temps de faire les difficiles et moi, je lui ai répondu que c'était une grande décision, que je ne voulais pas faire ça à la va-vite et… (Elle se remet à pleurer ; les larmes coulent de son menton.) J'ai tellement peur de ne pas en être capable, de ne pas être prête à avoir un enfant – et Yaz qui est en mode Yaz, ça ne m'aide pas. Le bébé sera là en un rien de temps et elle s'imagine que tout va continuer comme avant. Mais ce n'est pas possible, si ? Tout va changer. Et ça me fiche la trouille. En plus, rien n'est prêt pour accueillir le bébé. Oh, non… comment on va faire ?

Je tente de me remémorer ma panique douce-amère quand j'avais découvert que j'étais enceinte. C'était une période compliquée pour Wade et moi. Nous n'étions pas mariés quand Marian avait été conçue. Pas même fiancés, en fait. Je m'étais vraiment bien débrouillée pour cacher mon petit ventre sur les photos de mariage, du coup, personne n'en a jamais rien su, pas même Marian, et je préfère que ça reste ainsi. Mais je me souviens, dans tout ce chaos, de ces moments de panique absolue qui me faisaient partir en vrille, tout comme Martha en ce moment.

C'était le changement de plan qui me bouleversait le plus. Il n'était plus question de travailler à Londres, ni de changer le monde, ni de vivre de grandes aventures – ou plutôt si, j'allais l'avoir, ma grande aventure, la plus grande de toutes, mais je la vivrais à la maison. Partir de Hamleigh n'était plus d'actualité. Et quant aux hommes… eh bien, ce serait Wade, jusqu'à la fin de mes jours. Il s'était conduit en gentleman et m'avait demandée en mariage, ce dont je lui avais été reconnaissante. Qui sait ce que mes parents auraient fait de moi s'il m'avait laissée tomber ?

Je prends la main de Martha.

– Tu sais ce qu'il te faut, ma chérie ? Une *liste*. Allez, prenons un papier et un stylo et énumérons tous les projets qu'il te faut réaliser avant l'arrivée du bébé. Ensuite, on pourra faire un plan, et aussi un plan B.

Martha sourit.

– Je vois de qui Leena tient sa Leenattitude, madame Cotton.

– Appelle-moi Eileen, d'accord ? Je ne me sens plus du tout une madame.

Je sors mon nouveau carnet à projets pour m'atteler à la liste de Martha. Mon œil accroche l'entrée « remettre à neuf partie commune » sur ma dernière liste de choses à faire.

– Oh, au fait ! Tu as parlé au propriétaire de la partie commune, en bas ?

Martha se redresse en s'essuyant le visage.

– Oui, j'ai oublié de vous dire : il a adoré l'idée. Il m'a même dit qu'il y mettrait un peu d'argent. Pas plus de cinq cents billets, mais…

J'en reste bouche bée.

– Cinq cents livres ? Mais c'est largement assez !

Je regarde Martha. On dirait bien que ça fait un moment qu'elle s'angoisse toute seule sur le canapé.

– J'imagine que tu ne dois pas avoir envie de t'attaquer à ce projet-là maintenant ? dis-je. On pourrait s'occuper de ta liste à toi après.

– En fait, si. Vous savez quoi ? Allons-y. Je ne me suis que trop apitoyée sur moi-même.

Elle se lève du canapé en se frottant les yeux et propose :

– Je me disais qu'on pourrait aller faire un tour à ce magasin d'antiquités, au bout de la rue, pour voir si on peut trouver quelques jolis meubles sans trop dépenser ?

Je souris.

– J'ai une meilleure idée.

– Non, mais… je rêve… (Martha porte une main à sa gorge.) Cet appartement. C'est la caverne d'Ali Baba. C'est… c'est un *véritable Chesterfield* ? Là, derrière l'autre fauteuil ?

Elle se met à escalader l'une des nombreuses tables basses pour accéder aux fauteuils. En riant, je la soutiens pour qu'elle ne perde pas l'équilibre.

– Doucement, ma chérie. Il va nous falloir de l'aide pour déplacer tout ça.

– Et vous êtes bien sûre qu'on peut s'en servir pour en bas ? demande Martha à Letitia, les yeux écarquillés.

Letitia hausse les épaules.

– Pourquoi pas ? Du moment que ça ne bouge pas de l'immeuble, ça ne m'ennuie pas de les prêter. Surtout si… (Elle déglutit.) J'aime bien l'idée d'un espace commun. Ça serait une façon agréable de rencontrer des gens.

Je réfléchis tout en tripotant distraitement l'un des bols remplis de colifichets. Il doit y avoir des tas de gens comme Letitia, à Londres. Je ne pense pas que dans les autres immeubles, les gens se fréquentent davantage que dans le nôtre. Ce doit être dur de vivre seul dans cette grande ville, surtout pour les personnes âgées.

– Tu crois que le propriétaire nous laisserait nous servir de cet espace pour quelque chose… d'un peu plus… important ? dis-je à Martha.

– Pourquoi, vous pensez à quoi ?

– Je ne sais pas trop. Mais… Letitia, vous auriez quelques tables de salle à manger en trop ?

– J'en ai en stock, oui. Au sous-sol.

Martha semble sur le point de s'évanouir.

– En stock ! Parce qu'il y a un stock !

– Faites-nous voir ça, dis-je à Letitia. Montrez-nous le chemin, et au passage nous irons chercher quelques assistants. Je sais déjà qui.

Les porteurs de sandales mal élevés qui ont levé les yeux au ciel devant moi s'appellent Rupert et Aurora, ai-je appris (grâce à la minceur des cloisons). Je frappe avec fermeté chez eux, encadrée par Letitia et Martha.

C'est Rupert qui vient ouvrir et je vois tout de suite que ça part mal. Il tapote d'un air distrait sa bedaine et se replace les cheveux derrière les oreilles.

– Euh, salut… Je crains d'avoir oublié votre nom… Isla, c'est ça ?

– Eileen. Eileen Cotton. Et voici Martha, et Letitia. Et vous êtes ?

– Rupert, dit-il en me tendant une main tout éclaboussée de peinture.

Je la lui serre, après une seconde d'hésitation.

– Écoutez, Eileen. Je voulais justement vous voir pour m'excuser, me dit Rupert d'un air penaud. Ma copine peut être un peu grognon quand elle travaille sur une nouvelle œuvre – elle est sculptrice. Elle se battait avec une armature en fer pas commode quand on vous a croisée, l'autre jour, et elle n'avait pratiquement rien avalé depuis vingt-quatre heures, alors… elle s'est montrée impolie. Je suis vraiment désolé. Et elle aussi.

Mon sourire perd un peu de son côté hautain.

– Bon. Ça peut arriver à tout le monde d'être de mauvaise humeur quand on a l'estomac vide, dis-je aimablement. Et si vous voulez vous faire pardonner, nous avons pile l'occasion qu'il vous faut. Venez.

– Quoi… maintenant ?

Je me retourne vers lui.

– Pourquoi, vous êtes occupé ?

– Non, non, s'empresse-t-il de dire. Laissez-moi enfiler des chaussures. Je suis à votre disposition.

Plantés en cercle au milieu de notre future partie commune, nous considérons le fatras de meubles poussés contre les murs, éclairés par le soleil qui entre à flots par les belles fenêtres d'époque.

Maintenant qu'ils me regardent tous avec un air d'attente, ma confiance en moi fond comme neige au soleil. L'espace d'un instant, je me retrouve dans la peau de l'ancienne Eileen : ça me rappelle le cercle de regards vides qui me fait face chaque fois que je suggère une nouvelle idée à une réunion des Voisins vigilants.

Je déglutis. Qui ne tente rien, etc. Que ferait Leena à ma place ?

– Je me suis dit qu'on pourrait fonder une sorte de club, dis-je en tripotant nerveusement la bandoulière de mon sac. Il pourrait y avoir des activités : dominos, jeux de cartes, Scrabble, ce genre de choses. Et un repas chaud, si on arrive à le financer. Me retrouver à Londres à mon âge, ça m'a fait penser que beaucoup de personnes âgées doivent se sentir bien seules.

Long silence… Je poursuis :

– C'est sans doute une très mauvaise idée. Basil me dit toujours que mes projets sont trop ambitieux. Mais… je… dans le temps, quand j'étais jeune, j'aurais dû aller à Londres et travailler dans un secteur un peu similaire, à la différence que je me serais occupée de jeunes. Et aujourd'hui, je trouve que ça serait… eh bien, ça me ferait très plaisir de pouvoir créer une petite communauté ici, réservée aux personnes âgées. (Je hausse les épaules avec impuissance.) Ce n'est peut-être pas faisable. Je ne saurais même pas par où commencer.

– Du parquet, lâche Martha.

Nous nous tournons tous vers elle.

– Désolée, dit-elle en se trémoussant légèrement. Mais à mon avis, cette moquette toute miteuse doit dissimuler du parquet. Ce serait un bon point de départ si on veut rendre cet endroit plus engageant. Ensuite, on pourrait installer des tables pour jeux de société ici, d'autres pour les jeux de cartes là-bas… peut-être des tables de bridge, mon grand-père adore le bridge. Et une grande table ici, contre le mur du fond, pour que tout le monde puisse manger ensemble. (Elle me sourit.) J'adore votre idée, Eileen. C'est génial. Et ce n'est pas trop ambitieux du tout.

– Trop ambitieux, ça n'existe pas, affirme Fitz. Du moins, c'est ce que me répète toujours Leena quand je cherche des prétextes pour ne pas postuler à certains jobs.

Il me décoche un clin d'œil. Fitz est entré juste au moment où nous sortions une grande table à tréteaux de la cave de Letitia et, béni soit-il, il a lâché ses sacs et retroussé ses manches pour se joindre à l'effort. Il n'a pas cessé de transbahuter des meubles depuis.

– Qu'est-ce que vous en pensez, Letitia ? dis-je, un peu nerveuse. Vous croyez que ça intéresserait quelqu'un de venir ici ?

– Moi, en tout cas, je viendrais, répond-elle au bout d'un moment. Et je pense que je ne serais pas la seule dans le quartier, même si je n'ai jamais trop su où trouver des gens comme moi.

Ce sera mon prochain défi ! J'ouvre la fermeture Éclair de mon sac d'où je tire mon carnet à projets, impatiente de commencer une nouvelle liste.

– Je vais recontacter le propriétaire, propose Martha, ensuite j'enverrai un e-mail à tout l'immeuble pour voir si tout le monde est d'accord.

Letitia fait la grimace.

– Il faut vraiment demander à tout l'immeuble ? Le résident qui s'était plaint que je vienne m'asseoir ici… il n'a sûrement pas envie qu'un tas de vieilles chouettes bricolent une sorte de club, si ?

Mon sourire s'envole.

– Parce que quelqu'un s'est plaint de votre présence ici ? s'indigne Fitz en se redressant de l'endroit où il essayait de soulever un coin de moquette, sur les instructions de Martha. Punaise, mais c'est affreux !

Letitia hausse les épaules.

– Bah, fait Fitz, qui que ce soit, il a dû déménager depuis le temps ! Je suis sûr que Leena, Martha et moi sommes les plus anciens résidents de l'immeuble, à présent.

– Ça fait trente ans que je vis ici, déclare aimablement Letitia.

Fitz la considère avec stupéfaction.

– Hein ? Waouh. Vous nous battez haut la main.

– Je pourrais organiser un atelier d'arts créatifs, lance soudain Rupert en contemplant le coin auquel Martha n'a pas encore assigné d'activité. Pour le club. On pourrait même s'en occuper ensemble, Aurora et moi. On a des tonnes de bricoles, des craies et de la peinture dont on ne fait rien.

Je le regarde d'un air rayonnant, mon moral remontant en flèche.

– Merveilleux !

– Et le gars du n° 17 est magicien. Je parie qu'il pourrait organiser un petit spectacle de temps en temps, voire un atelier, continue Rupert.

Je fais cliquer mon stylo, plus rayonnante que jamais.

– Très bien, dis-je. Première étape : le parquet. Deuxième étape…

Après une journée épuisante mais formidable, passée à organiser l'espace, peindre et agencer des meubles, je tombe sur mon lit et sombre dans un sommeil profond comme je n'en ai pas connu depuis des années. À mon réveil, je me rends compte que je n'ai pas pensé à remercier Letitia de nous avoir donné tous ces meubles. C'était d'une incroyable générosité de sa part. Saisie par un soudain besoin de lui rendre la pareille, je m'assieds sur le lit avec un tel empressement qu'il me faut attendre un moment avant de me lever.

– Vous voulez aller faire les boutiques ? me demande Letitia d'un air soupçonneux quand je débarque chez elle avec mes chaussures les plus confortables et mon plus grand sac de courses. Pour acheter quoi ?

– Des vêtements ! C'est mon cadeau, pour vous remercier !

– Oh, il ne faut pas que vous dépensiez de l'argent pour moi, me dit Letitia, l'air horrifiée.

Je me penche en avant d'un air de conspiratrice.

– Mon ex-mari est loin de se douter du petit bas de laine que je me suis patiemment constitué au fil des ans et je compte bien le dépenser avant qu'il ne le découvre et essaie de mettre la main dessus. Allez ! aidez-moi à m'en débarrasser. Et on pourrait se tutoyer, non ?

J'ai finalement arraché un sourire à Letitia.

– En général, je ne m'embête pas avec la mode, dit-elle. Et où est-ce qu'on irait ? (Son sourire s'évanouit ; elle semble vaguement nerveuse.) Pas dans Oxford Street ou dans un endroit comme ça ?

Je n'ai aucune envie de réitérer mon expérience dans Oxford Street. Je me suis fait poignarder par un parapluie, crier dessus par un touriste américain en colère et, bizarrement, j'ai été suivie dans les rayons du Primark par un agent de sécurité.

– Non, nous allons faire les friperies, dis-je. Il y en a cinq à moins de dix minutes de marche et elles sont bourrées à craquer d'affaires intéressantes dont les bobos londoniennes se sont débarrassées.

Le visage de Letitia s'éclaire. Je pensais bien qu'elle préférerait aller dans des friperies plutôt que dans ces endroits chics où l'on ne vend que des vêtements pour femmes immenses avec une énorme poitrine et une taille de guêpe. Et même si cette partie de Londres m'a un peu fichu la trouille au début – avec tous ces graffitis, ces salons de tatouages et ces motos –, je la préfère de loin au bruit et à la cohue du centre de Londres, maintenant.

Depuis que Fitz m'a emmenée faire les boutiques, je sais tout sur le relooking. Il m'a fait essayer toutes sortes de choses ridicules – des jupes au-dessus du genou, des chaussures qu'on ne pouvait pas mettre avec des collants. Mais j'ai compris après coup que ce n'était qu'un stratagème pour me rendre plus audacieuse dans mes choix. Par exemple, après avoir essayé une jupe courte en jean, j'avais tellement élargi ma zone de confort que ça ne m'a pas semblé trop extravagant de m'acheter la robe en lin à manches longues que j'ai portée pour mon troisième rendez-vous avec Tod. Et après avoir forcé mes pieds à entrer dans des sandales à talons hauts, les adorables bottes en cuir qu'il m'a persuadée d'emprunter à Leena m'ont paru tout à fait confortables.

J'emploie la même tactique avec Letitia, sans toutefois aller aussi loin que Fitz. Malgré tout, elle manque se sauver en courant de la friperie lorsque j'essaie de lui faire enfiler de force un chemisier rose ajusté. Je tente un nouvel angle. Je lui parle de ses goûts, mais elle s'obstine. Elle ne s'intéresse pas à la mode et se satisfait très bien de sa tunique bleu marine – on n'a pas besoin de la laver aussi souvent qu'on croit.

Enfin, alors que je suis sur le point de renoncer, j'aperçois une veste rebrodée. Et là, tout devient clair dans ma tête. Je me souviens de la caverne d'Ali Baba dans laquelle vit Letitia et je la détaille avec intérêt.

– Qu'est-ce que tu regardes ? me demande-t-elle avec inquiétude.

– Tes boucles d'oreilles. Elles sont magnifiques. Et celles que tu portais l'autre jour étaient ravissantes, elles aussi.

– Oh… fait-elle d'un air content. Merci. Elles datent des années 1940. Je les ai trouvées sur un marché aux puces et je les ai polies moi-même.

– Quelle trouvaille !

Je la fais sortir précipitamment et la dirige vers le gigantesque magasin d'Oxfam où Fitz s'est trouvé trois chemises à fleurs.

– Regarde, dis-je d'un ton dégagé, ils ont un rayon vintage. Tiens, cette jupe avec cet imprimé de lierre. Comme c'est original !

Si Letitia avait été un chat, elle aurait dressé les oreilles. Elle se rapproche du rayon pour tâter l'étoffe.

Je dois changer sa vision des vêtements. Letitia est une pie, elle collectionne les belles choses – du coup, pourquoi ne pas la décorer en harmonie avec son appartement ? Si elle prêtait attention à sa mise autant qu'à sa déco intérieure, eh bien… Certes, elle aurait toujours un look étrange, mais au moins, elle pourrait s'enorgueillir de son apparence.

– Je… je l'essaie ? me demande-t-elle nerveusement en tenant la jupe à imprimé de lierre devant elle.

– Pourquoi pas ?

Je la pousse déjà vers les cabines d'essayage.

15

LEENA

Wallace/Gromit me réveille, c'est devenu la règle ; tous les matins, quand j'ouvre les yeux, je me retrouve face à une tête poilue. C'est bien plus agréable que l'alarme du téléphone.

En sautant du lit, le chat fait tomber de la table de chevet la pierre de lune que m'a donnée maman. Je la ramasse sans me presser, la faisant rouler entre mes doigts. Elle est teintée de bleu, cette pierre aux allures extraterrestres. Qui peut bien avoir décidé que ce caillou favorisait les « nouveaux départs », franchement ?

Je tends une main hésitante vers mon téléphone. Il y a un message de bonne nuit de la part d'Ethan, envoyé à une heure du matin, avec quatre baisers au lieu de trois. Il a encore dû annuler notre week-end à cause du travail – ça fait maintenant trois semaines que je suis à Hamleigh et il n'est pas venu me voir une seule fois. Je le comprends, mais ça reste agaçant.

Je fais défiler mes contacts. Maman se réveille plus tôt que moi – d'habitude, elle est levée dès cinq heures.

J'appuie sur l'icône du téléphone. J'ai envoyé un texto à ma mère presque tous les jours, juste pour voir si elle avait besoin de quelque chose, mais elle me répond toujours par la négative. J'aurais dû l'appeler ou passer chez elle plus tôt, mais…

– Allô ? Leena ? Tout va bien ?

Sa voix paniquée me ramène instantanément au passé. Ce n'est que parce que mon téléphone sonne sans arrêt que j'ai pu chasser l'ombre de cet instant, la terreur qui me nouait le ventre chaque fois que la sonnerie retentissait, à l'époque où Carla était mourante, la conviction que cette fois, quand je décrocherais, ce serait pour apprendre la pire nouvelle de ma vie. Et là, en entendant l'effroi dans la voix de ma mère, les émotions se mettent à grouiller dans mon estomac. Je me lève pour faire les cent pas dans la chambre, en sueur, ne pensant qu'à raccrocher avant d'avoir dit un seul mot.

– Salut, excuse-moi, maman, tout va bien ! dis-je à toute vitesse. J'appelais juste pour te dire bonjour et… c'est soirée bingo demain, je me demandais si tu voulais venir ? C'est moi qui conduirai la fourgonnette.

Un silence.

– Oh, je… Oui, pourquoi pas ? Si tu veux que je vienne ?

Elle attend ma réponse.

– Oui ! dis-je d'une voix suraiguë tout en pressant mon poing à l'endroit entre mes côtes où s'agitent les émotions. Oui, bien sûr, viens avec nous ! À cinq heures. D'accord. Super !

Si je raccroche tout de suite, ma panique s'en ira, mais je ne lui ai pas dit ce que je voulais lui dire, pas vraiment.

– Leena, prends une profonde inspiration, me conseille ma mère.

Je ferme les yeux et j'essaie de calmer ma respiration. La sensation de picotement sur mon visage et ma poitrine diminue un peu et bientôt ce ne sont plus des aiguilles qui me transpercent, mais juste l'impression d'une pluie légère sur ma peau.

Je rouvre les yeux et inspire une dernière fois à fond.

– Maman, mamie m'a dit que tu étais allée voir le docteur et qu'il t'avait donné des antidépresseurs.

Ma mère se ménage une longue pause avant de répondre.

– Oui.

– Je ne m'étais pas rendu compte que tu allais si mal. Je suis… je suis désolée.

– Ce n'est pas grave, ma chérie, dit-elle d'une voix plus douce.

– Et ça te fait du bien ?

– Mais oui, ça me fait du bien. Même si j'ai du mal à dire si c'est l'effet des antidépresseurs ou des cristaux, en fait.

Je lève les yeux au ciel.

– Tu as levé les yeux au ciel ? s'enquiert ma mère.

– Moi ? Non.

Je l'entends sourire.

– Tu as tant de certitudes sur tout, Leena. Mais moi, je ne suis pas comme ça. Tu sais ce qui t'a permis de surmonter ta peine depuis tout ce temps : te plonger dans le travail, t'éloigner de moi et de ta grand-mère. Moi, je n'ai pas trouvé de solution pour guérir de mon chagrin. Alors, j'essaie un peu tout. C'est ma manière à moi de faire mon deuil.

Je recommence à faire tourner la pierre de lune entre mes doigts.

– Je ne suis pas sûre de savoir ce qu'il faut faire pour guérir, dis-je doucement. Et je ne suis pas sûre de m'en sortir très bien non plus.

– C'est pour ça que tu es venue ici ? me demande maman. À Hamleigh ?

– Peut-être. (J'avale ma salive.) Donc, on se voit pour le bingo ?

– On se voit pour le bingo.

Après avoir raccroché, je secoue mes bras – ils sont tendus, comme si je m'étais agrippée au volant après un trajet long et difficile. J'ai trop chaud. Je sors pour aller courir, pas très longtemps ; quand je reviens et que je me fais un café, j'ai retrouvé une respiration normale, un peu plus de contrôle sur moi-même, mais je ne peux m'empêcher d'arpenter la salle à manger, mon mug entre les mains, incapable de m'asseoir plus d'une minute. J'ai besoin de me changer les idées.

On tape avec insistance au carreau de la cuisine.

Je grogne, le nez dans mon mug de café. Pitié ! Ce n'était pas à ce genre de distraction-là que je songeais. Il n'est que sept heures et demie du matin – qu'est-ce qu'Arnold peut encore vouloir, maintenant ? Et si je faisais semblant de ne pas être levée ?

– Il y a quelqu'un ? crie Arnold. Je vois que tu as allumé ! Leena ?

Et si je dormais avec les lumières allumées ? C'est une grande et vieille maison, je pourrais très bien avoir la trouille, la nuit.

– Il y a quelqu'un ? La bouilloire fume encore, tu dois être debout. Hello ?

Eh bien, quoi ? Je me suis fait une tasse de thé et je suis retournée me…

– Leena ? Il y a quelqu'un ? Je t'ai vue rentrer de ton jogging ! Hello ?

Bon sang, pourquoi ne fait-il pas partie des Voisins vigilants, celui-là ? Il y serait vraiment à sa place. Je serre les dents et je vais dans la cuisine.

– Bonjour Arnold, dis-je d'un ton aussi aimable que possible. Y aurait-il un problème ?

– Ta voiture. Elle est dans la haie.

J'accuse le coup.

– Ma… Excusez-moi, quoi ?

– Ta voiture, reprend Arnold patiemment. La haie. Elle est dedans. Tu veux un coup de main pour la sortir de là ?

– Oh, non !

Je me penche pour regarder derrière Arnold, me dévissant le cou pour voir l'allée.

– Comment j'ai fait pour rentrer dans la haie ? Quelle haie ?

– Tu avais mis le frein à main ?

– Bien sûr ! dis-je en tâchant de me souvenir si j'avais mis le frein à main.

Ça faisait un moment que je n'avais pas conduit – je n'ai pas de voiture à Londres. Avoir une voiture à Londres n'est indispensable que si l'on recherche l'agressivité des autres conducteurs ou si l'on veut s'offrir de grosses montées de stress en effectuant des créneaux.

– Oh, non… j'ai abîmé la voiture de Pénélope ?

Arnold se frotte le menton en regardant vers l'allée.

– Commençons par la sortir des cyprès et nous verrons bien, d'accord ?

Il apparaît que je n'avais pas suffisamment serré le frein à main.

Arnold, qui est bien plus costaud qu'il n'en a l'air, m'a aidée à pousser la Ford Ka pour que je puisse accéder au siège conducteur. Je fais à peine reculer la voiture, dans un hurlement de pneus, et Arnold m'adresse un pouce levé quand je réussis à franchir la bordure et à revenir sur le gravier de l'allée. J'espère que mamie ne m'en voudra pas d'avoir fait un gros trou en forme de voiture dans sa haie et creusé deux longues traces parallèles en travers de la pelouse.

– C'est une brave titine, cette voiture, me dit Arnold alors que je claque la portière. Comment elle s'appelle ?

– Comment elle s'appelle ?

– Tu ne lui as pas donné de nom ? me demande Arnold en s'essuyant les mains sur son pantalon.

Il a l'air galvanisé. Avec son tee-shirt ample, son gilet en laine et sa casquette qui couvre sa calvitie, au lieu de son sempiternel pull mangé aux mites, il fait dix ans de moins. Il se met à astiquer la vitre de la voiture avec un mouchoir qu'il a tiré de sa poche.

– Non, dis-je. Vous avez des idées ?

– La mienne s'appelle Wilkie.

– Quoi, comme Wilkie Collins ?

Arnold se redresse, l'air ravi.

– Tu aimes ?

– Mamie m'avait offert *La Pierre de lune* à un Noël. Je l'avais adoré. Elle m'offrait toujours des livres.

Arnold semble intéressé.

– Je ne savais pas qu'elle aimait lire.

– Oh, si. Son auteur préféré, c'est Agatha Christie. Elle adore les romans policiers.

– Comme la plupart des fouineuses, réplique sèchement Arnold. Ça vaut confirmation de ce que je pensais.

J'éclate de rire, surprise. C'était plutôt drôle, je dois dire. Qui aurait cru qu'Arnold pouvait avoir de l'humour ?

Je donne une petite tape sur le capot de la voiture.

– Appelons-la Agatha, alors, en l'honneur de mamie.

Puis, sur une impulsion, je propose :

– Un petit café, ça vous tente ?

Arnold jette un coup d'œil à la maison de mamie.

– À l'intérieur ?

– Oui, je vous fais un café. Ou un thé, si vous préférez.

– Eileen ne m'a jamais invité chez elle.

Je fronce le nez.

– Jamais ?

Ça ne ressemble pas à ma grand-mère. Elle invite toujours *tout le monde* chez elle, et quand il s'agit des voisins, c'est tout juste s'ils n'ont pas leur propre clé.

– Ta grand-mère et moi, on ne voit pas vraiment les choses du même œil, dit Arnold. On est partis du mauvais pied, il y a longtemps, et depuis elle me hait. (Il hausse les épaules.) Ça ne me fait ni chaud ni froid. Comme je le dis toujours, si vous ne m'aimez pas, passez votre chemin.

– C'est souvent une attitude tout à fait admirable, mais parfois c'est aussi une bonne excuse pour se montrer grincheux et irrationnel.

– Hein ? fait Arnold.

– Je vous ai vu, le matin, vous occuper des plantations de mamie.

Arnold prend un air gêné.

– Oh, ça, c'est juste…

– Et voilà que vous venez de m'aider à sortir ma voiture de sa haie.

– Ma foi, je me suis dit que… (Il se renfrogne.) Où veux-tu en venir ?

– Je ne sais pas si je crois encore à votre numéro de vieil ours mal léché, c'est tout.

Je verrouille la voiture et je vais m'asseoir sur le banc situé sous le pommier de mamie ; au bout d'un moment Arnold m'y rejoint.

– En plus, il n'est jamais trop tard pour changer, dis-je. Regardez ma grand-mère. Papy est parti et qu'est-ce qu'elle fait ? Elle part vivre la grande aventure à Londres ; elle a commencé à faire des rencontres en ligne.

Les sourcils d'Arnold fusent au-dessus de ses lunettes.

– Des rencontres *en ligne*, ta grand-mère ?

– Mais oui. Je trouve ça super. Elle mérite tellement de vivre une histoire à elle, vous savez, et puis il lui fallait aussi faire un break après s'être occupée de nous toutes.

Arnold a l'air un peu troublé.

– Des rencontres en ligne, répète-t-il. Voyez-moi ça. Elle est redoutable, cette bonne femme. (Il me lance un regard.) C'est de famille, apparemment.

Je pousse un reniflement désabusé.

– Je ne sais pas d'où vous tenez cette impression. Depuis que je suis ici, je n'ai fait que me planter. En fait, non : depuis un an, je n'ai pas arrêté de tout foirer.

Arnold me regarde d'un air préoccupé.

– D'après ce qu'on m'a dit, pendant que tu faisais face au deuil de ta sœur, tu as continué à travailler à Londres pour une boîte chronophage, tu as soutenu ton compagnon, tu as remis Betsy en place et tu as réussi à faire lâcher le volant à Pénélope.

J'en reste muette d'étonnement. Tout le monde ici parle de la mort de Carla si ouvertement, comme si ça concernait tout le village – j'aurais cru que ça me dérangerait, mais finalement, ce n'est pas plus mal.

– Je n'ai jamais eu l'intention de remettre Betsy en place… C'est ce qui se dit, au village ?

Arnold se met à pouffer.

– Bah, tout le monde voit bien que tu lui tapes sur le système. Mais ne t'en fais pas, elle a parfois besoin d'un petit rappel à l'ordre. Cherche « mouche du coche » dans le dictionnaire, tu y trouveras Betsy.

Je pense en fait que Betsy ne se limite pas à ça. Il y a un petit côté sur la défensive dans son attitude autoritaire, comme si elle se dépêchait de vous dire comment vivre votre vie avant que vous puissiez lui dire comment vivre la sienne.

– C'est quoi l'histoire avec Cliff, son mari ?

Arnold baisse les yeux et remue un pied.

– Mmm… C'est un sale type, celui-là. Je ne le souhaiterais à aucune femme.

– Comment ça ?

Je suis intriguée. Je me souviens à quelle vitesse Betsy a pris congé quand Cliff lui a ordonné de rentrer de Clearwater Cottage.

– Est-ce qu'il… est-ce qu'il la traite mal ?

– Ça, je n'en sais rien, s'empresse de dire Arnold. Ce que font les couples chez eux, ça les regarde.

– Bien sûr, mais… jusqu'à un certain point, non ? Vous avez déjà vu quoi que ce soit d'inquiétant ?

– Je ne devrais pas… (Arnold me coule un regard.) Ça ne me regarde pas.

– Je ne veux dire du mal de personne, Arnold. Je veux juste m'assurer que Betsy n'a pas de problème.

Arnold se frotte le menton.

– Il y a bien quelque chose. Cliff est très à cheval sur tout. Il se met en colère si Betsy ne fait pas les choses comme il faut. Ces jours-ci, il ne sort plus beaucoup – elle est à son service, d'après ce que j'ai compris, mais si tu passes devant chez eux et que les fenêtres sont ouvertes au mauvais moment, tu entendras comment il lui parle et ce n'est pas… (Arnold secoue la tête.) Ce n'est pas une façon de parler à une femme, c'est tout ce que j'ai à dire. Ça use cette pauvre Betsy. Elle n'est plus la même. Mais nous faisons tout ce que nous pouvons pour elle. Tout le monde ici serait d'accord pour l'héberger en cas de besoin.

Est-ce que quelqu'un le lui a déjà dit à voix haute ou est-ce qu'ils font tous comme ma grand-mère – on ne fait pas de vagues, on ne se mêle pas des affaires des autres ? Je prends une résolution : faire plus d'efforts en direction de Betsy. Je ne suis pas exactement la personne à qui elle se confierait d'emblée, mais on ne sait jamais.

Arnold se donne une claque sur le front.

– Quel idiot ! En fait, je voulais te demander quelque chose. C'est pour ça que j'étais passé chez toi. Tu ne fais rien, ce matin ? On aurait besoin d'un petit service.

– Ah ? dis-je avec prudence, en me demandant qui peut bien être ce « on ».

– Tu sais quel jour on est ?

– Euh…

En toute franchise, j'ai un peu perdu la notion du temps.

– Dimanche ?

– C'est dimanche de Pâques, précise Arnold en se levant du banc. Et on a besoin d'un lapin de Pâques.

– Jackson. J'aurais dû savoir que tu étais derrière tout ça.

Jackson a l'air perplexe. Les épaules de son pull sont éclaboussées de pluie et il tient un panier d'osier rempli d'œufs en chocolat emballés dans du papier alu. Nous sommes à la mairie du village qui a été pavoisée pour Pâques ; de grandes pancartes proclament que c'est le point de départ de la traditionnelle chasse aux œufs de Hamleigh-in-Harksdale, qui va débuter dans exactement une demi-heure.

– Derrière tout ça… répète Jackson. Derrière cet événement gratuit pour les enfants ?

– Oui, dis-je, l'air mauvais. Oui, c'est tout à fait ça.

Il me considère d'un air innocent, mais je ne suis pas dupe. Il est en train de m'embrouiller, j'en mettrais ma main au feu. J'ai fait de réels progrès avec le docteur Piotr l'autre jour, en faisant la queue à l'épicerie du village – il m'a pratiquement promis qu'il voterait pour mon thème du Premier Mai. C'est alors que j'ai aperçu Jackson en train de feuilleter les journaux derrière nous. De toute évidence, il écoutait notre conversation en douce !

Et ça, c'est sûrement sa vengeance.

– Leena n'est-elle pas épatante, comme ça ? demande Arnold dans mon dos.

Je porte un pantalon en polaire blanche sur lequel on a cousu une petite queue de lapin. Le pantalon, six fois trop grand pour moi, est retenu par une ceinture en cuir empruntée à Arnold. J'arbore également un gilet imprimé de petits lapins (au cas où le message ne serait pas assez clair). Et j'ai aussi des oreilles de lapin. Les oreilles de lapin ne sont-elles pas censées être sexy ? Personnellement, je me fais l'effet d'un clown.

– Taisez-vous, Arnold, dis-je.

Jackson esquisse un sourire.

– Encore mieux que ce que j'espérais. Ça te va bien.

Une exclamation théâtrale s'élève derrière moi. Je fais volte-face et me retrouve nez à nez avec une petite fille scandaleusement mignonne. Ses couettes blondes ne sont pas à la même hauteur, elle a ce qui ressemble à une traînée de marqueur permanent sur la joue et sa jambe de pantalon retroussée révèle une longue chaussette rayée. Elle a porté les mains à ses joues, comme l'émoji « choqué », ses yeux bleus sont écarquillés… et ils me rappellent vraiment quelqu'un.

– Le lapin de Pâques, murmure-t-elle dans un souffle en me contemplant de haut en bas. WAOUH.

– Samantha, ma fille, dit Jackson dans mon dos. C'est une *fervente admiratrice* du lapin de Pâques.

Message reçu. Pour qui me prend-il, un monstre ? J'ai beau détester être costumée en lapin ridicule, il n'y a qu'une seule façon de réagir à la situation.

– Tiens, tiens… bonjour, Samantha, dis-je en m'accroupissant devant elle. Qu'est-ce que je suis contente de t'avoir trouvée !

– Moi ? répète-t-elle, les yeux comme des soucoupes.

– J'ai quitté mon terrier de bonne heure, ce matin, et depuis je n'arrête pas de sautiller aux quatre coins des collines du Yorkshire à la recherche de quelqu'un qui pourrait m'aider. Et je pense avoir trouvé la personne idéale, Samantha.

– Moi ? murmure la petite.

– Eh bien, voyons voir… Tu aimes les œufs en chocolat ?

– Oui ! répond Samantha en faisant un petit bond sur place.

– Tu es forte pour cacher des choses ?

– Oui !

– Comme ma chaussure gauche, dit Jackson d'un ton sec qui ne masque pas son sourire. Que tu as très bien réussi à cacher ce matin.

– Très bien réussi, répète Samantha avec le plus grand sérieux, les yeux rivés sur moi.

– Et… attention, cette question est très importante, Samantha… sais-tu garder un secret ? Parce que si tu dois être l'assistante du lapin de Pâques, tu vas savoir où sont cachés *tous* les œufs en chocolat. Et les autres enfants vont te demander des indices.

– Je ne leur dirai rien ! Rien du tout !

– Dans ce cas, dis-je en me redressant vers Jackson, je crois bien que j'ai trouvé ma petite assistante pour Pâques.

Jackson rayonne. C'est la première fois que je le vois vraiment sourire – il a des fossettes, une sur chaque joue. Il soulève Samantha sous les bras et la juche sur sa hanche.

– Tu en as de la chance, dit-il en enfouissant son nez dans le cou de sa fille jusqu'à ce qu'elle s'étouffe de rire.

Quelque chose remue dans mon ventre en voyant Samantha dans ses bras – je me sens soudain tout chose, comme si mon cerveau était devenu aussi pelucheux que mon pantalon.

– Merci, articule silencieusement Jackson.

Il ramasse le panier d'œufs et le tend à Samantha qui appuie sa tête contre son épaule avec la confiance totale d'un enfant.

– Prête ?

Samantha lui échappe pour courir vers moi, sa main libre tendue vers la mienne. Alors qu'il la laisse partir, les traits de Jackson se muent en une expression de totale vulnérabilité, comme s'il aimait sa fille à en avoir mal. C'est si fort et si touchant que j'en détourne les yeux – j'ai l'impression qu'une scène aussi intime ne m'est pas destinée. Le trouble qui me noue le ventre s'intensifie alors que les petits doigts de Samantha m'agrippent la main.

Jackson se penche pour l'embrasser brièvement sur le front, puis il ouvre la porte de la mairie.

– Vous feriez mieux d'y aller, toutes les deux. Oh, au fait, Leena ?

– Oui ?

– Le lapin de Pâques sautille. Partout où il va. En balançant son panier. Juste un petit rappel.

– Ah oui, hein ? dis-je entre mes dents.

Il me décoche un autre sourire, mais avant que j'aie pu répliquer, une Samantha sautillante m'entraîne au bas du perron de la mairie et nous sortons sous la pluie.

16

EILEEN

J'ai l'impression d'être l'une de ces femmes dans les pubs pour parfum. Vous savez ce que je veux dire : celle qui flotte élégamment à quelques centimètres du sol, drapée dans de la mousseline de soie, avec un sourire extatique, et peut-être même des gens qui se mettent spontanément à chanter sur son passage.

J'ai passé la nuit avec Tod. C'est vraiment un homme extraordinaire. Je n'avais pas fait l'amour depuis environ vingt ans. Il est sûr que ce n'est plus tout à fait la même chose à soixante-dix-neuf ans, mais ça reste sacrément chouette. Il m'a quand même fallu un petit moment pour reprendre mes marques, et je me sens vaguement endolorie à des endroits un peu particuliers, mais, Seigneur, ça valait le coup !

Tod est de toute évidence un gentleman très expérimenté. Je me fiche de savoir si toutes les belles phrases qu'il m'a sorties sur mon corps magnifique et ma peau lumineuse n'étaient que cela – des belles phrases –, mais le fait est que ça a marché. Ça fait des années que je ne me suis pas sentie aussi bien.

Ce matin, je vais boire un café avec Bee. Elle veut tout savoir sur Tod. Je pense que sa fille lui manque, car Jaime passe Pâques dans la famille de son père, mais n'empêche, ça m'a touchée de recevoir son invitation.

Le café où nous avons rendez-vous s'appelle le Watson's Coffee et il est très branché. Deux des murs sont peints en vert et les deux autres en rose. Il y a de faux bois de cerf au-dessus du bar et un assortiment de bougies fluo à moitié fondues au milieu de chaque table gris acier. L'effet général est vaguement ridicule, mais tout le monde s'y presse – c'est lundi de Pâques, donc bien sûr personne ne travaille. Or il semblerait que dans ce quartier, les gens qui ne sont pas au bureau doivent impérativement être au café.

Bee a réussi à nous avoir une table. Elle me sourit en m'apercevant, de ce sourire franc et chaleureux que j'avais entraperçu quand elle m'avait montré des photos de sa fille. Il produit un effet étonnant, ce sourire, comme un projecteur de lumière chaude braqué dans votre direction. Ses cheveux sont retenus en arrière par des barrettes, ce qui laisse entrevoir un collier en argent qui épouse ses clavicules. Elle porte une belle robe turquoise, d'autant plus provocante qu'elle lui couvre entièrement le corps.

– Bonjour ! me dit-elle. Je vous offre un café : qu'est-ce qui vous ferait plaisir ?

– Un flat white, s'il te plaît, dis-je, très satisfaite de moi-même.

Bee hausse les sourcils avec un sourire.

– Parfait ! Je reviens dans une seconde.

Je sors le téléphone de mon sac tandis qu'elle part passer commande. Il m'a fallu un moment – et plusieurs leçons de Fitz – pour m'habituer au téléphone de Leena, mais ça y est, je commence à le maîtriser. Suffisamment, par exemple, pour voir que j'ai un nouveau message de Tod. Et revoilà mes papillons dans l'estomac…

Chère Eileen, quelle merveilleuse soirée ! Il faut vite recommencer, d'accord ? Amicalement. Tod.

– OK, je sais que c'est mal d'espionner, alors je vais vous dire que j'ai entièrement lu ce message, me dit Bee en se rasseyant et en posant un plateau sur la table.

Elle nous a aussi pris des muffins.

– Citron ou chocolat ? me demande-t-elle.

Bee n'est pas du tout comme je le croyais. Elle est même très attentionnée. Je ne sais pas pourquoi je m'étais dit le contraire, peut-être en raison de sa beauté, ce qui est fort peu charitable de ma part.

– Chocolat, dis-je au hasard, devinant qu'elle veut celui au citron.

L'air contente, elle fait glisser l'assiette vers elle.

– Et je te pardonne de m'avoir espionnée, dis-je. Je fais pareil avec les gens dans le métro. C'est l'un des avantages d'être tous écrasés les uns contre les autres.

Bee se met à pouffer.

– Alors, ce Tod ? C'est le bon ?

– Oh, non ! dis-je avec fermeté. C'est juste une amourette. Une relation non exclusive.

Bee en reste bouche bée.

– Sérieusement ?

– Ça te surprend tellement ?

– Eh bien, je…

Elle prend le temps de réfléchir en mastiquant son muffin.

– Je m'étais dit que vous deviez rechercher quelqu'un de sérieux. Un compagnon de vie.

Je m'essaie à un haussement d'épaules nonchalant, avant de serrer les dents de douleur. Ce mouvement a réveillé un muscle de mon dos qui ne me faisait pas mal jusqu'à ce matin.

– Peut-être. En fait, tout ce que je cherche, c'est une aventure.

Bee soupire.

– Si seulement je pouvais être comme vous. Chercher le futur père de son enfant prive un premier rendez-vous de tout son potentiel amusant.

– Toujours pas de chance de ce côté-là ?

Bee fait la grimace.

– Je savais que le marché des plus de soixante-dix ans serait plus intéressant que le mien. Je devrais peut-être opter pour un homme plus âgé.

– Ah, ne t'avise pas de piétiner mes plates-bandes, jeune fille ! Laisse les vieux messieurs pour les vieilles dames ou on ne s'en sortira jamais.

Bee éclate de rire.

– Non, non, ils sont tout à vous. Mais je me demande quand même si je ne suis pas un petit peu trop difficile.

Je m'intéresse à mon muffin. Je ne devrais pas m'en mêler, c'est certain – Bee se connaît, elle sait ce qui est bien pour elle.

Néanmoins, j'ai plus d'expérience qu'elle. Et elle a été si franche avec moi qu'il n'y a peut-être pas de mal à ce que je lui livre le fond de ma pensée ?

– Puis-je t'avouer ce à quoi je songe quand je t'entends réciter ta liste d'exigences ?

– Mais oui, je vous en prie.

– On dirait la recette pour rester vieille fille.

Bee éclate de rire.

– Oh, pitié, Eileen ! Ma liste est tout à fait réalisable. Dans notre société, les femmes sont très peu exigeantes en ce qui concerne les hommes, vous le savez, ça ?

Je pense à Wade. C'est vrai que je ne lui ai pas souvent demandé quelque chose, et encore moins une fois que Marian a été adulte. Tout ce que j'attendais de lui, c'était la fidélité, et même sur ce point, l'expérience m'a démontré que c'était lui faire trop de crédit. Quant au père de Carla et de Leena, qu'est-ce que Marian a exigé de lui ? Il passait ses journées à traîner en jogging sur le canapé, regardant des sports improbables sur d'étranges chaînes du câble, et pourtant elle acceptait tout pour le garder. Quand il l'a finalement quittée, il l'a fait sans un regard en arrière – il voyait les filles une fois par an au mieux, et aujourd'hui, Leena et lui ne sont même plus en contact.

Bee a peut-être raison sur ce point. Mais…

– Je suis tout à fait d'accord pour faire une bonne liste, toutefois, je pense que tu t'y prends à l'envers. Tu dois arrêter de penser et te mettre à faire.

Je termine mon café et je me lève en faisant racler la chaise sur le sol en béton nu. Ce café ressemble à un bunker peint en fluo. Il me met mal à l'aise.

– Me mettre à faire quoi ? Où est-ce qu'on va ? me demande Bee pendant que je récupère mes sacs.

– Te chercher un autre type d'homme, dis-je d'un air hautain en la faisant sortir du café.

– À la bibliothèque ?

Bee regarde autour d'elle, décontenancée.

– Je ne savais même pas qu'il y avait une bibliothèque à Shoreditch.

– Tu devrais t'y abonner, dis-je d'un ton sévère. Les bibliothèques se meurent et elles ne sont déjà plus que l'ombre de ce qu'elles étaient auparavant.

Bee semble calmée.

– D'accord, dit-elle en regardant le rayonnage le plus proche – des romances en poche.

Son regard s'allume.

– Ooh, je prends celui-là, dit-elle en désignant un homme torse nu sur une couverture Harlequin.

La prenant par le bras, je l'oriente vers la section romans policiers et thrillers. Elle ne va jamais trouver un homme en traînant du côté des romances ; la seule autre personne en vue dans ce rayon, c'est une dame à l'air fuyant qui a clairement semé son mari quelques minutes et qui entend bien en profiter. Ah, tiens : il y a un jeune homme blond en jean et chemise qui feuillette les John Grisham. Ma foi, c'est à coup sûr un candidat valable.

Me repliant derrière des livres de cuisine, je fais signe à Bee de le regarder. Je murmure :

– Qu'est-ce que tu en penses ?

Elle se penche pour apercevoir le monsieur blond.

– Ooh, fait-elle en inclinant la tête d'un air pensif. Oui, peut-être ! Oh, non, attendez, ces chaussures… Les chaussures bateau, c'est le signe qu'on a affaire à un jeune BCBG diplômé d'Oxford ou de Cambridge, me dit-elle dans un chuchotement plein de regret. Je prédis un salaire à six chiffres et un complexe d'infériorité toxique instillé par des parents autoritaires.

– Sois ouverte d'esprit… Tu me fais confiance, Bee ?

– Oh, je… Oui, je vous fais confiance.

Je tire sur mes manches.

– Dans ce cas, je me lance.

– Pensez-vous qu'une femme doive prendre le nom de son mari ?

– Oh, euh… pour ma part, en réalité, je pense qu'il s'agit d'un choix très personnel, donc…

– Et le partage des tâches ménagères ? Vous êtes doué avec un aspirateur, vous ?

– Je suis… compétent, je dirais ? Désolé, je peux vous demander ce que vous…

– Diriez-vous que vous êtes romantique ?

– Oui, je crois, si vous…

– Et votre dernière relation, mon cher. Comment s'est-elle terminée ?

Le jeune homme me dévisage, la bouche légèrement entrouverte. Je le regarde d'un air d'attente. On peut se permettre beaucoup de vilaines choses quand on est une vieille dame.

– Elle… elle s'est éloignée de moi, en fait.

– Oh, mon Dieu, comme c'est triste, dis-je en lui tapotant le bras.

– Désolé, mais comment en sommes-nous… (Il affiche un air perplexe.) On parlait des romans de John Grisham et puis vous vous êtes mise à… à me poser des questions… et maintenant… ces questions sont devenues… extrêmement intimes…

J'hésite, le temps de me rappeler l'expression que Fitz a employée l'autre soir, au dîner.

– Je suis une *compagne de drague*.

– Vous…

– Pour mon amie, Bee. Bee !

Celle-ci apparaît au détour des rayonnages, en me faisant « chut ».

– Eileen ! Oh, là là, je suis vraiment désolée, c'est très gênant, dit-elle au jeune homme. Allez venez, Eileen, on y va, nous avons suffisamment fait perdre de temps à ce monsieur…

Elle lui décoche une version adoucie de son sourire désarmant. Les yeux du blond s'écarquillent et son livre lui glisse légèrement des doigts, comme s'il avait oublié qu'il était censé le tenir.

– Pas de souci… Hum.

– Bee, ce jeune homme aimerait t'emmener boire un café dans ce charmant endroit de l'autre côté de la rue. Ça te dit, mon chou ?

– En fait, dit le blond qui commence à rougir de façon très charmante, ce serait avec plaisir.

Quand je rentre à l'appartement, Fitz se lève du canapé, la mine sombre.

– Eileen, j'ai une très mauvaise nouvelle.

Ma main se porte à mon cœur.

– Qu'est-ce qui se passe ? C'est grave ?

– Non, non, pas à ce point ! C'est à propos de notre club des Aînés de Shoreditch.

Martha, Fitz et moi avons choisi ce nom pour notre club après un grand verre de vin. Je le trouve génial. Nous avions aussi décidé que nous allions tenter de faire un jogging le lendemain, idée nettement moins géniale et qui a dû être très vite abandonnée à cause de mes genoux, de l'état avancé de la grossesse de Martha et du « malaise général du matin » de Fitz, quoi que ça puisse être.

– Tout le monde est fan de l'idée et on a aussi eu l'aval du proprio, tant qu'on ne dépasse pas vingt-cinq participants et qu'on ne casse rien. Mais il y a une dame au n° 6 qui n'est pas du tout fan, dit Fitz en m'aidant à ôter ma veste. Elle refuse qu'autant d'inconnus aient accès à l'immeuble.

Je fronce les sourcils.

– Et je suppose qu'elle régule aussi les soirées d'anniversaire pour les mêmes raisons, n'est-ce pas ?

Fitz pousse une exclamation de dégoût.

– Bien vu. Je vais lui envoyer un e-mail et lui expliquer pourquoi…

Je l'en dissuade d'un geste.

– Laisse tomber ces e-mails absurdes. J'irai lui parler.

Fitz accuse le coup, tenant toujours mollement ma veste.

– Ah, d'accord.

Mais la dame n'est pas chez elle. Je songe à lui glisser un petit mot sous la porte, mais non, ça ne vaut pas mieux qu'un e-mail. Je veux que cette dame m'explique les yeux dans les yeux pourquoi elle ne veut pas que des personnes âgées puissent participer à un agréable atelier d'arts créatifs et prendre leur déjeuner dans un endroit qui est *vraiment tout sauf près* de son appartement.

Je suis en colère. Je râle tout le long du couloir jusqu'à notre appartement. Tandis que je m'assieds sur mon tabouret, Fitz pousse l'ordinateur portable de Leena vers moi.

– Tenez, ça va vous rendre votre bonne humeur, me dit-il. Les nouveaux messages n'arrêtent pas de pleuvoir.

Le site de rencontres est déjà à l'écran. Je le visite très souvent, maintenant, surtout pour écrire à OldCountryBoy, qui s'appelle en réalité Howard et qui m'a l'air tout à fait adorable. L'autre jour, je relisais notre conversation et j'ai été surprise de voir que nous avions déjà échangé des montagnes de messages.

OldCountryBoy écrit: Comment allez-vous aujourd'hui, Eileen ? Ici, la journée a été calme. Il ne se passe pas grand-chose, vous savez.

OldCountryBoy écrit: Je n'arrête pas de relire nos messages en pensant à vous. Nous nous connaissons depuis si peu de temps et pourtant, j'ai l'impression que nous sommes de vieux amis !

OldCountryBoy écrit: J'espère que ce n'est pas trop direct de ma part ! Simplement, je trouve que j'ai beaucoup de chance de vous avoir rencontrée sur ce site. Par une journée calme comme aujourd'hui, c'est merveilleux de pouvoir retourner à notre petit bavardage.

Je soupire. Howard va un peu trop loin, le pauvre. Je n'ai pas l'habitude que les hommes expriment autant leurs sentiments. Je ne sais pas trop comment le prendre.

Et puis, je repense à Letitia, courbée sur sa table parmi ses carillons, attendant sa livraison de surgelés, et je me demande s'il n'est pas tout simplement très seul. Et c'est vrai que c'est charmant, cette façon qu'il a d'apprécier les moments que nous passons à bavarder.

EileenCotton79 écrit: Bonjour, Howard. Je suis navrée d'apprendre que la journée n'a pas été bonne pour vous. Avez-vous des voisins à qui parler ?

OldCountryBoy écrit: Ils sont tous jeunes et branchés ! Ça ne les intéresserait pas de parler avec moi.

J'hésite. Serait-ce trop direct de mentionner le club des Aînés de Shoreditch ? Oh, et puis flûte ! Pourquoi pas ?

EileenCotton79 écrit: J'essaie de mettre sur pied un club qui pourrait vous plaire. Il est destiné aux gens de plus de soixante-dix ans de mon quartier. Nous avons du mal à le faire démarrer pour le moment, mais une fois qu'il sera en activité, est-ce que vous aimeriez vous joindre à nous ? Je sais que vous êtes dans l'ouest de Londres, mais vous y seriez plus que le bienvenu !

Howard met un temps inhabituellement long à me répondre et je commence à me sentir un peu bête. Peut-être que mon « plus que le bienvenu » était un peu exagéré. Mais c'est alors qu'enfin…

OldCountryBoy écrit: J'adorerais en faire partie ! En serez-vous ?

EileenCotton79 écrit: Bien sûr !

OldCountryBoy écrit: Alors, j'ai hâte que nous nous rencontrions en chair et en os. ☺

Je souris, mais avant que j'aie pu répondre, des points de suspension s'affichent à l'écran.

OldCountryBoy écrit: Je pourrais peut-être vous aider d'une manière ou d'une autre ? Je sais concevoir des sites internet – c'était une partie de mon travail. Est-ce que vous voudriez que j'en crée un pour votre club ?

EileenCotton79 écrit: Comme c'est excitant ! Oui, ce serait merveilleux ! Pour le moment, nous avons encore besoin de la permission d'une habitante de l'immeuble, mais nous devrions l'obtenir bientôt.

OldCountryBoy écrit: J'ai hâte de m'y mettre !

Je rayonne. Le « ping » d'une nouvelle alerte me fait sursauter.

Un nouvel utilisateur a vu votre profil.

J'hésite au-dessus de la notification, distraite, puis je me souviens que Bee m'a montré comment laisser une conversation ouverte dans une autre fenêtre. Je clique.

Arnold1234. Pas de photo de profil, pas de description, rien. C'est tout à fait inhabituel sur ce site. Mon profil à moi raconte toutes sortes de choses, depuis mes lieux de vacances préférés jusqu'à mes livres de chevet.

Je plisse les yeux, méfiante. Bien sûr, il y a des tas d'Arnold dans le monde. C'est un prénom courant.

Mais je ne peux pas m'empêcher de penser que…

Je clique sur le bouton Message.

EileenCotton79 écrit: Bonjour, Arnold ! J'ai remarqué que vous étiez allé sur mon profil et je me suis dit que j'allais vous faire un petit coucou.

Je retourne à ma conversation avec OldCountryBoy. Ce serait si simple de me tromper et d'envoyer le message au mauvais correspondant. Notez bien que je ne me plains pas de jongler entre les hommes.

OldCountryBoy écrit: Je vais passer la soirée en compagnie d'un bon livre, je pense ! Que lisez-vous en ce moment ?

EileenCotton79 écrit: Je relis une des pièces d'Agatha Christie. Je ne m'en lasse jamais !

Pendant ce temps, dans l'autre fenêtre :

Arnold1234: Eileen ? C'est Arnold Macintyre, ton voisin d'à côté.

Je le savais ! Qu'est-ce que ce vieux con fabrique sur ma page de rencontres ? Je clique sur « Mon profil » et je le lis en me mettant à la place d'Arnold. Je frémis intérieurement. Je me trouve terriblement vantarde tout d'un coup, et très bête. Comment ai-je pu dire que j'étais « pleine de vie et en quête d'une nouvelle aventure » ?

EileenCotton79 écrit: Qu'est-ce que tu fais là, Arnold ???

Je regrette mon triple point d'interrogation dès que j'ai cliqué sur Envoi. Ça ne véhicule pas l'attitude hautaine et pleine de supériorité que j'essaie d'habitude de prendre avec Arnold.

Arnold1234 écrit: Pareil que toi.

Je souffle d'exaspération.

EileenCotton79 écrit: Eh bien, tant mieux pour toi, mais inutile de rester sur mon profil !

Arnold1234 écrit: Désolé, Eileen. Je cherchais juste quelques idées pour faire le mien. Je ne suis pas très doué pour ce genre de chose.

Je m'amadoue quelque peu. Je n'avais pas pensé à ça.

EileenCotton79 écrit: C'est l'amie de Leena qui m'a aidée à faire le mien. Pourquoi ne pas demander de l'aide à Jackson ?

Arnold1234 écrit: Demander conseil à Jackson ? Je finirais avec une pouffiasse prénommée Pétunia, Narcissa ou je ne sais quoi.

Je laisse échapper une petite exclamation amusée.

EileenCotton79 écrit: Ce ne serait déjà pas si mal, Arnold Macintyre !

Oups ! Ça fait un moment que j'ai oublié Howard. Les sourcils froncés de contrariété, je clique sur ma précédente conversation. Je ne veux pas me laisser distraire par les vieilles peaux de Hamleigh.

OldCountryBoy écrit: Je n'ai jamais lu d'Agatha Christie, mais je vais le faire maintenant que vous me l'avez recommandée ! Par quel livre devrais-je commencer, Eileen ?

Je souris en pianotant. Voilà ! Je préfère ça.

17

LEENA

Je regarde ma montre en pianotant sur le volant. J'attends dans la fourgonnette de l'école qu'on prête apparemment à ma grand-mère chaque fois qu'elle doit emmener toute la bande à une partie de bingo. À côté de moi se trouve Nicola, ma nouvelle – et unique – cliente depuis que je suis devenue chauffeur de taxi bénévole pour les personnes âgées de Knargill. Elle doit avoir au moins quatre-vingt-quinze ans – je n'ai jamais vu quelqu'un d'aussi ridé – mais ses cheveux bruns sont à peine mêlés de fils gris et elle a de magnifiques sourcils broussailleux. Jusqu'ici, elle a passé la plupart des trajets à juger tous les conducteurs que nous croisons ; elle est très grossière et absolument hilarante. J'ai signalé à Bee que j'avais une nouvelle meilleure amie.

Non contente d'être très âgée et très critique sur l'humanité, Nicola est aussi très isolée. Elle m'a dit lors de notre première rencontre qu'elle ne connaissait pas la solitude avant le décès de son mari, quatre ans plus tôt ; à présent, elle passe des jours, parfois des semaines, sans même croiser le regard de quelqu'un.

Je me suis creusé la cervelle durant des jours pour trouver le moyen de la faire sortir de chez elle, et j'ai enfin trouvé après que maman m'a demandé de venir la chercher pour un bingo. Le bingo, c'est l'idéal. Et plus on est de fous, plus on rit : j'ai pris la décision d'inviter ma mère, avec qui je n'ai pas eu de véritable conversation depuis un an et deux mois. Il faut vraiment qu'on se parle.

– Pourquoi êtes-vous aussi à cran ? me demande Nicola en plissant les yeux pour mieux me voir.

– Je ne suis pas à cran.

Elle se tait, mais de façon entendue.

– C'est ma mère. On ne... on ne s'entend pas très bien. Et elle est en retard.

Je regarde à nouveau ma montre. Maman m'a demandé de venir la chercher devant son cours de yoga, à Tauntingham, ce qui n'est pas du tout sur ma route, mais je m'efforce de ne pas m'en irriter.

– Vous êtes en bisbille, c'est ça ? me demande Nicola.

– On peut dire ça.

– Quoi que ce soit, je suis sûre que ça n'en vaut pas la peine. La vie est trop courte pour se brouiller avec sa mère

– Eh bien, elle m'a empêchée de convaincre ma sœur d'essayer un traitement contre le cancer qui aurait peut-être pu lui sauver la vie. Et maintenant, ma sœur est morte.

Nicola laisse passer quelques secondes.

– Je vois. Mince, alors.

À cet instant, la portière de la fourgonnette coulisse et ma mère monte à l'arrière. Je remarque avec un sursaut que la vitre du côté de Nicola était entièrement baissée.

– *Un traitement qui aurait pu lui sauver la vie ?* répète maman.

Mon estomac chute dans mes talons en entendant le ton de sa voix – sèche de fureur. Elle ne m'a pas parlé ainsi depuis que j'étais petite.

– Mais quel traitement aurait pu lui sauver la vie, Leena ?

– Je te l'avais montré, dis-je en agrippant le volant sans me retourner. Je t'avais montré les recherches, je t'avais donné cette brochure du centre médical aux États-Unis...

– Oh, la *brochure*. C'est vrai. Le traitement qu'avaient déconseillé les médecins de Carla. Celui dont tout le monde disait qu'il ne marcherait pas et qu'il ne ferait que prolonger ses souffrances et...

– Non, pas tout le monde.

– Désolée, tout le monde à part ton médecin américain qui voulait nous vendre de faux espoirs à prix d'or.

Je tape sur le volant avant de me retourner. Ma mère est rouge d'émotion – la poitrine marbrée, les joues en feu. Je suis submergée par un sentiment proche de la peur, parce que ça y est, nous y sommes, nous l'avons enfin, cette conversation.

– De l'espoir, dis-je. Une chance. Toute ma vie tu m'as dit « Une Cotton ne baisse jamais les bras », et au moment crucial, au moment où il ne fallait surtout pas baisser les bras, tu as laissé Carla renoncer à tout.

Nicola se racle la gorge. Gênées, maman et moi la regardons, bouche bée, comme si nous nous étions interrompues au beau milieu d'une phrase.

– Bonjour, dit-elle à maman. Je suis Nicola Alderson.

Comme si par ces mots, elle avait percé une bulle, ma mère et moi retombons comme un soufflé.

– Oh, pardonnez-moi, bonjour, fait maman en s'installant sur son siège et en bouclant sa ceinture. Vraiment désolée. Quelle impolitesse de notre part de… de… Je suis vraiment désolée.

Je reporte mon regard sur la route. Mon cœur bat si fort que j'en suis presque essoufflée, comme s'il voulait me remonter dans la gorge. Je suis en retard pour aller chercher les autres joueurs de bingo, maintenant ! Je démarre et je fonce…

… droit dans une borne.

Merde. Merde ! Je le savais pourtant qu'elle était là, cette borne, je m'étais fait un Post-it mental quand je m'étais garée là. Je m'étais dit : « Quand tu démarreras, n'oublie pas qu'il y a une borne hors de ton champ de vision. »

Bordel !

Je saute de la fourgonnette et je grimace en me couvrant le visage des mains. Le côté droit du capot est salement enfoncé, sur le bas de caisse.

– En fait, non, dit maman en sautant à son tour de la fourgonnette et en faisant claquer la portière. J'en ai marre de ces espèces de demi-conversations avec toi. Désolée, Nicola, mais nous n'en avons pas encore fini.

– Pas grave, lance Nicola. Je vais remonter la vitre, d'accord ?

– Comment oses-tu prétendre que j'ai abandonné ma fille ? gronde maman, les poings serrés le long du corps.

De mon côté, je continue d'examiner le bas de caisse endommagé.

– Maman, je…

– Tu ne la voyais pas tous les jours. (Le ton de sa voix monte dans les aigus.) Les admissions aux urgences, les vomissements interminables, violents, déchirants, toutes les fois où elle était si faible qu'elle ne pouvait pas arriver jusqu'aux toilettes. Elle faisait bonne figure quand tu venais lui rendre visite – tu ne l'as jamais vue quand elle était au plus mal !

Je laisse échapper une faible exclamation. Ça, ça me blesse profondément.

– J'aurais voulu être plus présente. (Les yeux me brûlent, je suis au bord des larmes.) Tu savais que Carla ne voulait pas que je m'absente du boulot et moi, je… je ne pouvais pas être tout le temps là, maman, tu le sais très bien.

– Mais moi, j'étais là tout le temps. J'ai vu. J'ai éprouvé dans ma chair, ce qu'elle vivait. Je suis sa mère.

Les yeux de maman s'étrécissent comme ceux d'un chat, c'est effrayant. Elle enchaîne avant que j'aie pu lui répondre. Ses paroles se déversent d'une voix âpre, de plus en plus stridente. Ce n'est plus ma mère.

– C'est pour ça que tu nous as quittées et que tu nous as exclues de ta vie ? Pour me punir, parce que tu crois que je n'en ai pas fait assez pour Carla ? Alors, laisse-moi te dire une bonne chose, Leena. Tu n'imagines pas à quel point j'aurais voulu que ton médecin américain ait raison. Tu ne peux pas l'imaginer. Perdre Carla, c'était m'interroger sur le sens de ma vie, minute après minute, bon sang ! Et s'il y avait eu une seule chance de sauver ma petite fille, je l'aurais saisie. (Ses joues sont mouillées de larmes.) Mais ça n'aurait pas marché, Leena, et tu le sais.

– Ça aurait pu marcher ! dis-je en pressant mes mains sur mon visage. Ça aurait pu !

– Et quel genre de vie aurait eue Carla ? C'était son choix à elle, Leena.

Laissant retomber mes mains le long du corps, les poings serrés, je crie :

– Ah oui ? Eh bien, elle s'est plantée, elle aussi. Je ne supporte pas qu'elle ait jeté l'éponge. Je ne supporte pas que tu aies cessé de te battre pour elle. Et qui es-tu, toi, pour me dire que je vous ai abandonnées ? Qui es-tu pour me dire que je vous ai exclues ?

Les émotions font rage dans mon ventre et cette fois, je ne compte pas les réprimer.

– Tu t'es *désintégrée*, bordel ! C'est moi qui ai tenu le coup, c'est moi qui me suis occupée des obsèques et de la paperasse, c'est toi qui t'es *effondrée*. Alors, ne viens pas me dire que je vous ai abandonnées. Où étais-tu quand j'ai perdu ma sœur, putain ? Où étais-tu, bordel ?

Maman recule légèrement. Je hurle comme une possédée. C'est la première fois de ma vie que je crie ainsi sur quelqu'un.

– Leena…

– Non ! dis-je en m'essuyant le visage de la manche et en ouvrant brutalement la portière. Non. J'en ai assez.

– Vous n'êtes pas en état de prendre le volant, déclare Nicola.

Les doigts tremblants, je mets le contact. Le moteur de la fourgonnette crachote, vrombit. Je fixe la route sans bouger, je ne me contrôle plus du tout.

Nicola ouvre sa portière.

Je la regarde.

– Qu'est-ce que vous faites ? dis-je d'une voix pleine de larmes.

– Pas question que vous me conduisiez où que ce soit, ça non !

J'ouvre à mon tour ma portière, car Nicola ne peut pas descendre de la fourgonnette sans aide. Ma mère est restée plantée là où je l'ai laissée, les bras croisés, les doigts enserrant ses côtes. L'espace d'une seconde, je suis saisie par l'envie de courir vers elle et de la laisser me caresser les cheveux comme quand j'étais petite.

Mais je me détourne et j'aide Nicola à descendre du siège passager. Je me sens physiquement épuisée, comme si j'avais passé des heures à la salle de sport. Nous restons là toutes les trois, maman et moi regardant dans tous les sens mais jamais l'une vers l'autre. Le vent siffle autour de nous.

– Bon ! fait Nicola. Donc.

Le silence se prolonge.

– Non ? tente à nouveau Nicola. Personne ne veut rien dire ?

L'idée de dire quoi que ce soit me semble totalement hors de ma portée. Je fixe le bitume, les cheveux collés de larmes sur mes joues.

– Je ne connais rien à votre famille, dit Nicola, mais ce que je sais, c'est qu'il est temps de vider votre sac une bonne fois pour toutes parce que sinon, on va rester ici toutes les trois, plantées comme des navets au milieu de la route jusqu'à ce que Leena soit assez calme pour conduire. Alors plus vite on pourra régler le problème, et mieux ce sera.

– Je suis calme, dis-je. Je suis calme.

Nicola me jette un coup d'œil sceptique.

– Vous tremblez comme une feuille et vous avez du mascara sur le menton.

Maman s'approche, main tendue.

– Donne-moi les clés, je vais conduire.

– Tu n'es pas assurée.

J'enrage d'entendre ma voix, toute faible et chevrotante.

Maman s'avance alors qu'un bus prend le virage et se dirige vers nous.

– Eh bien, je vais appeler l'assurance, alors.

– Je ne sais pas si c'est mieux que ce soit vous qui conduisiez, dit Nicola en jaugeant ma mère du regard.

– Le bus, dis-je.

– Mmm ? fait Nicola.

Je désigne le bus, j'agite un bras, puis les deux. Le bus s'arrête à notre hauteur.

– Nom d'un petit bonhomme ! lance la conductrice. Qu'est-ce qui s'est passé ? Vous allez bien ? Vous avez eu un accident ?

– Seulement au sens symbolique du terme, mon chou, réplique Nicola en montant dans le bus. Vous êtes une personne équilibrée, vous, hein ? Vous n'allez pas vous mettre à pleurnicher ?

– Euh… je vais très bien, merci… fait la conductrice.

– Tant mieux, tant mieux. Allez, montez mesdames. On y va !

Maman et moi nous asseyons de chaque côté de l'allée, chacune regardant droit devant elle. Je m'installe lentement dans mon siège et mes pleurs se calment. Me moucher m'apporte un grand sentiment de réconfort, comme si ce geste mettait officiellement un terme à cette crise de larmes, et tandis que nous filons vers Hamleigh, cette terrifiante sensation de perte de contrôle s'atténue, dénouant ma cage thoracique et apaisant ma gorge palpitante. Je ne sais pas trop ce qui s'est passé, mais il n'est plus l'heure de s'appesantir là-dessus – la conductrice du bus fait gentiment un détour pour nous déposer au village.

Les habitués du bingo sont massés à l'angle de Peewit Street et de Middling Lane, devant l'épicerie du village ; la pluie s'est mise à tomber il y a quelques minutes et la plupart des membres du petit groupe sont à moitié dissimulés sous d'énormes imperméables ou capes de pluie.

– Qu'est-ce qu'on va faire ? me demande Nicola, tandis que nous approchons des joueurs de bingo. On n'a pas la fourgonnette pour les emmener à la salle. Je leur dis que c'est annulé ?

– Pardon ? dis-je en m'essuyant le visage. Rien n'est annulé ! Tout ce qu'il nous faut, c'est une idée un peu innovante.

– Tu es sûre que tu es en état de…

Maman s'interrompt en voyant mon expression.

– Très bien, dit-elle. Qu'est-ce qu'il te faut ?

– Des feutres. Des chaises. Et une lingette pour m'ôter tout ce mascara du menton.

– Vingt-sept ! Deux et sept ! Trente et un ! Trois et un, ça fait trente et un !

Je crie d'une voix rauque après avoir tant pleuré. L'imprimante de mamie nous a sauvé la mise ! Elle a mis une demi-heure, mais elle a douloureusement crachoté quinze feuilles de bingo. À un moment, ma mère s'est éclipsée (ce n'est sans doute pas plus mal) mais tous les autres fans de bingo occupent les chaises de la maison de ma grand-mère, plus trois que nous a prêtées Arnold. Après quelques grommellements, les joueurs de bingo ont eu l'air malgré eux impressionnés par mon organisation.

Quand j'ai réchauffé quelques plateaux d'amuse-gueules que mamie gardait dans son congélateur et que j'ai proposé une tournée de cidre, l'humeur s'est considérablement améliorée.

Nous avons réorganisé le salon pour que je puisse me tenir sur le devant, à la place de la télé, afin que tout le monde puisse me voir Et, en théorie, m'entendre, mais ça n'est pas vraiment le cas.

– Hein ? crie Roland. Elle a dit quarante-neuf?

– Trente et un ! hurle Pénélope.

– Vingt et un ?

– Trente et un !

Je suggère :

– Et si Pénélope allait s'asseoir à côté de Roland ? Elle pourrait lui répéter les numéros que j'annonce ?

– On n'aurait pas ce problème dans la salle de bingo, me fait remarquer Betsy d'un ton pincé.

– Le cidre n'est pas aussi bon là-bas ! lance Roland en en prenant joyeusement une lampée au goulot.

– Et ces mini rouleaux de printemps sont délicieux, ajoute Pénélope.

Je réprime un sourire et reporte mon regard sur le générateur de nombres aléatoires du téléphone de Kathleen. Le mien – c'est-à-dire l'ancien téléphone de mamie – est trop rudimentaire pour avoir de telles fonctionnalités, mais Kathleen est venue à mon secours et m'a prêté son smartphone.

Je crie :

– Quarante-neuf! Quatre et neuf!

– Je pensais que tu avais déjà dit quarante-neuf! lance Roland. Elle n'avait pas déjà dit quarante-neuf?

– Elle a dit trente et un ! lui crie Pénélope.

– Trente-sept ?

– Trente-trois, crie une autre voix.

C'est Nicola qui est derrière Roland. Je lève les yeux au ciel en surprenant son air malicieux.

J'articule en silence :

– Ça ne m'aide pas.

Elle hausse les épaules, totalement décomplexée.

– Quelqu'un a dit trente-trois ? demande Roland ?

– Trente et un ! crie joyeusement Pénélope.

– Quarante…

– Oh, bon sang de bonsoir, Roland, allume ta putain d'aide auditive ! rugit Basil.

Après un bref silence horrifié, une cacophonie outragée s'élève du groupe. Je me frotte les yeux ; ils me font mal à force d'avoir pleuré. La sonnette de l'entrée retentit, me faisant tressaillir. Je sais qui c'est.

Au téléphone, je n'ai pas osé dire à Jackson que j'ai abandonné à la sortie de Tauntingham la fourgonnette de l'école qu'il m'avait gentiment prêtée, avec le bas de caisse enfoncé. Je trouve plus correct de le lui annoncer de vive voix.

Je me hâte vers la porte, ce qui n'est pas simple, car les chaises et les cannes forment une véritable course d'obstacles.

Jackson est coiffé d'un bonnet gris tout avachi qui lui couvre la moitié de l'oreille gauche et sous sa veste, sa chemise est si froissée qu'on dirait qu'il en a créé volontairement les plis. Il me sourit dès que je lui ouvre.

– Tu vas bien ? me demande-t-il.

– Euh… Entre, je t'en prie.

Il s'exécute, puis tend l'oreille vers l'agitation qui règne dans le salon. Il me jette un regard intrigué.

– Changement de plan pour le bingo, dis-je en me trémoussant, mal à l'aise. C'est… un peu ce que je voulais t'expliquer. On a eu un petit accident. Avec la fourgonnette. Que tu m'avais prêtée.

Jackson digère l'info.

– Grave ?

– Je paierai, bien entendu, si ça n'est pas couvert par l'assurance. J'irai aussi la chercher là où je l'ai laissée et je te la ramènerai au garage ou ailleurs si tu préfères, dès que tout le monde sera parti. Et tu sais que je vais venir t'aider à repeindre ta classe, ce week-end, mais s'il y a autre chose que je puisse faire pour me faire pardonner… pour avoir semé le chaos dans ta vie, alors…

Je laisse ma phrase en suspens. Jackson a l'air amusé.

– Pas grave.

– C'est vrai ?

Il ôte son bonnet et ébouriffe ses cheveux.

– Enfin, pas vraiment, mais tu t'en veux déjà suffisamment comme ça, ça m'ôte tout le plaisir de t'engueuler.

– Oh, désolée… dis-je, avant de me mettre à rire. Non, pas désolée. Mais merci. De ne pas être furieux comme tu serais en droit de l'être. J'ai eu une journée de merde.

– Et maintenant, tu as des joueurs de bingo dans ton salon.

– Oui. Une journée de merde qui a pris une tournure très étrange. Tu veux te joindre à nous ? Il y a du cidre. Et des mini rouleaux de printemps enveloppés dans de la pâte sèche comme du carton.

– Du cidre… Pas d'hydromel ?

– Hein ?

Une fossette se creuse dans une de ses joues.

– Eh bien, ça ne m'étonnerait pas que tu profites de l'occasion pour démontrer les joies d'une soirée à la thématique médiévale, c'est tout.

– Jamais je ne m'abaisserais à un tel niveau !

– Alors c'est quoi, ça ? demande-t-il en désignant une pile d'échantillons posée sur la console.

Zut.

– Euh…

Il brandit deux petits carrés de tissu. J'étais en train de les montrer à Pénélope pendant que les rouleaux de printemps réchauffaient. Ils sont splendides – on les dirait tout droit sortis de Winterfell. Celui que tient Jackson est d'un beau jaune d'or avec des dragons sur fond de blason.

– Je songe à… refaire la déco, dis-je en lui faisant signe d'entrer au salon.

– Refaire la déco de chez ta grand-mère ? Avec des dragons ?

– Tu connais mamie ! Férue de mythologie !

Il semble amusé, mais me rend l'échantillon de tissu. Nous allons au salon tous les deux : arrivés sur le pas de la porte il découvre le chaos avec une expression indéchiffrable.

– Tu penses que mamie aurait une attaque si elle savait que j'ai mis un tel bazar dans son salon ? dis-je. C'est ça que tu te dis ?

– En fait, répond-il avec un petit sourire, je pensais que c'était tout à fait dans le style d'Eileen Cotton.

J'ai l'impression d'avoir à peine viré les Voisins vigilants du cottage de mamie que je les revois le lendemain à la mairie du village. Il s'agit de notre seconde réunion du comité du Premier Mai.

J'ai imprimé des documents. J'ai apporté des échantillons de noix grillées au miel, de fruits confits et de viandes rôties. J'ai profilé notre cible démographique pour la fête du Premier Mai et détaillé point par point pourquoi le thème médiéval serait parfait pour ces visiteurs.

– Tous ceux qui sont en faveur de l'idée de Leena ? demande Betsy.

Aucune main levée.

– Désolée, ma chère, mais l'idée de Jackson l'emporte.

Jackson a la décence d'avoir l'air vaguement gêné. Il n'a pas apporté de documents, lui. Il n'a même pas apporté d'échantillons de nourriture. Il s'est juste levé, avec son air débraillé si sexy et charmant et il a parlé de lancers de noix de coco, de bobs, de jeux avec des anneaux et d'ananas. Et puis, l'argument massue : « Samantha meurt d'envie de venir déguisée en mandarine satsuma. »

Oh, mais une minute…

Une main s'est levée ! Une main !

Arnold, debout sur le seuil de la salle, a le bras en l'air.

– Moi, je vote pour l'idée de Leena. Désolé, fiston, mais elle a des faucons dans son projet.

Je lui adresse un sourire rayonnant. Jackson, comme à son habitude, a l'air amusé par toute la scène. Cet homme ne s'agace donc jamais de rien ?

– J'ignorais que tu faisais partie du comité du Premier Mai, Arnold, dit Betsy.

– Maintenant, j'en fais partie, dit-il tranquillement en tirant une chaise à lui.

– Ma foi, il y a toujours une forte majorité en faveur du thème de Jackson, comme tu t'en es sûrement aperçue, Leena, insiste Betsy.

– Très bien, dis-je, aussi gracieusement que possible. C'est parfait. Ce sera donc un thème tropical.

J'ai du mal à digérer l'affront, c'est clair. Je voulais gagner. Mais ça faisait des lustres que je ne m'étais pas autant amusée à rassembler toutes ces infos pour mon projet, et au moins, j'ai rallié Arnold à ma cause – il est même venu à une réunion du comité. Attendez un peu que mamie apprenne qu'Arnold, l'ermite de Hamleigh, est intervenu pour le bien de la communauté.

J'articule un « merci » à son adresse tandis que la réunion se poursuit et il me décoche un bref sourire. Une fois Basil lancé encore et toujours sur son soporifique sujet des écureuils, je change de place pour m'asseoir à côté d'Arnold, ignorant le mécontentement visible de Roland qui n'apprécie pas le changement du plan de table.

– Quelle mouche vous a piquée de venir ? dis-je à voix basse à Arnold.

Il hausse les épaules.

– J'avais envie d'essayer quelque chose de nouveau.

Je murmure :

– Vous tournez une page ! C'est ça, n'est-ce pas ?

Il sort de sa poche un petit livre : *Le Crime de l'Orient-Express*. Betsy le regarde avec horreur se carrer dans son siège et l'ouvrir à l'endroit où il a interrompu sa lecture, alors que Basil continue de pérorer.

– Ne t'emballe pas non plus, me dit Arnold, oublieux des regards des autres. Je suis surtout venu pour les biscuits.

Qu'importe. Arnold, c'est Shrek, à la base : un ogre vert et mal embouché qui a oublié la plus élémentaire civilité. Et je compte bien devenir son Âne. Je l'ai déjà invité à prendre le thé cette semaine, et il a accepté, du coup nous sommes vraiment en progrès.

Si Arnold le grincheux peut se rendre à une réunion du comité, tout est possible. Alors que la réunion tire à sa fin, je regarde Betsy se diriger lentement vers le portemanteau, lissant son écharpe en soie contre sa gorge. Bon, nous sommes parties du mauvais pied, elle et moi. Et alors ? Il n'est jamais trop tard pour arranger les choses, c'est ce que j'ai dit à Arnold.

Je vais vers elle, le menton levé, et la rejoins alors qu'elle sort de la mairie.

– Comment ça va, Betsy ? Vous devriez passer boire le thé, un de ces jours. Avec votre mari. Je serais ravie de faire sa connaissance.

Elle me regarde avec méfiance.

– Cliff n'aime pas sortir, dit-elle en enfilant sa veste.

– Ah, je suis désolée… il est souffrant ?

– Non, répond-elle en se détournant.

Je marche à côté d'elle.

– Je sais que mamie doit vous manquer pour parler. J'espère que si vous… que si jamais vous avez besoin d'aide, ou besoin de parler à quelqu'un, vous pourrez venir me voir.

Elle me regarde avec incrédulité.

– Tu me proposes de l'aide ?

– Oui.

– Et qu'est-ce que tu pourrais bien faire, toi ? me demande-t-elle.

Il me faut un moment avant de comprendre qu'elle singe ma réaction quand elle est venue me voir pour la première fois au cottage.

– Je suis désolée, dis-je avec franchise. C'était grossier de ma part, de vous dire ça. Simplement, je n'ai pas l'habitude qu'on me propose de l'aide de façon sincère, pas lorsqu'il s'agit de la mort de Carla. En général, les gens n'aiment pas parler d'elle de façon aussi directe. J'ai été prise de court.

Betsy se tait. Nous marchons en silence le long de Lower Lane.

– Je sais que c'est toi qui as fait reboucher les nids-de-poule par le conseil municipal, dit-elle enfin, en désignant le trottoir du menton.

– Ah, oui… ce n'était pas grand-chose. Ils auraient dû le faire il y a une éternité. J'ai juste passé quelques coups de téléphone.

– Ça n'est pas passé inaperçu, me répond-elle avec raideur, alors que nos chemins se séparent.

18

EILEEN

Il me faut m'y reprendre à cinq fois pour arriver à coincer la femme peu charitable qui vit au n° 6. Comme elle est rarement chez elle, Dieu sait pourquoi elle fait tant d'histoires sur ce que les gens peuvent fabriquer dans l'immeuble.

L'avantage de ce délai, c'est qu'une fois que je me retrouve face à elle, mon irritation est retombée et je n'ai presque pas à faire d'effort pour feindre la politesse.

– Bonjour, dis-je quand elle ouvre la porte. Vous devez être Sally.

– Oui ? dit-elle, l'air plutôt revêche.

Elle est vêtue d'un tailleur et n'est pas maquillée ; ses cheveux noirs sont attachés en queue-de-cheval asymétrique.

– Qui êtes-vous ?

– Je m'appelle Eileen Cotton. J'habite avec Fitz et Martha, au n° 3.

Sally écarquille les yeux.

– Ah bon ?

J'ai la nette impression qu'elle ne me trouve pas à ma place chez eux.

– Je suis venue vous voir parce qu'il paraît que vous êtes opposée à notre idée de petit club dans la partie commune en bas de l'immeuble, *celle qui n'est pas utilisée*. Je peux entrer afin que nous en discutions ?

– Je crains que non. Je suis très occupée, répond-elle en refermant déjà la porte.

– Excusez-moi, dis-je sèchement. Vous allez vraiment me claquer la porte au nez ?

Elle hésite, un peu surprise. Par la porte entrouverte, je remarque qu'il n'y a pas un mais trois verrous à l'intérieur.

Je me radoucis.

– Je comprends vos inquiétudes sur la présence d'inconnus dans l'immeuble. Je sais que vivre dans cette grande ville peut avoir des côtés effrayants. Mais notre club et nos déjeuners seront destinés à des personnes âgées, hommes et femmes, des gens très respectables, et nous laisserons la porte d'entrée fermée pendant nos réunions, afin que n'importe qui ne puisse pas pénétrer dans l'immeuble. Seulement des personnes âgées.

Sally déglutit. Je pense qu'elle est plus jeune que ce que j'aurais cru au départ – j'ai du mal à donner un âge aux gens, ces jours-ci, et son air sévère assorti à son tailleur m'a induite en erreur.

– Écoutez, dit-elle d'un ton brusque et terre à terre, l'idée ne me déplaît pas, sur le principe. Mais ce n'est pas parce qu'une personne est âgée qu'elle ne peut pas être dangereuse. Et si quelqu'un entre et se laisse volontairement enfermer dans l'immeuble au lieu de partir avec les autres ?

Je hoche la tête.

– Je vois. Et si on veillait à noter les noms des participants et à compter les entrants et les sortants, afin que personne ne puisse s'attarder à l'intérieur ?

Elle penche la tête sur le côté.

– C'est… merci, dit-elle avec raideur. Ça me paraît sensé.

Un silence de plomb s'installe.

– Donc, vous nous donneriez la permission pour monter notre club ? Vous êtes la seule personne qui nous bloque.

Elle plisse les yeux.

– D'accord. Oui. D'accord, tant que vous effectuez le comptage de qui entre et qui sort.

– Bien sûr. Comme convenu. (Je lui serre la main.) J'ai été enchantée de faire votre connaissance, Sally.

Enchantée, c'est un peu exagéré, mais nécessité fait loi.

– Moi aussi, Eileen.

Je retourne d'un pas triomphant à l'appartement de Leena.

– Tout est réglé avec Sally du n° 6, dis-je en me dirigeant vers la chambre de Leena.

Fitz me suit du regard, bouche bée.

– Comment avez-vous réussi un tel tour de force ?

Quelques soirs plus tard, Tod et moi sommes allongés dans la chambre de sa grandiose maison de ville, adossés aux oreillers. Rester blottis dans les bras l'un de l'autre devient légèrement moins pratique quand les amoureux en question ont mal au dos. L'ambiance n'en est pas moins délicieusement intime : Tod a le bras contre le mien, sa peau est chaude après l'amour et il a rabattu la couverture de mon côté, car il sait que j'ai toujours les pieds gelés.

C'est même une ambiance dangereusement intime. Je pourrais fort bien m'y habituer.

Un téléphone sonne ; je ne bouge pas, parce que c'est toujours celui de Tod et qu'en général, c'est quelqu'un de très important qui l'appelle – un producteur ou un agent. Il tend la main vers la table de chevet, mais l'écran de son téléphone est noir. Je regarde le mien : *appel de Marian*.

Je me dépêche de répondre.

– Allô ?

– Maman ?

Elle fond en larmes.

– Marian, ma chérie, qu'est-ce qui se passe ?

– Je suis désolée. J'ai tout fait pour te laisser un peu souffler. Mais… je… je ne peux pas…

– Oh, ma chérie, je suis tellement navrée.

Je sors mes pieds de sous la couverture et j'essaie de récupérer mes vêtements.

– Tu n'as pas eu de…

– Non, non, rien de tel, maman. Et je continue de bien m'occuper de moi, je te le promets : je me nourris correctement, je fais du yoga…

Je soupire. Ce n'est pas pour moi, ces histoires de se tenir debout sur une jambe et de s'incliner en avant, mais le yoga a énormément aidé Marian. C'est la seule lubie à laquelle elle se soit tenue, pas seulement des mois, mais des années – elle a commencé quand on a diagnostiqué son cancer à Carla. Quand Marian cesse de faire du yoga, je sais que ça va mal.

– C'est très bien, ma chérie. Est-ce qu'il s'est passé quelque chose avec Leena, alors ?

– On s'est disputées au beau milieu de la route, lundi soir, c'était horrible, et pendant toute la semaine, je n'ai cessé de penser à quel point elle… elle est *en colère*, maman. Elle me déteste. Je n'ai pas été là quand elle avait besoin de moi et maintenant… maintenant… je l'ai perdue.

– Elle ne te déteste pas, ma chérie, et tu ne l'as pas *perdue*. Elle souffre, elle est en colère et elle est encore dans le déni, mais elle va y arriver. J'avais espéré qu'être toutes les deux vous rapprocherait, mais…

Je fouille frénétiquement dans le tas de vêtements, les miens et ceux de Tod, agacée par ma lenteur, tentant de garder le téléphone à l'oreille de l'autre main.

– Je vais rentrer à la maison, dis-je.

– Non, non, tu ne dois pas faire ça, se récrie-t-elle à travers ses larmes. Je vais bien. Je ne… je ne suis pas en… tu sais, je ne fais pas une de mes crises.

Mais qui peut dire qu'elle ne va pas en faire une d'un jour à l'autre, maintenant ? Et si Leena l'invective dans la rue, qui sera là pour empêcher Marian de s'effondrer ?

– Je rentre à la maison, un point c'est tout. À très bientôt, ma chérie.

Je raccroche avant qu'elle ait pu protester.

En me retournant, je croise le regard surpris de Tod.

– Ne dis rien.

Il semble pris de court.

– Je ne comptais pas m'en mêler.

– Ne parlons pas de nos familles respectives, dis-je. On était d'accord là-dessus. Pour compartimenter.

– Bien sûr.

Tod me regarde attentivement me rhabiller. Si seulement je pouvais être plus rapide !

– Mais… dit-il.

Je récupère mon sac qui était posé sur la chaise près de la porte.

– Je t'appellerai, dis-je en refermant derrière moi.

Une fois dehors, je trouve un banc dans un parc et je m'y installe pour souffler un peu. Tod vit dans un quartier chic de la ville, Bloomsbury – il y a une foule d'espaces verts délimités par des grilles noires en fer forgé et des voitures de luxe aux vitres teintées.

Je ne peux concevoir la famille Cotton lavant son linge sale sur la place publique. Ce n'est pas ainsi que nous réglons les problèmes. Comment en sommes-nous arrivées là ?

Je n'aurais jamais dû les laisser toutes seules là-bas. C'était du pur égoïsme, ce voyage à Londres, et je suis contente que Marian m'ait remis du plomb dans la cervelle avant que la situation n'ait dégénéré à Hamleigh.

Les pigeons picorent autour de mes pieds tandis que je fouille dans mon sac à la recherche de mon carnet. Rupert et Aurora nous ont invités à boire un verre chez eux, ce soir, pour fêter le lancement du club des Aînés de Shoreditch. Je ne peux pas décliner maintenant, Letitia n'ira pas si je n'y vais pas et elle a besoin d'y aller. Je partirai donc demain. Un point c'est tout. J'appellerai Leena dans la matinée.

Si je lui parlais maintenant, je risquerais de m'énerver.

Quand Letitia ouvre la porte, je vois tout de suite à quel point elle est nerveuse. Elle a les épaules remontées jusqu'aux oreilles, le menton rentré sur la poitrine.

– Allez, dis-je d'un air encourageant.

Je ne suis pas non plus dans l'état d'esprit adéquat pour cette soirée, mais nous nous sommes engagées et en plus, je suis vraiment fière de ce que nous faisons pour la partie commune du bas, même si maintenant, je ne pourrai pas voir se monter le club des Aînés de Shoreditch.

– Il le faut vraiment ? me demande Letitia d'un ton lugubre.

– Bien sûr que oui ! Allez, plus vite on y sera, plus vite on repartira.

Martha et Fitz sont invités eux aussi, même si je ne suis pas sûre que Martha puisse descendre l'escalier avec son énorme ventre. Elle ne peut déjà plus aller au bureau. Du coup, elle travaille généralement sur le canapé, les pieds sur la table basse et l'ordinateur en équilibre précaire sur son estomac. Et Yaz qui ne parle toujours pas de rentrer ! Je pince les lèvres en descendant à l'appartement de Rupert et d'Aurora. J'aimerais bien dire ma façon de penser à cette Yaz.

– Madame Cotton ! s'exclame Aurora en ouvrant la porte. Je vous dois mes plus plates excuses pour la façon *aguerressive* dont je me suis conduite la première fois qu'on s'est vues.

– Oh, bonsoir, dis-je tandis qu'elle m'embrasse avec effusion.

Elle a un accent italien très marqué : peut-être que « *aguerressive* » est un mot italien, mais ça ne sonne pas comme tel.

– Et vous devez être Letitia, continue Aurora en lui prenant le visage en coupe. Quelles magnifiques boucles d'oreilles !

Letitia darde sur moi un regard que j'identifie tout de suite. La panique. Je crois que le fait qu'une inconnue lui ait touché le visage a été un peu trop pour elle. Je prends Aurora par le bras de façon engageante.

– Et si vous me faisiez faire le tour de votre bel appartement ?

– Bien sûr ! Vos colocataires sont déjà là, dit Aurora en me désignant un canapé gris très élégant où Martha s'est déjà installée, les pieds sur les genoux de Fitz.

J'éprouve un pincement au cœur en les regardant se chamailler gentiment tous les deux. Je ne les connais pas depuis longtemps et je ne devrais pas m'être autant attachée à eux : ce soir, je vais devoir leur dire que je m'en vais.

– Voici ma toute dernière sculpture, m'annonce Aurora.

Je laisse échapper une exclamation étouffée. C'est un gigantesque pénis en marbre avec un perroquet en marbre perché au bout. Sur… le bout, devrais-je dire.

C'est plus fort que moi. Je jette un coup d'œil à Letitia en lui murmurant :

– Un signe de l'au-delà…

Ses lèvres se pincent et elle simule une quinte de toux pour masquer son fou rire.

– Magnifique, dis-je à Aurora. Et si… évocateur.

– N'est-ce pas ? acquiesce-t-elle, enthousiaste. Et maintenant, si vous voulez bien me suivre dans la cuisine, je vais vous préparer un cocktail…

– Non, dit Fitz avec fermeté. Hors de question.

– Comment ça, non ?

– Vous ne pouvez pas partir !

Il braque sur moi un cure-dent piqué d'une olive. Aurora et Rupert font de très bons cocktails, même si j'étais un peu inquiète à propos des olives piquées sur un cure-dent, au début. Fitz dit qu'ils sont « ironiques ». Maintenant, je me sens flotter à nouveau, coincée entre Martha et Fitz sur le canapé, un verre de martini à la main.

– Madame Cotton… Eileen, dit Fitz. Avez-vous fait ce que vous vouliez faire ?

– Eh bien…

Il m'interrompt d'un geste.

– Non ! Le club des Aînés de Shoreditch n'a pas encore commencé ! Vous n'avez pas rencontré votre soupirant OldCountryBoy ! Et vous n'avez certainement pas remis de l'ordre dans ma vie à moi.

Hum. J'ignorais qu'il s'était rendu compte que c'était dans mes intentions.

– Les Eileen Cotton sont-elles des lâcheuses ? Parce que les Eileen Cotton que, moi, j'ai rencontrées ne m'ont pas paru l'être.

– Ne recommence pas, dis-je en souriant. Je dois partir, Fitz.

– Pourquoi ?

C'est Martha qui a parlé. D'habitude, je ne répondrais pas avec franchise à cette question. Pas si c'était Betsy ou Pénélope qui me la posait. Mais je repense à Martha me demandant de l'aider à travers ses larmes, me disant à quel point l'arrivée du bébé l'angoissait et à elle, je dis la vérité.

– Marian a besoin de moi. Elle ne peut pas s'en sortir seule et Leena ne fait qu'envenimer la situation.

Je fixe mon martini. Les glaçons l'ont peut-être un peu trop allongé. Toute cette conversation est *très* indiscrète.

– Elle s'est disputée avec sa mère. Elle lui a crié dessus dans la rue ! Ce n'est pas ainsi qu'on se comporte.

– On a peut-être tort, suggère Martha avec douceur, en faisant tournoyer son cocktail sans alcool.

– Oui, entièrement d'accord, dit Fitz. Ces deux-là doivent percer l'abcès. La moitié du problème, c'est que Leena refoule tout depuis un an. Tu l'as vue au téléphone avec sa mère ? Vingt secondes de banalités, puis elle fait sa tête de lapin paniqué dans les phares d'une voiture… (Il mime le lapin en question de façon étrangement exacte.) Puis, elle écope la conversation comme un marin qui a une voie d'eau dans sa coque.

Il marque une pause avant de demander à Martha :

– Ça marche, cette comparaison ?

Martha fronce le nez.

– Leena en veut autant à Carla qu'elle en veut à Marian, affirme Fitz. Et plus que tout, elle s'en veut à elle-même, parce que Leena Cotton n'a jamais rencontré un problème qui ne puisse se résoudre avec beaucoup d'efforts et, selon son expression favorite, un bon brainstorming.

– C'est une bonne chose qu'elles expriment ce qu'elles ressentent, dit Martha. Une dispute, c'est parfois cathartique.

– Mais Marian est *fragile*, leur dis-je. Elle est en deuil. Comment peut-on l'aider en lui criant dessus ?

– Elle est vraiment si fragile que ça ? me demande Martha avec douceur. Elle m'a toujours paru très forte, au contraire.

Je secoue la tête.

– Vous ne connaissez pas toute l'histoire. L'année dernière, elle est passée par des… phases. Des crises. C'est affreux. Dans ces moments-là, elle refuse de me laisser entrer chez elle. Je frappe, je frappe et elle fait semblant de ne pas être là. La dernière fois, ça a été la pire : elle a refusé de sortir de chez elle pendant des jours. Au bout du compte, je suis entrée avec ma clé et elle était là, assise sur le tapis, avec un de ces enregistrements épouvantables, ceux où un homme à la voix monocorde parle du deuil comme d'un prisme en disant qu'on doit laisser la lumière entrer dans son être ou je ne sais quelle autre foutaise. C'était comme…

Je m'interromps, remarquant l'expression de douleur de Martha.

– Quoi ? Qu'est-ce que j'ai dit ?

– Non, non, répond Martha, une main sur son ventre. Absolument pas.

– Absolument pas quoi ? demande Fitz.

– Oh, mon Dieu, dit Letitia.

Elle n'a pas pris la parole depuis si longtemps que nous sommes tous un peu surpris. Elle-même a l'air étonnée de son audace. Elle désigne le ventre de Martha.

– C'était une contraction ?

– Ne vous en faites pas, dit Martha en respirant par le nez, j'en ai depuis midi. Ce ne sont pas de vraies contractions.

– Ah non ? fait Letitia en la regardant. Et comment le savez-vous ?

– Parce que Yaz n'est pas encore revenue. Et que le terme est dans trois semaines.

– D'accord, dit Fitz en me regardant d'un air sceptique. Sauf que je ne suis pas sûr que le bébé soit au courant de votre emploi du temps.

– Mais si, dit Martha en serrant les dents. C'est… *Oooh, ouille, ouille !*

Elle s'empare de la main la plus proche, qui se trouve être celle de Letitia. Cette dernière pousse un petit cri.

– C'est bon, dit Martha en reposant sa tête sur le dossier du canapé. Ça va. C'est passé. Qu'est-ce qu'on disait ? Ah, oui, Eileen, continuez… Les crises de Marian ?

Nous la regardons tous fixement.

– Quoi ? dit-elle. Tout va bien. Je veux dire, je n'irai à l'hôpital que si les contractions sont… que si les contractions sont…

Elle se penche à nouveau en avant, le visage déformé par la douleur. Elle laisse échapper une sorte de gémissement animal inquiétant. Je reconnais ce son.

– Martha, mon chou… ça ressemble beaucoup à de véritables contractions, dis-je.

– C'est trop tôt, hoquette-t-elle une fois la contraction passée. Pas… peux pas…

Fitz pose les mains sur ses épaules.

– Martha, tu sais quand tu te plains qu'une de tes clientes est complètement ridicule et qu'elle ne voit pas ce qui est bien alors qu'elle l'a sous le nez ? Comme cette femme qui trouvait que son salon était assez grand pour y mettre des moulures ?

– Oui ? halète Martha.

– En ce moment, cette femme, c'est toi.

Dix minutes après, les gémissements se sont mués en hurlements.

– Il faut la conduire à l'hôpital, dit Fitz à Rupert et Aurora.

Il faut dire ce qui est, nos hôtes ne se dérobent pas. Aurora est partie chercher de l'eau et elle se renseigne sur Google ; Rupert, qui a brièvement été secouriste dans sa jeunesse, se récite tout ce dont il se souvient sur les techniques d'accouchement, ce qui ne calme pas Martha mais nous réconforte tous un peu.

– Quel était le plan de Martha pour la naissance du bébé ? dis-je à Fitz.

Il fait la grimace.

– Yaz. Elle a une voiture, elle l'aurait conduite à l'hôpital.

– Mais Yaz n'est pas là. Quel était le plan B ?

Tout le monde me regarde d'un air ahuri.

– J'ai une moto, propose Rupert.

– Un scooter, corrige Aurora.

Rupert fait la moue.

– Je ne suis pas sûr que ça ira, dit Fitz en massant le dos de Martha qui gémit, pliée en deux sur l'accoudoir. Encore combien de temps avant que l'Uber arrive ?

Rupert regarde son téléphone et siffle entre ses dents.

– Vingt-cinq minutes.

– Hein ? hurle Martha d'une voix qui ne lui ressemble plus. Mais c'est absolument impossible ! Il y a toujours un Uber qui arrive dans les cinq minutes ! C'est une loi de physique élémentaire ! Où est Yaz ? *Elle devait être là, putain !*

– Elle est en Amérique, dit Letitia avant de remarquer mon regard noir. Quoi ? Ce n'est pas ça ?

– Elle ne décroche pas, me glisse Fitz au creux de l'oreille. Je continue d'essayer de la joindre.

Martha émet un son entre le geignement et le cri, et se laisse tomber en position accroupie. Fitz accuse le coup.

– Je ne suis pas censé être témoin de ça. Je devrais être en bas en train de faire les cent pas avec un cigare et un whisky, non ? Ce n'est pas ce que font les hommes dans ce genre de situation ?

Je lui tapote l'épaule.

– Laisse-moi prendre le relais.

J'attrape un coussin du canapé pour pouvoir m'agenouiller près de Martha.

– Fitz, va frapper à la porte de tous les voisins. Il doit bien y en avoir un qui a une voiture. Aurora, va me chercher des serviettes. Au cas où, dis-je à Martha qui tourne vers moi un regard paniqué. Et Rupert… va te désinfecter les mains.

– Montez ! Montez ! crie Sally du n° 6.

Cette situation d'urgence a été une merveilleuse expérience de solidarité pour tout l'immeuble. Je peux enfin dire que j'ai rencontré tous les voisins. J'ai été stupéfaite quand Sally a assumé son rôle de taxi, même si pour le coup, elle était plutôt en position de force : c'est la seule de tout l'immeuble à posséder un moyen de transport et quand nous avons frappé à sa porte, les hurlements de Martha faisaient vibrer les couloirs.

– Tout ce que je sais sur Sally, c'est qu'elle est gestionnaire de fonds spéculatifs et qu'elle habite au n° 6, et pourtant je n'ai aucune hésitation à monter dans son énorme monospace de tueuse en série, remarque Fitz d'un air intrigué. Est-ce l'esprit de communauté, Eileen ? Faire confiance à son voisin et tout le bazar ? Oh, sainte mère de Dieu…

Martha lui serre la main comme un étau. Elle presse le front sur l'appuie-tête du siège avant ; quand elle se rassied, je remarque qu'elle a laissé une trace sombre de transpiration sur le tissu. Elle est dans un sale état. Ce bébé ne lambine pas.

– Allez ! Allez ! Allez ! crie Sally – à qui ? je n'en sais trop rien – au volant.

Elle sort de son emplacement de parking en donnant de grands coups de klaxon indignés.

– C'est une urgence ! Une femme accouche à l'arrière ! hurle-t-elle par la vitre baissée en agitant le bras à l'adresse d'un chauffeur de taxi courroucé. Pas le temps de se faire des politesses !

La définition des politesses, pour Sally, est assez large et semble recouvrir presque tout le Code de la route. Elle grille tous les feux rouges, accroche le rétro d'une voiture, fait des embardées sur trois trottoirs et hurle sur un piéton qui a eu le culot de traverser sur un passage protégé au mauvais moment. Je trouve fascinant qu'une femme aussi anxieuse pour sa sécurité personnelle conduise sa voiture comme une auto-tamponneuse. Néanmoins, je suis ravie qu'elle participe. Même s'il me reste à comprendre pourquoi une femme qui vit seule au centre de Londres possède un si gros monospace. J'espère vraiment que Fitz se trompe : je me sentirais affreusement coupable si jamais Sally se révélait être une tueuse en série.

Martha me tire de ma rêverie par un rugissement de bête agonisante.

– On y est presque, lui dis-je d'un ton apaisant, bien que j'ignore totalement où nous sommes. Tu seras à l'hôpital en un rien de temps.

– Yaz, articule Martha, une veine saillant sur son front.

Elle m'agrippe le bras avec cet instinct animal, cette urgence, qui accompagne l'extrême douleur.

– Je n'arrive pas à la joindre, mon chou, dit Fitz. Je pense qu'elle doit être sur scène. Mais je continue d'essayer.

– Oh, mon Dieu, je n'y arriverai pas, geint Martha. Je ne peux pas !

– Bien sûr que tu vas y arriver, dis-je. Simplement sois gentille, attends qu'on soit à l'hôpital.

19

LEENA

J'en suis à ma cinquième fournée de brownies. J'ai découvert quatre façons différentes de les rater : les faire brûler, ne pas les faire assez cuire, oublier de mettre du papier sulfurisé dans le moule et oublier la farine (très mauvais point).

Mais ceux-là sont parfaits. Tout ce qu'il faut, c'est de l'application. Et de la pratique. Et peut-être un état mental un peu plus apaisé – j'ai commencé à pâtisser dans un brouillard : je pleurais la cruelle absence de Carla, j'étais folle de rage contre ma mère et je m'interrogeais sur le sens de ma vie. Finalement, les brownies sont peut-être comme les chevaux : ils sentent votre degré de stress.

Mais maintenant, je suis calmée, j'ai fait des beaux brownies et… enfin, après tant de week-ends loupés… Ethan est là.

Il lâche ses sacs et me soulève de terre à peine ai-je ouvert la porte.

– Bienvenue dans mon cottage rural et idyllique ! lui dis-je dès qu'il m'a reposée.

– Ça sent le brûlé, non ? dit-il, puis, voyant ma tête, il change de ton. Mais c'est une odeur délicieuse ! Une délicieuse odeur de brûlé ! À la plancha ? Au barbecue ? Ce sont de formidables manières de faire brûler des choses.

– J'ai fait des brownies. Plusieurs fournées. Mais regarde !

Je le conduis fièrement jusqu'à l'assiette où sont disposés d'impeccables carrés au chocolat sur la table de la salle à manger de ma grand-mère.

Il s'en saisit d'un, l'engouffre presque en entier, puis gémit les yeux fermés.

– OK, dit-il la bouche pleine. Ça, c'est vraiment délicieux.

– Ah ! Je le savais !

– Toujours aussi humble, ironise Ethan avant de prendre le torchon que j'ai jeté sur mon épaule. Regarde-toi, en train de faire de la pâtisserie ! Une vraie fée du logis !

Je lui reprends le torchon pour lui en donner un coup sec.

– Tais-toi !

– Pourquoi ? Moi, j'aime bien. (Il blottit son visage dans mon cou.) C'est sexy. Tu sais que j'adore quand tu te la joues femme au foyer des années 1950.

Je rougis et je le repousse.

– C'était un déguisement pour une soirée à thème, tu le sais bien, et *je ne faisais rien du tout*. D'ailleurs, même si j'avais fait quelque chose, ça n'aurait pas été pour toi !

– Ah non ? ironise Ethan avec un sourire insolent. Parce que je me souviens distinctement que tu m'as fait quelque chose, ce soir-là...

J'éclate de rire, écartant vivement ses mains baladeuses, et retourne vers la cuisine.

– Tu veux un thé ?

Ethan me suit.

– Je veux *quelque chose*. Mais pas du thé.

– Du café ?

– Devine.

Il se presse contre moi par-derrière, ses mains enserrant ma taille.

Je me retourne dans ses bras.

– Je suis désolée... Je ne suis pas d'humeur pour le sexe en ce moment. J'ai pleuré toute la journée et j'ai passé une semaine franchement bizarre. En me retrouvant ici...

– Tu es devenue ta grand-mère, plaisante Ethan en plissant les yeux.

Je m'écarte vivement.

– Quoi ?

– Je rigole !

– Mais pourquoi tu as pensé à ça ?

– Tu passes tes journées à pâtisser, tu ne t'intéresses plus au sexe, tu portes un authentique tablier...

Il s'aperçoit que je ne ris plus du tout.

– Allez, Leena, je te taquine ! (Il me prend la main et tente de me faire tourbillonner.) Sortons. Emmène-moi dans un bar.

– Ce n'est pas le genre d'endroit où on trouve un bar, dis-je en tournant maladroitement sur moi-même.

– Il doit bien y avoir un bar *quelque part.* C'est quoi, cette petite ville pas loin d'ici ? Divedale ?

– Daredale. C'est à plus d'une heure. Et de toute façon, je pensais qu'on pourrait passer voir Arnold ce soir, mon voisin… Il m'a dit qu'il nous ferait de l'agneau. (J'esquisse un sourire.) Il est un peu grincheux, mais il a un cœur d'or.

– Franchement, mon ange, il faudrait que je bosse, ce soir, dit Ethan en me lâchant la main pour sortir une bière du frigo.

– Ah. Mais…

Il m'embrasse sur la joue en prenant un décapsuleur dans le tiroir.

– Si tu veux te joindre à moi, tu es la bienvenue. Je cherche des clientèles cibles sur le projet dont je t'ai parlé la semaine dernière… Je sais à quel point tu aimes les défis…

– Franchement, j'ai tout ce qu'il me faut comme défis en ce moment.

J'ouvre de grands yeux quand Ethan allume la télé.

– Il y a un match des Millwall, m'explique-t-il. Je pensais qu'on pourrait se le mettre en bruit de fond.

Il ne s'intéressait pas aux clientèles cibles ni au match des Millwall quand il me proposait d'aller dans un bar. Je déglutis, me rappelant tout le trajet qu'il a fait pour venir me voir. Et puis il a raison : je ne suis pas facile à vivre en ce moment, j'ai un peu… régressé dans mon travail de deuil. Je comprends que ça puisse être frustrant pour lui.

N'empêche. Il n'a pas vraiment capté l'esprit de mon refuge rural, si ?

Il me regarde depuis le canapé, remarque mon expression et s'amadoue.

– Désolé, je suis vraiment nul, dit-il en me prenant les mains. Mais tous ces trucs campagnards me dépassent, mon ange. Laisse-moi un peu de temps pour m'habituer à ta nouvelle personnalité ?

– Je n'ai pas changé de personnalité, dis-je d'un ton grognon en venant m'asseoir à côté de lui. Et je ne suis pas ma grand-mère.

Il m'attire à lui de sorte que ma tête repose sur son torse. C'est mon refuge. Avant, j'étais à la limite du désespoir quand la peur et le chagrin me frappaient et qu'Ethan n'était pas là – j'avais besoin de ça, de son bras autour de moi, d'entendre les battements de son cœur à mon oreille.

Je me love contre lui. Il dépose un baiser au sommet de mon crâne.

– Je vais dire à Arnold qu'on viendra manger son agneau une autre fois, dis-je tandis qu'Ethan me serre encore plus fort contre lui, dans ma position préférée.

Le lendemain matin, je me lève de bonne heure pour aller courir et au sortir de la douche, je me mets au lit toute nue, pressant mon corps encore humide contre celui d'Ethan. Il émerge lentement du sommeil avec un murmure appréciateur, sa main cherchant ma hanche, ses lèvres trouvant mon cou. C'est délicieux, comme toujours, et l'étrange tension de la veille nous semble ridicule. Nous en plaisantons tandis que nous apportons nos cafés au lit et que je le laisse passer ses doigts dans mes cheveux, la tête posée sur sa poitrine, comme nous le faisons toujours à la maison.

Après ça, Ethan retrouve sa belle humeur : il m'annonce d'un ton conciliant qu'il va m'accompagner à la réunion du comité du Premier Mai, bien qu'elle soit programmée à huit heures du matin (pourquoi, Betsy ?). Ce qui ne m'empêche pas de l'autoriser à passer son tour (« si tu as besoin de travailler… »).

Lors de notre arrivée à la mairie, toutes les têtes se tournent vers nous. Ethan, quelque peu surpris, marmonne « Punaise » avant de plaquer sur ses lèvres son plus beau sourire de commercial tout en se mêlant aux autres.

– Bonjour, je suis Ethan Coleman, dit-il à Betsy.

Il lui parle d'une voix forte et en articulant, comme si elle était sourde. Je frémis en la voyant lever un sourcil hautain. Ethan fait de même avec toutes les personnes âgées présentes – même Pénélope tressaille un peu, et pourtant elle doit avoir l'habitude des gens qui crient, vu qu'elle vit avec Roland. Merde. J'aurais dû briefer Ethan avant de venir.

Jackson arrive en dernier, comme à son habitude – pas assez en retard pour être en retard, mais toujours le dernier et toujours accueilli par le chœur adorateur de toutes les personnes âgées de la salle. Il regarde Ethan qui le remarque à son tour et se lève en lui tendant la main.

– Ethan Coleman.

– Jackson.

Ethan baisse la voix en souriant :

– Ça fait du bien de voir quelqu'un de moins de cent ans.

Jackson le dévisage.

– Ce sont tous des gens très bien.

– Oh, bien sûr ! Bien sûr. Simplement, je ne m'attendais pas à voir autant de mamies. Je m'étais imaginé une réunion de paysans et de mineurs, vous savez, très cordiaux avec l'accent du Yorkshire : « Hé, salut mon gars, ça va ? »

Je frémis. Ethan grimace d'un air de demeuré lorsqu'il imite l'accent du Yorkshire. Je ne suis pas sûre qu'il s'en soit rendu compte, mais Jackson, lui, l'a remarqué.

– Excusez-moi, dit-il, vous êtes ?

– Ethan Coleman, répète Ethan, puis, devant l'expression vide de Jackson, il se redresse un peu. Le copain de Leena.

Jackson me jette un regard.

– Ah. Vous êtes venu lui rendre visite, alors.

– Je serais venu plus tôt, mais j'ai du mal à m'absenter de Londres, explique Ethan. On compte sur moi là-bas, il y a des millions en jeu, ce genre de chose, quoi.

Le tout dit sans la moindre ironie. Je rougis, me lève et pose ma main sur son bras.

– Allez, Ethan, asseyons-nous.

– Rappelez-moi ce que vous faites dans la vie, Jackson ? dit Ethan en me repoussant.

– Je suis instituteur. Pas de millions en jeu. Juste des avenirs.

– Je ne sais pas comment vous faites. Je ne pourrais pas passer mes journées avec des gamins sans avoir le cerveau complètement anesthésié.

Nous sommes au milieu de la salle, maintenant, et tous les membres du comité organisateur du Premier Mai se sont assis. Ils nous regardent, absolument fascinés, comme s'ils assistaient à une pièce de théâtre. Je tire sur le bras d'Ethan. À nouveau, il se dégage en me lançant un regard mauvais.

– Tu veux bien t'asseoir, s'il te plaît ? dis-je d'un ton sec.

Les yeux d'Ethan s'étrécissent.

– Quoi ? Jackson et moi sommes en train de faire connaissance.

– Tu as raison, Leena, on devrait commencer la réunion, dit Jackson en se dirigeant vers son siège.

Ce n'est que lorsqu'il prend place qu'Ethan accepte de s'asseoir sur sa chaise. Je regarde le bout de mes pieds, le cœur cognant de honte.

– Allez ! lance Betsy avec un plaisir évident. Bien ! Tout ça est très excitant ! Hem. Parlons des feux de joie, Leena, tu es prête ?

Profonde respiration.

– Absolument, dis-je en tirant mon stylo et mon carnet de mon sac.

Je tente de me ressaisir. Ethan n'était pas mal intentionné ; c'est juste qu'il devient un peu macho et monte sur ses grands chevaux quand il pense croiser un autre mâle alpha. Tout le monde comprendra quand il se sera calmé. Avec son charme, il est capable de tous se les mettre dans la poche, une autre fois. Tout va bien. Il n'y a pas mort d'homme.

– Attends, tu prends le *procès-verbal de la réunion* ? me demande Ethan.

Mes joues s'embrasent à nouveau.

– Oui. C'est ma grand-mère qui m'a conseillé de prendre des notes.

Ethan éclate alors de rire, un rire bien trop bruyant pour passer inaperçu.

– C'était quand, la dernière fois que tu as pris le procès-verbal d'une réunion, Leena Cotton ?

– Il y a quelque temps, dis-je à voix basse.

Je sens le regard de Jackson braqué sur nous.

Betsy se racle la gorge.

– Désolée ! dis-je. Les feux de joie. Je suis prête, Betsy.

Ignorant les regards d'Ethan, je continue à prendre des notes. Sa présence modifie complètement l'ambiance de la réunion : je vois les choses de son point de vue, comme quand quelqu'un regarde avec vous votre émission de télé préférée et que tout d'un coup, vous vous rendez compte que toute la production est absolument pourrie. Je vois que Jackson observe Ethan, lui aussi, de son regard calme et indéchiffrable.

Je tente de me concentrer sur la réunion. Betsy explique « aux nouveaux arrivants » (à Ethan, donc) que le Premier Mai est une kermesse traditionnellement gaélique qui se tient à Hamleigh depuis des générations. Je trouve qu'elle insiste beaucoup sur l'aspect mythologique de l'événement pour quelque chose qui n'est rien d'autre qu'une fête de village typiquement britannique, et dont le point d'orgue est un arbre de mai, c'est-à-dire un arbre enrubanné.

De façon sidérante, il ne se décide pas grand-chose pendant la réunion, sauf que j'écope de la corvée de trouver le roi et la reine de Mai pour le défilé, ce qui ne va pas être facile puisque les seules personnes que je connaisse à Hamleigh sont présentes dans la salle et qu'elles ne m'aiment pas. Mais je ne veux pas dire non à Betsy, aussi va-t-il falloir que je trouve une solution.

Je rassemble mes affaires et me lève dès la fin de la réunion.

– Leena ? m'appelle Ethan alors que je me dirige vers la porte en évitant Piotr qui tente d'empêcher Pénélope de soulever toute seule Roland de son siège. Leena, attends !

Je siffle :

– Mais qu'est-ce qui t'a pris de te conduire comme ça ?

Nous sortons. Dehors, il pleut, une pluie drue et oblique qui se glisse aussitôt sous votre col.

Ethan pousse un juron. Il déteste avoir les cheveux mouillés.

– Bon sang, quel bled ! gémit-il en levant les yeux au ciel.

– Tu sais, il pleut aussi à Londres.

– Pourquoi es-tu aussi furax contre moi ? me demande-t-il en pressant le pas pour rester à ma hauteur. C'est ce que j'ai dit sur les gens du Nord ? Allez, Leena, je croyais que ce Jackson était le genre de mec à piger la plaisanterie. Et qu'est-ce que ça peut te faire, de toute façon ? Tu n'arrêtes pas de me dire que tout le monde se rallie à lui plutôt qu'à toi et qu'il t'a fait honte à propos de ce chien…

– Non, c'est moi qui meurs de honte à propos de son chien. Jackson est un mec très bien et il ne m'en tient pas du tout rigueur. C'est toi qui as été… odieux, un vrai con. Moi, je me donne beaucoup de mal pour faire bonne impression sur ces gens et…

– Oh là…

Ethan me tire par le bras pour me forcer à m'arrêter sous l'abribus.

– Quoi ? Moi, je suis odieux, un vrai con, c'est ça ?

– Je voulais dire que…

– Tu es censée être de mon côté, mon ange, non ? Pourquoi tu accordes autant d'importance à ce que ces gens-là pensent de toi ?

Mes épaules s'affaissent.

– En fait, je n'en sais rien.

Qu'est-ce qui m'arrive ? D'abord, j'engueule ma mère, et maintenant Ethan. Il faut que je me ressaisisse.

Je lui prends les mains.

– Je te demande pardon. Je suis un peu folle depuis ces derniers jours… et même ces dernières semaines.

Ethan soupire, puis se penche pour m'embrasser sur le nez.

– Allez. Rentrons prendre un bain chaud, d'accord ?

Ethan doit rentrer très vite à Londres, presque au retour de la réunion, ce qui n'est sans doute pas plus mal : je suis censée passer la journée à aider Jackson à rénover la classe de CP – c'est ma punition pour avoir laissé s'échapper Hank. J'avais espéré qu'Ethan viendrait nous donner un coup de main, mais maintenant, je n'ai plus aucune envie de participer à une autre rencontre Jackson/Ethan, du moins pas avant qu'Ethan ait eu le temps de se calmer et de comprendre qu'il doit des excuses à Jackson.

Le pick-up de Jackson se gare sur le parking au moment où je sors d'Agatha, la Ford Ka, légèrement en nage après m'être fait rôtir par le chauffage.

Comme je n'avais pas emporté assez de vieux vêtements dans mes valises, je porte un slim noir et une polaire que j'ai empruntée à mamie. Je suppose qu'elle convient pour faire du bricolage puisqu'elle a déjà une énorme tache de peinture violette au niveau d'un sein. (Intéressant, vu qu'il n'y a rien de peint en violet chez mamie.) Jackson, lui, porte un jean usé jusqu'à la trame et une chemise à carreaux. Il m'adresse un bref sourire, pose les pinceaux et les pots de peinture, et entreprend d'ouvrir les portes.

– Salut. Qu'est-ce que tu préfères, passer le rouleau ou les travaux plus minutieux ? me demande-t-il.

– Euh… les travaux plus minutieux.

Je suis un peu prise de court. Je m'attendais à un accueil plus froid après la scène de ce matin.

Jackson emporte les pots dans la salle de classe. C'est étrange de voir une école sans enfants courant dans tous les sens – on se rend compte tout à coup de la fragilité de tout le petit mobilier, des mini chaises en plastique jusqu'aux étagères de couleurs vives à moitié garnies de livres de poche élimés.

– Jackson. Je suis vraiment désolée pour Ethan, ce matin… Il a été…

Jackson s'organise, étalant calmement tout ce dont il a besoin pour peindre ; il s'interrompt un instant. Ses yeux sont très bleus dans le soleil de fin de matinée qui entre à flots par la fenêtre de la classe et il est propre et rasé, aujourd'hui : les quelques poils châtain clair ont disparu de sa mâchoire.

– Il essayait de faire de l'humour, dis-je. En temps normal, il n'est pas du tout comme ça.

Jackson se sert d'un tournevis éclaboussé de peinture pour faire levier sur le couvercle d'un pot.

– Moi aussi, je suis désolé. J'aurais pu être plus… accueillant.

J'incline la tête sur le côté : ce n'est pas faux. Je me détends un peu et je m'empare d'un pinceau. Nous commençons par le mur du fond, côte à côte. Le front de Jackson est légèrement saupoudré de taches de rousseur et quand il passe devant moi pour allumer la lumière, je sens sur lui l'odeur du dehors, l'air frais et une touche de terre, comme la senteur de la pluie.

– Je ne t'ai pas dit merci pour avoir distrait Samantha pendant que je l'avais pour Pâques, finit-il par dire. Elle n'a pas arrêté de parler de toi, après.

Je souris.

– C'est vraiment une gentille petite fille.

– Elle est déjà trop intelligente pour moi, réplique Jackson en grimaçant. Elle me pose davantage de questions que toute ma classe réunie. Et elle n'arrête pas de *réfléchir*... un peu comme toi, en fait.

Je m'interromps, surprise. Il me jette un coup d'œil.

– Ce n'est pas une mauvaise chose, précise-t-il. C'est juste l'impression que j'ai.

– Non, tu as raison. Sauf que je dirais plutôt que je m'inquiète plus que je ne réfléchis. Du coup, j'espère que Samantha n'est pas comme moi, dans son intérêt à elle. Mon cerveau ne sait pas débrancher. Je parie que je peux échafauder vingt scénarios catastrophes quand tu peux à peine en élaborer un.

– Je n'ai jamais été fan des scénarios catastrophes, répond Jackson.

Il s'accroupit pour tremper son rouleau dans l'espèce de plateau qu'il appelle un camion ; ses poignets sont à présent tout éclaboussés de peinture, ça lui fait de nouvelles taches de rousseur, plus vives que les autres.

– Quand ces scénarios se produisent en vrai, on les affronte, poursuit-il. Et en général, c'est toujours celui auquel tu n'avais pas pensé qui te tombe dessus, alors à quoi bon s'en faire ?

Bon Dieu, qu'est-ce que je ne donnerais pas pour avoir cette mentalité ! La *simplicité* du truc.

– Je veux juste m'assurer que je fais ce qu'il faut, dis-je. Je me fais du souci pour... je ne sais pas. Tu connais ces livres pour enfants qui te laissent choisir la suite de l'aventure et qui te mènent vers une page différente selon ce que tu as décidé de faire ?

Jackson hoche la tête.

– Je connais ce genre de bouquin.

– Bon, eh bien, j'essaie toujours d'avoir un coup d'avance pour pouvoir choisir la meilleure solution.

– La meilleure pour quoi ?

Je réfléchis.

– Qu'est-ce que tu veux dire ?

– La meilleure solution pour toi ?

– Non, non, juste... la meilleure. La meilleure chose à faire.

– Hum... Intéressant.

Je change de sujet, histoire de quitter ce terrain glissant.

– Je peux te demander qui étaient le roi et la reine de Mai, l'année dernière ? Je dois trouver des candidats et je pense qu'il vaut mieux m'en référer à toi.

Jackson laisse passer un long silence.

– C'était Marigold et moi, dit-il enfin.

J'en lâche mon pinceau.

– Merde !

À l'aide d'un chiffon humide, je tamponne le sol en linoléum – juste à temps pour éviter le désastre.

– C'est bon ? me demande Jackson en reportant son regard sur le mur.

– Oui, ça va. Désolée… Marigold et toi ? Ton ex ?

Je m'aperçois un peu tard que je ne suis pas censée être au courant pour Marigold – ce n'est pas Jackson qui m'en a parlé. Mais il n'a pas l'air surpris. Je suppose qu'en vivant à Hamleigh, il a l'habitude que les potins fassent le tour du village.

– Elle aimait bien tenir ce rôle quand on était ensemble.

Sa main actionne le rouleau avec application, sans trembler, mais un muscle se contracte au niveau de sa mâchoire.

– Elle est revenue pour ça.

– Avec Samantha ?

Le rouleau s'interrompt brièvement.

– Oui.

– Est-ce qu'elles viendront cette année ?

– Je l'espère. J'ai de la chance. Marigold a quelques jours de tournage à Londres, du coup elle restera au Royaume-Uni pendant plusieurs semaines.

– C'est génial. Je suis ravie pour toi. (Je me mords l'intérieur de la joue.) Quand j'ai parlé de ma colocataire Martha, l'autre soir, dis-je timidement, je ne voulais pas dire… Je sais qu'il y a des tas de façons d'être un bon parent. C'est clair. Je regrette de t'avoir fait de la peine.

J'attends qu'il ait rempli le camion à peinture, inclinant ensuite le pot en arrière sans faire une seule coulure dessus.

– Marigold n'arrête pas de me seriner qu'elles vont rentrer et s'installer à Londres, me dit-il en se raclant la gorge. Mais ça fait plus d'un an maintenant. Et ses visites se font de plus en plus rares.

– Je suis navrée.

– Pas grave. Ce n'était pas dit méchamment. Tu es juste un peu… un peu directe dans ta façon de balancer les choses.

– Mmm… On me complimente souvent pour ma façon d'être « sans détour » au boulot.

– Ah oui ? fait-il d'une voix plus légère. Moi, on me dit que je suis « doué en gestion de crise ». C'est un code pour dire « trop nonchalant ».

– Alors que « sans détour », c'est ce qu'on dit maintenant qu'on ne peut plus traiter les femmes d'autoritaires.

– Ça m'étonnerait que quelqu'un ose te traiter d'autoritaire, réplique Jackson. À part Betsy.

Je pousse un reniflement de dédain.

– Je suis sûre que Betsy a dit bien pire que ça sur moi.

– Il faut juste que tu leur laisses le temps de s'habituer à toi. (Il me lance un regard ironique.) Tu t'attendais à quoi ? Tu as débarqué à Hamleigh avec tes chaussures de ville et tes grandes idées, comme un grand businessman de New York dans une bourgade américaine, dans un film de Noël…

– Je n'ai pas débarqué ! Et je porte les chaussures de ma grand-mère depuis mon arrivée ici. Toi, en revanche, monsieur le Rat des Champs, avec ton chien diabolique et ton gros pick-up, tu as fait fuir mon copain…

– J'ai fait fuir ton copain ?

– Non, je rigole.

Je n'aurais jamais dû dire ça – Ethan serait furieux.

– Je veux juste dire que tu peux être très intimidant toi aussi, tu sais. Tout le village est pendu à tes lèvres. Tu es irrésistiblement sympa.

Le sourire de Jackson s'élargit.

– Irrésistiblement ?

– Je veux dire, incroyablement. Pas irrésistiblement.

Il continue de sourire sans toutefois relever mon lapsus. Nous changeons de place pour que je puisse faire les bords de son côté du mur.

– Écoute, dit-il au bout d'un moment, ton thème pour le Premier Mai. Il était mieux que le mien.

– Oh, non ! dis-je avant de me reprendre. Enfin, si, c'est vrai.

– Je m'en veux un peu de la façon dont se sont passées les choses. J'ai un peu, tu sais… je n'ai pas hésité à mettre ma fille dans la balance.

– Tu as aussi organisé une session de cocktails tropicaux sans moi. Et tu m'as déguisée en lapin de Pâques et tu m'as fait sautiller partout comme une idiote.

Jackson éclate de rire.

– Je ne cherchais pas à te faire passer pour une idiote. Je pensais que ça te plairait de participer à une tradition importante de Hamleigh.

– Et tu voulais aussi te venger de moi parce que j'avais réussi à rallier le docteur Piotr à mon thème médiéval. Même si ça n'a pas duré très longtemps.

Le regard de Jackson se fait fuyant. Je m'exclame :

– J'ai raison ! Je le savais !

J'essaie de lui donner un coup de pinceau qu'il esquive habilement avec un grand sourire.

– Je n'en suis pas fier, avoue-t-il en évitant à nouveau mon pinceau. Oh !

Cette fois, je l'ai eu sur le bras, une grosse traînée vert pâle. Il brandit le rouleau vers moi. Je hausse un sourcil et me dresse sur la pointe des pieds.

– Essaie un peu pour voir !

Mais il est beaucoup plus vif que ce que je croyais. Il m'atteint en plein sur le nez. Je pousse un glapissement indigné.

– Je ne pensais pas que tu oserais me toucher au *visage* !

Jackson hausse les épaules, toujours le sourire aux lèvres.

– C'était donc l'attaque parfaite.

Je m'essuie le nez avec le bas de ma polaire. Je vois ses yeux se détourner de la peau dénudée de mon ventre. Je me racle la gorge. Tout ça devient un peu bête ; je me retourne vers le mur pour me calmer.

– Donc, reprend Jackson, je voulais te demander si tu serais d'accord pour fusionner les deux thèmes.

Je me retourne vers lui, les yeux écarquillés.

– Médiéval tropical ? C'est absolument absurde. Qu'est-ce qu'on va faire ? De la fauconnerie avec des perroquets ? Des joutes de bananes ?

Il prend l'air songeur.

– Non ! dis-je. C'est ridicule !

– Très bien. Et pourquoi pas un thème médiéval, mais avec des cocktails ?

Je frémis. Rhaa. C'est totalement anachronique ! C'est du grand n'importe quoi !

Jackson semble amusé.

– Ce n'est qu'une fête de village, après tout – qu'est-ce que ça fait si ça n'est pas parfait ? Et c'est la seule façon de rallier Basil à ta cause. Il se trouve qu'il adore le daïquiri à la mangue. En plus, on a déjà réservé le barman.

– Très bien. Mais tu dois te présenter devant tout le comité et déclarer que tu soutiens à fond mon projet parce que mon thème est bien meilleur que le tien, dis-je en brandissant un doigt menaçant.

– Sauf qu'il n'inclut pas de bar à cocktails.

Je grogne. Jackson sourit, creusant ses joues de fossettes.

– Marché conclu, dit-il en me tendant la main.

Je la lui serre, sentant la peinture humide entre nos doigts.

– Pour ton info, dis-je, tu vas devoir être le roi de Mai et je veillerai à ce que ton costume soit totalement ridicule. Ce sera ma revanche pour les oreilles de lapin.

Il pousse une exclamation de dépit.

– Ah, sois sympa, je t'ai fait une fleur en te donnant le rôle du lapin de Pâques. C'est une tradition chez les Cotton, me dit-il tandis que nous nous attaquons au mur suivant.

Je fronce le nez.

– Ne me dis pas que mamie porte ce déguisement.

– Ta grand-mère, non. Mais ta mère l'a fait… et même Carla, une fois.

– Carla ? Sérieusement ? Je ne l'ai jamais su.

– Quand elle avait… dix-sept ans, peut-être ?

– Raconte, dis-je, oubliant la peinture.

Soudain je suis avide de détails, d'informations sur ma sœur, comme si elle était toujours de ce monde, toujours là pour me surprendre.

– C'était ta grand-mère qui l'avait embringuée là-dedans, je pense. Tu devais être en fac, à l'époque. Moi, je faisais ma formation d'enseignant et j'étais là pour les vacances ; j'étais tombé sur elle alors qu'elle était en train de cacher les œufs. Elle m'a fusillé du regard. « Si tu en parles à qui que ce soit, je dirai à tout le monde que tu clopes derrière le lotissement. »

Je ris, aux anges. Son imitation de Carla est parfaite. Il me sourit, ses yeux bleus étincelant dans le soleil.

– Elle s'était ensuite lancée dans toute une explication, comme quoi c'était une appropriation chrétienne d'un rituel païen ou je ne sais quoi, tu sais comment était Carla pour toutes ces choses. Et à ce moment-là arrive Ursula – elle devait avoir environ six ans à l'époque – et là, Carla se met à sautiller, avec sa queue de lapin qui tressautait sur ses fesses. Elle voulait que la petite croie qu'elle était le lapin de Pâques. Elle voulait préserver la magie. Un peu comme ce que tu as fait pour Samantha.

Je pousse un profond soupir, mon pinceau en l'air. Quand quelqu'un disparaît, on oublie facilement que cette personne avait aussi des côtés qu'elle ne montrait qu'aux autres, des aspects qu'on ignorait d'elle.

Au cours de ces dernières semaines, j'ai plus parlé de ma sœur que durant toute l'année dernière. À Hamleigh, les gens mentionnent Carla sans ciller ; chez moi, mes amis butent sur son prénom, me regardent en coin de peur de commettre un impair. Jusqu'ici, j'ai toujours apprécié la façon dont Ethan détourne les gens du sujet quand nous sommes invités à une soirée : il dit qu'il sait que parler de Carla va me faire de la peine.

Et c'est vrai, ça fait mal, mais pas comme j'aurais cru. Plus je parle d'elle et plus j'ai envie d'en parler, comme si des brèches se formaient dans la digue de mon cerveau, comme si l'eau s'infiltrait. Et plus le flot s'intensifie, plus la digue risque de se rompre.

20

EILEEN

La nuit est longue, comme toute nuit passée dans une salle d'attente d'hôpital. Ça me rappelle la naissance de Marian, celle de Leena, et celle de Carla. Mais surtout, je me souviens du jour où Carla a été admise pour la première fois à l'hôpital. La prudence avec laquelle le médecin a émis son diagnostic : « Je crains que les nouvelles ne soient pas bonnes. » La panique terrible, sans fond, sur le visage de Marian, ses mains agrippées à mon bras comme si elle allait tomber. Et Leena, comme à son habitude, serrant les dents et posant toutes les questions à notre place. « Quelles sont nos options ? Parlons des prochaines étapes. Avec tout le respect que je vous dois, docteur, j'aimerais avoir un second avis sur ce scanner. »

À environ une heure du matin, Fitz semble soudain se souvenir que je suis une vieille dame et que j'ai peut-être besoin de rentrer dormir à l'appartement, mais je ne me sens pas de laisser Martha. Du coup, je dors par terre, sous les pulls et les blousons de Rupert et de Fitz. Ça faisait très longtemps que je n'avais pas dormi par terre : j'ai mal partout. C'est comme si quelqu'un m'avait écartelée pour ensuite remettre tous mes membres plus ou moins en place. La tête m'élance.

Fitz vient me chercher vers midi. Je somnole encore, mais au moins je suis passée du sol à une chaise. Il a l'air hagard, mais heureux.

– Le bébé est né ! C'est une fille !

Je veux me lever trop vite et porte une main à ma tête, prise d'un vertige.

– Ça va, madame C. ? me demande Fitz en m'aidant à me lever.

– Très bien. Ne t'occupe pas de moi. Tu as réussi à joindre Yaz ?

Fitz sourit.

– Je lui ai tenu le téléphone pour qu'elle voie Martha et le bébé. Elle est dans l'avion du retour.

Bien. Pas assez bien pour moi, mais c'est comme ça. J'ai l'impression que cette Yaz est une fille qui a toujours tenté le diable avec succès – ça lui fera peut-être du bien de s'apercevoir qu'on ne peut pas toujours s'en tirer impunément.

Nous empruntons un couloir et je prends soudain une profonde inspiration, ma main cherchant le soutien du mur. Il y a une jeune femme dans un lit. Ses cheveux sont bouclés et son visage est marqué par l'épuisement.

– Madame C. ? dit Fitz. Martha est juste là.

Je me détourne, prise de nausées. Cet endroit ne me fait pas du bien.

– Ses parents sont là ? dis-je d'une voix tremblante.

– Oui, fait Fitz, l'air hésitant. Son père est avec elle.

– Dans ce cas, elle n'a pas besoin de moi. Je ferais mieux de rentrer.

Fitz me regarde comme s'il songeait à m'accompagner, pourtant je suis soulagée qu'il ne me le propose pas. Mais il n'y a pas moyen de trouver la sortie dans cet endroit tentaculaire ! Enfin, quand je réussis à retrouver l'extérieur, je prends une goulée d'air sec et pollué.

J'appelle Leena. Ma main tremble tellement que j'ai du mal à trouver son numéro sur son fichu téléphone, mais c'est important. Je vais y arriver. Il le faut… ce maudit engin… est-ce qu'il… là, ça sonne, enfin.

– Salut, mamie !

Son ton est plus léger que d'habitude, presque enjoué. Hier soir, j'étais en colère contre elle, mais là, je suis trop épuisée. Et puis il s'est passé tant de choses depuis, que je n'ai pas la force de me disputer avec elle. De toute façon, c'est la traditionnelle solution britannique à tout désaccord familial : si vous faites comme si de rien n'était, vous finirez par oublier votre rancœur.

– Bonjour, ma chérie. Je t'appelais juste pour te dire que Martha a accouché. C'est une petite fille. La mère et l'enfant se portent bien et les parents de Martha sont là.

– Oh, non ! (Elle laisse passer une seconde.) Enfin, je veux dire, zut ! j'ai loupé la naissance ! Ce n'était pas prévu avant des semaines ! Je vais appeler Martha ! Je devrais même venir lui rendre visite ! Je vais regarder les horaires de train.

Je l'entends pianoter sur l'ordinateur. Puis au bout d'un moment :

– Tu vas bien, mamie ?

– Juste un peu secouée d'être revenue dans un hôpital. Ça m'a fait penser à notre Carla. C'est idiot, vraiment.

– Oh, mamie…

Sa voix s'adoucit, et elle cesse de pianoter.

Je ferme les yeux un instant avant de les rouvrir aussitôt car sinon je perds l'équilibre.

– Je crois que je ferais mieux de rentrer chez moi. Je deviens folle, ici.

– Ah, non ! Tu ne t'amuses pas à Londres ?

Je trébuche ; j'avais commencé à marcher, à me diriger vers les taxis garés devant l'hôpital, mais tenir le téléphone à mon oreille me déséquilibre. Ma main libre cherche le mur et mon cœur bat à tout rompre. J'ai horreur de me sentir tomber.

– Ça va, mamie ?

– Oui, ma chérie. Bien sûr. Tout va bien.

– Tu as l'air un peu troublée. Va te reposer, on en reparlera demain. Peut-être même de vive voix si je viens voir Martha à Londres.

Leena revient à Londres. Oui. Les choses retournent à la normale, comme il se doit. Je suis contente. Enfin, je crois que je suis contente. Je suis si fatiguée que j'ai du mal à le savoir.

De retour à l'appartement, je dors quelques heures et me réveille dans un état affreux : groggy et nauséeuse, comme si je couvais la grippe. J'ai un texto de Bee sur mon téléphone, elle m'invite à manger. *Je ne pense pas en être capable*, dis-je avant de me rendormir sans même avoir pu lui expliquer pourquoi.

Environ une heure après, on frappe à la porte. Je me tire péniblement du lit. Dès que je suis debout, ma tête se met à cogner. Je serre les dents, la main plaquée sur mon front. Je me sens terriblement vieille. Je ne pense pas m'être débarrassée de l'impression que j'ai eue en sortant de l'hôpital.

C'est Bee à la porte, un grand sac en papier dans les bras – de la nourriture, à l'odeur. Je la dévisage, désorientée.

– Eileen ? Ça va ? me demande-t-elle avec inquiétude.

– J'ai une sale tête ? dis-je en m'arrangeant les cheveux du mieux que je peux sans miroir à disposition.

– Vous êtes pâle, répond Bee en me prenant le bras. Depuis quand vous n'avez pas bu ou mangé quelque chose ?

Je tâche de me souvenir.

– Oh là là…

– Asseyez-vous, ordonne Bee en me désignant la chaise que m'a apportée Martha quand je lui ai dit que je n'arrivais pas à m'asseoir sur ces ridicules tabourets de bar pour prendre les repas. J'ai de la nourriture bien réconfortante pour vous. Des saucisses et de la purée avec de la sauce.

– Des saucisses et de la purée à emporter ? dis-je, fixant avec stupéfaction les boîtes en plastique fumantes qu'elle se met à sortir du sac en papier.

Elle sourit.

– Les joies de Deliveroo, explique-t-elle en posant un grand verre d'eau devant moi. Tenez, buvez ça. Mais pas trop vite, peut-être. Jaime vomit toujours si elle boit trop vite quand elle est patraque. Leena m'a envoyé un texto pour me dire que Martha avait accouché. Elle a deviné que vous vous étiez occupée d'elle et pas de vous. Et maintenant, vous vous sentez un peu flagada ?

Je hoche la tête, penaude. J'ai été stupide de dormir par terre, d'oublier de me nourrir correctement. J'ai soixante-dix-neuf ans, pas vingt-neuf, et je ferais mieux de m'en souvenir.

– On va vous remettre d'aplomb en un rien de temps, affirme Bee. Comment va Martha ? Des nouvelles de Yaz ?

– Martha est à l'hôpital et Yaz est sur le point d'arriver.

Je prends une gorgée d'eau. Je ne m'étais pas rendu compte à quel point j'avais soif : j'ai la gorge si desséchée qu'elle me fait mal.

– Elle semble avoir trouvé un appartement qui plaît à Martha, finalement – pas pour l'acheter, mais pour le louer. Elles auront les clés aujourd'hui, dis-je.

Bee lève les yeux au ciel tout en nous prenant des assiettes dans le placard.

– Alors ça, ce n'est vraiment pas pratique ! On n'emménage pas le jour où on ramène son bébé à la maison.

– Je sais, dis-je sèchement. Mais Martha ne veut rien entendre. Oh, au fait ! dis-je en me redressant. Et ton rendez-vous avec l'homme de la bibliothèque ?

Bee se met à rire.

– Un demi-verre d'eau et revoilà Eileen Cotton !

Elle pousse une assiette de saucisse et de purée fumantes devant moi.

– Mangez ça et je vous raconterai tout.

Je prends une fourchetée de purée, je mastique, et je la regarde, pleine d'attente. Bee lève les yeux au ciel avec un air de tendre exaspération, l'expression qu'elle n'affiche que lorsqu'elle parle de Jaime.

– Le rendez-vous s'est très bien passé, dit-elle en empoignant sa fourchette. Il est intelligent, drôle et... ce n'est pas du tout mon genre. Dans le bon sens du terme, ajoute-t-elle avant que j'aie pu répliquer. Mais dès que j'ai mentionné Jaime, il m'a fait toute une histoire, comme quoi il ne s'entendait vraiment pas bien avec les enfants. (Elle hausse les épaules.) Je pense qu'on peut garder sur ma liste « doit être sympa avec les enfants ».

Quelle déception ! Mais ça ne fait rien. Il y avait fort peu de chances que ça marche du premier coup.

– Tu devrais essayer de chercher dans un bar à vins, un bel endroit, bien cher. Voilà mon conseil.

Bee me regarde avec perspicacité.

– La semaine dernière, vous m'y auriez emmenée vous-même. Vous songez à rentrer dans le Yorkshire, pas vrai ?

– C'est Leena qui t'en a parlé, hein ?

– Elle se faisait du souci pour vous.

– Je n'ai pas encore pris ma décision.

Je pose ma fourchette et prends de profondes inspirations. Manger n'arrange pas mon état, même si je suis sûre qu'au bout du compte, ça me fera du bien.

– Et Leena ne doit pas se faire de souci pour moi.

– Ah, parce que vous, vous ne vous inquiétez pas pour elle ? s'enquiert Bee d'un air faussement étonné.

– Bien sûr que si. C'est ma petite-fille.

Bee mastique longuement, l'air sérieuse.

– Je peux vous parler de quelque chose qui m'inquiète, justement ? À propos de Leena ?

Je déglutis.

– Bien sûr.

– Je crois que Céci manigance dans son dos.

– Céci ?

Je réfléchis. Céci, c'est la fille qui a envoyé le texto sur le téléphone de Leena pour lui dire que son projet « montait en puissance ».

– Je l'ai vue prendre un café avec Ethan, à Borough Market. Il est consultant, elle est assistante – elle ne fait sans doute qu'élargir son réseau, poursuit Bee en me servant un autre verre d'eau. Mais quand même. J'aimerais savoir si Ethan en a parlé à Leena.

– Je ne pense pas...

Bee vide son verre.

– Je ne sais pas quoi en penser. Mais… Vous, Eileen, vous avez confiance en Ethan ?

– Absolument pas, dis-je en reposant mon verre un peu trop brutalement ; de l'eau se répand sur le comptoir. Pourquoi cet homme a-t-il *trois* téléphones ? Et que fait-il vraiment pendant ses week-ends de pêche ? Comment se fait-il que ses chaussures soient toujours aussi brillantes ?

Bee me regarde d'un drôle d'air.

– C'est parce qu'il paie quelqu'un pour les lui cirer, Eileen. Mais sur tous les autres points, je suis d'accord avec vous. Alors, oui, c'est vrai qu'il a été présent pour Leena au décès de Carla. Eh bien, qu'on lui décerne une médaille ! Mais depuis, il ne fait plus grand-chose… de mon point de vue, on dirait qu'il ne fait plus aucun effort. C'est un moment très important pour Leena, et il manque à l'appel. Alors que quand c'est lui qui a une urgence au boulot, qui est là pour tout arranger et l'aider avec ses diaporamas ?

Je fronce les sourcils.

– Leena, c'est ça ?

– Tout le temps ! L'autre jour, il a suggéré une idée brillante pour apaiser un client difficile et il s'est attiré les félicitations de tout le monde. Ce n'est qu'après la réunion que je me suis souvenue d'où j'avais entendu cette idée auparavant : c'était Leena qui me l'avait proposée quand on bossait sur le projet Upgo. C'était son idée à elle, pas la sienne, mais il n'a pas eu un mot pour lui en laisser le mérite. (Elle soupire.) Ça ne veut pas dire que c'est le genre d'homme à la tromper, cela dit. C'est peut-être même le contraire. C'est vrai, il la tient pour acquise, mais il doit bien voir que sa vie serait moins confortable sans elle.

Pour ce que j'en sais, les hommes ne réfléchissent pas de cette façon.

– Hum, dis-je, m'efforçant d'ingurgiter une autre bouchée alors que mes nausées diminuent un peu.

– Je n'en sais rien, reprend Bee. C'est juste… d'avoir vu Ethan dans ce café, en train de regarder Céci dans les yeux…

– Ils se regardaient les yeux dans les yeux ?

– Carrément !

– Qu'est-ce qu'on fait ? dis-je en me massant la nuque qui commence à me faire mal. Tu peux lui tendre un guet-apens ?

– Vous, vous avez regardé trop de séries policières avec Martha, dit Bee en me lançant un regard amusé. Je ne vais tendre de guet-apens à personne, merci bien.

– Ma foi, ce n'est quand même pas moi qui peux le faire, si ? Allez… Lance-toi.

Bee se met à rire.

– Pas de guet-apens j'ai dit ! Je vais me contenter de… garder l'œil ouvert.

Si seulement je pouvais rester ici et faire de même… Jamais il ne me soupçonnerait si c'était moi qui menais l'enquête. On ne soupçonne jamais la vieille dame.

Bee s'exclame joyeusement :

– Ah, c'est bien ! Vous devez commencer à vous sentir mieux. Vous avez retrouvé votre mine de conspiratrice.

21

LEENA

Le lendemain matin, alors que je suis fin prête pour partir à Londres, c'est Yaz qui me répond sur le téléphone de Martha. Et qui m'explique – avec ménagements – qu'elles ont besoin de quelques semaines pour se retrouver avant d'éventuelles visites.

– Elle a même refusé que son père vienne s'installer chez nous quelque temps, me dit Yaz d'un ton d'excuse. Désolée, Leena.

J'entends Martha qui lui lance « Passe-moi le téléphone ! »

– Coucou ! dis-je.

J'ai mis le téléphone sur haut-parleur pendant que je rangeais la cuisine de mamie, mais je le reprends en main. J'ai besoin d'entendre la voix de Martha au plus près de mon visage – c'est ce qui se rapproche le plus de l'étreinte que je ne peux pas lui donner.

– Oh, ma chérie, comment vas-tu ? Et ta petite Vanessa ?

– Elle est parfaite. Je sais que c'est un cliché de dire ça, mais je le pense vraiment, Leena, me dit Martha très sérieusement. Quoique pour l'allaitement… je voyais ça comme le portrait d'une Madone à l'Enfant, mais ça n'a rien à voir. Ça fait mal ! Elle me… *mâche*.

Je fais la grimace.

– Mais la sage-femme m'a dit qu'elle viendrait m'aider à trouver la bonne position pour l'allaiter et qu'on s'en sortira en un rien de temps, pas vrai, mon joli petit bébé ?

Je suppose qu'elle s'adresse à Vanessa, pas à moi.

– Et Yaz nous a trouvé un splendide appartement à Clapham ! C'est fou, non ? Mais ce n'est pas ce que je voulais te dire, ma chérie, ce que je voulais te dire, c'est que… Oh, je suis désolée de ne pas pouvoir te recevoir tout de suite. Je t'adore, mais... je viens de retrouver Yaz et...

– Ne t'en fais pas. Je comprends tout à fait. Vous avez besoin de rester seules avec Vanessa.

– Voilà. Merci, mon chou. Mais ce n'est pas non plus ce que je voulais te dire. Qu'est-ce que je voulais lui dire, Yaz ?

Bon sang, on dirait Martha après cinq verres de vin et une nuit blanche. Est-ce que c'est ça, le *baby brain* dont tout le monde parle ? Je souris car elle est « audiblement » heureuse, en pleine effervescence. C'est si bon de les entendre à nouveau toutes les deux, Yaz et elle. J'ai toujours adoré Yaz : quand elle est là, Martha s'épanouit, comme une de ces fleurs qu'on voit déployer leurs pétales en accéléré dans les documentaires. Il faut juste que Yaz soit un peu plus présente.

– Tu voulais lui dire d'empêcher sa grand-mère de rentrer chez elle, lui rappelle Yaz.

– Ah oui ! Leena. Ta grand-mère ne peut pas rentrer déjà. Ça lui fait tellement de bien d'être à Londres. Ça fait un mois que je la vois tous les jours et franchement, elle est transformée : épanouie. Elle sourit dix fois plus qu'avant. La semaine dernière, quand je suis rentrée à l'appartement, Fitz et elle dansaient sur *Good Vibrations*.

Je porte la main à mon cœur. L'image de mamie et de Fitz en train de danser ensemble est presque aussi adorable que la photo de la petite Vanessa que vient de m'envoyer Yaz.

– Tu sais qu'elle sort avec un acteur, maintenant ? poursuit Martha. Et qu'elle nous a fait transformer le bas de l'immeuble en espace communautaire ?

– Sérieusement ? L'endroit avec les canapés dépareillés et couverts de taches ? Et cet acteur, c'est Tod ? Elle ne me dit pas un mot sur sa vie sentimentale, c'est rageant !

– Tu es sa petite-fille, Leena. Elle ne va pas te tenir au courant de sa vie sexuelle.

– Sexuelle ? dis-je en portant la main à ma bouche. Oh, mon Dieu, c'est trop bizarre !

Martha se met à rire.

– Elle s'éclate comme une folle ici, et elle travaille à un nouveau projet : fonder un club pour les personnes âgées de Shoreditch.

– Parce qu'il y a des personnes âgées à Shoreditch ?

– Hein ! Qui l'eût cru ? Bref, elle commence à peine à faire décoller son projet et tout ça l'enthousiasme. Tu dois la laisser aller au bout de ce qu'elle a commencé.

Je pense à Basil, qui se moquait des projets de mamie qui n'aboutissaient jamais à rien, et soudain, je me sens terriblement fière de ma grand-mère. Ce projet m'a l'air formidable. J'aime l'idée que mamie n'ait pas renoncé à changer le monde, même après des décennies passées à se faire rabaisser par des hommes comme Basil et papy Wade.

– C'est de parler à ta mère qui l'a convaincue qu'elle devait rentrer chez elle, dit Martha. Une histoire de dispute, apparemment ?

– Ah.

– Dis à Eileen que tu vas tout arranger avec ta mère et je te parie qu'elle restera à Londres. Et ça te ferait du bien à toi aussi, mon chou. De parler à ta mère, je veux dire.

Je reprends mon torchon et je me mets à récurer la cuisinière de toutes mes forces.

– La dernière fois qu'on s'est parlé, ça s'est terminé par une engueulade monumentale. (Je me mords la lèvre.) Je m'en veux terriblement, d'ailleurs.

– Eh bien, tu n'as qu'à le lui dire, me conseille gentiment Martha.

– En sa présence, tous les sentiments, tous les souvenirs de l'agonie de Carla me reviennent. J'ai l'impression de passer sous un rouleau compresseur.

– Dis-le lui aussi. Allez. Il faut que vous recommenciez à vous parler, toutes les deux.

– Ça fait des mois que mamie veut que j'exprime mon ressenti à maman…

– Et depuis quand ta grand-mère n'a pas raison sur tout ? On est tous tombés raides dingues d'Eileen, tu sais, y compris Fitz. Je pourrais porter un bracelet qui dirait : « Que ferait Eileen Cotton à ma place ? »

Après le coup de téléphone de Martha, je pars faire une longue promenade en suivant l'itinéraire que je prends parfois pour aller courir. Je remarque beaucoup plus de choses en marchant : la palette des verts, tous différents, qui anime la campagne ; la beauté de ces murets, leurs pierres sèches imbriquées comme les pièces d'un puzzle. Je remarque aussi que la tête d'un mouton au repos a une expression vaguement accusatrice.

Finalement, après dix kilomètres passés à gamberger de façon déplaisante, je m'assieds sur une souche d'arbre près d'un ruisseau et j'appelle ma mère. Le décor est des plus idylliques, c'est une condition nécessaire pour ce qui s'annonce comme une conversation ardue.

– Leena ?

– Bonjour, maman.

Je ferme les yeux, rattrapée par mes émotions. Mais c'est un peu plus facile cette fois que je m'y suis préparée – je les maîtrise mieux.

– Mamie veut revenir à Hamleigh.

– Leena, je suis vraiment désolée, s'empresse de dire maman. Je ne lui ai jamais demandé de… vraiment pas. Hier soir, je lui ai envoyé un texto pour lui expliquer qu'elle devait rester à Londres, je te jure. Je l'ai appelée dans un moment de faiblesse et c'est elle qui a décidé…

– C'est bon, maman. Je ne suis pas fâchée.

Silence.

– Enfin si. Je suis fâchée.

J'expédie sans bruit un caillou dans le ruisseau du bout de ma basket.

– Mais j'imagine que tu le sais.

– On aurait dû parler de tout ça beaucoup plus tôt Leena, et dans de meilleures conditions. Je pensais qu'avec le temps, tu finirais par comprendre, mais… Je n'ai fait que soutenir Carla dans son choix. Tu sais, si elle avait voulu tenter une autre opération ou une autre série de chimio, n'importe quoi d'autre, je l'aurais soutenue de la même manière. Mais elle n'en voulait pas, ma chérie.

Mes yeux commencent à brûler, signe annonciateur des larmes. En fait, je sais que ce qu'elle me dit est vrai. C'est juste que…

– Parfois, il est plus facile d'être en colère que d'être triste, me dit-elle.

C'est exactement la pensée que j'étais en train d'essayer de formuler dans mon esprit – ça ressemble tellement à maman de savoir tout ça.

– Et, poursuit-elle, il est plus facile de m'en vouloir à moi qu'à Carla, j'imagine.

– Eh bien, dis-je d'une voix larmoyante. Comme Carla est morte, je ne peux pas m'en prendre à elle.

– Vraiment ? me dit maman. Moi, ça m'arrive.

Cet aveu m'arrache un faible rire.

– Je crois que ta sœur serait un peu vexée de savoir que tu refuses de l'engueuler, juste parce qu'elle n'est plus là, continue maman avec douceur. Tu sais à quel point elle tenait à ce qu'on traite tout le monde de la même façon.

Je ris à nouveau. Je regarde une brindille prise derrière un rocher, oscillant dans le courant du ruisseau, et je repense au jeu auquel je jouais avec Carla et mamie quand j'étais petite. On faisait la course du bâton qui filait le plus vite et j'étais toujours furieuse quand le mien restait coincé en arrière.

– Je suis désolée d'avoir appelé ta grand-mère, me dit maman avec douceur. J'ai juste eu un coup de mou. Parfois, je me sens très… seule.

Je déglutis.

– Tu n'es pas seule, maman.

– Écoute, je vais rappeler mamie, dit-elle au bout de quelques secondes. Je lui dirai de rester à Londres. Je lui dirai que je veux que tu restes ici et que je n'en démordrai pas.

– Merci.

– Tu sais, c'est vrai : je veux que tu restes, plus que tout au monde. Ça n'était pas pour qu'elle revienne que je l'ai appelée. C'était juste parce que j'avais besoin… besoin de ma mère.

Je regarde l'eau bouillonner.

– Oui. Oui, je peux comprendre ça.

22

EILEEN

Je dois dire qu'à force de travailler avec Fitz sur le club des Aînés de Shoreditch, je le vois sous un tout autre jour. Son nouveau job – concierge dans un hôtel de luxe – lui impose des horaires particuliers, mais chaque fois qu'il rentre, il vient ici peindre quelque chose ou je le retrouve penché sur son ordinateur portable en train de se renseigner sur la façon de monter une association caritative. Il s'occupe de tout le côté administratif : il a même fabriqué des affiches pour le club, avec un petit logo. C'est magnifique. Je le tarabuste depuis des semaines pour qu'il montre plus de dynamisme dans ses ambitions professionnelles, mais, pour être franche, je suis un peu surprise par toutes les qualités que je découvre en lui.

– Et voilà ! s'exclame-t-il en se reculant du mur où il vient d'accrocher une grande photo.

– Magnifique ! dis-je. La touche finale qui manquait !

L'affiche est un agrandissement en noir et blanc de l'immeuble dans les années 1950, du temps où c'était encore une imprimerie. Il y a une foule de gens rassemblée sur le devant, en train de parler et de fumer, le col relevé pour se protéger du vent. C'est pour rappeler que cet endroit n'est pas qu'un assemblage d'appartements individuels, c'est aussi un immeuble, avec une histoire qui lui est propre.

Je souris en regardant l'espace que nous avons créé. C'est beau. Il y a un splendide canapé rouge face aux superbes fenêtres, une longue table de salle à manger poussée contre le fond et des tas de petites tables avec des chaises dépareillées de façon charmante, prêtes à accueillir les parties de dominos et de rami.

Je suis si heureuse d'être ici pour voir le résultat de nos efforts. Et plus encore que ce soit Marian qui m'ait demandé de ne pas rentrer prématurément. Quand je l'ai entendue me dire à quel point elle avait besoin de passer ce temps-là avec Leena, en tête en tête… c'est comme si on m'avait ôté un poids de la poitrine.

Mon téléphone se met à sonner. Fitz le récupère sur un côté du canapé. *Appel de Betsy.* Oh, zut! je voulais l'appeler. Jusqu'ici, je lui téléphone une fois par semaine – mais là, avec tous les travaux de rénovation, ça m'est sorti de l'esprit.

– Betsy, quelle coïncidence, j'allais justement t'appeler! dis-je en faisant la grimace.

– Bonjour, ma chère Eileen.

Je fronce les sourcils. Je connais suffisamment les fausses intonations joyeuses de Betsy pour savoir qu'elle est dans un mauvais jour. Je m'en veux encore plus d'avoir oublié de prendre de ses nouvelles.

– Tu vas bien? dis-je prudemment.

– Oh, je tiens le coup! Je t'appelle parce que mon petit-fils est à Londres, aujourd'hui!

– Oh, c'est formidable!

Le petit-fils de Betsy est un inventeur qui rêve toujours de concevoir des engins ridicules et inutiles, mais c'est le seul membre de sa famille qui reste régulièrement en contact avec sa grand-mère, ce qui le place très haut dans mon estime. Si Betsy sait où il est et ce qu'il fait, c'est qu'il l'a appelée récemment – un bon point pour lui.

J'hésite:

– Et c'est lui qui a inventé le… le…

Oh, qu'est-ce qui m'a pris de me lancer dans cette phrase?

Betsy me laisse me débattre.

– Le portionneur à houmous, dit-elle avec dignité. Oui. Comme il est à Londres pour un entretien, je me suis dit: oh là là, quelle merveilleuse coïncidence, notre Eileen qui est là-bas elle aussi! Vous devez manger ensemble à midi.

Je pince les lèvres. J'ai l'impression que Betsy a oublié que Londres s'étend sur plus de mille cinq cents kilomètres carrés et compte plus de huit millions d'habitants. Mais ce fait ne la démonte pas une seconde. Elle enchaîne:

– Je lui ai déjà dit de t'appeler pour te fixer un rendez-vous. J'ai pensé que tu devais te sentir bien seule, là-bas, et que ça te ferait plaisir d'avoir quelqu'un à qui parler.

Je n'ai pas le cœur de lui dire que je suis loin d'être seule. Bien sûr, je l'étais au début, mais maintenant, j'ai à peine un moment à moi, entre Tod, le club des Aînés de Shoreditch, mes causettes avec Letitia…

– Et tu sais, lui aussi fait du *dating*, me confie Betsy. Il pourrait t'aider.

Je laisse passer quelques secondes.

– Il fait du *dating* ?

– Oui ! C'est comme ça qu'il dit, en tout cas. Il fait des rencontres avec ces drôles de trucs sur son téléphone mobile. Il pourrait peut-être te montrer comment faire.

– Oui, dis-je en réfléchissant, oui, ça serait formidable. Rappelle-moi un peu, Betsy… comment est-il, ton petit-fils ? Ses antécédents sentimentaux ? Ses rêves et ses espoirs ? Ses opinions politiques ? Il est grand ?

– Oh, ma foi…

Betsy semble prise de court, mais la grand-mère en elle reprend vite le dessus et elle ne peut résister à l'occasion de s'étendre sur son petit-fils. Elle me parle de lui vingt-cinq minutes non-stop. Il est parfait. Tout à fait le type d'intelligence que je recherche. Mieux encore : il paraît très prometteur.

– Quel garçon charmant ! C'est merveilleux, Betsy, dis-je quand elle s'arrête enfin pour reprendre son souffle. Et il va m'appeler, tu dis ?

– Il est en train de le faire !

J'entends un bruit assourdi derrière elle.

– Il faut que je te laisse, dit-elle d'un ton crispé. À bientôt, Eileen ! Essaie de ne pas trop tarder à me rappeler, d'accord ?

– Sans faute. Prends soin de toi.

À peine ai-je raccroché que j'ouvre WhatsApp. Je manie bien mieux ce téléphone grâce aux leçons de Fitz ; il me regarde naviguer sur l'écran avec approbation. J'ai un message d'une personne que je ne connais pas. Fitz se penche pour me montrer comment l'accepter dans mes contacts.

Bonjour madame Cotton, je suis le petit-fils de Betsy. Je pense qu'elle vous a parlé de mon invitation à déjeuner ! Que diriez-vous du Nopi, demain à treize heures ? Cordialement, Mike.

Je sélectionne Bee avant de répondre à ce message.

Coucou, Bee. Serais-tu libre à déjeuner, demain ? Au Nopi, à treize heures quinze ? Bises, Eileen.

Mike n'est pas seulement très grand, il est aussi très beau, bien qu'il ait le nez de Betsy – mais ce n'est pas sa faute. Lunettes à épaisse monture, cheveux bruns ondulés… Il arbore un costume gris comme s'il sortait d'un entretien terriblement important. Je tente de ne pas trop m'enthousiasmer alors que nous prenons place à une table idéale : assez grande pour accueillir un troisième convive en se serrant et avec vue sur la rue afin que je puisse repérer Bee quand elle… Bingo ! La voilà. Magnifique.

Elle s'approche de notre table, intriguée.

– Eileen ?

Elle regarde Mike. Et comprend. Ses yeux se plissent.

– Bee ! dis-je avant qu'elle ait pu commencer à protester. Oh, Mike, j'espère que ça ne te dérange pas, j'étais censée déjeuner avec mon amie Bee aujourd'hui, du coup, je l'ai invitée à se joindre à nous.

Mike prend la situation avec le calme d'un homme habitué aux surprises.

– Bonjour, je m'appelle Mike, dit-il en tendant la main à Bee.

– Bee, dit cette dernière de son ton le plus sec, le plus monotone, le plus rebutant.

Je m'exclame :

– Eh bien ! N'est-ce pas charmant ? Mike, si tu commençais par parler à Bee de tes études ?

Mike semble perplexe.

– Laissez-moi d'abord aller demander une autre chaise, dit-il en se levant galamment pour offrir la sienne à Bee.

– Merci…

Dès qu'elle est assise, elle siffle entre ses dents :

– Eileen ! Vous n'avez aucune honte ! Vous avez *piégé* ce pauvre homme ! Vous l'avez invité à une *blind-date* sans le lui dire !

– Oh, sottises, ça lui est égal, dis-je en étudiant le menu.

– Ah oui ? Et qu'est-ce que vous en savez ?

Je lève les yeux.

– Il est en train de se recoiffer devant le miroir du bar. Il veut te faire bonne impression.

Bee pivote sur sa chaise, incline la tête sur le côté.

– C'est vrai qu'il a un beau cul, dit-elle à contrecœur.

– Bee !

– Quoi ? Vous vouliez qu'il me plaise, non ? Et jusqu'ici je n'ai pas grand-chose d'autre à me mettre sous la dent ! Oh, merci Mike, dit-elle alors qu'il revient avec une chaise et un serveur. Désolée de m'être imposée.

– Mais pas du tout, dit-il avec gentillesse avant de s'adresser au serveur. Pardon pour le dérangement, vous êtes très aimable.

Je murmure à l'adresse de Bee :

– Poli avec les serveurs. Très bon signe.

Mike semble amusé.

– Eileen, c'est vous qui avez l'avantage sur Bee et sur moi – vous êtes la seule à cette table qui sait qui est qui. Donc. Si vous nous disiez pourquoi vous avez décidé de jouer les entremetteuses, aujourd'hui ?

Je laisse passer quelques secondes, un peu surprise.

– Oh, euh... eh bien...

Je saisis l'expression malicieuse et amusée de Bee. Elle lance à Mike un regard appréciateur. Je les regarde tous les deux en plissant les yeux.

– J'ai passé une grande partie de ces dernières années à me taire sur différents sujets. Mais ces temps-ci, je me suis rendu compte qu'il valait mieux mettre son grain de sel chaque fois que c'était possible, pour ainsi dire. Du coup, vous n'arriverez pas à me faire rougir pour avoir joué les entremetteuses. Comme le dit Bee : je n'ai aucune honte.

D'un geste, je fais taire Mike qui s'apprêtait à parler.

– Non, non, laisse-moi aller jusqu'au bout. Bee est une brillante consultante en management qui souhaite se mettre à son compte d'un jour à l'autre. Mike tu viens de monter ta boîte qui fabrique des... portionneurs à houmous. (Je leur fais signe à tous les deux.) Allez-y, discutez !

Je rentre à l'appartement, aux anges. J'ai présidé au rendez-vous entre Bee et Mike et le repas a été un franc succès. Enfin, ils ont passé la plupart du temps à rire – parfois à mes dépens, certes, mais c'est sans importance. J'ai toujours eu peur qu'on se moque de moi, mais quand on s'expose volontairement et qu'on pratique l'autodérision, ça peut être tout à fait amusant.

Je m'installe au comptoir avec l'ordinateur de Leena. Trois messages m'attendent sur mon site de rencontres.

Todoffstage écrit: Ce soir, chez moi. Les dessous en dentelle noire. J'insiste sur ce point.

Je rougis. Diable. En temps normal, je n'aime pas qu'on me donne des ordres, mais quand c'est Tod, ça ne me dérange pas du tout. Je me racle la gorge et entreprends de lui répondre.

EileenCotton79 écrit: Ma foi, si tu insistes...

Pfiou. Ah, ce message-là devrait me rendre mon calme : il est d'Arnold. Je pensais pourtant lui avoir dit d'aller se faire voir et d'arrêter de venir sur mon profil !

Arnold1234 écrit: J'ai vu ça et ça m'a fait penser à toi...

Je clique sur le lien sous son message. Une vidéo s'affiche. C'est un chat en train de dévorer un gros massif de pensées.

À ma grande surprise, j'éclate de rire.

EileenCotton79 écrit: Ça ne prouve rien, Arnold Macintyre !

Arnold1234 écrit: Il y a des tas de vidéos du même genre sur Internet. Ça fait des heures que j'en visionne.

EileenCotton79 écrit: Tu as vu celle avec le piano ?

Arnold1234 écrit: Géniale, non ?

J'éclate de rire.

EileenCotton79 écrit: Je croyais que tu n'aimais pas les chats.

Arnold1234 écrit: Je ne les aime pas. Mais quoi que tu puisses penser Eileen, je ne suis pas un monstre et seul un monstre pourrait ne pas être amusé par un chat qui joue du piano.

EileenCotton79 écrit: Je ne te prends pas pour un monstre. Simplement pour un vieux grincheux.

Les points de suspension durent une éternité. Arnold tape très lentement. En attendant, je retourne voir sa page de profil. Il y a toujours aussi peu de détails dessus, mais il a ajouté une photo où on le voit souriant dans le soleil avec un chapeau de paille qui couvre sa calvitie. Je souris. Il se ressemble vraiment sur cette photo et je me sens un peu coupable d'avoir choisi pour mon profil une photo qui me rajeunit de dix ans, prise dans une lumière très flatteuse.

Arnold1234 écrit: Je ne suis pas *tout le temps* grincheux, tu sais.

EileenCotton79 écrit: Seulement en ma présence, alors...

Arnold1234 écrit: C'est TOI qui es insupportable.

EileenCotton79 écrit: Qui, moi ?

Arnold1234 écrit: Et tu peux parfois être un peu mesquine.

EileenCotton79 écrit: Mesquine ! Quand ??

Arnold1234 écrit: Quand tu t'es aperçue que ma remise empiétait un peu sur ta propriété et que tu m'as fait reconstruire ce foutu bazar de l'autre côté du jardin.

Je fais la grimace. C'est vrai que j'ai fait ça, je dois l'avouer. Arnold était hors de lui, c'était vraiment très drôle.

EileenCotton79 écrit: Les règles sur le bornage doivent être respectées, Arnold. Sinon, comme se plaît à dire mon nouvel ami Fitz... qu'est-ce qui nous différencie des animaux ?

Arnold1234 écrit: Un nouvel ami, hein ?

EileenCotton79 écrit: Oui...

Arnold1234 écrit: un nouvel AMI, hein ?

Je me mets à rire en comprenant enfin l'allusion.

EileenCotton79 écrit: Fitz ? Il habite avec Leena ! Il a l'âge d'être mon petit-fils !

Arnold1234 écrit: Tant mieux.

Arnold1234 écrit: Je veux dire tant mieux que tu sois devenue amie avec son colocataire. À quoi ressemble leur appartement, alors ?

Un peu tard, je me souviens qu'un autre message m'attend. De Howard, celui-là.

OldCountryBoy écrit: Bonjour, ma très chère Eileen ! Je viens de finir *La Souricière*, comme vous m'aviez dit que c'était l'une de vos pièces préférées, et je dois dire que moi aussi je l'ai beaucoup aimée. Quelle fin !

Une chaleur se propage dans ma poitrine. Je me remets à pianoter. Howard est toujours si attentionné. C'est rare de trouver un homme qui préfère écouter plutôt que parler de lui. Nous avons discuté de toutes sortes de choses sur ce site – je lui ai parlé de ma famille, de mes amis, et même de Wade. Il a été adorable et m'a affirmé que Wade était un idiot de m'avoir laissée partir, ce à quoi j'acquiesce de tout cœur, je dois dire.

Un nouveau message d'Arnold s'affiche, mais je clique aussitôt pour diminuer la taille de la fenêtre.

23

LEENA

Je sors à peine de la douche quand la sonnette retentit ; j'enfile un jean et une vieille chemise bleue de mamie en toute hâte. C'est sans doute Arnold – il passe prendre une tasse de thé de temps en temps, maintenant, et, après que j'ai beaucoup insisté, il s'est mis à sonner à la porte au lieu de frapper à la fenêtre de la cuisine. Les cheveux dégoulinants dans mon dos, je fonce dans l'entrée en boutonnant ma chemise.

Mais à la porte, ce n'est pas Arnold. C'est Hank. Ou plutôt c'est Jackson et Hank, mais Hank exige mon attention le premier, se dressant sur ses pattes arrière sur toute la longueur de sa laisse dans l'espoir fou de m'atteindre.

– Salut, dis-je, tandis que Jackson force Hank à s'asseoir. (Je m'empresse de finir de boutonner ma chemise.) Ça, c'est une surprise !

– Tu veux venir te promener avec nous ? me demande Jackson en rougissant légèrement. C'est une offre de paix, au cas où tu te poserais la question. De la part de Hank, je précise.

– Je… oui ! Oui, bien sûr. Merci, Hank.

J'effectue une drôle de révérence devant le chien, puis j'essaie d'enchaîner comme si de rien n'était.

– Laisse-moi juste…

Je désigne ma tête, puis, comprenant que ça ne suffit peut-être pas :

– Il faut d'abord que je m'arrange.

Jackson regarde mes cheveux.

– Ah, d'accord. On attendra.

– Entrez, dis-je en les précédant. La bouilloire est encore chaude si tu veux te faire un thé ou un café. Oh, et Hank ? Il veut boire ? Il y a des bols en plastique sous l'évier.

– Merci.

Me sécher les cheveux me prend d'habitude une bonne demi-heure. Mais là, il est clair que je n'ai pas le temps. Devant le miroir du salon de mamie, Wallace/Gromit sinuant entre mes chevilles, je me fais à la place le chignon que je porte pour aller travailler – même si, bon sang, c'est très désagréable pour le cuir chevelu. Je me coiffe vraiment comme ça tous les jours, moi ? C'est comme si quelqu'un me tirait les cheveux en permanence. Tant pis, il faudra faire avec.

Je lance :

– Est-ce que j'ai laissé mon téléphone par là ?

Je me suis faite au poids du solide Nokia de mamie dans la poche arrière de mon jean ; je me demande s'il me faudra longtemps pour me réhabituer à mon iPhone quand je serai revenue à Londres.

Je baisse la tête pour terminer d'attacher mon chignon et quand je relève les yeux, Jackson est là, son reflet inversé dans le miroir, son nez tordu de l'autre côté.

Je me tourne vers lui ; il me sourit en me tendant le téléphone de mamie.

– Tu t'y fais, à ce vieux machin, finalement, n'est-ce…

Un bruit s'élève. Quelque chose à mi-chemin entre un miaulement et le beuglement d'une vache en train de vêler. Wallace/Gromit file comme une flèche, puis, tel un éclair noir, Hank saute entre nous, le museau tendu, le chat en ligne de mire. Percuté de plein fouet par un chiot atomique sur son tibia gauche, Jackson perd l'équilibre, le téléphone jaillit de sa main et…

Ouf. Jackson me tombe dans les bras ou plutôt il me serait tombé dans les bras s'il ne pesait pas deux fois plus lourd que moi. C'est comme se trouver du mauvais côté de l'arbre que l'on abat. L'arrière de ma tête heurte le miroir froid, mon talon cogne la plinthe et Jackson, ayant reçu tout son poids sur son bras droit, me plaque contre le mur, sa boucle de ceinture me rentrant dans l'estomac.

L'espace d'une seconde, nous sommes corps à corps, collés l'un contre l'autre. Mon visage est contre son torse, tourné sur le côté, j'entends son cœur cogner à mon oreille. Ses bras m'entourent et il s'écarte, sa poitrine frôlant mes seins. Je prends une brève inspiration sous l'effet de la sensation. Mes joues s'embrasent ; j'aurais dû mettre un soutien-gorge sous cette chemise.

Sans me quitter des yeux, il s'écarte du mur et reste là, les bras en appui de chaque côté de ma tête. Ses iris sont animés de paillettes plus sombres et il a des taches de rousseur juste sous les yeux, si pâles qu'on ne peut les voir que de très près. Je me surprends à songer aux muscles saillants de ses bras, à la façon dont son tee-shirt se tend sur ses larges épaules, à l'effet que ça me ferait de...

Hank se met à lécher mon pied nu. Je pousse un petit cri et l'immobilité entre Jackson et moi se transforme en une frénésie de gestes maladroits : il s'écarte du mur en toute hâte tandis que je passe sur le côté et que je m'empresse de ramasser le téléphone de mamie. Wallace/Gromit semble s'en être tiré indemne ; Hank remue autour de moi, la langue pendante, comme si j'avais le pouvoir de produire un autre chat pour qu'il s'amuse encore à le pourchasser.

– Ça va ? dis-je à Jackson en tripotant nerveusement le téléphone.

J'ai laissé passer un long moment avant d'oser croiser à nouveau son regard. Il a le teint légèrement pâle, les yeux fixés sur un point derrière moi.

– Oui, oui, répond-il d'une voix étranglée. Désolé.

– Pas de souci ! Pas de souci !

Je m'exclame trop. Arrête de t'exclamer, Leena !

– Bon, on y va ?

– Oui, dit-il. Bonne idée.

Nous sortons de la maison et nous nous engageons dans Middling Lane. Nous marchons tous les deux très vite. Trop vite pour parler confortablement. Parfait. Du silence, c'est exactement ce que je recherche.

La promenade semble apaiser les tensions entre nous. Hank se régale – il trotte aux côtés de Jackson en remuant la queue. Je prends une profonde goulée d'air frais et printanier des Dales qui s'étendent devant nous. Je sens la douceur d'une fleur qui s'épanouit dans les haies, j'entends le bruissement de petits oiseaux qui volettent de branche en branche au-dessus de nous. La beauté de la nature. Oui. Concentre-toi sur la beauté de la nature, Leena, pas sur le corps large et musclé de Jackson se frottant à tes seins.

Jackson me désigne Hank du menton.

– Tu te sens prête à le prendre ?

Je me racle la gorge.

– Oui ! Bien sûr !

– Tiens.

De sa poche arrière, il sort une friandise pour chien. Hank la sent immédiatement – il lève le museau et nous regarde.

– Essaie de lui dire « au pied ».

– Hank, au pied, dis-je.

Hank ralentit et se met à marcher calmement en me regardant avec l'expression d'adoration que je croyais réservée à Jackson. En fait, le seul critère qui compte pour lui, c'est la friandise au poulet. Cette révélation me met en joie.

– Hé, regarde ça ! dis-je en me tournant vers Jackson.

Il me rend mon sourire, avec fossettes en prime, puis son regard se détourne.

Nous continuons à marcher ; seul le bruit de nos pas trouble le gazouillis des oiseaux. Hank marche sagement au pied, mais je serre la laisse de toutes mes forces, au cas où. Jackson nous fait revenir par un itinéraire que je ne connaissais pas. Prenant par l'est, il nous fait traverser de magnifiques étendues boisées, denses et fraîches, jusqu'à ce que Hamleigh soit de nouveau en vue. De là, on voit le petit cul-de-sac où vit Betsy, cinq ou six maisons blanches, massives, leurs façades tournées vers nous, les fenêtres étincelant dans la lumière.

Jackson me coule un regard :

– Toi, tu recommences à gamberger, non ?

– Franchement, tu ne penses jamais, toi ? Genre, quand tu te promènes, tu ne penses à rien du tout ?

Jackson hausse les épaules.

– Si je n'ai rien à quoi penser, non.

Sidérant.

– Eh bien, moi, je pensais à Betsy, dis-je. Je me demande… je me fais un peu de souci pour elle.

– Hum… on s'en fait tous.

– Arnold m'en a parlé aussi, mais alors… pourquoi ne fait-on *rien* ? Tu crois que Cliff la maltraite ? Devrait-on l'aider à le quitter ? Lui proposer une chambre d'amis ? Faire *quelque chose* ?

Jackson secoue la tête.

– Le problème, c'est ce que veut Betsy. Et elle ne veut rien de tout ça.

– Ça fait des dizaines d'années qu'elle vit avec cet homme – s'il la maltraite, comment peux-tu dire qu'elle sait ce qu'elle veut ?

Jackson encaisse l'argument.

– Qu'est-ce que tu suggères ?

– J'ai bien envie d'aller la voir.

– Elle ne t'invitera jamais à entrer. Même Eileen ne va jamais chez Betsy.

– Pas possible !

Jackson opine du chef.

– Pour autant que je sache. Cliff n'aime pas les visites.

Je serre les dents.

– Bon. Très bien. Et si nous enrôlions Hank sur ce coup ?

– Betsy, je suis vraiment désolée, dis-je, mais je crois que Hank est dans ton jardin.

Besty cligne des yeux, ahurie, dans l'entrebâillement de la porte. Sa maison n'est pas du tout comme je l'aurais crue. Je l'imaginais très kitsch avec des roses partout et un perron impeccable, mais les gouttières pendouillent et les bords des fenêtres sont écaillés. La maison a l'air triste et mal aimée.

– Hank ? Le chien de Jackson ? Comment diable est-il entré dans notre jardin ?

Eh bien, c'est très simple : je l'ai pris dans mes bras, Jackson l'a poussé par-derrière, je l'ai lâché d'une certaine hauteur et il a atterri sans mal sur un gros buisson.

– Ça, je n'en sais rien, dis-je en écartant les bras d'un air d'impuissance. Ce chien se faufile partout.

Betsy regarde derrière elle. Dieu sait ce que Hank est en train de faire dans son jardin.

– Je vais aller le chercher, dit-elle en me claquant la porte au nez.

Merde. Je regarde derrière moi et siffle entre mes dents ; au bout d'un long moment, Jackson apparaît au bout de l'allée qui mène à la porte d'entrée.

Je murmure :

– Elle est partie le chercher !

Jackson agite la main.

– Elle ne pourra jamais l'attraper, dit-il d'un ton tranquille. Ne bouge pas d'ici.

Je retourne à la porte. Au bout de cinq minutes, la porte s'entrebâille à nouveau, laissant apparaître la tête de Betsy. Elle semble un peu plus échevelée que tout à l'heure.

– Tu vas devoir venir le récupérer toi-même, dit-elle à mi-voix.

Elle jette à nouveau un coup d'œil derrière elle. Elle a l'air plus âgée, plus voûtée, mais c'est peut-être dans le cadre de cette maison mal entretenue. Le tapis de l'entrée est taché et usé jusqu'à la trame ; l'abat-jour de travers jette d'étranges ombres obliques sur les murs beiges.

– Betsy ! crie une voix bourrue quelque part dans la maison.

Betsy fait un bond. Pas un bond à proprement parler, mais le genre de mouvement qu'on fait sous le coup de la surprise. Un sursaut.

– Un moment, chéri ! Un chien s'est introduit dans le jardin, mais je suis en train de m'en occuper ! Entre, me murmure-t-elle en me faisant passer sur la gauche, dans une petite cuisine sombre.

Une porte de communication mène au jardin : elle s'ouvre et je vois Hank en train de dévorer les parterres de fleurs. Je me sens un peu coupable. Le jardin est le seul endroit qui a l'air bien entretenu : les buissons sont soigneusement taillés et il y a des pots suspendus à chaque piquet de la clôture, débordant de pensées et de lierre vert pâle.

Je me retourne vers Betsy pour la dévisager avec sérieux.

– Comment allez-vous ?

Je n'avais jamais remarqué à quel point ses cheveux étaient clairsemés : on voit son cuir chevelu entre les mèches. Ses cernes sont tartinés d'un épais fond de teint pêche qui s'accumule dans les rides.

– Je vais bien, merci, répond-elle en refermant brusquement la porte de la cuisine derrière elle. Et maintenant, si tu voulais bien faire sortir ce chien de mon jardin ?

Je regarde à nouveau dehors et frémis : Hank est en train de creuser un trou en plein dans la pelouse. Il faut sans doute que je mette un terme au carnage.

– Hank ! Hank ! Viens ici !

Puis, suivant les instructions très strictes de Jackson, je froisse le sachet en plastique qui contient les friandises pour chien.

Hank relève brusquement la tête et s'immobilise, la patte en l'air. En une demi-seconde, il bondit vers moi. Betsy laisse échapper un faible cri, mais cette fois, je suis mieux préparée : j'attrape Hank avant qu'il ait pu changer d'avis et je fixe la laisse à son collier. Il continue à sauter partout, sans se démonter – une fois sa friandise obtenue, bien sûr – et je tourne sur moi-même pour éviter de me faire entortiller dans sa laisse.

Je vois plus ou moins bien ce que Jackson veut dire, maintenant : Betsy ne va pas bien, c'est sûr, mais comment le lui faire *admettre* ? Ce plan ne comptait peut-être pas parmi les meilleurs que j'ai élaborés. C'est très difficile d'avoir une conversation personnelle avec quelqu'un quand on essaie en même temps d'empêcher un labrador de vous lécher le visage.

– Et vous êtes sûre que tout va bien ? dis-je tandis que Hank dirige son attention vers la poubelle.

– Tout va très bien, Leena, merci, affirme Betsy.

– Betsy, qu'est-ce qui se passe, bon sang ? braille une voix bourrue.

Betsy se raidit. Son regard croise le mien, puis se détourne.

– Rien, mon chéri ! lance-t-elle très fort. J'arrive dans cinq minutes.

– Il y a quelqu'un ? Tu as laissé quelqu'un entrer ?

Puis au bout d'une seconde de silence, une question à voix basse, comme une menace :

– Tu n'as pas laissé entrer quelqu'un chez nous, hein, Betsy ?

– Non ! dit-elle en me regardant à nouveau. Il n'y a personne d'autre que moi, Cliff.

Mon cœur cogne dans ma poitrine. Tout à coup, j'ai froid.

À voix basse, je me lance.

– Betsy…

Je tire un bon coup sur la laisse de Hank et lui ordonne sévèrement de s'asseoir – Dieu merci, cette fois, il m'obéit.

– Betsy, votre mari ne devrait pas vous parler sur ce ton. Et vous devriez avoir le droit d'inviter des amis chez vous. C'est votre maison autant que la sienne.

Betsy me conduit alors dans le passage qui mène au jardin de derrière.

– Au revoir, Leena, me dit-elle à voix basse en ouvrant le portail.

– Betsy… s'il vous plaît, s'il y a quoi que ce soit que je puisse faire pour vous aider…

– Betsy… J'entends des voix, Betsy… fait la voix de Cliff depuis l'intérieur.

Même moi je tressaille, cette fois.

Betsy me regarde droit dans les yeux.

– Et c'est toi qui me demandes si j'ai besoin d'aide, siffle-t-elle. Commencez par mettre de l'ordre dans votre vie avant de vouloir vous occuper de la mienne, mademoiselle Cotton.

Elle fait un pas de côté. Hank tire sur sa laisse, les yeux rivés sur l'allée à travers le portail ouvert.

– Si vous changez d'avis, appelez-moi, Betsy.

– Tu ne comprends donc vraiment rien, hein ? Dehors !

Elle me désigne le portail de la tête comme si elle parlait au chien.

– Vous méritez mieux que ça. Et il n'est jamais trop tard pour avoir la vie qu'on mérite, Betsy.

Sur ce, je m'en vais. Le portail se referme doucement derrière moi.

Je me sens désarmée de pouvoir si peu pour Betsy. Le lendemain, je cherche les services locaux qui proposent du soutien aux femmes victimes d'un tyran domestique – je ne trouve pas grand-chose de spécifique aux personnes âgées, mais je pense qu'il y a là quelques ressources qui seraient quand même en mesure de l'aider. J'imprime les documents que je trimballe dans mon sac à dos chaque fois que je sors dans le village, au cas où je pourrais les lui faire passer. Mais au fil de la semaine, Betsy m'oppose toujours autant de froideur et dès que je tente de lui adresser la parole, elle me fait taire.

Il ne me reste plus beaucoup de temps à Hamleigh. Le 1er mai tombe le week-end prochain, puis je rentrerai à Londres et je reprendrai le travail une semaine après. Il y a un e-mail de Rebecca dans ma boîte de réception : elle veut discuter du projet sur lequel je vais bosser à mon retour au bureau. Je n'arrête pas d'ouvrir cet e-mail et de le regarder fixement : j'ai l'impression qu'il s'adresse à quelqu'un d'autre.

Pour le moment, je me concentre uniquement sur le Premier Mai. Les derniers éléments de la kermesse se mettent en place. J'ai trouvé un porc rôti, j'ai compris comment fixer cinq cents lampions aux arbres qui entourent le champ où se tiendra le principal feu de joie et j'ai personnellement transporté six sacs de paillettes vertes biodégradables jusqu'à la mairie, là où elles seront dispersées sur le parcours du défilé. (C'était ça, au final, les fameuses « paillettes » sur la liste de choses à faire que m'avait donnée Betsy. J'ai eu beau protester que les paillettes n'avaient rien de très médiéval, on m'a opposé fermement : « c'est la tradition ».)

Bref, je ne peux pas aider Betsy sans son consentement, mais je suis quand même capable de coordonner un projet à grande échelle.

Et il y a autre chose que je peux faire.

– Vous ne pouvez pas paraître encore plus frêle ? dis-je à Nicola qui rajuste son cardigan et époussette son épaule.

Elle me lance un regard noir qu'il faudra que je pense à imiter la prochaine fois que j'aurai envie d'étriper un de mes collaborateurs.

– C'est comme ça que je suis au naturel, réplique Nicola. Je croyais que vous alliez m'emmener faire du shopping à Leeds. Pourquoi il faudrait que j'aie l'air frêle ?

– Oui, tout à fait, le shopping. Mais d'abord, nous allons démarcher quelques entreprises.

– Quoi ?

– Ça prendra un rien de temps. Toutes nos réunions sont fixées pour durer vingt minutes *au maximum*.

Nicola me fusille du regard.

– Et pourquoi vous avez besoin de moi pour ça ?

– Je cherche un sponsor pour la kermesse du Premier Mai. Mais moi, vous savez, je fais très Londonienne et culture marketing, dis-je en me désignant d'un geste vague. Tandis que vous, vous êtes une adorable vieille dame qui obtiendra sans mal un vote de sympathie.

– Je ne suis même pas de Hamleigh ! Et adorable, mon cul ! Si vous croyez que je vais minauder devant un gros richard de juriste…

– Vous n'aurez rien à dire du tout, dis-je en la faisant monter dans la voiture. C'est peut-être plus sûr.

Nicola rouspète jusqu'à Leeds, mais dès que nous entrons dans la première salle de réunion, elle interprète son numéro attendrissant de vieille dame branlante avec une telle conviction que j'ai du mal à ne pas éclater de rire.

– C'est un événement si important pour notre pauvre petit village, chevrote-t-elle. J'attends toute l'année qu'arrive la kermesse du Premier Mai.

Ils acceptent tout. Port & Morgan Solicitors signent tout de suite ; les autres disent qu'ils vont y réfléchir.

Ça me fait du bien de revenir dans une salle de réunion, en fait. Et c'est surtout agréable d'en ressortir victorieuse et pas en hyperventilation. J'envoie un bref texto à Bee tandis que nous revenons à la voiture.

Tu as toujours la gnaque, me répond-elle. *Je retrouve MA Leena Cotton.*

Sur le trajet jusqu'à Knargill, Nicola caquette entre deux bouchées de l'énorme moka que je lui ai acheté pour la remercier.

– Je n'imaginais pas que c'était si facile de faire cracher ce genre d'hommes au bassinet ! Qu'est-ce qu'on pourrait encore leur demander, hein ? De sponsoriser le bibliobus ? Un minibus ?

Nicola tient peut-être là une idée. Mon esprit retourne vers le document toujours ouvert sur l'ordinateur de mamie : *B & L Boutique Consulting – Stratégie.* Pour la génération Y, la notion de responsabilité d'entreprise est plus importante que jamais : le business est désormais indissociable des activités caritatives, cela se place même au cœur du modèle économique de…

– Leena ? On est chez moi, me prévient Nicola.

J'écrase le frein.

– Oups ! Désolée ! J'étais perdue dans mes pensées.

Nicola m'observe d'un air suspicieux.

– Je sais pas pourquoi je vous laisse me conduire partout, marmonne-t-elle en détachant sa ceinture de sécurité.

Le lendemain matin, je passe chez Arnold et je frappe à la porte de la véranda. C'est là qu'il prend son café du matin vers dix heures, et de temps en temps, je me joins à lui. En toute franchise, c'est le café de sa machine à piston qui m'attire, mais pas que. Arnold est adorable. Il est comme le grand-père que je n'ai jamais eu. Je ne dis pas que je n'ai pas eu de grand-père, mais vous savez, papy Wade compte à peine.

Arnold est déjà là, devant une cafetière pleine. Elle est posée sur le dernier livre qu'il lit et je frémis en remarquant le large cercle marron qui s'étale sur la quatrième de couverture. Je déplace la cafetière et retourne le roman : C'est *Lord Peter et l'Inconnu* de Dorothy L. Sayers, l'un des préférés de ma grand-mère. Arnold semble s'être branché sur le tard sur les romans policiers. Son amour pour la lecture a été l'une des plus belles surprises de mon séjour à Hamleigh.

– Comment va ta mère ? me demande-t-il tandis que je me verse une tasse de café.

Je hoche la tête d'un air approbateur et il souffle, exaspéré.

– Tu veux bien arrêter de vouloir m'apprendre à faire la conversation ? Je n'étais pas si mauvais que ça avant ton arrivée ici. Je sais être poli.

S'il le dit.... Arnold n'en démord pas : sa décision de « se faire beau » (acheter de nouvelles chemises, aller chez le coiffeur) et de « faire plus » (se mettre au Pilates, aller au pub le vendredi) n'appartient qu'à lui et à lui seul, mais moi, je connais la vérité. Je suis son Âne et il est mon Shrek.

– Maman va bien, vraiment, dis-je en lui passant son mug. Ou, du moins, beaucoup mieux qu'il y a quelque temps.

Depuis notre coup de téléphone après notre dispute, maman et moi nous sommes vues à trois reprises : une fois pour le thé et deux fois à déjeuner. C'est étrange et intimidant, comme si nous reconstruisions quelque chose de précaire et de branlant. Nous parlons de Carla par intermittence, chacune craignant de trop s'approcher du sujet. J'en transpire d'anxiété. J'ai peur d'ouvrir une boîte que j'ai eu beaucoup de mal à garder fermée. Je veux l'ouvrir, pourtant, pour maman. Je n'avais peut-être pas bien compris ce que j'avais promis à mamie en lui disant que je serais présente pour ma mère, mais maintenant, c'est clair. Maman n'a pas besoin qu'on lui fasse ses courses, elle a juste besoin de sa famille.

Je pense qu'une partie de mon ressentiment envers ma mère vient du fait que j'ai l'impression qu'elle aurait dû s'occuper de moi, et non l'inverse. Mais maman ne pouvait pas être l'épaule sur laquelle je pouvais pleurer puisqu'elle-même était pliée en deux de chagrin. C'est ce qui est ennuyeux dans une tragédie familiale, je suppose. Votre plus solide réseau de soutien s'écroule en un instant.

J'explique tout ça à Arnold qui tord la bouche.

– Quoi ?

– Oh, rien, répond-il d'un air innocent en prenant un biscuit.

– Allez-y.

– Il me semble qu'aider ta mère t'a enfin forcée à parler de Carla. Ce qui était le but de Marian. Non ?

– Quoi ?

Je me renverse sur ma chaise et j'éclate de rire, à ma grande surprise.

– Oh, là là... Vous pensez que c'est pour moi que maman n'a pas arrêté de me parler de Carla ? Que ça n'était pas pour s'aider, elle ?

– Je suis sûr que tu l'aides aussi, répond Arnold la bouche pleine de biscuit. Mais tu serais bien naïve de croire qu'elle ne te manipule pas, cette Marian.

Moi qui faisais de maman mon ultime projet, je découvre qu'elle est en train de faire la même chose avec moi.

– S'apaiser les uns les autres, c'est peut-être le langage de l'amour chez les Cotton, hasarde Arnold.

Je le dévisage, bouche bée.

Il me sourit de toutes ses dents.

– J'ai emprunté un bouquin sur les relations à Kathleen, explique-t-il.

– Arnold ! Songeriez-vous à rencontrer quelqu'un ?

– Je l'ai peut-être déjà rencontrée, réplique-t-il en jouant des sourcils.

Mais j'ai beau le bousculer, le cajoler et le flatter, je n'obtiens aucun autre renseignement, ce qui me met en rage. Je suis bien obligée de renoncer pour le moment. Alors, pour le punir de sa discrétion, je m'empare du dernier petit sablé. Arnold s'insurge en me débitant un chapelet fleuri de vieilles insultes du Yorkshire qui me font tellement rire que je manque m'étouffer en repartant.

Par texto, maman m'invite chez elle le lendemain. C'est la première fois qu'elle me propose de venir dans sa maison et je me rends là-bas, plus tendue que jamais, serrant et desserrant les poings sous les manches de mon sweat à capuche.

Dès qu'elle ouvre la porte, je comprends qu'elle est allée un peu trop loin.

– Non. Non, non, non, dit-elle en m'attrapant comme je fais mine de m'enfuir. Entre, Leena.

– Je ne veux pas.

La porte du salon est ouverte. La pièce n'a pas changé depuis la mort de Carla – il n'y manque que le lit. Il y a même le fauteuil dans lequel je m'asseyais pour lui tenir la main et je crois encore le voir, ce lit, le fantôme de ce lit, ses draps invisibles, ses couvertures invisibles...

– En ce moment, j'essaie quelque chose de nouveau, m'annonce maman. Un podcast d'une professeure : elle dit que regarder des photographies est un formidable moyen d'aider le cerveau à traiter les souvenirs et j'ai pensé... j'ai eu envie de regarder quelques photos avec toi. Ici.

Maman me prend la main et me la serre très fort. Remarquant qu'elle a dans l'autre main l'une de ces vieilles pochettes de photos, j'ai un mouvement de recul tandis qu'elle me tire jusque sur le paillasson.

– Essaie juste d'entrer, ma chérie.

– C'est à peine si je peux regarder cette photo, dis-je en désignant le portrait de Carla posé sur la table de l'entrée. Alors en regarder tout un paquet, je pense que c'est au-dessus de mes forces.

– On s'y prendra tout doucement, dit maman. Petit à petit.

Elle se tourne vers le portrait de Carla pour son bal de fin d'année et incline la tête comme si elle le voyait pour la première fois.

– Cette photo, dit-elle.

Elle va vers la table, s'empare du cadre, puis me regarde.

– Tu veux qu'on la mette à la poubelle ?

– Quoi ? Non ! dis-je, les yeux écarquillés en tentant de lui prendre le cadre des mains.

Maman refuse de le lâcher.

– Carla l'aurait en horreur, elle aussi. Et puis ça fait si longtemps qu'elle est là que je ne la vois plus. Je ne suis même pas sûre de beaucoup l'aimer. Tu l'aimes, toi ?

J'hésite, avant de lâcher la photo.

– En fait, non. Je la déteste.

Maman me prend par le bras et me conduit jusqu'au fond de l'entrée. Alors que nous franchissons le seuil du salon, mes yeux survolent l'endroit où était le lit et mon estomac se décroche comme quand on franchit un pont dans un bolide.

– Il faut l'enlever, dit maman. Elle est horrible, cette photo. Ce n'est pas Carla.

Elle la laisse tomber dans la corbeille au coin du salon.

– Voilà. *Voilà.* Oh, ça fait un peu bizarre, dit-elle en portant soudain la main à son estomac.

Je me demande si ses émotions bouillonnent aussi à cet endroit-là, comme les miennes.

– C'est horrible de ma part ? me demande-t-elle.

– Non, dis-je, en baissant les yeux sur la corbeille. Cette photo était affreuse. Tu as juste agi sur une impulsion. C'était bien. Ça te ressemble.

– Ça me ressemble ?

– Oui. C'est toi tout craché. Comme le jour où tu n'as plus supporté le papier peint vert et qu'à notre retour de l'école, tu l'avais tout arraché.

Maman se met à rire.

– Eh bien. Au cas où tu ne l'aurais pas remarqué… tu es dans le salon. (Elle resserre sa prise sur mon bras.) Non, ne pars pas en courant. Tiens. Viens t'asseoir sur le canapé.

En fait, ce n'est pas aussi terrible que ce que je pensais, de me retrouver dans cette pièce. Ce n'est pas que j'aie oublié à quoi elle ressemblait. Elle est gravée dans ma mémoire, depuis la vieille tache au coin de la bibliothèque jusqu'à la trace sombre sur la table basse, à l'endroit où mamie s'était endormie en laissant brûler une bougie.

Alors que nous nous asseyons, je demande à maman :

– Elle te plaît comme elle est ? La maison, je veux dire ? Tu n'y as fait aucun changement depuis…

Maman se mord la lèvre.

– Je devrais peut-être, dit-elle en embrassant le salon du regard. Ce serait bien de la… rafraîchir un peu. (Elle ouvre la pochette de photos.) Alors… regarder ces photographies est censé déplacer les souvenirs dans un autre compartiment de mon cerveau, dit-elle d'un ton vague. Ou quelque chose comme ça.

Au prix d'un énorme effort, je réprime mon envie de lever les yeux au ciel. Dieu sait de quel manuel de pseudo-science ma mère sort cette théorie, mais je doute fort qu'il y ait eu un essai clinique pour prouver l'efficacité d'une telle technique.

Mais… maman est d'avis que ça peut nous aider. Et c'est peut-être un argument suffisant pour essayer.

– Paris, dis-je en désignant la première photo de la pile.

C'est douloureux de voir le visage souriant de Carla, mais je commence à m'y habituer – si on accepte la douleur, elle devient un tout petit peu plus supportable, c'est comme détendre ses muscles au lien de grelotter quand il fait froid.

– Tu te souviens du garçon que Carla avait convaincu de l'embrasser en haut de la tour Eiffel ?

– Je me souviens surtout qu'il ne s'était pas trop fait prier, réplique maman.

– Et elle refusait toujours d'admettre que son français était épouvantable.

– Tu avais passé la semaine à la reprendre sur sa prononciation. Ça la rendait dingue.

Nous continuons, photo après photo. Je pleure, de grosses larmes pleines de morve, et maman pleure aussi beaucoup, mais ce ne sont pas les sanglots étranglés dont je me souviens, juste après la mort de Carla, quand je devais tenir le coup. Cette fois, ce sont des larmes qu'on peut essuyer du revers de la main. Maman s'en tire très bien, en réalité. Elle a fait beaucoup de chemin.

Nous faisons une pause le temps de prendre le thé, puis nous terminons de regarder les photos. Je ne sais pas si mes souvenirs ont changé de compartiment dans mon cerveau, mais quand je me lève pour allumer, je remarque que j'ai traversé l'endroit où se trouvait le lit, comme si j'avais marché sur un tapis ordinaire.

Au début, je me sens coupable. Comme si ne pas contourner ce lit invisible était une trahison par rapport à ce qui s'est passé dans cette pièce. Puis je repense à Carla sur toutes ces photographies – souriante, bruyante, ses piercings qui accrochaient le flash de l'appareil – et je sais qu'elle me dirait que je suis complètement ridicule. Du coup, je reviens sur mes pas et je me tiens à l'endroit précis où elle était allongée avant sa mort.

Je reste immobile et je m'autorise à souffrir de son absence. Je laisse le manque venir en moi.

Et je ne craque pas. La douleur est à nulle autre comparable, c'est une plaie à vif, mais je suis là – sans les bras d'Ethan autour de moi, sans ordinateur portable – et je ne fuis pas, je ne travaille pas, je ne crie pas. Et tout ce que je pouvais craindre – m'effondrer, perdre le contrôle de moi-même… rien de tout cela ne se produit. La douleur du manque est atroce, mais je la surmonterai.

24

EILEEN

Hier, Bee m'a envoyé un texto pour me dire qu'elle avait vu Ethan et Céci s'éclipser pour aller déjeuner ensemble. Cette pensée n'a pas cessé de me tracasser depuis ce matin. Je tente de me distraire en regardant les affichettes réalisées par Fitz pour les coller dans Shoreditch – *Vous avez plus de soixante-dix ans et envie de rencontrer des Londoniens comme vous ? Appelez ce numéro pour découvrir le club des Aînés de Shoreditch !* Mais même ça, ça ne marche pas.

Je pense à Carla. Elle ferait quelque chose pour sa sœur, si elle était là. Elle ne laisserait pas Ethan tromper Leena avec une autre. Elle serait pleine d'audace, de courage et de ressources, et elle *agirait*.

Je me lève et je vais frapper à la porte de la chambre de Fitz. Carla devrait être là pour sa sœur. C'est une tragédie indicible, mais le fait est qu'elle ne l'est plus. Moi, en revanche, je suis là pour Leena. Et je peux aussi être pleine d'audace, de courage et de ressources.

– Je pense que c'est le truc le plus cool que j'aie jamais fait, madame C., me dit Fitz avant de faire caler le monospace qu'il vient d'emprunter à Sally du n° 6. Oups. Accrochez-vous. Oui, oui, oui, ça y est, on est partis ! Ne le dites à personne quand vous raconterez des anecdotes sur notre filature, hein ?

– Je serai muette comme une tombe, Fitz, dis-je d'un mon ton le plus grave. Nous sommes en mission secrète.

Il a l'air ravi :

– En mission ! Secrète ! Oups, désolé, je ne m'étais pas aperçu que j'étais toujours en seconde. Oh, la vache !

Nous nous sommes engagés dans l'artère principale où les voitures sont pare-chocs contre pare-chocs.

– Laissez-moi regarder sur Google Maps, me dit Fitz en tirant son téléphone de la poche de son blouson d'aviateur. Bon. D'après eux, il nous faudra quarante minutes pour atteindre les bureaux de Selmount.

Mon moral dégringole. Nous roulons au pas. La circulation a ôté l'aspect dramatique de la situation.

Finalement, nous nous rapprochons des bureaux de Selmount et Fitz se gare, peut-être en stationnement interdit, afin que nous puissions nous installer dans un café en face du bâtiment. Grâce à Bee, je sais qu'Ethan est actuellement en réunion là-bas. C'est une rue étonnamment laide, large et bordée d'édifices qui ont tous des fenêtres condamnées, comme des dents en or ternies. Le siège social de Selmount, avec sa façade vitrée d'un gris brillant, a l'air un peu *too much* au milieu des autres.

Je bois mon thé à petites gorgées et examine les donuts que Fitz a voulu acheter à tout prix. Apparemment, il faut manger des donuts quand on effectue un « flicage ». Ils ont l'air très gras – le mien a déjà formé un cercle bleuâtre sur sa serviette en papier.

– Le voilà ! s'écrie Fitz tout excité en me désignant l'immeuble.

Il a raison : voilà Ethan qui sort du bureau, son attaché-case à la main, ramenant sa mèche brune en arrière. Il est bel homme, je veux bien lui accorder ce mérite.

– Et maintenant, madame C. ?

– Maintenant, on va jouer la carte de la pauvre petite vieille dame. Donne-moi quelques serviettes, veux-tu, sois gentil. Je ne veux pas gâcher ce donut. Je suis sûre que la chatte de Letitia le mangera. Elle mange n'importe quoi.

Quand je réussis enfin à pousser la porte, Ethan a presque disparu au bout de la rue. Je me mets à marcher le plus vite possible, à la limite du jogging ; il faut un moment à Fitz pour parvenir à ma hauteur.

– Bon sang, vous êtes rapide pour une vieille dame ! s'exclame-t-il en calant son allure sur la mienne. Attendez, si on coupe par ici, on pourra l'intercepter.

Je suis Fitz dans une ruelle à peine assez large pour que deux personnes y marchent côte à côte. Elle sent distinctement l'urine et autre chose qu'il me faut un moment avant de reconnaître. Finalement, ça me revient : la marijuana.

– Là ! s'écrie Fitz en désignant Ethan de l'autre côté de la rue. Oups, désolé ! Mission secrète, parler à voix basse, je me souviens.

Mais c'est trop tard : Ethan regarde dans notre direction. Il va juste falloir que je retourne la situation à mon avantage.

– Ethan ! Mon cher ! dis-je d'une voix aiguë en m'engageant de force dans le flot de piétons qui traversent la rue.

Derrière moi, j'entends Fitz pousser une brève exclamation puis s'excuser auprès d'une moto qui a dû faire un petit écart pour l'éviter.

– Quelle chance de tomber sur vous ici !

– Bonjour, Eileen, dit Ethan en me faisant la bise. Comment allez-vous ?

– Très bien, merci.

Je suis complètement essoufflée. Si seulement il y avait un endroit où je puisse m'asseoir un moment, mais évidemment il n'y a pas un seul banc en vue.

– Quoique, pour être franche, je meurs d'envie de trouver des toilettes pour dames, lui dis-je sur le ton de la confidence. Je ne suis pas sûre d'arriver jusqu'à la maison ! À mon âge, la vessie n'est plus ce qu'elle était. Elle vous trahit, vous savez. Elle vous trahit.

Ethan arbore une expression proche de celle de Fitz lorsque quelqu'un se fait mutiler dans l'une des séries policières qu'aime tant Martha.

– Mon appartement est juste ici, dit Ethan en me montrant un immeuble au bout de la rue. Voulez-vous y faire un saut et, euh… utiliser les toilettes ?

– Oh, vous êtes un ange ! Passez devant.

Je découvre quatre indices dans l'appartement d'Ethan.

1. Sur la table de la salle à manger, le reçu d'un repas pour deux personnes, d'un montant de 248 £. Je savais que Londres était une ville chère – les prix y sont scandaleusement élevés – mais c'est une grosse dépense pour un déjeuner avec une collègue.

2. Deux brosses à dents dans la salle de bains, toutes deux humides, ce qui suggère un usage récent. Pourquoi Ethan se servirait-il de deux brosses à dents ?

3. À côté de deux flacons de lotion capillaire de Leena – je les reconnais, ces lotions sont censées « discipliner les frisottis » –, il y a une petite bouteille de sérum pour « protéger la couleur ». Leena ne n'est jamais teint les cheveux. Quoique ça puisse être Ethan. Il est très fier de ses mèches brunes.

4. Pas de poubelle de salle de bains. *En soi*, ça ne suggère pas l'adultère, mais dans la vie, je me suis aperçue que j'aimais rarement les personnes qui n'étaient pas assez attentionnées pour mettre une poubelle dans la salle de bains. Ce sont toujours des hommes, et presque toujours des hommes à qui on ne peut pas faire confiance.

De retour à l'appartement, Fitz et moi comparons nos notes. Il n'a trouvé strictement aucun indice, ce qui ne m'étonne pas de lui. Je lui avais bien dit que ce sont les vieilles dames qui font les meilleurs détectives.

Je m'enquiers d'un ton inquiet :

– Tu ne diras rien de tout ça à Leena, hein ?

J'ai pris la mauvaise habitude de me confier à Fitz. Il en sait un rayon sur Tod, par exemple. Après m'avoir fait boire deux verres de vin, il s'est mis à me poser tant de questions innocentes que j'ai baissé la garde. En temps normal, je ne dirais jamais des choses aussi intimes à quiconque, pas même à Betsy. C'est peut-être d'habiter ici et de vivre la vie de quelqu'un d'autre qui m'a fait lui parler si librement. Quoi qu'il en soit, c'était assez drôle.

– Mes lèvres sont scellées, madame C., dit Fitz en prenant un air solennel. Si vous soupçonnez Ethan de ne pas être net, je suis à fond pour enquêter plus avant. Leena mérite ce qu'il y a de mieux.

– Exact.

– Et *vous* aussi, madame C.

Fitz pousse vers moi l'ordi de Leena sur le canapé. La vie dans l'appartement semble se concentrer autour de ce canapé. Nous y mangeons, nous y buvons du thé ; pendant un moment, c'était même devenu le bureau de Martha.

– De nouveaux messages ? s'interroge Fitz. Oh, mais carrément ! Vous avez un message de Howard, regardez ce sourire ! Vous êtes trop mignons tous les deux.

– Oh, chut ! Va plutôt te rendre utile – il faut faire la vaisselle.

– Très bien, très bien… Je vous laisse à vos sextos.

Je ne sais pas du tout ce que ça veut dire, mais je devine que c'est grossier, du coup je lui lance un regard noir, au cas où. Fitz sourit, s'éclipse dans la cuisine et je m'installe confortablement dans le canapé pour lire le message de Howard.

OldCountryBoy écrit: Salut, Eileen ! Je voulais juste vous dire que je suis prêt à mettre en œuvre ce site web pour votre club, c'est quand vous voulez. Ça ne me prendra qu'une journée, dès que vous m'aurez donné le feu vert. Bises.

J'avais complètement oublié la proposition de Howard de nous faire un site en ligne. Je m'épanouis.

EileenCotton79 écrit: Merci mille fois, Howard. Que vous faut-il pour vous y mettre ?

Je me mordille la lèvre en réfléchissant, le temps qu'il réponde. Avoir un site, c'est très excitant, mais ce n'est pas ça qui nous aidera pour le lancement du club. Cette question commence même à m'inquiéter un peu, bien que Fitz placarde des affichettes dans tout le quartier. Mais je me demande justement si les personnes que nous recherchons regardent les affichettes sur les murs. Il y en a tant, et la plupart concernent des associations militantes et ce genre de chose. Nous avons écrit que nous pouvions fournir le transport pour le jour de l'inauguration – Tod, béni soit-il, nous a proposé le bus de tournée de sa compagnie théâtrale, mais l'ennui, c'est que les gens que nous voulons atteindre ne sortent peut-être pas assez pour repérer nos affichettes.

Une pensée me vient. Je ferme la conversation avec Howard et clique sur « Trouvez un match ». Je remplis tous les champs, mais cette fois je m'y prends un peu différemment. Âge : 75 et plus. Lieux : Est de Londres, Centre de Londres. Homme ou femme ? Je clique sur les deux cases.

C'est plutôt hardi, mais c'est pour la bonne cause. Je choisis la première personne qui apparaît sur la liste : Nancy Miller, soixante-dix-huit ans. Je clique sur la petite icône enveloppe pour lui envoyer un message.

EileenCotton79 écrit: Chère Nancy, j'espère que ça ne vous ennuie pas que je vous écrive, mais je mets sur pied à Shoreditch un club destiné aux septuagénaires. Peut-être aimeriez-vous venir à notre grande journée d'inauguration, ce week-end... ?

Je passe des heures à envoyer des messages. Il y a plus d'une centaine de personnes sur ma liste. Je suis bien contente que Fitz m'ait montré comment me servir de la commande « copier/coller », sinon j'y aurais passé la journée ; le fait est que j'ai les yeux qui brûlent et la nuque raide d'être restée assise aussi longtemps devant l'écran.

Je commence déjà à recevoir des réponses. Certaines d'entre elles sont un peu mesquines – *Allez faire votre pub ailleurs !* – et certains hommes semblent considérer mon invitation comme une occasion de flirter, ce qui ne m'intéresse pas pour le moment – j'ai des affaires autrement plus importantes à régler. Néanmoins, il y a déjà quelques personnes qui ont l'air intéressées par le club des Aînés de Shoreditch. *J'adorerai venir*, répond Nancy Miller. *Est-ce qu'il y aura des jeux ?* demande Margaret de Hoxton.

Letitia passe juste au moment où la patience commence à me faire défaut pour répondre à tous les messages. Elle veut me faire goûter la nouvelle tisane qu'elle a trouvée. Je l'invite à la boire avec moi, devinant que c'était la véritable raison de sa visite, et lui raconte mon tout nouveau plan pour faire connaître notre club.

– Si seulement j'étais aussi habile que toi avec cette chose ! dit-elle en indiquant l'ordinateur portable.

– Oh, je suis sûre que tu pourrais apprendre ! Demande à Fitz, il te montrera.

– C'est un gentil garçon, ce Fitz, acquiesce Letitia. A-t-il trouvé quelqu'un pour la chambre de Martha ? Il se faisait du souci la dernière fois qu'on en a parlé.

Je souris. Letitia descend à la partie commune au moins une fois par jour, elle dispose des vases de fleurs, elle retape les coussins. À présent, quand quelqu'un passe, il s'arrête toujours pour bavarder. Lundi soir, j'ai vu Aurora et Sally en train de jouer aux cartes avec elle. « Nous essayons les tables ! » a dit Aurora. Puis : « Boum ! Un full ! » a lancé Sally en abattant sa main sur la table, faisant bondir Letitia.

– Non, je ne crois pas qu'il ait déjà trouvé quelqu'un, dis-je en prenant un biscuit. Je pense qu'il va mettre une annonce sur Internet.

– Eh bien, qui que ce soit, il aura de la chance d'habiter ici.

– Letitia… Tu n'as jamais songé à déménager ?

Elle me regarde, horrifiée.

– Et où ça ?

– Pas loin. Ici. Dans l'ancienne chambre de Martha.

C'est une excellente idée, me dis-je en mon for intérieur.

– Oh, non, répond Letitia en se cachant derrière son mug de tisane. Je ne pourrais pas quitter mon appartement. Et toutes mes belles choses ! Et puis, des jeunes ne voudraient pas habiter avec une vieille chouette comme moi.

Je pousse le dernier biscuit vers elle.

– Sottises ! Bien que je voie ce que tu veux dire à propos de tout ton joli bric-à-brac.

Devant son expression, je m'empresse d'enchaîner :

– Je veux dire, tes ravissantes antiquités.

– Je ne pourrais pas quitter mon appartement, répète Letitia, d'un ton plus ferme.

Je n'insiste donc pas. Mais c'est dommage – un peu de compagnie lui ferait du bien et je me demande ce qu'elle fera quand je ne serai plus là pour la pousser à bouger, même si nous arrivons à faire tourner le club des Aînés de Shoreditch de façon régulière.

Letitia partie, je serre ma tasse de tisane vide si longtemps que la porcelaine devient froide entre mes paumes. Je n'arrête pas de penser au reçu sur la table d'Ethan, à la brosse à dents humide dans la salle de bains. Je sais que je suis encline à taxer un peu vite un homme d'infidélité – c'est normal vu ce qui m'est arrivé, du coup je ne m'en tiens pas rigueur. Mais il faut que je sache si ma propre expérience obscurcit mon jugement.

Je prends mon téléphone et compose le numéro de Betsy.

– Bonjour, mon chou ! Comment va ton bel acteur ?

Elle prononce « ac-teuuuur », ce qui donne un ton encore plus chic.

Je souris.

– Toujours aussi fringant. Puis-je te demander conseil au sujet de quelque chose, Betsy ?

– Bien sûr.

– Le copain de Leena, Ethan. Tu dois l'avoir rencontré quand il est venu lui rendre visite ?

– À de rares occasions, oui.

– Il n'est pas venu tous les week-ends ?

– Une fois ou deux. Je pense que Jackson l'a fait fuir.

J'accuse le coup, surprise.

– Jackson ? Jackson Greenwood ?

– Il n'a pas vraiment succombé au charme de ton Ethan.

– J'ai toujours su que Jackson était un garçon avisé, dis-je d'un ton sombre.

– Oh, Ethan n'est pas dans tes petits papiers, donc ?

Je lui raconte ce que j'ai trouvé dans son appartement. Betsy aspire l'air entre ses dents. C'est le bruit qu'elle fait quand elle négocie quelque chose au marché de Knargill.

– Ça ne veut peut-être rien dire. Tous les hommes ne sont pas comme Wade.

– Un certain nombre, tout de même.

– Mmm… Ma foi… fait Betsy.

Je suis à deux doigts de l'interroger sur Cliff, mais elle enchaîne avant que j'aie pu le faire. Ça se passe toujours comme ça.

– Je dois avouer, dit-elle, qu'avant que je sache que ta Leena avait quelqu'un, j'aurais dit qu'elle louchait sur Jackson.

Comme c'est intéressant…

– Qu'est-ce qui te fait dire ça ?

– Elle passe la moitié du temps à se chamailler avec lui et l'autre moitié à se tortiller les cheveux dès qu'il est dans les parages. Au dernier comité du Premier Mai, elle ne l'a pas quitté des yeux. Ooh, en parlant du Premier Mai – elle nous a trouvé un sponsor, tu sais.

C'est à peu près la seule chose qui pouvait me distraire de Leena faisant les yeux doux à Jackson.

– Un sponsor pour le Premier Mai ?

– Un gros cabinet juridique. Très chic. Ils paient pour presque tout et Leena va organiser plein d'activités pour collecter de l'argent : des stands de pâtisserie, des chasses au trésor et des lotos.

Je m'épanouis.

– Elle est brillante, n'est-ce pas ?

– Ma foi, elle va au bout de ses idées, je te l'accorde.

25

LEENA

Je vais chercher Nicola. Quand je lui demande où elle veut se rendre, elle lance pour la première fois :

– On pourrait aller chez vous ?

Je suis absurdement flattée. Nicola est l'une de ces personnes dont l'amitié se gagne de haute lutte – j'ai l'impression d'être l'Élue.

À notre arrivée à Clearwater Cottage, Arnold est en train de désherber le jardin de devant.

Je proteste tout en aidant Nicola à descendre de voiture.

– J'avais dit que je le ferais !

– Ma foi, tu ne l'as pas fait, rétorque-t-il en agitant un pissenlit dans ma direction. Bonjour, Nicola, ça va ?

J'ouvre la porte et les fais entrer tous les deux.

– Du thé ?

Ce n'est qu'en attendant que le thé infuse que je me rends compte de l'étrangeté de la situation, qui me semble maintenant toute naturelle. Les gens insistent souvent sur mon côté très « mature ». (« Voir votre sœur mourir peut faire cet effet-là », ai-je toujours envie de riposter.) Pourtant, jusqu'ici, je n'avais jamais eu d'amis de plus de trente ans. Et maintenant, je ne bronche pas quand Arnold débarque à l'improviste – en fait, je l'attends avec impatience – et je suis absolument enchantée que Nicola ait décidé qu'elle m'aimait assez pour passer l'après-midi en ma compagnie. C'est agréable. La fréquentation de ces gens âgés modifie mes points de vue, me rappelle que tout au long de l'existence, nos vies varient du tout au tout. Ça me manquera quand je partirai – ou plutôt ce sont eux qui vont me manquer.

On frappe à la porte. C'est Betsy.

Elle a l'air un peu chiffonnée.

– Bonjour Leena, me dit-elle d'un ton crispé.

– Betsy, bonjour ! Entrez donc ! Nous sommes justement en train de prendre le thé. Laissez-moi vous en apporter une tasse ! Puis-je vous débarrasser ?

Je vais accrocher son manteau, l'esprit carburant à cent à l'heure. Betsy n'est pas repassée à la maison depuis cette terrible première fois, quand j'ai mis les pieds dans le plat et dit tout ce qu'il ne fallait pas. Qu'est-ce qui l'amène aujourd'hui ?

– Je ne reste pas, prévient-elle. Je suis juste venue chercher le double de ma clé. Eileen le garde quelque part.

– Oh, bien sûr, dis-je en regardant autour de moi, comme si la clé pouvait être sur la table de la salle à manger. Vous vous êtes enfermée dehors ?

– Oui.

Je tente de croiser son regard mais elle fuit le mien. Elle ment, c'est une évidence.

Arnold nous regarde tour à tour, puis il se lève.

– Nicola, il faut que vous voyiez l'hortensia au fond du jardin d'Eileen, dit-il.

– Le quoi ? fait Nicola. Je ne…

Mais déjà il l'aide à se lever.

– Bon, d'accord, grommelle-t-elle.

J'articule un « merci » en direction d'Arnold qui me renvoie un petit sourire. Une fois seule avec Betsy, je me tourne vers elle. Elle ouvre et ferme chacun des tiroirs du buffet.

– Cliff ne peut pas vous ouvrir de l'intérieur ? lui dis-je avec douceur.

Betsy ne se retourne pas. Un long silence se fait.

– C'est Cliff qui m'a enfermée dehors.

Je pousse une exclamation étouffée.

– Oh. Mais c'est affreux de sa part, dis-je, de façon aussi neutre que possible. Vous voulez passer la nuit ici ?

Betsy regarde autour d'elle.

– Ici ?

– Oui. Vous pouvez prendre la chambre de ma grand-mère.

– Oh, je…. (Elle semble un peu perdue sur le moment.) Merci, c'est très gentil. Mais je préférerais retrouver la clé.

– Très bien, dis-je, tandis qu'Arnold et Nicola reviennent du jardin. Nous allons nous mettre à sa recherche, à nous quatre, nous la trouverons bien.

Je tombe sur tout un tas de choses en cherchant cette clé. Mon vieux cartable d'école (comment ce truc a-t-il fini ici ?) ; une photo de ma mère enceinte de moi, belle comme une actrice, et une recette pour un « gâteau de boue » de l'écriture de Carla, ce qui me fait monter les larmes aux yeux. Carla semble partout ici, à Hamleigh. Elle n'a peut-être pas vécu longtemps dans ce village, mais elle fait partie de son décor. Peut-être est-ce pour ça que j'ai enfin pu avancer un peu dans mon deuil depuis que je suis ici – ou plutôt, que j'ai réussi à cesser de fuir. Aller de l'avant, c'est mon point fort ; c'est l'immobilité qui me pose problème.

Je plie la recette avec soin et la replace là où je l'ai trouvée. Peut-être qu'un jour, quand je dénicherai un trésor de ce genre, il ne me fera plus pleurer, il me fera sourire.

Finalement, c'est Nicola qui trouve la clé. Celle-ci porte une étiquette avec l'écriture en pattes de mouche de mamie – *double de Betsy*. Elle était coincée tout au fond d'un tiroir de la console de l'entrée, parmi tout un assortiment de clés de maisons que nous n'habitons plus depuis longtemps : l'appartement de Carla à Bethnal Green, notre ancienne maison à Leeds et, à ma grande irritation, la clé d'antivol de mon vélo que je croyais avoir perdue il y a environ dix ans. Il y a aussi le double de la clé de chez maman, que je lui pique jusqu'à la fin de mon séjour – je me sers de celle de mamie, mais sa clé semble toujours rester coincée dans la serrure.

Je ramène Betsy à pied chez elle. Je ne lui ai pas laissé le temps de protester, mais je suis quand même surprise qu'elle accepte. Je tente de penser à ce que dirait mamie… Pas grand-chose, sans doute – elle laisserait Betsy parler. Donc, tandis que nous marchons lentement sous la pluie dans Middling Lane, j'attends que Betsy se sente prête à se confier.

– Tu t'imagines sans doute tout savoir sur ma situation, finit-elle par me dire en regardant droit devant elle.

– Non, pas du tout.

– Tant mieux. Parce que c'est… c'est compliqué.

– Je n'en doute pas.

Je me mords l'intérieur de la lèvre. Mamie se tairait, elle. Elle ne chercherait pas à aller plus loin. Mais…

– Personne ne devrait avoir peur dans sa propre maison, Betsy. Et si vous voulez le quitter, tout le village vous soutiendra. Tous les habitants sans exception.

Nous arrivons chez elle. Elle marque une pause devant le portail – je suis censée repartir, ça, c'est clair, mais je préférerais rester le temps de m'assurer qu'elle est bien rentrée.

– Il se sera calmé entre-temps, me dit-elle en tripotant la clé. File Leena, tu ne dois pas traîner ici !

– Vous méritez mieux. Et vous aurez beau me mettre à la porte ou me dire de ne pas traîner dans le coin, je ne cesserai pas de vous le répéter, dis-je avec un petit sourire. Je suis toujours là.

– Pour moins d'une semaine, me fait remarquer Betsy.

– Oh, oui…

J'avais sincèrement oublié pendant un moment que j'allais partir d'ici.

– Eh bien, quand je ne serai plus là, vous retrouverez la vraie Eileen Cotton à Clearwater Cottage, dis-je avec un sourire, ce sera encore mieux.

Mais mon estomac se serre sous l'effet de quelque chose qui ressemble beaucoup à de la tristesse.

26

EILEEN

Bu-bu-bu-BUH-BUH-bu-bu-bu fait le téléphone mobile de Leena sur la table basse.

– Oh, putain ! chaque fois que vous recevez un texto, je suis au bord de la crise cardiaque, s'exclame Bee en portant la main à sa poitrine. Le son est tellement fort !

Je la sermonnerais pour sa grossièreté si je n'étais pas distraite par mon nouveau message.

– C'est qui, cette fois ? demande Bee. OldCountryBoy ou ta crème d'acteur sexy ?

Je fais non de la tête.

– C'est mon ancien voisin. Il a découvert des vidéos de chat et ça fait des semaines qu'il n'arrête pas de m'en envoyer.

Bee s'illumine.

– Oh, tu lui as montré celle où le chat pousse un gamin dans la piscine ? Jaime et moi on l'a visionnée environ six cents fois.

– Je vois que ta fille partage ton humour noir, dis-je en reposant mon téléphone.

Arnold peut attendre. J'ai besoin du potinage de Bee.

– Alors ? Comment s'est passé ton troisième rendez-vous avec Mike ?

Bee secoue la tête d'un air incrédule.

– C'était *bien*, Eileen. Il est… enfin, il danse comme un pied, il est carrément plus riche que moi et il ne vit même pas à Londres, du coup, il ne coche quasiment aucune de mes cases…

– Qu'a-t-il dit quand tu lui as parlé de Jaime ?

Le visage de Bee se radoucit. Oh, je connais cet air-là.

– Il a dit : « Parle-moi d'elle », et on a parlé de Jaime pendant trois quarts d'heure sans s'arrêter. Il n'a pas bronché, ni flippé, ni fui, il a écouté.

Je souris.

– Bon, « oreille attentive » ne figure peut-être pas sur ta liste, mais sur la mienne oui.

– Il m'a aussi été d'une grande aide pour m'expliquer comment monter ma boîte. Il a des tonnes d'idées, mais pas dans le genre macho qui ignore les femmes, tu vois ?

– Pas vraiment, mais tant mieux. As-tu parlé à Leena de ces nouvelles idées ?

– Je ne veux pas la bousculer. La dernière fois qu'on a parlé de nos plans pour B & L, elle m'a dit que sa confiance en elle avait pris un tel coup après le décès de Carla qu'elle ne pouvait plus vraiment y songer. Je comprends. Ça ne me dérange pas d'attendre qu'elle soit prête.

– Mmm… fais-je tandis que le serveur nous apporte nos cafés.

Bee hausse les sourcils.

– Allez-y. Qu'est-ce que vous essayez de ne pas me dire ?

– D'habitude, tu n'es pas le genre de femme à attendre.

Bee remue la mousse de son café.

– Je peux l'être si Leena a besoin de temps, dit-elle avec simplicité.

– C'est très gentil à toi. Mais même Leena a besoin qu'on la bouscule de temps en temps. En fait, maintenant plus que jamais. Je ne l'ai jamais vue aussi heureuse que lorsqu'elle discute de vos projets et c'est triste de ne plus l'en entendre parler depuis si longtemps. C'est peut-être ce qu'il lui faut pour la faire aller de l'avant.

– Peut-être, dit Bee en s'animant un peu. Peut-être que je pourrais juste… lui faire une petite piqûre de rappel. Je ne veux pas qu'on perde notre élan. Parfois, je me mets vraiment à craindre qu'on ne devienne des Selmounteuses à vie.

– Vous ne vous appelez pas comme ça, si ? On dirait le titre d'un manuel d'équitation.

– Oh, punaise, pourquoi vous avez dit ça ? Maintenant, je vais y penser chaque fois que la PDG va dire Selmounteuse. Selmounteuse. Oh, merde, vous avez raison, ça fait vraiment…

Le soir venu, je m'assieds à côté de Fitz au comptoir du petit déjeuner et je parcours les réponses que j'ai reçues pour le club des Aînés de Shoreditch. Jusqu'ici, cinq personnes ont demandé une offre de transport pour venir à la grande inauguration, sept ont dit qu'elles confirmeraient en temps voulu, et quelques autres ont l'air intéressées. Je tente de ne pas nourrir trop d'espoir, mais tout ça est assez excitant.

De temps en temps, je vérifie si Howard est disponible sur la page de chat. Ses projets pour notre site ont l'air formidables : sa grande idée est que nous nous en servions pour lever des fonds. Pour l'instant, je n'en parle pas pour faire la surprise aux autres, mais il me tarde de montrer notre site à Fitz dès que ce sera fait. Le seul inconvénient, c'est que Howard dit avoir besoin d'un peu d'argent pour démarrer. Il prétend qu'en une semaine il doublera la somme grâce aux dons, du coup je récupérerai ma mise initiale en un rien de temps. Ce site vaut la peine d'être créé, c'est certain. J'attends juste de savoir la somme qu'il faut à Howard.

Tout en consultant mes messages, je tombe sur ma conversation avec Arnold, une série de vidéos de chat entrecoupée de petits bavardages sur Hamleigh et le jardin. J'hésite au-dessus de son nom, puis, mue par une subite impulsion, je clique sur son profil.

Il l'a un peu étoffé, il y a maintenant du texte avec la photo. *Je m'appelle Arnold Macintyre et je tourne une nouvelle page*, dit-il dans la section « À propos de moi ». *Si quelqu'un d'autre est dans le même cas, j'aimerais beaucoup chatter avec une âme sœur…*

Je me masse la nuque. Je me demande si quelqu'un a déjà répondu à Arnold. Y a-t-il sur ce site une dame qui lui ressemble et qui a envie de bavarder sur son désir de tourner la page ? Je n'avais pas vraiment pris conscience du fait que si Arnold me parle sur ce site, il parle aussi vraisemblablement avec d'autres personnes.

J'hésite au-dessus de la touche Message. Il y a un point vert à côté du nom d'Arnold. C'est amusant de l'imaginer là-bas, à Hamleigh, devant son ordinateur.

EileenCotton79 écrit: Salut, Arnold. Il faut que je te pose une question. Que veux-tu dire par tourner la page ?

Arnold1234 écrit: Eh bien, j'avoue que tu as été une source d'inspiration pour moi.

EileenCotton79 écrit: Moi ???

Arnold1234 écrit: Tu as repris ta vie en main. Il y a trop longtemps que je me laisse aller. Alors, j'ai pris le taureau par les cornes.

Je fixe l'écran un long moment. Arnold se remet à pianoter.

Arnold1234 écrit: Je vais au cours de Pilates, maintenant, tu sais.

– Ça alors !

Fitz se détourne de son propre écran pour me regarder avec de grands yeux. Je lui souris d'un air contrit.

– Non, rien d'intéressant, dis-je très vite, en orientant l'ordinateur de Leena un peu plus vers moi.

EileenCotton79 écrit: Et quoi d'autre ??

Arnold1234 écrit: Leena m'a appris à faire un pad thaï.

EileenCotton79 écrit: Mais Leena est une très mauvaise cuisinière !

Arnold1234 écrit: Ma foi, je m'en suis aperçu.

À nouveau, j'éclate de rire.

EileenCotton79 écrit: Et Betsy m'a dit que tu t'étais aussi mis au comité du Premier Mai...

Arnold1234 écrit: Je suis inscrit. Quoique ta petite-fille refuse de cuisiner ta spécialité du Premier Mai, du coup, ça m'étonnerait que la journée soit très réussie.

Je souris. Chaque année pour le Premier Mai, je confectionne des pommes d'amour que je vends sur un étal devant mon portail. Arnold en achète toujours trois, râle sur le prix jusqu'à ce que je lui fasse un rabais de mauvaise grâce, puis il jubile toute la soirée de m'avoir fait plier. En général avec du caramel sur les dents.

EileenCotton79 écrit: Bon, et si je te promets de te faire des pommes d'amour à mon retour ?

Sa réponse tarde à arriver.

Arnold1234 écrit: À prix réduit, spécialement pour moi ?

Je ris en levant les yeux au ciel.

EileenCotton79 écrit: Gratuites, pour t'être occupé de Leena pendant mon absence et en remerciement pour toutes les vidéos de chat. Elles me donnent toujours le sourire.

Arnold1234 écrit: Et le club des Aînés de Shoreditch ? Ça avance ?

J'avais oublié que je lui avais tout raconté. C'est gentil de sa part de s'en être souvenu.

EileenCotton79 écrit: Grande inauguration ce week-end !

Arnold1234 écrit: J'aimerais bien y assister.

Puis, alors que je suis encore en train d'assimiler cette phrase plutôt surprenante de sa part :

Arnold1234 écrit: Enfin, si j'étais invité.

EileenCotton79 écrit: Bien sûr que tu es invité, Arnold, ne sois pas bête.

Arnold1234 écrit: N'ayant jamais été invité chez toi, je n'imaginais pas...

Je fronce les sourcils devant mon écran, remontant mes lunettes sur mon nez.

EileenCotton79 écrit: Tu ne veux quand même pas dire... jamais ?

Arnold1234 écrit: Jamais. Tu ne m'as jamais invité une seule fois chez toi.

EileenCotton79 écrit: Ah. Il me semble pourtant qu'en cherchant bien tu te souviendras que je t'ai invité au moins une fois.

Arnold1234 écrit: Ah, oui... mais pas depuis cette première fois.

Je me mords la lèvre, puis distraitement, je tapote mon rouge à lèvres pour réparer les dégâts.

Il m'apparaît, du fait de la distance, peut-être... que je n'ai pas été très charitable avec Arnold.

J'attends un peu, ne sachant trop quoi dire. Au bout d'un moment, il m'envoie une vidéo de chat monté sur un aspirateur. J'éclate de rire.

Arnold1234 écrit: J'ai pensé que ça détendrait l'atmosphère.

EileenCotton79 écrit: Eh bien, Arnold, je suis désolée. Quand je serai rentrée, je serai ravie de t'inviter à boire le thé avec une pomme d'amour.

Arnold1234 écrit: Ça me plairait bien.

Arnold1234 écrit: Bonne chance pour l'inauguration, Eileen. Il nous tarde à tous de te retrouver à Hamleigh.

Et sur ce, le point vert disparaît.

Ce soir, c'est ma dernière nuit avec Tod. Je ne pars pas avant lundi, mais je veux réserver le week-end pour dire au revoir à mes nouveaux amis.

Je ne me sens pas triste de dire au revoir à Tod. Nous savions depuis le début quand et comment ça se terminerait. Voilà pourquoi je suis si surprise quand il s'assied dans le lit, parmi les moelleux oreillers blancs pour me dire :

– Eileen, je ne suis pas prêt à te dire au revoir.

Prise de court, je ne trouve rien à répondre. Mon silence dure si longtemps que Tod se rembrunit.

– Oh, je suis désolée, dis-je en cherchant spontanément sa main. Je suis surprise. On s'était toujours dit que...

– Je sais.

Il porte ma main à ses lèvres. Après un après-midi au lit, ses cheveux argentés sont tout ébouriffés : je les lui lisse en arrière, comme il aime à les porter, à la Donald Sutherland.

– C'est assez extraordinaire, c'est vrai. Il n'y a pas d'autre façon de le dire. Tu es vraiment unique en ton genre, Eileen Cotton.

Je souris, en regardant les draps sur mes genoux.

– On avait dit qu'aujourd'hui, on se disait au revoir.

– Eh bien, ça peut être demain. Ou après-demain. Ou un jour très lointain, dans très longtemps.

Il me sourit avec espièglerie en entrelaçant ses doigts avec les miens.

– Allez. Laisse-moi tenter de te convaincre. Viens à la soirée de la troupe, demain. C'est un barbecue sur un rooftop à King's Cross. On y mangera bien, les conversations seront de qualité, la star du West End du moment sera là…

– Oublie la soirée, dis-je impulsivement. Viens plutôt à l'inauguration du club des Aînés de Shoreditch. (Je lui embrasse la joue.) Ce serait tellement adorable que tu sois là.

Il réfléchit.

– Eh bien, je… Je suppose que je pourrais venir, oui.

Je m'épanouis. Ce projet constitue le clou de mon séjour à Londres – il me semble normal que Tod assiste à son lancement. Et peut-être dit-il la vérité. Tout ne doit peut-être pas s'arrêter entre nous juste parce que je rentre dans le Yorkshire. Ce n'est qu'à deux heures de train, après tout.

Après avoir quitté Tod, je me souviens soudain que Howard aussi a dit qu'il viendrait à l'inauguration. Oh, mon Dieu… Mes histoires de *dating* vont commencer à se compliquer…

27

LEENA

– C'est hors de question, dis-je avec fermeté.

– Mais Vera a la courante ! geint Pénélope.

J'ai tellement de choses à faire que je n'ai même pas le temps de trouver ça drôle.

– Pénélope, je dois aller partout pour m'assurer que tout se passe bien ! Il y a sûrement dans le village une jeune femme à qui on peut faire endosser le rôle de la reine de Mai de gré ou de force.

– Je suppose… Il y a bien Ursula…

Ursula est la jeune fille de seize ans dont les parents tiennent l'épicerie du village. On la trouve en général pelotonnée avec un livre dans le coin des fruits et légumes. Je ne l'ai jamais vue échanger un mot avec qui que ce soit.

– Parfait, dis-je en reportant mon attention sur les magnifiques guirlandes en forme de blason qu'on est en train d'accrocher entre les réverbères de Peewit Street.

La matinée est fraîche ; les guirlandes font des reflets d'argent dans les flaques du trottoir et les drapeaux que nous avons fixés au monument aux morts, au bout de la rue, battent joliment au vent.

– Écoute, Pénélope, je laisse ce problème entre tes mains, c'est dans tes capacités.

– Cette guirlande est de travers, me fait remarquer Roland.

Je ferme les yeux et prends une profonde inspiration.

– Merci, Roland.

– Pas de quoi, répond-il aimablement, avant de filer après Pénélope sur son scooter pour handicapé.

– C'est vrai qu'elle est de travers, tu sais, fait la voix de Jackson.

Je me retourne. Finalement, j'ai été très gentille avec lui pour le costume du roi de Mai. Il est vêtu d'un pantalon vert fourré dans de hautes bottes marron, et d'une chemise blanche ouverte, ceinturée à la taille, un peu comme j'imagine Robin des Bois, mais un Robin des Bois qui serait un solide joueur de rugby. Jackson a déjà la couronne du Premier Mai autour du cou. Elle est magnifique – c'est Kathleen qui l'a confectionnée en entrelaçant des fleurs et des feuilles ramassées dans les haies.

Mais le plus beau de tout, ce sont les cornes. De grosses cornes vertes, incurvées comme celles d'un bélier, aussi grandes que l'étaient mes oreilles de lapin.

J'ai été gentille, certes, mais je n'allais pas non plus le laisser partir sans un accessoire ridicule. Je réprime un sourire.

– Hé, dit-il. Je suis resté impassible, moi, quand tu ressemblais à Roger Rabbit.

Je pince les lèvres et adopte l'expression la plus solennelle possible.

– Tu fais très royal, dis-je.

Je retourne à mes guirlandes quand je sens quelque chose tomber autour de mon cou. Je baisse la tête : c'est la couronne de la reine de Mai, la même que celle de Jackson, mais avec quelques fleurs roses entrelacées parmi les blanches.

Je fais volte-face.

– Oh, non, pas question ! dis-je en esquissant le geste d'ôter la couronne.

La main de Jackson se referme sur mon poignet.

– Tu sais qu'Ursula n'acceptera jamais de le faire. Allez. Pour l'esprit de communauté.

Je proteste :

– Je ne peux pas participer au défilé, je dois tout organiser ! Le char du roi et de la reine est tout pourri au milieu – il me faut soit trouver un menuisier *très* talentueux soit un autre char – et…

– Laisse-moi faire, dit Jackson, une fossette dans la joue. Sois ma reine de Mai et je trouverai un moyen de te déplacer avec élégance, d'accord ?

Je plisse les yeux.

– Au cas où tu te poserais la question, c'est mon regard soupçonneux.

– J'ai appris à bien connaître ce visage, tu sais.

Sa main est toujours sur mon poignet ; je me demande s'il sent mon pouls s'emballer.

– Laisse-moi faire, répète-t-il et lorsqu'il lâche mon bras, je sens encore le souvenir de ses doigts sur ma peau, chauds comme le soleil.

Il faut qu'Ethan revienne ici. Ça fait trop longtemps. Je deviens idiote et je me laisse tourner la tête par cette idiotie, par ce je-ne-sais-quoi, par ce *béguin* pour Jackson. Cette semaine, je me suis surprise à penser à lui alors que je ne devrais pas, je me repassais nos conversations tout en préparant le repas. Me remémorant ces pâles taches de rousseur sous ses yeux d'un bleu franc et la sensation de son corps plaqué contre le mien quand j'avais été projetée contre le miroir du salon.

Je vérifie mon téléphone – j'attends un texto d'Ethan qui me dise quand il va venir – mais je n'ai aucun réseau, comme d'habitude. Je grommelle en me remettant à arranger les guirlandes, mon cerveau passant en revue la liste des tâches qu'il me reste à effectuer : vérifier que les toilettes de chantier sont arrivées, m'occuper de l'inondation dans le champ qui était prévu pour le parking, appeler le monsieur pour la livraison de glaces, faire le point avec Betsy sur les stands de nourriture…

Pénélope revient.

– Ursula a dit qu'elle préférerait se faire crever les yeux par un de ces faucons plutôt qu'être la reine de Mai, annonce-t-elle.

– Ma foi, c'est… violent.

De toute évidence, j'ai mal cerné Ursula.

– D'accord, je vais penser à quelqu'un d'autre dès que je me serai occupée des stands de nourriture, des glaces, de l'inondation et des toilettes de chantier.

Pénélope me pose la main sur l'épaule.

– Respire, mon chou. Tu as déjà fait tant de choses ! Je suis sûre que Betsy ne verra pas d'inconvénient à ce que tu t'octroies une petite pause.

Je lui tapote la main.

– Pénélope, ça fait longtemps que je ne me suis pas autant amusée, pas depuis…. Pff, je ne sais plus, *une éternité*. S'il te plaît, ne m'oblige pas à faire une pause.

Elle me fait ses yeux de hibou.

– Décidément, tu es bizarre, mon chou.

Je lui décoche un grand sourire avant de consulter à nouveau mon téléphone : trois miraculeuses barres de réseau, mais toujours pas de texto d'Ethan. Je chasse cette pensée de mon esprit et je joins Betsy avec son numéro abrégé (sans blague : le téléphone de mamie a la numérotation abrégée).

– Désolée d'avoir manqué ton dernier appel ! lui dis-je en faisant signe vers la gauche aux hommes qui installent les guirlandes (Rob et Terry ? Je crois qu'il s'agit de Rob et Terry… Ou bien ce sont ceux à qui j'ai demandé de bloquer la circulation en direction de Lower Lane ?).

– Leena. Les stands de nourriture. Ils n'arrivent pas.
– Quoi ? Pourquoi ?
– Je ne sais pas !
Betsy semble au bord des larmes.
– Ne t'en fais pas, je vais régler ça.
Je mets un terme à la communication et je compose le numéro d'un des traiteurs. Chaque stand est tenu par quelqu'un de différent, pour la plupart des gens du coin : je tombe en premier sur le numéro du gars des toasts au fromage.
– Désolé, me dit-il. Firs Blandon nous a offert le double.
– Firs Blandon ?
Le village dont les Voisins vigilants se plaignent sans arrêt ?
– Mais pour quoi faire ?
– Eux aussi fêtent le Premier Mai, je crois. Ils ont mis un panneau à côté du vôtre sur la route, qui dirige les gens dans leur direction. D'ailleurs, le leur est plus grand que le vôtre, ajoute aimablement l'homme des toasts au fromage.
– Ne faites pas ça, dis-je. Je suis déjà en route pour Firs Blandon (je trottine vers Agatha) et je vous ferai *tous* revenir à Hamleigh-in-Harksdale *comme convenu*, mais ça va chauffer. Je vous promets que ça se passera beaucoup mieux si vous revenez vers nous et remplissez vos obligations contractuelles à Hamleigh.
Un silence inconfortable se fait.
– Je n'ai rien signé, me fait remarquer l'homme des toasts au fromage.
Zut, zut, zut. Non, en effet. Nous avons juste contacté les traiteurs qui viennent chaque année, nous leur avons demandé de faire un thème médiéval pour cette fois et ils ont tous répondu : « Oh, pas de souci, on sera là ! » Il y a peut-être eu un contrat de signé un jour, la première fois que le Premier Mai a été organisé, mais Dieu sait où il peut être.
– Nous sommes quand même légalement dans notre droit, dis-je froidement, alors que je n'en sais strictement rien.
– D'accord. Bon… désolé, Leena. Ça ne se bouscule pas sur le marché des toasts au fromage, alors, vous comprenez… désolé.
Il raccroche.
Je déverrouille la voiture. Pénélope surgit près de moi, ses yeux immenses écarquillés d'inquiétude.
– Il n'y a pas de stands de nourriture ! dit-elle en m'agrippant le bras.

– C'est un *désastre* ! rugit Basil, en s'approchant très lentement mais avec détermination. Sacré Firs Blandon ! J'aurais dû savoir qu'ils maniganceraient quelque chose !

– Ça va, Leena ? lance Arnold de l'autre côté de la route où il vérifie les ampoules des lampions.

– Vous tous : montez, dis-je en désignant la voiture.

Je lance les clés à Pénélope qui les attrape au vol et semble extrêmement surprise par ses réflexes.

– C'est vous qui allez conduire.

– Oh, mais que dirait le docteur Piotr ? demande Basil. Il a dit que Pénélope...

Pénélope a les yeux qui brillent.

– Flûte pour le docteur Piotr, dit-elle en ouvrant la portière côté conducteur. C'est trop excitant !

Je ne dirais pas que je me sens *en sécurité* avec Pénélope au volant. Mais le fait est que nous progressons.

– C'était un feu rouge, fait doucement remarquer Arnold.

Pénélope l'a allègrement grillé.

– Il serait passé au vert dans une minute, déclare-t-elle, le pied sur l'accélérateur.

Moi, pendant ce temps, j'ai l'oreille collée au téléphone de Kathleen. J'ai dû hurler à Pénélope de s'arrêter lorsque nous sommes passés devant Kathleen pour que je puisse la supplier de me prêter son téléphone – et maintenant que j'ai accès à Internet, je sais *exactement* quoi faire.

– Qui s'occupe de tout à Firs Blandon ? demandé-je. Il y a un maire ou quelqu'un de particulier ?

– Quoi ? Non, répond Arnold. Je suppose qu'il doit y avoir un président du conseil paroissial.

– Ça se pourrait bien, réplique Pénélope avec perspicacité, mais ce n'est sûrement pas lui le responsable.

Je lève les yeux de mon téléphone.

– Ah non ?

– Eileen est la présidente de nos Voisins vigilants, explique Pénélope en prenant un virage serré à quatre-vingt-dix à l'heure, mais nous savons tous que c'est Betsy qui gère tout, pas vrai ?

– Oh, là ! Il y avait un panneau cinquante à l'heure !

– Ma foi, je ne l'ai pas vu, réplique Pénélope.

Je baisse ma vitre tandis que nous entrons dans Firs Blandon. Il y a des guirlandes ! Et des lampions ! Les salauds !

– Excusez-moi, dis-je à l'un des hommes qui accrochent les guirlandes. Qui est le responsable, ici ?

– Menez-moi à votre chef ! aboie Basil depuis la banquette arrière, riant de sa propre blague.

– Le responsable ?

– Oui.

– Eh bien, le président du conseil paroissial est...

Je l'interromps d'un geste.

– Non, le vrai responsable. Par exemple, quand quelqu'un se gare trop près d'un croisement ou que le pub se met à facturer une livre de plus pour les fish and chips, qui vient remettre de l'ordre là-dedans ?

– Ah, vous voulez dire Derek. Il est là, il installe les stands de nourriture.

– Merci, dis-je avant de pousser un petit cri : Pénélope a démarré sur les chapeaux de roues.

– Je ne fais jamais confiance à un homme qui s'appelle Derek, dit-elle de façon assez mystérieuse tandis que nous arrivons en vue de Main Street, occupée par tous nos stands de nourriture.

– Vous, allez vous garer, dis-je en ouvrant déjà la portière passager. Moi, j'y vais.

Derek n'est pas difficile à repérer. C'est un homme à la soixantaine bien sonnée, portant un casque jaune vif parfaitement superflu, en train de brandir un mégaphone.

– Un peu plus à droite ! Un peu plus à gauche ! – Non, un peu plus à gauche ! Non, à gauche ! crie-t-il dans son mégaphone.

– Derek ? dis-je aimablement.

– Oui ? fait-il en m'accordant à peine un regard.

– Leena Cotton, dis-je en me mettant face à lui, la main tendue. Je suis ici comme représentante de Hamleigh-in-Harksdale.

Ce détail attire son attention.

– Vous n'avez pas perdu de temps, dit-il et son petit sourire narquois me fait monter la moutarde au nez.

– Oui, j'ai un très bon chauffeur, dis-je. Pourrait-on se parler quelque part ?

– Je suis assez occupé, là, réplique Derek. J'ai un festival du Premier Mai à organiser, tout ça... Je suis certain que vous pouvez comprendre.

– Bien sûr, dis-je en souriant. Je venais justement vous souhaiter bonne chance.

Il accuse le coup.

– Merci, ma belle, dit-il, son petit sourire s'élargissant. Mais nous n'avons pas besoin de chance. Nous avons le meilleur buffet de tout le Yorkshire.

– Oh, je ne voulais pas vous dire bonne chance pour aujourd'hui, je parlais des demandes de permis de construire.

Derek se fige.

– Quoi ?

– Firs Blandon a des projets fort ambitieux ! Cette maison de quartier en lisière du village, vous savez, celle qui est visible depuis plusieurs maisons de Peewit Street à Hamleigh ? Ça pourrait être un formidable atout pour toute la région ou, bien sûr – ça dépend du point de vue – une verrue qui détruirait le légendaire paysage des Dales.

Derek m'accorde toute son attention, à présent.

– Oh, Pénélope, Basil, Arnold ! dis-je en leur faisant signe de venir. Je vous présente Derek. Nous allons beaucoup le voir, maintenant que nous allons tous nous intéresser activement aux demandes de permis de construire émanant de Firs Blandon. (Je décoche un sourire lumineux à Derek.) Basil, Pénélope et Arnold ont des idées bien arrêtées sur les sujets locaux. N'est-ce pas ?

– Et comment ! se rengorge Basil.

– Personnellement, je me suis toujours beaucoup investi dans les affaires du village, glisse Arnold.

– Moi, tout ce que j'ai à dire, conclut Pénélope, les yeux fixés sur Derek, c'est qu'il y a un truc avec le prénom Derek. Je n'ai jamais rencontré un Derek sympathique. Jamais.

Avec un grand sourire, je m'empare sans mal du mégaphone, Derek n'offrant plus aucune résistance.

– Remballez tout, tout le monde ! On retourne à Hamleigh-in-Harksdale !

Les stands reviennent à Hamleigh, la queue entre les roues. Pénélope nous ramène avec l'abandon insouciant d'un gamin de dix-sept ans et réussit à nous faire arriver au village en même temps que les stands, bien qu'elle ait fait un détour pour aller prendre Nicola. Lorsque nous dépassons le panneau du Premier Mai de Firs Blandon, Pénélope fait une embardée ; je crie, cramponnée à la portière, tandis qu'elle fait tomber le panneau sur le bas-côté.

– Youpi ! s'écrie-t-elle.

– Détruisez celui-là aussi ! s'exclame une Nicola remontée comme une pendule, en désignant le panneau d'un magasin vendant des produits de la ferme un peu plus loin.

À l'approche de Hamleigh, je réfléchis : j'ai juste le temps de vérifier que les toilettes de chantier sont arrivées avant que la société de drainage ne débarque pour régler le problème de l'inondation. Mais quand nous approchons du champ alloué aux stands de nourriture, une petite foule est assemblée autour de l'entrée, nous bloquant la vue. Pénélope et moi échangeons un regard perplexe. Elle se gare sur un bas-côté et nous descendons de voiture. Je m'apprête à aller aider Nicola, mais Basil s'en est déjà chargé, lui offrant son bras avec une galanterie toute moyenâgeuse. Arnold donne une petite tape affectueuse à Agatha en sortant à son tour – il s'est beaucoup attaché à ma voiture depuis qu'il l'a extraite de la haie de mamie.

– Qu'est-ce qui se passe encore, ici ? demande Arnold devant le petit attroupement.

– Aucune idée.

Je consulte mon téléphone tandis que nous nous approchons de la petite foule. J'ai un message de Bee qui me fait bondir le cœur :

Leena, LANÇONS-NOUS. B & L Consulting. J'en ai beaucoup discuté avec ta grand-mère et je suis TOUT EXCITÉE. Si tu as encore besoin d'un peu de temps, tu sais que je suis là pour toi, mais ce que j'en dis, c'est : ne repoussons pas éternellement. Laisse-moi faire le travail sur le terrain si tu n'as pas la tête à ça. Mais ne perdons pas notre rêve de vue, mon amie ! On va être nos propres patronnes ! Bises.

Et un autre d'Ethan qui me met le moral à zéro.

Désolé, mon ange – c'est la folie, ici. Je vais devoir passer quelques heures de plus au bureau. Aucune chance pour que tu puisses venir toi, plutôt que moi, j'imagine ? Bises.

Je déglutis et pianote ma réponse en avançant dans l'herbe.

Ethan, tu sais bien que je ne peux pas quitter Hamleigh aujourd'hui, c'est la fête du Premier Mai. J'espère que tu arriveras à t'en sortir sans problème. Essayons au moins de nous parler au téléphone ? Bise.

– Ethan ne vient pas ? me demande doucement Arnold.

Je lui jette un coup d'œil.

– On lit tout sur ton visage, explique-t-il.

Je fourre mon téléphone dans la poche de mon sweat à capuche.

– Ce n'est pas sa faute. Le boulot, vous savez.

Arnold me regarde longuement, d'un air entendu.

– Leena, je sais qu'il a été là quand tu avais besoin de lui. Mais on ne reste pas avec quelqu'un par gratitude. Ça ne marche pas comme ça.

– Je ne suis pas avec Ethan par gratitude!

– D'accord. Bon, très bien. (Arnold me serre l'épaule.) Je pense juste que tu mérites un homme qui te traite correctement, c'est tout.

– Je vous préférais en ermite, dis-je d'un air sombre.

Il me fait un grand sourire qui s'évanouit d'un coup. Nous venons d'entendre la même chose.

– T'as pas intérêt à faire ça, bordel!

C'est Cliff. Je me fraie un chemin dans la foule et j'arrive dans le champ où Betsy et Cliff se font face, tels deux cow-boys prêts à dégainer. En fait, Betsy a déjà dégainé – mais ce n'est pas un colt dans sa main, c'est une télécommande de télévision.

– J'en ai marre! Tu m'entends? Marre!

Elle tient la télécommande à deux mains comme si elle allait la casser en deux et Cliff pousse un hurlement de rage.

Cliff ressemble beaucoup à l'image que je m'étais faite de lui. Rougeaud, râblé, avec des chaussettes de sport, un short et un sweat crasseux tendu sur sa bedaine de buveur de bière. C'est l'opposé parfait de la petite Betsy toujours soignée avec son foulard et sa courte veste rose. Sauf qu'il me semble que Betsy a pris le dessus.

– Cliff Harris, dit-elle d'une voix calme et glaciale. *Je. Mérite. Mieux.*

Et avec ce que je ne peux qualifier que de force surhumaine de la part d'une femme qui a enduré son lot d'emmerdements depuis très longtemps, elle brise la télécommande en deux.

Cliff s'approche d'elle, mais Arnold et moi sommes plus rapides et lui attrapons les bras avant qu'il ait pu atteindre Betsy.

– Je veux que tu aies quitté cette maison d'ici la fin de la semaine, tu m'entends? lance Betsy de l'autre bout du champ.

Cliff éructe des obscénités, des choses horribles, si méchantes que j'en reste coite. Arnold le tire en arrière et fait signe à Basil de venir l'aider.

– On s'en occupe, me dit Arnold.

J'opine du chef. On a besoin de moi ailleurs.

Betsy s'effondre dans mes bras dès que je m'approche d'elle.

– Venez, dis-je en l'entraînant.

Je fusille du regard la foule agglutinée autour de l'entrée du champ et tous les badauds se dispersent, l'air embarrassés, pour nous laisser passer.

– Vous avez été formidable, dis-je à Betsy.

Elle essaie de se retourner.

– Oh, je… Je…

Je lui agrippe le bras.

– Maintenant, il ne nous reste plus qu'à vous trouver un endroit où dormir. D'accord ?

Je me mordille l'intérieur de la joue. Clearwater Cottage est trop près. Betsy doit s'en aller une semaine, le temps qu'on ait réussi à se débarrasser de Cliff.

Pénélope et Nicola attendent près de la voiture. Elles ouvrent de grands yeux en nous voyant arriver, le pas incertain, bras dessus bras dessous. J'aide Betsy à s'installer sur le siège passager et dès qu'elle a bouclé sa ceinture, une idée me vient.

– Nicola, dis-je doucement, après avoir claqué la portière. Betsy a donné une semaine à son mari pour quitter la maison.

Le visage de Nicola s'adoucit. Elle regarde Betsy, muette sur le siège passager. Elle tient toujours les deux morceaux de la télécommande dans les mains ; elle s'y cramponne de toutes ses forces.

– Ah, elle l'a fait, hein ?

– Pensez-vous que…

– Elle peut venir chez moi aussi longtemps que nécessaire, dit Nicola.

– Vous êtes sûre ? Je sais que c'est beaucoup vous demander.

– Si une femme a besoin d'un toit et que j'ai un lit à offrir, l'affaire est réglée. Un point c'est tout.

Nicola ouvre déjà la portière arrière. Je vais l'aider, en mode pilotage automatique.

– On va vous ramener chez moi, hein, mon chou, dit-elle à Betsy tout en s'installant. Je mettrai la bouilloire à chauffer, on prendra une bonne tasse de thé bien chaud, puis je nous ferai une tourte au poisson pour le dîner.

Il me faut faire un effort pour ne pas verser une larme, tandis que je prends les clés à une Pénélope très inquiète, et que je m'installe moi-même au volant. Ces gens. Il y a tant de férocité en eux, tant d'amour. Quand je suis arrivée ici, je croyais leurs vies étriquées, mais j'avais tort. Ils font partie des êtres les plus formidables que je connaisse.

28

EILEEN

La partie commune est en pleine effervescence. Fitz baisse la tête au moment où Martha lance un paquet de serviettes à Aurora. Rupert attrape le bout de la nappe que tient Letitia juste à temps pour l'étendre bien à plat. Yaz signe la livraison des repas d'une main, Vanessa dans le creux du coude. C'est la première fois que Yaz et Martha reviennent dans notre petite troupe, après quelque temps d'intimité familiale, et je dois dire qu'elles sont tout de suite opérationnelles. Mais je n'en attendais pas moins d'elles.

Nous avions espéré fournir aux Aînés de Shoreditch un repas chaud, mais entre les allergies et autres, c'est devenu si compliqué que pour le moment, ils se contenteront de snacks. Heureusement que j'ai jeté un coup d'œil à la commande du supermarché avant que Fitz ait cliqué sur Acheter parce que presque tous les éléments de sa liste auraient posé des problèmes aux personnes n'ayant plus toutes leurs dents ou au contraire un nouveau dentier. Nous avons donc moins de bâtonnets de carottes et de chips, et beaucoup plus de roulés à la saucisse et de petits carrés de quiche.

Je sors mon téléphone portable. Tod devrait arriver d'une minute à l'autre avec le bus de la tournée pour aller chercher nos Aînés de Shoreditch ; j'attends qu'il m'appelle. Et Howard a dit qu'il viendrait pour l'inauguration, lui aussi, donc il ne devrait pas tarder non plus. Je me tapote les cheveux nerveusement – Martha m'a fait un chignon, très chic, mais je crains que ça fasse un peu trop.

J'ai deux messages. Le premier est de Bee :

Je suis coincée avec un client et je vais devoir louper l'inauguration du club. Je suis TELLEMENT désolée. Je me sens super mal.

Pouvez-vous passer me voir demain matin avant votre départ ? Je serai à Selmount et je n'ai aucune réunion. Les bureaux de Selmount sont sur votre chemin, n'est-ce pas, si vous allez à King's Cross ?

Je lui réponds.

Coucou, Bee. Ne t'en fais pas. Neuf heures demain matin, ça te va ? Peut-être que si tu as le temps, on pourrait se prendre un dernier café avec un muffin ensemble. Pas de problème si tu ne peux pas, bien sûr. Bise. Eileen.

Sa réponse est presque instantanée.

Parfait. Encore désolée, Eileen. Bises.

L'autre message est de Howard.

OldCountryBoy écrit: Je suis content que vous soyez d'accord pour ces 300 £ qui vont nous aider à démarrer. Je vous promets que nous aurons le double de dons dans la semaine ! Bises.

EileenCotton79 écrit: Je vous ferai le chèque quand je vous verrai. J'ai hâte de découvrir notre site web. ☺

Aussitôt s'affichent les points de suspension qui signifient qu'il écrit quelque chose.

OldCountryBoy écrit: Je suis absolument navré, Eileen, mais je ne pense pas que je pourrai venir à la fête d'inauguration. J'ai beaucoup de travail à faire pour le site web ! Pourriez-vous transférer l'argent en ligne ?

Mon moral dégringole. Je pensais… J'avais vraiment… Enfin. Peu importe. Cet événement n'était pas pour Howard en particulier et s'il ne peut pas venir, ce n'est pas non plus la fin du monde.

EileenCotton79 écrit: Je ne suis pas tout à fait équipée pour effectuer des opérations bancaires sur l'ordinateur, je le crains. Mais je peux vous poster le chèque. Vous n'avez qu'à m'envoyer l'adresse. Amicales pensées, Eileen.

– Eileen ? fait une voix que je connais bien.

Je lève les yeux et je vois Tod : beau et merveilleux. Mon moral remonte. C'est sans doute pour ça que c'est pratique d'avoir plusieurs hommes à la fois.

– Tu es venu !

Je me dresse sur la pointe des pieds pour l'embrasser sur la joue.

Il est magnifique avec sa chemise à col ouvert et son pantalon chino. Il considère notre tourbillon d'activités d'un air sidéré.

– C'est toi qui as fait tout ça ? me demande-t-il.

– Oui ! Enfin, nous tous, dis-je, rayonnante.

– Oh, bonjour, vous êtes Tod ? dit Fitz en se matérialisant à côté de nous.

Il tend la main à Tod.

– Enchanté de faire votre connaissance. J'ai bien l'intention d'être vous quand je serai grand.

– Acteur ? s'enquiert Tod.

– Un amant compétent, même quand j'aurai passé soixante-dix ans, le corrige Fitz. Ah, non, ce n'est pas un vase, c'est pour les cannes !

Cette remarque s'adressait à Letitia. Je fais une grimace d'excuse à Tod qui, heureusement, a l'air très amusé.

– Désolée pour tout ce chaos, dis-je en même temps que Tod m'annonce : « J'ai une mauvaise nouvelle. »

– Quelle mauvaise nouvelle ?

– Le bus de la tournée. La compagnie de théâtre en a besoin, hélas.

Je porte la main à ma poitrine.

– *Quoi ?* Tu n'es pas venu en bus ? Nous n'avons pas de moyen de transport ?

Tod affiche une mine inquiète.

– Oh, mon Dieu, c'était si important ?

– Bien sûr que c'était important ! Nous avons promis aux gens de venir les chercher !

– Ne pouvons-nous pas leur appeler des taxis ? propose-t-il, perplexe.

– Jusqu'ici, les charmants habitants de cet immeuble ont tous mis la main à la poche pour fonder ce club, dis-je d'un ton sec, la bouche pincée. Ils ne peuvent pas payer je ne sais combien de taxis par-dessus le marché.

– Ah, d'accord.

L'espace d'un instant, je pense que Tod va me proposer de payer, mais non, ce qui me fait encore plus pincer les lèvres.

– Excuse-moi, dis-je d'un ton froid. Je ferais mieux d'aller régler ce problème.

Les hommes. Il faut toujours qu'ils vous déçoivent à un moment ou à un autre, pas vrai ?

Je sais bien que Sally n'est pas emballée par l'idée des Aînés de Shoreditch, et je parierais qu'elle compte passer l'après-midi enfermée à double tour dans son appartement. Mais je n'ai personne d'autre à qui m'adresser. J'attends devant sa porte, nerveuse. Elle met une éternité à ouvrir et je ne sais pas ce que nous allons faire si elle n'est pas chez elle.

Enfin, Sally tire les trois verrous de sa porte, me jette un coup d'œil et bat en retraite à l'intérieur.

Je reste stupéfaite.

– Sally ?

Elle revient brusquement avec ses clés de voiture.

– Quelle est l'urgence, cette fois ? me demande-t-elle tout en refermant déjà la porte derrière elle.

Elle râle et soupire jusqu'à ce que nous soyons sorties de l'immeuble, mais je ne suis pas convaincue par son numéro. Je crois que Sally aime bien être l'héroïne de la situation.

Dès qu'elle et Fitz sont partis, munis de la liste de noms et d'adresses, j'entreprends d'installer des dominos et des paquets de cartes sur les tables, en jetant des coups d'œil nerveux vers la porte. Je me tapote si souvent le chignon que si ça continue, je vais bousiller ma superbe coiffure. Je n'arrête pas de m'agiter à droite et à gauche, c'est plus fort que moi.

Juste au moment où je n'ai plus rien à faire, mon téléphone émet un bip. C'est un texto d'Arnold.

Chère Eileen, j'ai pensé que tu aimerais savoir que Betsy a mis Cliff à la porte aujourd'hui. En attendant qu'il soit parti, Leena s'est arrangée pour lui trouver un endroit sûr où habiter un moment, chez Nicola, de Knargill, et nous avons échangé quelques mots bien sentis avec Cliff qui a promis d'emménager chez son frère à Sheffield d'ici le week-end prochain, afin que Betsy puisse enfin avoir la maison à elle.

Désolé si j'interromps ta grande inauguration, je sais que c'est un jour important pour toi. Mais j'ai pensé que tu voudrais être au courant. Arnold.

Je porte le téléphone à mon cœur. Mon premier instinct est d'appeler Betsy, mais je me souviens dans quel état j'étais tout de suite après que Wade m'avait quittée, l'humiliation, la honte. Je ne voulais parler à personne, pas au début.

Alors, je me contente de lui envoyer un texto.

Je pense à toi. Puis, mue par une subite impulsion : **Tu es une merveilleuse et courageuse amie. Je t'adore. Bises. Eileen.**

Je rouvre le message d'Arnold, mais je ne sais pas trop comment lui répondre. C'était si attentionné de sa part de m'apprendre la nouvelle concernant Betsy. Étrangement, Arnold m'a été d'un grand réconfort ces dernières semaines, avec ses stupides vidéos de chat et ses nouvelles de Hamleigh.

– Eileen ? lance Fitz. Ils sont là !

Je me tourne vers la porte. Il a raison : les Aînés de Shoreditch arrivent, certains avec une canne, d'autres d'un bon pas, mais tous ouvrant de grands yeux curieux et pleins d'enthousiasme sur le nouvel espace commun, tandis que Sally et Fitz les aident à entrer. Je vois le lieu avec leurs yeux : les murs vert sauge, les beaux parquets nus, et je m'épanouis de fierté.

– Bienvenue ! dis-je en écartant les bras. Je vous en prie, entrez !

Je m'étais demandé en rencontrant Letitia combien d'autres personnes fascinantes étaient confinées dans leur petit appartement à Londres, solitaires. Et maintenant, me voilà avec une salle pleine de Letitia, des personnes toutes différentes, toutes extraordinairement intéressantes. Il y a Nancy, ancienne flûtiste à l'Orchestre symphonique de Londres. Il y a Clive qui a passé sa vie à conduire des camions de nuit et qui ne peut s'endormir que s'il y a de la lumière. Il y a Ivy qui bat tout le monde au Scrabble et mange les roulés à la saucisse en deux bouchées, avant d'admettre d'un air coupable qu'elle est, techniquement, un génie, et qu'elle ne devrait pas être autorisée à participer aux jeux de plateau.

Rupert passe une petite demi-heure à l'atelier créatif – il a eu la bonne idée de poser du lino par terre. Sage décision car la peinture finit plus souvent sur le sol que sur les toiles. Et puis, il y a le buffet, et maintenant de la musique – c'est l'idée de Fitz. Ivy et Nancy se lèvent même pour danser. C'est merveilleux. Je voudrais que ça ne finisse jamais.

– Quelle réussite pour vous, Eileen, me dit Martha en me déposant un baiser sur la joue au passage.

Je fais une petite pause sur le canapé, regardant Nancy et Ivy se lancer dans un fox-trot au ralenti en évitant les tables de rami. Tod s'assied à côté de moi. Je suis surprise de le voir encore ici. Il a passé la majeure partie de l'après-midi dans l'appartement de Leena, à prendre des appels.

– Je crois que ça n'est pas tout à fait son monde, m'a dit Martha avec diplomatie quand je me suis plainte qu'il ne se joignait pas à nous.

Il est vrai qu'il semble déplacé, parmi nous. Nancy, Ivy et Clive sont tous des gens ordinaires, comme moi. Tout à coup, je me rends compte que tout le temps que j'ai passé avec Tod, c'était dans son monde à lui : son immense maison, ses cafés de prédilection. C'est la première fois qu'il met un pied dans mon monde à moi, et soudain, je comprends très clairement que ce n'est pas un endroit où il a envie de rester.

C'est alors que Tod me prend la main et fait courir son pouce à l'intérieur de mon poignet, comme lors de notre premier rendez-vous, au café, et d'un seul coup, mon cœur s'emballe.

– Alors, c'est aujourd'hui qu'on se dit au revoir ?

Sa voix est grave et douce. C'est une voix qui m'a donné un nombre incalculable de frissons ces deux derniers mois.

– Oui, dis-je. C'est aujourd'hui.

Si je l'ignorais, je le sais maintenant.

Je ne veux pas passer le restant de mes jours avec un homme comme Tod. Je veux le passer avec quelqu'un qui comprend les choses qui comptent pour moi, qui a eu des déboires dans sa vie, comme moi. Je ne peux pas imaginer Tod en train de jardiner avec moi, lisant près de mon poêle à bois à Clearwater Cottage ou m'aidant à présider les Voisins vigilants. Il fait partie de mon aventure londonienne, et c'est à Londres qu'il appartient.

– Je dois retourner au théâtre, me dit-il d'une voix si basse que je saisis à peine ses paroles. Mais je pourrais revenir ce soir. Une dernière nuit. En souvenir du bon temps.

Comme à chaque fois, une douce chaleur s'épanouit comme un papillon dans ma poitrine, et la caresse rythmique de son pouce sur mon poignet me fait perdre la tête.

Bon. Peut-on vraiment parler d'aventure si on ne prend pas au moins *une* mauvaise décision dans le lot ?

29

LEENA

Je n'ai rien contre la gestion de crise, mais en rentrant de chez Nicola, j'éprouve quand même quelques appréhensions. Combien de choses ont été laissées en plan pendant mon absence ? La fête est déjà officiellement lancée et je ne suis pas sûre que quelqu'un ait vérifié que les toilettes étaient bien là. Mais quand je me gare dans Peewit Street, j'entends la vente de charité qui a commencé, je sens le porc en train de rôtir et je vois le fauconnier se mettre en place avec ses oiseaux. L'effet est extraordinaire. Quelqu'un a dressé l'arbre de mai en mon absence – il est presque droit ! Nous avons aussi de la chance avec la météo : il y a ce pâle soleil citronné de début de printemps et une légère brise porte les bavardages et les rires des enfants.

Je fonce vers l'endroit dédié aux toilettes de chantier et découvre avec ravissement qu'elles sont bel et bien là. Sinon, j'allais devoir demander à tout le monde de laisser sa porte ouverte et de laisser entrer les visiteurs qui auraient eu besoin de faire pipi. Or, j'avais le pressentiment que ce serait dur à faire accepter aux villageois.

– Ah bien, les toilettes sont là, dit ma mère dans mon dos.

Je me retourne, surprise. Elle a l'air en forme – elle porte une longue jupe ample et un chemisier à manches cloches – et lorsqu'elle se penche pour m'embrasser, j'éprouve un sentiment singulier. Il me faut un moment pour comprendre : pas de vague d'émotion, pas de panique, pas de réflexe de fuite. Je suis contente de la voir. C'est tout.

Elle tire une liste de la poche de sa jupe – ma liste. Je tapote mes propres poches comme si la liste pouvait être là alors que je la vois dans les mains de ma mère.

– Basil l'a ramassée après l'esclandre avec Cliff, m'explique maman. J'ai fait du mieux que j'ai pu. Désolée si l'arbre de mai est un peu de traviole : impossible de convaincre Roland qu'il n'était pas droit. À la fin, j'ai baissé les bras.

– Tu... Oh, maman, merci !

Elle me sourit. Elle s'est fait un chignon flou et ses yeux brillent. Je suis si soulagée de ne plus être en colère contre elle, si heureuse de la regarder et de n'éprouver pour elle que de l'amour, que spontanément je la serre dans mes bras. Elle rit.

– Oh, ça c'est gentil, dit-elle.

Je l'embrasse sur la joue. Derrière nous, quelqu'un frappe de l'intérieur d'une des toilettes et une voix qui appartient à coup sûr à Basil s'écrie :

– Hé ! Je suis coincé !

Je grimace à l'adresse de maman.

– Retour au boulot, hein... Tu feras la procession avec nous ?

– Il paraît qu'ils n'ont toujours pas trouvé de reine de Mai, me répond-elle en haussant un sourcil.

– Oh, mon Dieu, je vais devoir m'y coller, hein ?

Je regarde ma mère, pleine d'espoir.

– À moins que ça te fasse envie ?

Maman me regarde d'un air très maternel, du genre « Bien essayé, Leena ».

– Quand on voit comment tu as sauvé la fête ce matin... la couronne de la reine de Mai te revient de droit, me dit-elle. Bon. Tu aides Basil à sortir des toilettes ou je m'en charge ?

Maintenant que j'ai endossé ce déguisement de Premier Mai, je ressemble moins à la reine Guenièvre qu'à une... mariée.

J'ajuste le bustier nerveusement, m'attardant devant la porte de Clearwater Cottage. La robe à taille haute retombe en légère mousseline blanche à partir du buste et Pénélope m'a mis des fleurs dans les cheveux, autour de la couronne de la reine de Mai. Je me sens un peu éthérée. C'est très nouveau pour moi. Je ne suis pas du genre éthéré en général.

Récupérant le téléphone de mamie dans mon sac, j'envoie un rapide texto à Betsy pour lui dire que tout se passe bien. Arnold a ramené Cliff à la maison pour le moment, avec ordre de ne pas remettre les pieds à la fête. Du coup, j'ai pensé que nous pourrions ramener Betsy pour la procession. Mais quand elle a appelé pour dire qu'elle s'était installée chez Nicola, sa voix chevrotait tellement de fatigue que je ne l'ai même pas suggéré.

On oublie facilement que Betsy n'est pas mamie : elle a six ans de plus, pour commencer, et bien qu'elle ait une détermination d'acier, elle n'a pas l'énergie de mamie.

Je ne suis pas sûre que beaucoup de monde l'ait, d'ailleurs. Ces deux derniers mois m'on rappelé à quel point ma grand-mère est remarquable.

Je lisse ma robe, les mains moites. Dans Middling Lane, la procession n'attend que moi. Il n'y a pas eu de sélection pour le défilé du Premier Mai – il inclut presque tous ceux qui n'avaient rien d'autre à faire, ainsi que ceux que Betsy mettrait au ban du village si elle apprenait qu'ils n'ont pas participé. Ma mère est là, en train de rire à des propos de Kathleen et je vois la troupe des Voisins vigilants : la tête chauve du docteur Piotr penché pour parler à Roland, Pénélope entortillant un long collier de fleurs à son cou et sur ses bras comme pour s'en faire un boa.

Et puis il y a les enfants. Les trente-huit enfants scolarisés à l'école primaire de Hamleigh-in-Harksdale sont tous là, ils font cercle autour de Jackson, leurs petits visages tournés vers le sien. Ils sont chargés de sacs, prêts à lancer des pétales roses sur la foule. Ils sont vêtus de blanc, comme moi, bien que la plupart de leurs costumes soient confectionnés à partir de draps.

Enfin, sauf une. Une petite fille très spéciale est déguisée en mandarine satsuma.

– La dame lapin de Pâques ! s'écrie Samantha en rompant les rangs pour venir m'entourer les jambes.

Elle se jette sur moi avec une telle force qu'il faut que Jackson l'empêche de perdre l'équilibre. Il me regarde, et accuse visiblement le coup en me voyant dans ma robe blanche, les épaules nues. Sa bouche s'entrouvre et il me fixe, mais pour de bon, dans le genre : « C'est plus fort que moi, il faut que je te fixe. » Je me mords la lèvre pour ne pas sourire.

– Tu ressembles à une reine, dit Samantha !

– Oh, merci !

– Ou à un fantôme !

Hum. Moins bien.

Jackson s'éclaircit la voix.

– Prête à te déplacer avec élégance, comme promis ? me demande-t-il en désignant quelque chose derrière moi.

Je me retourne. Garé devant la maison d'Arnold, le pick-up de Jackson est si lourdement enguirlandé de rubans et de fleurs qu'on voit à peine Arnold sur le siège conducteur. Il baisse une vitre, décapitant un œillet au passage.

– Votre carrosse vous attend ! lance-t-il.

– Vous participez à la procession du Premier Mai ? Mais Arnold, et votre réputation de vieil ours mal léché du village ?

– Allez, montez à l'arrière avant que je ne change d'avis, réplique-t-il.

Jackson embrasse Samantha et l'envoie rejoindre les autres enfants avant de m'aider à grimper à l'arrière du pick-up. Debout côte à côte, nous nous regardons, le vent dans les cheveux. J'éprouve principalement de la joie – joie d'être ici, joie d'avoir fait ce choix fou et d'avoir emprunté la vie de ma grand-mère pendant quelque temps, joie de voir Jackson sourire si largement que ses deux fossettes se creusent. Derrière nous s'élève un bavardage excité tandis que chacun se met en position, puis Jackson tape deux fois sur le toit du pick-up et nous voilà partis, cahotant sur le chemin de paillettes à environ deux à l'heure, emmenant une procession du Premier Mai joyeuse et bigarrée.

Ça faisait des années que je n'avais pas été ivre… Je ne me souviens pas de la dernière fois où j'ai trop bu. Le pot d'adieu pour Mateo quand il est parti travailler pour McKinsey ? Et même là, j'étais trop fatiguée pour me saouler proprement : j'avais juste descendu deux Long Island au thé glacé avant de m'endormir dans le métro. Et rien ne vous dégrise davantage qu'un long et onéreux trajet jusqu'à High Barnet.

Mais là, je suis ivre de daïquiris à la mangue, grisée d'avoir maladroitement dansé autour de l'arbre de mai, et je suis heureuse ! Heureuse, heureuse, heureuse. On pense avoir récolté plus de mille livres en tout et cet argent ira à des personnes comme Carla, leurs familles et leurs aidants. Sur le moment, cela me paraît la plus belle chose au monde.

Je me fraie un chemin jusqu'au grand feu de joie qui brûle dans le champ où j'avais promené Hank pour la première fois. La plupart des stands de nourriture sont encore là, ils continuent de servir, à la lueur des lampions et de l'éclat pétillant du feu de joie. Le stand le plus apprécié est celui des cocktails tropicaux, mais il y a la queue à tous. Les collines de Dales forment une toile de fond sombre et belle : cet endroit va me manquer, oh oui, il va vraiment me manquer ! Je voudrais que cette soirée ne finisse pas.

– Voilà quelqu'un de content, me dit Arnold en levant son verre à mon adresse tout en approchant du feu de joie.

Le bois crépite et lance des étincelles derrière lui ; je m'approche, mains tendues vers les flammes, et éprouve leur chaleur avec un soupir. Jackson arrive d'un pas tranquille et passe à Arnold une tasse de quelque chose où flotte une tranche de melon. Ils se tiennent côte à côte, détendus, comme père et fils. J'aime le fait qu'ils soient restés proches malgré le départ de la mère de Jackson. La famille, ça peut être très compliqué, mais si vous n'écoutez que votre cœur, vous pouvez aussi vous retrouver avec un résultat assez parfait.

Jackson scrute le ciel.

– Il va pleuvoir, demain.

– Mon beau-fils, me dit Arnold, assombrit ton défilé du Premier Mai. La dame était heureuse, Jackson ! Ne lui gâche pas toute sa bonne humeur.

Jackson toussote.

– Pardon.

Il se penche pour poser sa tasse vide par terre et se redresse en vacillant en peu.

– Tu es saoul ? lui dis-je. Oh, ça c'est drôle. À quoi ressemble Jackson quand il a bu ?

– En fait, répond Jackson en ôtant les fleurs défraîchies de sa couronne, un Jackson qui a trop bu a tendance à raconter sa vie.

Arnold prend congé, agitant vaguement la main vers la limite des arbres. Jackson et moi allons vers les bancs que nous avons bricolés près du feu de joie. Il fait nuit ; son visage est très viril à la lumière du feu. Mon cœur se met à tambouriner. Je ne devrais pas être assise ici seule avec lui – je songe trop à cet homme, je suis trop consciente de sa présence.

– Samantha t'adore, me dit-il en ôtant sa couronne qu'il pose à côté de lui. Même si elle croit toujours mordicus que tu es le lapin de Pâques. Elle m'a expliqué que tu étais en congé jusqu'à l'année prochaine.

Je me détends un peu – si nous parlons de sa fille, ça n'est pas dangereux.

– Et ce déguisement… dis-je. C'est vraiment une gamine géniale.

Jackson me coule un regard.

– Tu sais qu'elle t'a mis du nappage au sucre dans les cheveux quand tu l'as laissée te monter sur les épaules ?

Je porte la main à ma tête et grogne :

– Pff, ça va être l'enfer à faire partir. Pourquoi personne ne m'a rien dit ?

– Je crois qu'ils sont tous trop ivres pour le voir. Sauf moi.

– Sauf toi ? (Je hausse les sourcils.) Je pensais que tu en étais au stade où tu racontes ta vie.

– C'est ce que je fais.

Il se tourne vers moi, les yeux brillants et intenses dans la lumière du feu.

– J'ai tendance à te remarquer plus que les autres.

Je me fige. Mon cœur cogne à mes oreilles, dans ma gorge, partout.

– Leena…

– Je devrais retourner au…

Sa main se pose sur la mienne, sur le banc. Un courant chaud et froid me traverse à son contact, comme quand quelqu'un vous attire pour vous embrasser profondément, alors qu'il n'a fait que poser sa main sur la mienne.

– Je te trouve extraordinaire, Leena Cotton. Tu es gentille, belle et absolument irrésistible. Et bon sang, quand tu te passes la main dans les cheveux comme ça, ça me…

De son autre main il se frotte la bouche, la mâchoire crispée.

Je baisse le bras – je ne m'étais même pas aperçue que je touchais mes cheveux.

– Je crois qu'il faut que tu le saches, dit-il. Je t'aime beaucoup. Plus qu'il ne faudrait. Tu vois ce que je veux dire.

Mon souffle s'accélère, saccadé. J'ai envie de le toucher. J'ai envie d'entrelacer ses doigts avec les miens, de l'attirer à moi et de l'embrasser très fort sur la bouche dans la lumière du feu de joie. Il est trop près, si près que je distingue ses taches de rousseur pâles, sous ses yeux, sa barbe du soir sur sa mâchoire…

– Depuis le début, je ne sais pas quoi faire, dit-il d'une voix qui n'est plus qu'un murmure. (Ses lèvres ne sont qu'à quelques centimètres des miennes.) Ça fait des semaines que je ne pense qu'à ça. Je ne veux pas briser un couple, ce n'est pas bien. Mais je ne veux pas non plus que tu partes sans savoir.

Mon cerveau se remet à fonctionner au moment où il fait allusion à Ethan. Je retire ma main et je me recule en déglutissant avec peine. Mon corps est alangui – je suis brûlante de désir.

– Je ne devrais pas… Je suis désolée, Jackson, j'aurais dû t'interrompre dès que tu as commencé à me parler. Je ne te vois pas sous ce jour-là. J'ai un copain. Tu le sais.

Mon petit discours est moins ferme que je ne le voudrais : j'essaie d'avoir un ton décidé, mais j'ai la tête embrumée par les cocktails tropicaux et mon cœur continue de battre à tout rompre.

– Et il te rend heureuse ? me demande Jackson avec un léger tressaillement. Je suis désolé. Je ne te le demanderai qu'une fois.

Je prends une profonde inspiration. C'est d'Ethan que nous parlons. Bien sûr, je connais la réponse à cette question.

– Oui. Tout à fait.

Jackson regarde le bout de ses orteils.

– Ah. Bon. Je suis content. Je suis content qu'il te rende heureuse.

Sa sincérité me bouleverse.

– Je serai partie la semaine prochaine, dis-je en déglutissant. Tu... tu m'oublieras. La vie retournera à la normale.

Nous abîmons notre regard dans le feu dont le vent déchire les flammes.

– On peut aussi bien se dire au revoir maintenant, suggère-t-il.

Je fais un petit pot d'adieu demain à la mairie. Il y aura toute l'équipe des Voisins vigilants, peut-être Nicola et Betsy si elles s'en sentent l'envie. Mais je devine que Jackson ne viendra pas.

– D'accord, dis-je. Pas de souci. Il faut que je...

Je me lève. Une moitié de mon corps est brûlante d'être resté près du feu de joie, l'autre est glacée par le vent.

– Je suis désolé, dit Jackson en se levant à son tour. J'aurais dû... Maintenant, je vois clairement que j'aurais dû me taire.

– Non, je comprends.

C'est mieux qu'il me l'ait dit. Maintenant au moins, on sait où on en est.

– Bon. Au revoir, dit-il.

J'hésite, puis...

– Viens là, dis-je en l'étreignant.

Il referme ses bras sur moi, pressant ma joue contre sa poitrine, sa main m'enserrant presque la taille. Il sent le feu de bois et les fleurs des champs, le parfum de sa couronne imprègne encore le doux tissu de sa chemise. Je me dégage... mon cœur s'emballe à nouveau.

– Je te souhaite une belle vie, Leena Cotton, me dit-il au moment de nous séparer. Et... veille à ce que ce soit bien celle que tu veux.

30

EILEEN

Je laisse Tod au lit dans les draps froissés, son bras rejeté vers ma place comme s'il me cherchait. J'aime l'idée que ce soit le dernier souvenir que j'emporte de lui et que je reste à jamais dans sa mémoire la femme d'hier soir, pompette, un peu sotte et maquillée à la perfection par Martha.

Mes bagages sont faits, ils attendent en bas, dans le couloir de Rupert et Aurora. Fitz me les a descendus avant d'aller travailler. J'ai offert à Aurora et Rupert un cactus en cadeau de départ : Aurora était aux anges. Cette femme pense que toute chose ayant vaguement une forme phallique est une œuvre d'art.

Ils m'ont promis de continuer à faire vivre le club des Aînés de Shoreditch et de m'envoyer des photos de l'événement du mois. Mais c'est Fitz le plus emballé de tous : il a déjà de grands projets pour agrandir le club. Ça m'a fait plaisir de le voir se jeter corps et âme dans cette aventure – il me rappelle celle que j'étais à son âge. Même si moi, j'avais bien plus de plomb dans la cervelle. Ce garçon ne sait même pas s'occuper de lui-même. Toute notion domestique lui entre par une oreille avant de ressortir par l'autre. J'ai fait ce que je pouvais, malgré tout, le temps de mon séjour ici, et on peut dire qu'il est en progrès. L'autre jour, je l'ai même vu en train de ranger ses chaussettes par paires après avoir fait une lessive.

Je hèle un taxi pour qu'il me conduise aux bureaux de Selmount, en vue de mon café d'adieu avec Bee. Tandis que nous sillonnons les rues, je me souviens à quel point cet endroit m'avait paru effrayant à mon arrivée. Aujourd'hui, c'est une seconde maison. Je vais regretter le vendeur du marché qui me fait une ristourne sur les crêpes parce qu'il est lui aussi du Yorkshire, et le vendeur de journaux avec son berger allemand qui arbore un nœud papillon rose.

Nous nous garons devant les bureaux de Selmount. Il me faut un moment pour descendre de voiture et je sors à peine une jambe quand je lève les yeux et me fige.

– Ça va, madame ? me demande le chauffeur de taxi.

– Chut ! dis-je sans le regarder.

Je pivote pour me rasseoir dans la voiture.

– Fermez votre portière ! Suivez cette voiture !

– Pardon ? fait-il, désorienté.

– Ce taxi, là !

– Celui avec le monsieur et la jeune fille blonde qui sont en train de monter dedans ? me demande-t-il en me regardant d'un air méfiant dans son rétro.

– C'est le copain de ma petite-fille et je vous parie tout ce que vous voulez qu'il fricote avec cette femme. Elle correspond parfaitement à la description.

Aussitôt, le chauffeur démarre.

– Vous avez bien raison, madame. Je vais leur coller au train.

Il s'insère dans la circulation avec tant de maîtrise que personne ne klaxonne.

– Je ne supporte pas les gens infidèles, déclare-t-il.

– Moi non plus, dis-je avec ferveur, tandis que nous roulons derrière eux.

Non sans quelque difficulté – je ne veux pas quitter le taxi des yeux –, j'envoie un bref message à Bee.

Suis sur la piste d'Ethan. Vraiment désolée de t'avoir manquée. Amitiés, Eileen.

Sa réponse est immédiate.

JE SUIS INTRIGUÉE.

Mais je n'ai pas le temps de la mettre au courant. Elle devra attendre la fin de ma filature. Le taxi d'Ethan se range ; mon chauffeur s'arrête derrière eux à un arrêt de bus, me regardant d'un air nerveux par-dessus son épaule.

– Je descends ici, dis-je en m'extrayant à grand-peine de la voiture. Vous avez été formidable. Dès que j'aurai compris comment on fait, je vous mettrai cinq étoiles.

Le chauffeur reste sidéré, mais il m'aide à descendre et me fait un geste de la main amical tandis que je me mets en route après Ethan, traînant ma valise derrière moi.

Je suis convaincue qu'il s'agit de Céci. Elle a des cheveux blonds et raides et de longues jambes. Ça coche deux des cases que j'ai sur elle, et en plus, elle a un petit quelque chose qui dit « Je pourrais bien piquer le copain de ta petite-fille ».

Néanmoins, je perds un peu de mon aplomb quand ils s'arrêtent devant un immeuble de bureaux. Et si Ethan et Céci se rendaient tout simplement à une réunion ? Auquel cas j'aurais dépensé beaucoup d'argent en taxi pour… et où suis-je exactement ?

Mais la main d'Ethan frôle le bras de Céci et je sais que je tiens quelque chose. Il penche la tête pour lui parler. Et puis, rapide comme l'éclair, si vite que j'aurais pu le louper… il l'embrasse sur la bouche.

J'hésite un moment. Je pile devant l'obstacle. Puis je me souviens de ce que j'ai pensé la première fois que j'ai soupçonné Ethan d'être infidèle à Leena. Carla n'aurait pas reculé, elle, et je ne devrais pas hésiter non plus. Rajustant mon sac sur l'épaule, je me mets en marche d'un pas décidé, traînant ma valisette à roulettes derrière moi.

Ethan et Céci ne lèvent même pas les yeux à mon approche. Je tapote l'épaule d'Ethan. Il fait volte-face.

– Eileen ! Bonjour ! dit-il en reculant d'un pas. Qu'est-ce que vous faites ici ?

– Céci, je suppose ? dis-je à la jeune femme.

Elle se contente de hausser les sourcils d'un air surpris.

– Je vous demande pardon ?

– Filez, jeune fille. (Je désigne l'immeuble.) Je n'ai pas envie de me quereller avec vous. Même si vous devriez savoir qu'il y a un lieu spécial en enfer où rôtissent les femmes qui ont jeté leur dévolu sur l'homme d'une autre.

– Écoutez, attendez un peu, Eileen, fait Ethan.

– Je vous ai vu l'embrasser.

– Qu'est-ce que ça vient faire là-dedans… commence Céci.

– Vous êtes encore là, vous ? dis-je.

Céci me contemple avec dégoût.

– Ethan ? dit-elle.

– Je te rejoins au meeting, répond-il. Fais-les attendre, tu veux bien ?

– Viens, laisse tomber, Ethan. Et qui est cette femme, d'abord ?

– Je suis la grand-mère de Leena.

Céci écarquille les yeux.

– Oh.

– Oui. Oh.

– Je… on se retrouve à l'intérieur, dit-elle à Ethan avant de déguerpir sur ses talons aiguilles.

Elle me fait penser à une mante religieuse. Je détourne le regard. Elle ne mérite pas mon attention.

– Donc, dis-je à Ethan.

J'attends.

Il se frotte le front.

– Je pense que vous vous méprenez, Eileen.

– Je ne suis pas idiote, Ethan. N'essayez pas de me faire passer pour une innocente.

– Écoutez. Vous ne comprenez pas. Pour vous dire les choses de la façon la moins offensante, Eileen, les relations modernes ne sont pas comme…

– Non. Laissez tomber tout ce baratin.

Ethan se passe les doigts dans les cheveux.

– Bon. D'accord. Je n'ai pas… Je n'ai pas cherché ce qui est arrivé avec Céci. Je ne voudrais surtout pas faire de peine à Leena. Mais elle a beaucoup changé ces derniers temps. Je ne sais pas ce qui lui a pris. Je n'ai même plus l'impression d'être en couple avec *Leena*, c'est comme si elle était devenue une autre femme qui veut qu'on parle de… du réseau de transports dans le nord rural de l'Angleterre, de la préparation d'un ragoût et qui organise des kermesses de village. C'est… C'est juste que… (Soudain, il me prend le bras.) Je vous en prie. Ne lui dites rien.

– Ah, voilà. Je me doutais que nous allions en arriver là.

Je dégage mon bras avec détermination.

– Je vous en prie, dit-il. Ça gâcherait tout. Je vais arrêter de voir Céci, je vais arrêter tout de suite après notre meeting.

Il commence à craquer ; il a le regard désespéré.

– Je ne dirai rien à Leena.

Ses épaules s'affaissent de soulagement.

– Pendant deux jours. C'est le temps que je vous donne. Pourtant, Dieu sait que vous ne le méritez pas.

Et je le laisse planté là parce que sinon, je laisserais libre cours à ma colère. Or je ne supporterais pas de le voir se décomposer et s'apitoyer sur son sort en transpirant dans sa chemise coûteuse. Une succession de charmants inconnus m'aident à porter mes bagages jusqu'à ce que je sois bien installée dans le train à King's Cross. Nous sortons de la gare, vers le grand air, vers le ciel immense, les grues pivotant d'arrière en avant, construisant une Londres encore plus grande.

Cette ville va me manquer. Mais je n'y suis pas chez moi. Tandis que le train prend de la vitesse en direction du nord, je m'interroge. Est-ce l'effet que ça fait d'être un pigeon voyageur qui revient au bercail, comme tiré en avant par des fils invisibles ?

31

LEENA

Le lendemain du Premier Mai, je me réveille comme d'habitude (chat dans la figure), mais au lieu de sauter du lit, je me rendors au moins trois heures. À mon second réveil, je découvre que Wallace/Gromit a élu domicile contre mon flanc et qu'il ronronne/ronflote si allègrement que je culpabilise à l'idée de le déplacer. De toute façon, bouger me semble une très mauvaise idée. Je suis lessivée. Et j'ai aussi une bonne gueule de bois.

Est-ce ma *mère* qui m'a ramenée, hier soir ? Je me souviens vaguement de lui avoir parlé en long et en large de notre business plan, à Bee et moi, puis de lui avoir dit que je ne voulais pas quitter le Yorkshire, et de ma mère qui me répond : « Pourquoi ne pas t'installer ici ? Pourquoi rester à Londres ? Qu'y a-t-il de si génial à Londres, en fait ? » Alors, je me suis lancée dans un grand radotage sur la Central Line et…

Mon téléphone sonne. Je me frotte les yeux et cherche à tâtons l'appareil sur ma table de chevet. C'est Ethan.

– Salut.

– Salut, Leena. (Il a la voix crispée, inquiète.) Comment vas-tu ?

– J'ai une petite gueule de bois. Et toi ?

– Écoute, mon ange, je suis vraiment désolé, mais il faut que je te parle de quelque chose. Ça risque de te bouleverser un peu.

Je me redresse contre les oreillers.

– D'accord…

– J'ai croisé ta mamie ce matin. J'étais avec Céci – on sortait du boulot – et on se rendait à un meeting chez un client. Ta grand-mère… je suis désolé, Leena. Elle est devenue comme folle. Elle nous a crié après en nous disant des horreurs – que je te trompais, ce genre de choses… C'était dingue, Leena. Je ne sais pas ce qui lui a pris.

– Oh, là là, dis-je en m'agrippant à la couette. Quoi ?

– Tu penses qu'elle va bien, Leena ? Elle ne t'a pas semblé un peu… à côté de la plaque ces derniers temps ? À son âge…

– Quoi, tu crois qu'elle perd la tête ?

Je suis soudain glacée. Mon cœur me cogne aux oreilles.

– Non, non, s'empresse de dire Ethan, mais je sens l'inquiétude dans sa voix. Je suis sûr qu'elle… avait eu une mauvaise journée, et que peut-être elle me l'a fait payer.

– Elle t'a dit que tu me trompais ?

– Oui… (Il éclate d'un rire nerveux.) Leena, tu sais que jamais je ne…

Je le coupe avant qu'il ait pu finir, car je ne veux même pas l'entendre.

– Évidemment.

– Je pense… tu peux rentrer, Leena ? (Il a l'air fatigué.) Aujourd'hui, je veux dire ? J'ai besoin de te voir. Ce matin… ce matin, c'était un peu fou.

– Aujourd'hui ? Je suis censée rester jusqu'au déjeuner de demain, pour échanger sur nos expériences avec mamie…

– Oui, bien sûr.

– Tu as besoin de moi à Londres ?

Je m'essuie le visage, j'ai un peu pleuré. C'est horrible. Pour quelle raison… Comment…

– Je vais rentrer tout de suite. Si tu as besoin de moi. Et je vais appeler ma grand-mère pour lui parler.

– Ne sois pas fâchée contre elle. C'est peut-être à cause de ton grand-père – après tout, il l'a quittée pour une autre femme, non ? Elle a peut-être un peu tout mélangé et c'est sorti d'un coup. Peut-être que ce séjour à Londres était un peu trop éprouvant pour elle. Elle a sûrement besoin de se reposer.

Je répète :

– Il faut que je l'appelle. Je t'aime, Ethan.

– Moi aussi, Leena. Tu me rappelles, d'accord ?

Je m'énerve avec le vieux téléphone débile de mamie : il met une éternité à établir la communication.

– Allô ?

– Mamie, tu vas bien ?

– Oui, je vais très bien ma chérie, je suis dans le train qui me ramène vers toi. (Une pause.) Et toi, tu vas bien ? Tu as l'air un peu…

– Ethan vient de m'appeler.

– Ah, ma Leena chérie, je suis tellement navrée.

– Qu'est-ce qui t'a pris ? Tu vas bien ? Tu vas bien, n'est-ce pas ?

J'entends le bruit métallique du train en fond sonore. Je me penche en avant, fixant le pâle motif de roses de la couette. Mon cœur bat trop vite, je le sens contre mes cuisses quand je me recroqueville sur moi-même.

– Comment ça, qu'est-ce qui m'a pris ? demande mamie.

– De crier sur Ethan. De l'accuser de… de… avec *Céci*, mamie, qu'est-ce qui t'es passé par la tête ?

– Leena, je ne crois pas qu'Ethan t'ait raconté toute l'histoire.

– Non, tu ne le penses pas, ne dis pas ça ! Pourquoi dis-tu de telles choses, mamie ? (Je m'essuie les joues, je pleure pour de bon, maintenant.) Je ne sais pas quoi penser : je ne veux pas que tu deviennes folle et je ne veux pas non plus que tu sois dans ton état normal.

– Je ne perds pas la tête, Leena – bon sang, c'est ce rat qui t'a dit ça ?

– Ne parle pas de lui comme ça.

– Je l'ai vu l'embrasser, Leena.

Je me fige.

– Il m'a dit que les choses étaient différentes pendant ton absence. Que tu étais devenue une autre personne et que…

– Non. Je ne te crois pas.

– Je suis désolée, Leena.

– Je ne veux pas que tu t'excuses parce que *tu ne t'excuses pas pour la bonne raison.*

– Leena ! Ne me crie pas dessus, s'il te plaît. Parlons de tout ça de façon civilisée…

– Je rentre à Londres tout de suite. Ethan a besoin de moi.

– Leena. Ne fais pas ça. Reste à Hamleigh et on pourra parler.

– J'ai besoin de rentrer. (Je me frotte les yeux à m'en faire mal.) Je ne suis pas… J'ai déçu Ethan. Je ne suis plus sa Leena, ici, à Hamleigh. Je ne sais pas *qui* je suis. J'ai besoin de retrouver mon vrai moi. Le travail, Ethan, ma vie à Londres. Je ne devrais pas rester ici plus longtemps.

– Tu raisonnes de travers, ma chérie

– Non, dis-je, le doigt hésitant sur le bouton rouge du téléphone. Non, je ne raisonne pas de travers. Ce… cet échange stupide… était censé me faire du bien, mais il a bousillé la seule chose, la seule bonne chose et… (J'éclate en sanglots.) J'en ai marre, mamie. C'est fini, j'arrête.

32

EILEEN

Je suis de retour chez moi, enfin, après ce qui m'a semblé une éternité. Même me faire une tasse de thé m'apparaît au-dessus de mes forces. Je n'aurais pas dû veiller si tard hier, j'aurais dû me méfier. Et maintenant, après le long trajet en train, les pénibles au revoir et cette affreuse conversation téléphonique avec Leena... je me sens lourde et apathique, comme si j'avançais dans de la mélasse.

Une nouvelle distance s'est instaurée entre Leena et moi. Si nous avions davantage parlé de nos expériences respectives au cours de ces deux mois, peut-être m'aurait-elle crue pour Ethan. Je pensais que cela nous rapprocherait d'échanger nos vies, mais c'est l'inverse qui s'est produit. La maison sent son parfum mêlé à l'odeur du foyer, et c'est étrange.

La sonnette de l'entrée retentit. Je m'extrais de mon fauteuil avec effort, irritée contre mon dos complètement coincé et contre la légère douleur qui irradie mes membres.

J'espère que c'est Marian, mais c'est Arnold. Il a l'air différent, mais je ne saurais dire pourquoi : une nouvelle casquette ? Une chemise neuve ?

– Tu vas bien ? me demande-t-il avec sa brusquerie coutumière. Je t'ai vue trébucher dehors, et je me demandais...

Je me hérisse.

– Je vais tout à fait bien, merci.

Il se hérisse à son tour. Nous restons plantés là, en chiens de faïence, comme au bon vieux temps.

Puis, ses épaules s'affaissent.

– Tu m'as manqué, dit-il.

– Je te demande pardon ? dis-je en écarquillant les yeux, me cramponnant à l'embrasure pour ne pas perdre l'équilibre.

Il fronce les sourcils.

– Toi, tu ne vas pas bien du tout. Il faut que tu t'asseyes. Allez, laisse-moi entrer, tu veux, et je vais te faire une tasse de thé.

– Ma foi, dis-je, la tête encore tournée par la déclaration d'Arnold, je suppose que tu as enfin trouvé le chemin de la porte d'entrée.

Il me tient le coude le temps que nous arrivions dans le salon. C'est réconfortant de le voir, ou du moins ça l'était avant qu'il me dise que je lui avais manqué. Ça, ça m'a mise mal à l'aise.

– Ce maudit chat, râle Arnold en chassant Gromit du canapé. Tiens, assieds-toi là.

Je refrène mon envie de lui rappeler que je suis chez moi et que ce devrait être moi qui l'invite à s'asseoir. Il se comporte en voisin parfait. En fait, il est…

– C'est une nouvelle casquette ? lui dis-je avec brusquerie.

– Quoi ? (Sa main se porte à sa tête.) Oh, oui. Elle te plaît ?

– Oui, vraiment.

– Pas besoin d'avoir l'air si surprise. Je t'ai bien dit que j'avais décidé de tourner la page. J'ai *trois* nouvelles casquettes.

Il est déjà parti vers la cuisine ; j'entends le robinet couler, la bouilloire s'enclencher.

– Du lait, pas de sucre ?

Je rectifie :

– Un sucre.

– C'est mauvais pour tes dents ! réplique-t-il.

– Comme les pommes d'amour ?

– Ça, ce sont des fruits, non ?

Je ris, puis je laisse aller ma tête contre le canapé, les yeux fermés. Je me sens un peu mieux, la vie revenant dans mes membres, me chatouillant les orteils et les doigts comme après un coup de froid.

– Tu sais, Eileen, tes placards sont dans un état épouvantable, dit Arnold en revenant dans le salon avec deux gros mugs de thé fumant. Il y a une boîte de haricots blancs qui date de 1994.

– Une bonne année, 1994, dis-je en prenant mon mug.

Arnold sourit.

– Comment c'était alors ? La grande ville ? (Il me regarde d'un air perspicace.) Tu as trouvé le grand amour ?

– Oh, la ferme.

– Quoi ? Tu n'as pas ramené d'homme dans tes bagages ?

Il regarde autour de lui comme si un Roméo pouvait surgir d'un angle de la pièce.

– Tu sais bien que non, dis-je, en lui donnant une bonne tape sur le bras. Quoique j'aie vécu une liaison tout à fait torride.

Il se retourne très vite vers moi.

– Torride ?

– Ma foi, il me semble. Je n'ai jamais trop bien su ce que ça voulait dire. (Je hausse les épaules.) Un acteur, du West End. Ça n'aurait jamais marché, mais sur le moment, on s'est bien amusés.

Arnold se rembrunit d'un coup. Je réprime un sourire. Ses emportements m'ont manqué.

– Mais c'est fini, maintenant ? me demande-t-il. Et il n'y avait pas quelqu'un d'autre ?

– Eh bien, dis-je d'un air faussement pudique. Il y avait un autre homme, c'est vrai. Mais je n'ai fait que chatter en ligne avec lui.

Arnold se redresse un peu et ébauche un sourire.

– Ah oui ?

– C'est un homme charmant. D'une grande sensibilité. Il n'a pas eu une vie facile et il a ses soucis, mais il est extrêmement gentil et attentionné.

– Sensible, hein ? fait Arnold en haussant les sourcils.

– Il s'est mis à lire des Agatha Christie parce qu'il sait que c'est mon auteur préféré.

Je souris en songeant à Howard, bien tranquille dans son appartement, arrivant à la fin du *Meurtre de Roger Ackroyd*.

– Ah oui, hein ? Qu'est-ce que tu en sais ? Quelqu'un l'a balancé ? me demande Arnold, toujours avec le sourire.

J'incline la tête vers lui.

– C'est lui-même qui me l'a dit.

Le sourire d'Arnold hésite.

– Hein ?

– À propos des livres. Il me dit quand il en finit un et il me raconte quelles phrases lui ont fait penser à moi et…

Arnold se lève si brusquement qu'il renverse du thé sur sa chemise.

– Zut, dit-il en la tamponnant avec sa manche.

– Ne tamponne pas, tu vas incruster la tache ! dis-je en me levant. Je vais te chercher un…

– Ne te donne pas cette peine, réplique-t-il d'un ton bourru. Je ferais mieux d'y aller.

Il pose le mug à moitié plein et sort à grands pas du salon. Un instant après, j'entends claquer la porte d'entrée.

Eh bien… Quelle mouche l'a donc piqué ?

Dès que j'en ai l'énergie, je me lève, enfile mes chaussures et vais d'un pas plus lent que d'habitude chez Marian. C'est le côté le plus agréable de mon retour, savoir que je vais revoir ma fille. Du moins, j'espère que les retrouvailles seront agréables. Dans un coin de ma tête, j'ai peur que son état ait empiré.

Elle sait que je suis rentrée, pourtant quand je toque à la porte, personne ne répond. Je déglutis péniblement et je me mets à l'appeler, mais je n'obtiens aucune réponse. Elle a dû faire un saut quelque part ; je vais voir si elle est à l'épicerie du village.

Je me détourne de la porte d'entrée et je m'arrête un instant, considérant le téléphone que j'ai à la main. Ce n'est pas le mien. C'est celui de Leena. Nous étions censés faire l'échange dès mon retour, mais elle était déjà repartie à Londres.

Bien sûr, nous avons dit à tous nos correspondants réguliers que nous avions changé de numéro de téléphone, mais je sais de source sûre que Leena n'a pas averti Céci.

Si Leena avait la preuve qu'Ethan lui a été infidèle… Alors elle me croirait sûrement. Et cette preuve, je pourrais l'obtenir. Je n'ai qu'à me faire passer pour Leena. Juste le temps d'un petit texto.

Ce que je m'apprête à faire est mal, c'est certain. C'est de l'ingérence de la pire sorte. Mais si j'ai appris quelque chose durant ces deux derniers mois, c'est que parfois, pour le bien des autres, il vaut mieux se mêler de leurs affaires et dire ce qu'on pense à voix haute.

Salut, Céci. Ethan m'a tout dit. Comment as-tu pu ?

33

LEENA

Le trajet de retour à Londres se fait comme dans un brouillard, comme si mes oreilles s'étaient bouchées et que tous les sons me parvenaient un peu assourdis. Je me rends à mon appartement en pilote automatique. Ce n'est que lorsque j'entre dans l'immeuble que je me reconnecte avec moi-même. Tout a changé. Tout l'espace du bas est magnifique : des parquets, un endroit où s'asseoir, une grande table poussée au fond de la pièce. C'est forcément l'œuvre de mamie. Des peintures d'amateurs aux couleurs vives sont accrochées au mur et il y a des bols entassés sur un coin de la table ; l'endroit semble habité, aimé.

Mais une fois à l'appartement, j'oublie tout ce que j'ai vu en bas. Dès que j'ouvre la porte et que je sens cette odeur de maison, tout ce que je vois, c'est ma vie avec Ethan. Nous préparons nos repas dans cette cuisine, nous nous pelotonnons sur ce canapé, nous nous sommes embrassés sur ce pas de porte, mille et une fois, au début et à la fin de chaque soirée que nous passons ensemble. Je le *vois* presque comme s'il était là, comme les lignes légères qu'on laisse sur un carnet quand on a écrit en appuyant fort avec la pointe d'un stylo.

Ethan ne me ferait jamais de mal. Jamais. Je refuse d'y croire.

Fitz rentre une demi-heure après. Il me trouve sanglotant par terre, adossée au canapé. En un instant, il est à mes côtés. Il m'attire contre son épaule et je pleure dans son pull en cachemire sans qu'il me reproche de tremper un vêtement qui ne supporte que le nettoyage à sec.

– C'est la merde, dis-je entre deux sanglots.

Fitz m'embrasse le sommet du crâne.

– Qu'est-ce qui s'est passé ?

– Ethan… mamie… Il… Elle…

– Je crois que je vais avoir besoin de quelques mots de liaison, Leena. J'ai toujours été nul pour les phrases à trous.

Je ne me résous pas à lui parler. Il y a cette phrase que mamie m'a dite et qui n'a cessé de me tourner dans la tête, par-dessus les annonces des trains, le saxophoniste de King's Cross Station et le bavardage des passants sur tout le trajet jusqu'à l'appartement. *Il a dit que tu étais devenue une autre personne.*

Je ne crois pas mamie. Je fais confiance à Ethan. *Je l'aime, tellement,* il est mon havre, mon plaid réconfortant, jamais il ne me ferait souffrir comme ça. C'est *Ethan.*

C'est peut-être sans importance. Si c'est vrai, je peux peut-être lui pardonner et nous reprendrons le cours de notre vie. J'ai bien eu le béguin pour Jackson, pas vrai ? Ça ne voulait rien dire. Ça ne voulait pas dire que je n'étais plus la Leena d'Ethan.

Mais même en y réfléchissant, je sais que j'ai tort. Si Ethan… s'il est… avec Céci…

– Bon sang, Leena chérie, arrête, si tu continues à pleurer comme ça, tu vas te déshydrater complètement, me dit Fitz en me serrant encore plus fort contre lui. Parle-moi. Qu'est-ce qui s'est passé ?

J'articule entre mes larmes :

– Je ne peux pas en parler. Je ne peux pas. Je t'en prie. Fais-moi penser à autre chose.

Fitz soupire.

– Non, Leena, ne fais pas ça. Parlons-en, allez. Est-ce qu'Ethan a fait quelque chose de mal ?

– Je ne peux pas, dis-je plus fermement en me dégageant.

Je m'essuie le visage sur ma manche ; mon souffle est moins saccadé maintenant que les larmes ont cessé et j'essaie autant que possible de calmer ma respiration.

– C'est mon ordi portable ? dis-je en le voyant sur la table basse, sous une pile de vieux magazines de décoration intérieure de Martha.

– Oui, fait Fitz d'un ton qui veut dire « Je veux bien te faire plaisir en changeant de sujet, mais ne crois pas en avoir fini avec moi ». Ça te fait quoi de l'avoir retrouvé ? Moi, je ne pourrais jamais me passer du mien pendant deux mois. Ni de mon smartphone.

Merde, mon téléphone. J'ai oublié de le reprendre à mamie. Je secoue la tête – je n'ai pas la force de m'inquiéter pour ça maintenant. Je pose l'ordinateur sur mes genoux, appréciant son poids rassurant et familier.

– Et si je te faisais un smoothie ? propose Fitz en me caressant les cheveux.

Je renifle, en me frottant les joues pour les sécher.

– Est-ce qu'il sera marron ?

– Comme toujours, oui. Je n'ai pas trouvé la solution en ton absence. Ils sont toujours marron. Même quand je n'y mets que du vert.

D'un certain côté, c'est rassurant. Voilà au moins quelque chose qui n'a pas changé.

– Alors, non, merci. Juste un thé.

Je sais que c'est une mauvaise idée, mais je dois aller voir la page Facebook d'Ethan. Il va arriver, mais pas avant une heure, et j'ai besoin de me rassurer sur le fait que… que… je ne sais pas… qu'il est toujours mon Ethan. Et peut-être qu'il n'y a pas de photos de lui avec Céci.

J'ouvre l'ordinateur. Sur l'écran, il y a la page de chat du site de rencontres de mamie.

OldCountryBoy écrit: Bonjour, Eileen. Je voulais juste savoir si vous aviez eu l'occasion de m'envoyer l'argent. J'ai hâte de finaliser le site web ! Bises.

Je marmonne :

– Merde.

Cette page n'est plus actualisée. Je m'y reconnecte après quelques faux départs, tentant de me souvenir du nom d'utilisateur et du mot de passe que j'avais trouvés pour mamie.

– Ce n'est pas de l'usurpation d'identité ? me demande Fitz en déposant une tasse de thé près de moi.

– Je suis Eileen Cotton, non ?

Je fais défiler les messages, les lisant en diagonale. Merde. J'aurais dû mettre mamie en garde contre les escrocs, je n'aurais jamais dû la lancer toute seule sur ce site… où avais-je la tête ?

Je prends mon téléphone au moment où il vibre sous mes doigts. C'est mamie qui m'appelle.

– Mamie, as-tu transféré de l'argent à un homme que tu as rencontré sur Internet ? dis-je en décrochant, le cœur battant la chamade.

– Quoi ? Leena, Leena… il faut que tu reviennes ici. Reviens à Hamleigh.

– Qu'est-ce qui se passe ? Mamie, calme-toi, parle moins vite.

Je me lève du canapé, en repoussant mon ordinateur par terre. Je n'ai pas entendu cette intonation dans la voix de ma grand-mère depuis la maladie de Carla et cela me donne instantanément envie de vomir.

– C'est Marian. Elle est introuvable.

– Elle est quoi ?

– Elle ne répond pas à la porte, elle n'est nulle part au village et personne ne l'a vue. C'est comme la dernière fois, Leena, elle doit s'être enfermée chez elle, mais elle refuse de me laisser entrer et je ne trouve pas ma clé ni le double pour vérifier qu'elle… Et si elle s'est fait du mal, alors qu'elle est toute seule dans la maison ?

Bon, premièrement : calmer mamie.

– Mamie, du calme. Maman ne va pas se faire du mal.

Je récupère mon ordinateur sur les genoux.

Deuxièmement : vérifier les trains. Parce que je viens de me souvenir que c'est moi qui ai toutes les clés de chez maman dans mon sac.

– OK, je serai là vers sept heures, avec les clés, dis-je. Je suis vraiment désolée de les avoir emportées. Tu es sûre que maman n'est pas allée nager à Daredale ou ailleurs ?

– J'ai téléphoné à la piscine. (Mamie a l'air au bord des larmes.) Ils m'ont dit qu'elle n'était pas venue depuis une semaine.

Troisièmement : rester calme moi-même. Maman allait vraiment, vraiment bien quand je l'ai laissée, les antidépresseurs lui faisaient de l'effet, on a beaucoup parlé de Carla et la situation semblait apaisée. Je suis sûre qu'il y a une explication parfaitement raisonnable à tout ça.

Mais le doute m'envahit. Après tout, j'avais sous-estimé son mal-être la dernière fois… Je n'étais même pas au courant de ses épisodes dépressifs avant que mamie m'en parle.

Et si elle est vraiment à l'intérieur de la maison, seule ? Lui ai-je dit quelque chose d'horrible le soir du Premier Mai, quand elle m'a raccompagnée à la maison parce que j'avais trop bu ? Aurais-je dû la soutenir davantage ces deux derniers mois, comme me l'avait demandé mamie dès le début ? Si seulement j'étais encore là-bas, si seulement j'avais laissé au moins *une* de ces fichues clés ! Si elle est vraiment enfermée dans cette maison, qu'elle a craqué, que je ne peux rien faire et que je n'ai pas le temps de…

Non, reprends-toi. Quatrièmement : vois de combien de temps tu disposes et comment tu peux l'optimiser. Je me souviens d'un séminaire de change-management où l'intervenant nous avait dit que les médecins qui gèrent les urgences où chaque seconde compte s'activent pourtant moins vite que ceux des autres services. Ils connaissent la véritable capacité d'une minute, savent tout ce qu'on peut en faire, et ce d'autant plus qu'on est calme.

– Tout va bien, mamie. On va en parler dès que je serai là. Toi, reste devant la maison et continue d'aller frapper au cas où elle serait à l'intérieur.

Et si tu entends quoi que ce soit qui te fait penser qu'elle est en danger, tu vas chercher le docteur Piotr, d'accord ?

– D'accord, fait mamie d'une voix chevrotante.

Je déglutis.

– Bon. Mamie, cet homme, est-ce que tu lui as fait un virement bancaire ?

– Un chèque. Pourquoi tu me poses cette question, Leena ? Tu n'as pas entendu ce que je t'ai dit ? Marian a de nouveau craqué, elle est partie ou elle se cache, elle refuse de me laisser entrer, elle…

– Je sais. Mais j'ai vingt minutes pendant lesquelles je ne peux rien y faire. Et je peux utiliser ce temps pour t'empêcher de te faire arnaquer. Tu te concentres sur maman et j'arrive le plus vite possible.

– Comment ça « arnaquer » ?

– Je t'expliquerai plus tard, dis-je brièvement avant de raccrocher.

Le numéro de téléphone de la banque de mamie s'affiche sur l'écran de mon portable – ou plutôt du sien.

– Bonjour, dis-je quand quelqu'un me répond. Je m'appelle Eileen Cotton, numéro de compte 4599871. Je voudrais annuler un chèque.

– Pas de souci. Je vais juste devoir vous poser quelques questions par sécurité avant de pouvoir autoriser l'annulation. Quelle est votre date de naissance, s'il vous plaît ?

– 18 octobre 1939, dis-je avec toute la confiance que je peux mettre dans ma voix.

– Alors ça, c'est carrément de l'usurpation d'identité, dit Fitz.

Je file vers le nord, enfin. De l'autre côté de l'allée du train, une jeune famille joue au Scrabble – j'éprouve un pincement au cœur en songeant avec nostalgie au temps où ma famille ressemblait à celle-là, dans l'heureuse ignorance de tout ce qui allait advenir.

Mes jambes ne tiennent pas en place ; j'aimerais pouvoir courir, mais je suis coincée, ici, dans ce train progressant vers le Yorkshire cent fois plus lentement que je le voudrais.

Inspire, lentement. Expire, lentement. OK. Je suis coincée dans ce train, mais ça signifie que j'ai deux heures pour réfléchir à la situation. Posons-nous comme objectif d'atteindre le calme d'ici Grantham. Maman va bien. Maman va bien. Maman va bien.

Un e-mail apparaît dans ma boîte de réception ; mon ordinateur portable est ouvert devant moi, plus par habitude que par réel besoin. Rebecca veut que je vienne prendre un café vendredi pour discuter de ma reprise du travail.

Céci est en copie de cet e-mail et je me hérisse en voyant son nom, même si je ne crois pas mamie – bien sûr que non.

Merde ! Ethan. Je ne lui ai pas dit que j'avais quitté Londres.

Je lui envoie un bref message.

Je suis repartie – pour Hamleigh – je t'explique tout plus tard. Bisous.

Sa réponse ne se fait pas attendre.

Leena ? Qu'est-ce qui se passe ? Tu as repris le téléphone de ta grand-mère ?

Et, un moment après :

On ne peut pas se parler ?

Je réponds tout de suite.

Je ne peux pas parler pour le moment, je suis dans le train, je dois retourner à Hamleigh, je suis désolée. Je ne peux pas t'expliquer maintenant – ça concerne ma mère. Bisous.

Il répond.

Pourquoi as-tu envoyé ce texto à Céci ? Tu m'avais pourtant dit que tu me croyais.

Je deviens glacée.

Je n'ai pas envoyé de tex...

J'efface les mots et j'attends. Mon cœur me semble soudain très haut dans ma poitrine, comme s'il voulait se loger dans ma gorge et empêcher l'air de passer ; ma respiration est superficielle.

J'ouvre ma conversation avec mamie. Nous ne nous sommes pas envoyé beaucoup de textos ces dernières semaines. Je ne m'étais pas rendu compte qu'en fait nous nous étions très peu parlé.

Mamie, as-tu envoyé un texto à Céci à partir de mon téléphone ?

J'attends. Le train s'arrête à Wakefield ; la petite famille à côté de moi descend et est remplacée par un couple de personnes d'un certain âge qui lisent le journal dans un agréable silence. Tout se déroule avec une telle fluidité, les gens se déplaçant dans l'allée, levant les bras pour prendre leurs valises dans le porte-bagages, que j'ai l'impression d'être sur un plateau de cinéma. Tous ces gens sont des figurants et quelqu'un va crier « Coupez ! »

Une réponse de mamie.

Je suis désolée, Leena. Je voulais te donner une preuve. Je sais que ça va te faire de la peine, mais tu souffriras beaucoup plus après, si tu ne découvres pas la vérité maintenant.

J'avale une grande goulée d'air avec un bruit rauque qui fait se tourner tous les passagers vers moi. Je m'extrais tant bien que mal du siège et je vais dans l'espace entre les deux wagons afin de regarder à nouveau mon téléphone à travers mes larmes et de pianoter du mieux que je peux.

Envoie-moi ce qu'elle t'a dit. J'ai besoin de le voir.

La réponse met une éternité à arriver. J'imagine mamie tentant de transférer un texto sur mon téléphone et je suis à deux doigts de lui envoyer des instructions quand je reçois enfin le message de Céci.

Leena, je suis vraiment désolée. Je n'ai rien calculé. Tout ce que je peux te dire, c'est que c'est comme une folie. Je ne peux pas me retenir quand il s'agit d'Ethan.

J'émets un autre de mes hoquets rauques. Il me faut un moment pour comprendre qu'il sort de ma bouche.

Je sais que tu dois avoir le cœur brisé. Après la première fois, je lui avais dit plus jamais, mais... enfin, je ne me cherche pas d'excuses. Bise, C.

Elle ne fait que ça, pourtant. Rhaa, ce « Bise, C. », à la fin du message, comme si on discutait des projets pour le week-end… Bon sang, je la hais, je la hais, je la hais, je la hais, je sens le goût de la haine dans ma bouche, je la sens me nouer le ventre. Je comprends soudain pourquoi dans les films les hommes donnent un coup de poing dans le mur quand ils sont en colère. Ce ne sont que la lâcheté et la crainte de la douleur qui m'en empêchent. Au lieu de quoi, je serre ce vieux téléphone mastoc dans ma main gauche à m'en faire mal – pas jusqu'à me faire éclater une jointure, mais presque. Ma respiration commence enfin à ralentir un peu.

Quand je retourne le téléphone, ma paume est presque violette et il y a un nouveau message d'Ethan.

Leena ? Parle-moi.

Je me laisse glisser par terre, la moquette irritant mes chevilles. Assise en tailleur, j'attends que l'émotion déferle, une nouvelle vague, mais elle ne vient pas. J'éprouve un étrange vide, une distance, comme si je regardais une autre femme découvrir que l'homme qu'elle aime lui a infligé la pire des trahisons.

Je lui ai tant donné. Je me suis montrée sous mon jour le plus vulnérable. Je lui ai fait confiance plus qu'à n'importe qui en dehors de ma famille.

Je n'arrive pas à y croire. Je n'arrive pas à penser qu'Ethan… Je prends une grande inspiration, mes mains et mes pieds commencent à picoter. Je lui faisais tellement confiance. *Tellement confiance.*

Je ne hais pas Céci – ça n'était pas de la haine. *Ça*, c'est de la haine.

34

EILEEN

Dès que je la vois, je sais que Leena connaît la vérité sur Ethan. Elle a l'air épuisée, voûtée sous le poids de la révélation.

Je ne peux m'empêcher de penser au jour où Wade est parti. C'était un bon à rien qui prenait de la place et je l'aurais fichu dehors des années plus tôt si j'avais eu un peu de bon sens, mais quand il m'a quittée, l'humiliation m'a transpercée. Voilà ce que j'ai éprouvé : pas de la colère, mais de la honte.

– Leena, je suis tellement navrée.

Elle dépose un baiser sur ma joue, mais ses yeux sont fixés sur la porte d'entrée de Marian, derrière moi ; elle a la clé à la main. Nous laissons passer quelques secondes, pas plus d'une ou deux, le temps de nous armer de courage. Depuis le début de l'après-midi, mon cœur bat à tout rompre – je n'arrête pas de porter la main à ma poitrine pour le faire ralentir.

Leena ouvre la porte. La maison est sombre et silencieuse, et je sais tout de suite que Marian n'est pas là.

Immobile, j'essaie d'assimiler ce fait pendant que Leena passe dans toutes les pièces en allumant, la mine grave, les traits tirés.

Je pense : « Marian n'est pas là » avec un détachement singulier. J'étais tellement sûre de la trouver chez elle que je n'ai même pas songé à des alternatives. Mais elle n'est pas là. Elle n'est…

– Elle n'est pas là, constate Leena, en revenant se planter au milieu du vestibule. Est-ce une bonne ou une mauvaise chose ? Les deux, peut-être ? Où peut-elle bien être ?

Je m'adosse au mur avant de sursauter. Mon téléphone et celui de Leena émettent une succession de bips. Leena, plus rapide que moi, est la première à sortir son appareil de sa poche.

Ma chère maman, ma Leena chérie, désolée d'avoir dû prendre un peu de temps pour composer ce message. Je suis à l'aéroport de Heathrow et j'ai encore trois heures avant mon départ, ce qui me laisse tout le temps de réfléchir.

Hier soir, Leena m'a dit quelque chose qui m'est resté dans la tête jusqu'à mon réveil, ce matin. Leena, tu m'as dit : « Je n'aurais pas pu m'en sortir si je n'avais pas été quelqu'un d'autre. »

Ces quelques mots m'ont apporté plus de bonheur que tous ceux que j'ai entendus ces derniers temps. J'ai adoré ton retour, Leena, plus que je ne saurais le dire, c'était merveilleux pour moi de pouvoir m'occuper à nouveau de ma fille. Et maman, tu m'as manqué, mais je pense que j'avais peut-être besoin que tu t'éloignes un moment de moi, afin que je puisse vérifier que je tenais debout toute seule, sans que tu sois là pour me tenir la main. Ton absence n'a fait qu'accroître mon amour pour toi. Je te suis tellement reconnaissante pour tout ce que tu as fait pour moi.

Mais à présent, je suis prête à aborder quelque chose de nouveau. Je ne sais pas qui je suis quand je ne pleure pas Carla. Je ne peux pas être la femme que j'étais avant la mort de ma fille. Je ne pouvais pas et je ne voudrais pas l'être. Du coup, j'ai besoin de me trouver un nouveau moi.

Mon tapis de yoga et moi allons à Bali. Je veux du calme et du sable entre mes orteils. Je veux vivre une aventure, comme vous l'avez fait toutes les deux, mais une aventure qui sera la mienne.

S'il vous plaît, veillez bien l'une sur l'autre pendant mon absence et souvenez-vous que je vous aime toutes les deux très fort. Bisous.

– Bali, dis-je après un silence sidéré.

Sans me répondre, Leena regarde d'un air vide une photo sur le mur du vestibule.

– Je ne comprends pas, dis-je, en faisant nerveusement défiler le message vers le début. Elle est bien trop fragile pour voyager toute seule à l'étranger et…

– Non, mamie, elle n'est pas si fragile que ça, me dit Leena en se tournant enfin vers moi.

Elle pousse un long soupir.

– J'aurais dû te tenir plus au courant, tu aurais compris. Maman n'est pas fragile, en fait. Elle a même fait de gros progrès le mois passé.

Je n'arrive pas à y croire, même si j'en ai très envie.

– Franchement, mamie. Tu penses que je ne mesure pas la détresse de maman, je le sais bien, et… (Elle déglutit.) Tu as raison, pendant longtemps je n'ai pas compris, parce que je n'étais pas là et c'est ma faute. J'aurais dû t'écouter quand tu me disais qu'elle luttait contre le chagrin, au lieu de penser que je savais tout mieux que tout le monde. Mais je peux te dire que durant mon séjour ici, je l'ai vue faire d'énormes progrès. Elle va beaucoup mieux.

– Je ne… mais… *Bali ?* dis-je faiblement. *Toute seule ?*

Leena sourit et incline la tête vers la photo accrochée au mur.

– Elle part vers son havre de bonheur.

Je fixe l'image. C'est la photo d'une dame qui fait du yoga devant une sorte de temple. Je n'avais jamais vraiment remarqué ce cadre, bien que je me souvienne vaguement de l'avoir vu dans leur ancienne maison à Leeds.

– Tu crois vraiment que c'est une bonne idée qu'elle voyage seule ?

– Je pense qu'il y a longtemps qu'on aurait dû lui dire de le faire.

Leena s'avance pour me frictionner les bras.

– C'est une bonne chose, mamie, juste comme ton séjour à Londres et le mien à Hamleigh. Elle a besoin de changement.

Je relis son message.

– « Je n'aurais pas pu m'en sortir si je n'avais pas été quelqu'un d'autre. »

Leena semble gênée.

– Je n'ai aucun souvenir d'avoir dit ça. J'étais un peu ivre, pour être honnête.

– Tu as dit quelque chose d'approchant, pourtant, quand tu croyais que je te mentais au sujet d'Ethan. (Je lève la main pour l'empêcher de protester.) Non, ce n'est rien, ma chérie. C'était le choc – tu avais juste besoin de temps. Mais tu as dit que ces derniers mois, tu n'étais plus *sa Leena.*

– J'ai dit ça, moi ?

Elle regarde le bout de ses orteils.

– Je veux que tu sois *ta* Leena, ma chérie. (Je lui prends les mains.) Tu mérites un homme avec lequel tu te sentiras davantage toi-même, rien de moins.

Leena fond en larmes et mon cœur se serre pour elle. Si seulement j'avais pu la protéger de ça, si seulement il y avait eu un autre moyen de m'y prendre.

– Je pensais que cet homme, c'était Ethan, dit-elle en appuyant le front sur mon épaule. Mais… ces deux derniers mois… j'ai eu l'impression… que tout était différent.

Ses épaules sont secouées de sanglots.

– Je sais, ma chérie, dis-je en lui caressant les cheveux. Je crois que nous nous sommes toutes perdues de vue l'année dernière, en l'absence de Carla, et il nous a fallu un changement pour le voir.

Je pense « Bali », la tête encore bourdonnante, tandis que Leena pleure dans mes bras. Je ne sais pas trop où ça se trouve, mais je sais que c'est très loin. Marian n'est jamais allée au-delà du nord de la France. C'est tellement…

C'est tellement *courageux* de sa part.

On frappe à la porte. Leena et moi retenons notre souffle. Nous sommes dans la maison de Marian, toutes lumières allumées, toutes les deux en sanglots, barbouillées de maquillage. Que va penser notre visiteur ?

– J'y vais, dis-je en m'essuyant les joues.

C'est Betsy.

– Oh, Dieu merci ! s'exclame-t-elle en me prenant les mains. Je suis venue dès que j'ai appris que Marian avait des problèmes.

– Betsy ? fait la voix de Leena dans mon dos. Attendez, comment… comment l'avez-vous appris ?

Je tiens les mains de ma plus chère amie entre les miennes. Elle a l'air en pleine forme. Son foulard a disparu et elle porte un chemisier ample à petits pois qui la fait ressembler à la Betsy Harris que j'ai connue il y a vingt ans. Il y a tellement à dire que l'espace d'un instant, j'hésite, mal assurée, jusqu'à ce que Betsy me presse les mains en disant :

– Oh, tu m'as manqué, Eileen Cotton !

Ça se passe comme ça entre amies de longue date. On se comprend l'une l'autre, même quand les mots ne suffisent plus pour exprimer tout ce qui devrait être dit.

– Je regrette vraiment de ne pas avoir été là au moment où tu avais le plus besoin de moi, Betsy. (Je porte les mains à mes joues un instant.) Marian va bien, apparemment. Mais entre, je t'en prie.

– Voisins vigilants, fait une voix derrière Betsy.

Basil et Pénélope apparaissent sur le pas de la porte et suivent Betsy à l'intérieur. Le docteur Piotr arrive à son tour et me tapote gentiment le bras avant d'entrer.

– Tout le monde va bien ?

C'est Kathleen qui a surgi.

Bon sang, ils sont tous là ? Mais oui, voilà Roland qui gare son scooter pour handicapé.

– Je suis venu dès que j'ai su.

– Mais comment avez-vous su ? demande à nouveau Leena, complètement sidérée.

Je les regarde tous passer devant elle à la queue leu leu en réprimant un sourire. Ce sont les Voisins vigilants. Savoir, c'est leur métier.

– Tout va bien, Eileen ? lance une voix familière.

Arnold hésite à s'approcher du pas de la porte avec un manque d'assurance qui ne lui ressemble pas.

– Arnold ! Entrez ! lance Leena.

Il me regarde comme pour obtenir ma permission.

– Oui, bien sûr, entre, dis-je en m'effaçant.

Surprise, je le vois déposer un rapide baiser sur la joue de Leena avant de passer dans la cuisine. Il m'avait bien dit qu'ils prenaient le café ensemble, de temps en temps, mais c'est tout de même singulier de les voir se comporter comme de vieux amis.

– Mais comment ont-ils tous fait pour venir ici ? me demande Leena alors que je ferme la porte d'entrée. Betsy est à Knargill !

– Je crois Betsy capable de faire du stop, en cas d'urgence, dis-je avec un petit sourire devant l'expression de Leena. Tout va bien ma chérie ? (Je lui frotte le bras.) Je peux leur dire de partir si tu veux qu'on reste toutes les deux.

– Non, ça va. Je pense. (Elle prend une profonde inspiration un peu saccadée.) Mais… et toi ? Tu as eu une belle peur avec maman et puis… avec ce Howard qui s'est révélé être…

Je frissonne. Ça fait un moment que j'essaie de toutes mes forces de ne pas y penser.

– Donc, ce n'était pas vrai ? dis-je en baissant la voix pour que les Voisins vigilants n'entendent pas.

Tous s'activent dans la cuisine : quelqu'un a mis la bouilloire à chauffer. Sans doute ont-ils compris que Marian n'avait pas fait de crise finalement, qu'elle n'était pas chez elle, mais aucun ne semble vouloir partir.

– Tout ce qu'il m'a dit sur ses sentiments…

– C'est la technique des arnaqueurs, mamie, dis-je avec douceur. Ils sont adorables, amicaux et les choses vont à toute vitesse, ils tombent amoureux de toi… et là, ils te demandent de l'argent. Et ils n'arrêtent plus. Du coup, on a vraiment eu de la chance de le choper avant que ça ne soit allé trop loin.

Je frissonne à nouveau et Leena me serre la main très fort.

– Au début, je m'étais méfiée de le voir si amical et si passionné, lui dis-je. Mais je m'y suis habituée et puis c'était… agréable. (Je soupire.) Je suis une vieille idiote.

– Non ! Je suis tellement désolée, mamie, c'est ma faute. J'aurais dû te préparer un peu mieux avant de te lâcher dans le cyberespace. Mais les arnaqueurs de ce genre dupent tout le monde, tu sais.

– Je l'aimais bien en plus, dis-je dans un murmure. Existait-il vraiment ? S'appelait-il vraiment Howard ?

– Je n'en sais rien, mamie. Je suis navrée. Je sais que c'est horrible de se faire avoir comme ça. Tu veux que je dise à ta petite bande de partir pour qu'on puisse en discuter tranquillement toutes les deux ? me propose-t-elle en jetant un regard vers la cuisine.

Je fais un signe de dénégation.

– Non, qu'ils restent, dis-je en redressant les épaules. Allons, c'est moi qui devrais m'occuper de toi après la journée que tu as eue. Je vais te faire un chocolat chaud et ensuite tu pourras pleurer un bon coup sur mon épaule.

– Tu peux pleurer sur la mienne aussi, si tu en as besoin, mamie. J'ai compris, ces deux derniers mois.

Elle me prend dans ses bras et me murmure à l'oreille :

– Si on serre quelqu'un suffisamment fort, on peut être à la fois l'épaule et la personne qui pleure. Tu vois ce que je veux dire ?

J'entends un sourire dans sa voix ; elle rit d'elle-même en disant cela, mais elle le dit quand même. La Leena d'il y a deux mois n'aurait jamais proféré une telle chose.

– Bon sang, voilà ce qui arrive quand je passe trop de temps avec ma mère, dit Leena entre rire et larmes. Si ça continue, je vais collectionner des putains de cristaux.

– Leena ! dis-je d'un ton grondeur, mais je la serre encore plus fort dans mes bras et cette étrange distance qui s'était accrue entre nous pendant la période où nous avions cessé de nous voir se dissipe tandis que ma petite-fille appuie sa joue sur mon épaule.

On frappe encore à la porte.

– J'y vais, dit Leena en s'éclaircissant la voix. Toi, mets le chocolat en route.

Je jette un regard en arrière en entrant dans la cuisine.

– Leena, fait une voix calme et profonde. Tu vas bien ?

35

LEENA

C'est Jackson. Il s'arrête sur le pas de la porte ; il a ôté sa casquette qu'il tient entre les mains. Je le regarde : son large visage ouvert, ses gentils yeux bleus, la grossière chemise élimée tendue sur ses épaules… J'ai envie de m'effondrer sur lui et de sangloter contre sa poitrine, mais j'ai comme l'impression que ça ne serait peut-être pas très sage.

– Entre, dis-je en m'effaçant. Toute la bande du village est à l'intérieur.

Je le mène jusqu'au salon où les membres du comité des Voisins vigilants se sont rassemblés sur des canapés et des fauteuils.

Jackson promène son regard autour de la pièce.

– Pourquoi toutes les chaises sont-elles tournées de cette façon ?

Je suis son regard vers l'espace vide où se trouvait le lit de Carla. Mamie le regarde, elle aussi, et je vois ses yeux se fermer et l'émotion affleurer à son visage. Puis je regarde la corbeille, dans un coin du salon, et elle est toujours là, l'horrible photo de Carla. J'aurais dû comprendre ce jour-là à quel point maman avait besoin de changement.

Je suis saisie par l'envie familière de *faire* quelque chose, cette même sensation qui m'avait fait proposer à mamie d'échanger nos vies.

Peut-être quelque chose de moins radical, cette fois. Mais quelque chose pour maman.

– On va refaire la déco, dis-je.

J'ai parlé un peu trop fort ; je me racle la gorge.

– En l'absence de maman. Elle m'a dit qu'elle en avait envie, il y a un petit moment. On pourrait le faire pour elle. Un grand remaniement, pas juste… pas juste débarrasser la maison de l'ombre de Carla, mais faire de la place pour la nouvelle maman.

Mamie me sourit.

– C'est une merveilleuse idée. En plus, j'ai développé mes talents de décoratrice, à Londres. Martha m'a appris toutes sortes de choses.

– Mais qu'est-ce que tu as fabriqué là-bas, Eileen ? demande Pénélope.

Mamie croise les mains sur ses genoux.

– Ma foi, je ne sais pas bien par où commencer…

Je veille un soir de plus à Hamleigh, organisant la redécoration de la maison de maman, échangeant des nouvelles avec mamie, l'aidant à défaire ses valises… tout sauf penser à Ethan. Le lendemain matin, je me lève de si bonne heure que j'ai le temps d'aller courir dans les collines – j'emprunte une vieille paire de baskets à Kathleen. Il n'y a rien de tel que de courir ici. Le parcours est à couper le souffle et tandis que je m'engage dans le tournant de mon itinéraire préféré, celui qui me donne des vues à trois cent soixante degrés sur Harksdale, je sens mon cœur se serrer. Une idée jaillit dans mon esprit, une pensée qui m'effraie un peu, car elle dit : « Cet endroit, c'est chez moi. »

Mais ce n'est pas chez moi. J'ai une vie à Londres, en dehors d'Ethan – j'ai une carrière à sauver, un appartement, des amis.

Tu as des amis ici aussi, me susurre la petite voix dans ma tête. Pourtant, je retourne à la gare de Daredale, je prends le train qui me ramène à Londres et je rentre dans mon appartement vide, là où se trouve ma vraie vie, car c'est la seule chose sensée à faire.

Le chagrin m'assaille dès l'entrée. C'est pire que la première fois, parce que maintenant je le sais avec certitude : la vie que j'ai menée ici avec Ethan, c'est fini. Il y a le coussin que j'ai acheté avec lui au marché de Camden, un samedi, il y a son tabouret devant le comptoir du petit déjeuner et il y a l'éraflure au sol qui date du soir où nous avons dansé comme des fous sur de la musique jazz après une longue journée de travail, et tout cela ne veut plus rien dire, maintenant. Glissant contre la porte, je me laisse aller aux larmes.

J'en suis là quand Bee passe me voir.

– Hé ! crie-t-elle à travers la porte. Leena, laisse-moi entrer ! (Une pause.) Je sais que tu es là, je t'entends pleurer. Laisse-moi entrer, tu veux ?

Elle se met à tambouriner à la porte.

– Laisse-moi entrer, Leena, je t'entends !

Bee ressemble à un petit Arnold londonien. Je m'étire pour lui ouvrir la porte sans me lever. Elle entre, me jette un seul coup d'œil, puis tire une bouteille de vin du sac de supermarché qu'elle tient à la main.

– Allez, toi ! dit-elle en me tirant par le bras pour me faire lever. Il faut qu'on parle, ce qui signifie qu'il faut qu'on se mette à boire.

C'est aux alentours d'une heure du matin que Bee et moi finalisons nos business plans. Cette conversation déterminante ressemble un peu à ce qui suit.

– C'est ce que me dit toujours ma mère, pourquoi faut-il que ça se passe *toujours à Londres*, c'est vrai, je n'aime même pas cette putain de ville, tu aimes cette ville, Bee ?

– Il n'y a pas d'hommes ici.

Cette réplique est dite d'un ton un peu étranglé, car Bee est affalée, la tête en bas sur le canapé, les pieds sur le dossier, les cheveux étalés par terre.

– Tous les mecs bien sont à Leeds. Tous les mecs bien. Oh, là là... j'ai une baby-sitter, moi ?

Bee se rassied avec un hoquet et se prend la tête à deux mains.

– Jaime est chez ta mère, lui dis-je pour la cinquième ou sixième fois depuis que nous avons ouvert la seconde bouteille de vin.

Elle se laisse retomber sur le canapé.

– Ah, c'est bien.

Je bois une gorgée de vin au goulot. Je suis sur le tapis, les jambes écartées ; mon cerveau turbine dans les vapeurs d'alcool.

– Est-ce qu'on y va, Bee ? Est-ce qu'on veut y aller et faire notre truc là-bas ? De toute façon, qu'est-ce qu'on fiche *ici* ?

– Tu veux dire... philosophicaliment ?

Elle plisse les yeux d'un air concentré et se reprend.

– Philosophocalement ?

Puis, en s'amusant franchement :

– Philofuckalement ?

– Je veux dire, que faisons-nous à Londres ? Qui a dit qu'on devait gérer notre boîte d'ici ?

Je me frotte le visage avec force dans l'espoir de me dégriser. J'ai le vague sentiment de dire quelque chose de très important, voire la chose la plus intelligente qui ait jamais été dite en ce monde.

– On finira par aller partout, de toute façon. Et il y a tellement de boîtes autour de Leeds, Hull, Sheffield... Je veux être dans le Yorkshire, avec ma famille. Je veux être avec Hank le chien et toute la troupe, et ces *collines*, oh, elles me mettent le cœur en joie, Bee ! On n'a qu'à ouvrir un bureau à Daredale. Bee, tu vas adorer. Bee. Bee. Bee. Bee.

Je la pousse du doigt. Elle est devenue très silencieuse et immobile.

– Oh, bon sang! dit-elle soudain, en reposant les jambes au sol, puis en se retournant sur le canapé pour finir par terre. Oh, punaise, c'est une idée tellement bonne que je vais aller vomir.

Nous passons les deux jours suivants à approfondir un peu les détails – il y a certains points à surmonter, en priorité le changement de vie radical pour Jaime. Mais petit à petit, nous trouvons des solutions, de telle sorte que lorsque je retourne à Selmount pour la première fois depuis cette horrible attaque de panique, c'est avec une lettre de démission à la main.

Dès que j'entre dans son bureau, Rebecca me regarde et soupire:

– Merde. Tu démissionnes, c'est ça?

– Je suis désolée.

– C'était le risque en t'envoyant en congés pendant deux mois.

Elle me regarde avec intensité. Rebecca a besoin de lunettes, mais elle refuse d'accepter ce signe de faiblesse humaine chez elle – elle préfère plisser les yeux.

– Bien que tu aies bonne mine, je dois l'avouer. Je ne peux rien dire pour te faire changer d'avis?

Je souris.

– Je crains que non.

– Où tu es allée te ressourcer, alors, pendant tes deux mois de congés? À Bali? Bali, ça a la cote, apparemment.

Je tâche de ne pas rire.

– En fait, je suis allée dans les Yorkshire Dales. C'est là-bas que j'ai toute ma famille. Et c'est là-bas que j'irai m'installer quand j'aurai fini ici – je vais emménager chez ma grand-mère, si possible, et B…

Je m'arrête juste à temps avant de mentionner le projet qu'a Bee d'acheter une maison à Daredale pour Jaime et elle. Bee doit encore donner sa démission. En fait, je la soupçonne de traîner devant la porte, prête à entrer dès que je serai sortie.

– Hum, fit Rebecca en étrécissant son regard. Malin.

Je rougis tandis qu'elle me regarde d'un air entendu.

– Merci, dis-je. Vraiment. Merci pour tout.

Elle écarte ma gratitude d'un geste.

– Donne-moi tout ce que tu as pendant les deux mois qui te restent, si tu tiens vraiment à me remercier. Oh, et dis à ton ex d'arrêter de traîner dans le coin lorsqu'il devrait être avec un client.

– Ethan ?

– Il soupire autour de ton bureau depuis sept heures du matin.

Je tressaille, ce qui la fait sourire.

– Je lui ai dit que tu étais sur un projet à Milton Keynes. Je suppose qu'il essaie de trouver la bonne adresse pour t'envoyer une boîte de chocolats au moment même où nous parlons.

– Merci, dis-je avec lassitude. Il essaie de se faire pardonner, je pense. Sauf que… quelques chocolats ne feront pas l'affaire.

On frappe discrètement à la porte et Céci passe la tête par l'embrasure. Je me fige. Nous nous regardons et je vois le rouge envahir son cou et se propager jusqu'à ses joues.

– C'est super que tu sois revenue, Leena, dit-elle nerveusement. Désolée de vous déranger, vraiment. Je… Je reviendrai plus tard.

Je la regarde filer sans demander son reste. Mon cœur cogne à grands coups, moitié haine, moitié adrénaline. Ma première réaction était de lui griffer la figure, mais maintenant qu'elle bat en retraite, je suis contente de ne pas lui avoir laissé voir à quel point je la hais. Qu'elle passe donc ces deux prochains mois à détaler devant moi sur ses jambes absurdement longues. Elle ne mérite pas une once de mes pensées.

– Si tu voulais gagner *son* respect, c'est fait, commente Rebecca en fouillant dans une pile de papiers sur son bureau.

– Je pense qu'elle a rencontré ma grand-mère, dis-je. Je ne vois que cette explication.

36

EILEEN

Pour la première fois en plus de dix ans, j'entre dans la maison de Betsy.

Au début, nous l'avons laissée quitter Cliff comme nous avons toujours géré ce genre de choses. En faisant comme si de rien n'était.

– Du thé ? me demande-t-elle avant d'ajouter qu'elle a confectionné des scones spécialement pour ma venue et nous nous mettons à parler des progrès que nous faisons sur la maison de Marian.

C'est alors que je pense à Martha pleurant sur son canapé, me confiant qu'elle ne se sentait pas prête à être mère. À Bee m'avouant à quel point elle avait du mal à trouver un homme. À Fitz qui me laissait lui enseigner la cuisine et lui rédiger des listes de choses à faire. Comme mes jeunes amis londoniens étaient francs et ouverts d'esprit !

– Et toi, Betsy, comment vas-tu ? dis-je. Maintenant que Cliff est parti ? Je ne peux pas imaginer ce que tu dois éprouver.

Betsy, un peu prise de court, me jette un coup d'œil en versant le lait dans nos deux tasses de thé. Puis, assez prudemment, elle répond :

– Je… tiens le coup.

En attendant qu'elle se confie, je lui prends le plateau des mains et je vais dans le salon. La dernière fois que je suis venue ici, ça devait être, oh, à la fin des années 1990… Elle a toujours le même tapis à motifs, mais les fauteuils sont neufs, une paire assortie d'un rose pâle qui n'aurait guère plu à Cliff.

– Le plus dur, c'est la culpabilité, finit-elle par avouer en s'installant dans un fauteuil. Je ne peux pas m'empêcher de penser que je devrais être en train de m'occuper de lui.

Elle m'adresse un petit sourire en prenant de la confiture pour l'étaler sur son scone.

– Et je n'arrête pas de penser à mon père et à ma mère : ils auraient été horrifiés s'ils m'avaient vue hurler sur mon mari devant tout le monde.

– Moi, en tout cas, je regrette de ne pas avoir été là, dis-je avec ferveur.

Elle sourit.

– Ma foi. Notre Leena t'a remarquablement bien remplacée.

Nous dégustons nos scones et buvons notre thé à petites gorgées.

– Nous aurions dû faire plus, dis-je. L'une pour l'autre, je veux dire. J'aurais dû me mettre en quatre pour t'aider à quitter Cliff et aujourd'hui, je regrette vraiment beaucoup de ne pas l'avoir fait.

Betsy cligne des yeux, puis repose son scone.

– Il y a trente ans que j'aurais dû te dire de mettre Wade à la porte.

Je réfléchis sur ce point. Ça aurait probablement tout changé, ça. J'avais toujours pensé que Betsy m'aurait conseillé de rester avec mon mari, pour le meilleur et pour le pire, comme on est censé le faire.

– Il nous reste quelques années, dit Betsy au bout d'un moment. À partir de maintenant, promettons-nous de nous mêler des affaires l'une de l'autre autant que nous l'estimons nécessaire, d'accord, mon chou ?

– D'accord, dis-je tandis qu'elle reprend son scone. Un peu plus de thé ?

La semaine suivante, je tombe sur Arnold en revenant de peindre chez Marian : Leena étant venue pour le week-end, nous avons peint pratiquement toutes les pièces du bas, du coup aujourd'hui, je me suis contentée de faire les finitions. Je porte ma tenue de peintre la plus dépenaillée, un vieux pantalon usé jusqu'à la trame et un tee-shirt qui montre un peu plus mes bras que je ne le voudrais.

Arnold me salue avec raideur.

– Hello, comment vas-tu Eileen ?

– Oh, très bien, merci.

Les choses sont bizarres depuis que je suis revenue. À part le jour où Marian est partie, j'ai à peine croisé Arnold. Après l'avoir vu pendant des années apparaître à la fenêtre de la cuisine ou m'appeler par-dessus la haie, je ne puis m'empêcher de me demander si cette soudaine absence a un sens.

– Tant mieux, tant mieux. Bon, je continue mon chemin.

Je lui attrape le bras.

– Arnold, je voulais te remercier. Leena m'a raconté à quel point tu l'avais aidée pendant que j'étais à Londres.

– Elle t'a parlé de la voiture, hein ? dit Arnold en regardant ma main sur son bras.

Il est en chemisette et sa peau est chaude sous mes doigts.

– La voiture ?

– Oh.

Son regard file vers le creux dans la haie qui m'intrigue depuis des semaines.

– Rien. Rien d'important. C'est une gentille petite, ta Leena.

– C'est vrai, dis-je en souriant. Mais quand même. Merci.

Il repart vers son portail.

– À la prochaine, dit-il, et je fronce les sourcils car on se voit à peine ces derniers jours.

Tandis qu'il s'éloigne, je m'écrie :

– Tu veux entrer ? Boire une tasse de thé ?

– Pas aujourd'hui.

Il ne se retourne même pas, il passe son portail et disparaît avant que j'aie pu comprendre qu'il a décliné mon invitation.

C'est irritant. Arnold et moi avons beau être comme chien et chat, j'ai toujours pensé… J'ai toujours eu l'impression que… enfin, je ne l'ai jamais invité à boire le thé, mais je savais que si je le lui proposais, il accepterait. Disons les choses comme ça.

Sauf que maintenant, il semblerait que quelque chose ait changé.

Je plisse les yeux vers sa maison. De toute évidence, si quelque chose ne va pas, il ne va pas m'en parler avant longtemps.

Parfois, avec les gens obstinés tels qu'Arnold, on n'a d'autre choix que de leur forcer la main.

– *Qu'est-ce que tu as fait ?* rugit Arnold par la fenêtre de la cuisine.

Je pose mon livre, en glissant soigneusement mon signet à la bonne page.

– Eileen Cotton ! Viens ici tout de suite !

– Où ça ? dis-je d'un ton innocent en entrant dans la cuisine. Quand tu dis ici, tu veux dire dehors et dehors, c'est vaste.

Arnold a les joues empourprées de rage. Ses lunettes sont de travers ; j'ai l'étrange envie d'ouvrir la fenêtre et de les lui redresser sur le nez.

– La haie. A disparu.

– Oh, la haie entre ton jardin et le mien ? dis-je d'un ton léger en prenant la lavette près de l'évier pour donner un coup au buffet. Oui. J'ai dit au neveu de Basil de la raser.

– *Quand ?* Elle était encore là hier !

– Dans la nuit, dis-je. Il prétend qu'il travaille mieux à la lumière d'une torche.

– Il n'a jamais dit une chose pareille, réplique Arnold, le nez presque écrasé sur le carreau. C'est toi qui lui as conseillé de le faire de nuit pour que je ne m'aperçoive de rien ! Mais qu'est-ce qui t'a pris, Eileen ? Il n'y a plus de limite ! Ça n'est plus qu'un... unique grand jardin !

– C'est joli, non ?

Je joue la nonchalance en nettoyant toutes les surfaces, mais je ne peux m'empêcher de glisser de petits regards à sa figure vermillon.

– C'est tellement plus lumineux.

– Mais *pourquoi* tu as fait une telle chose ? me demande Arnold, exaspéré. Tu t'étais battue bec et ongles pour garder cette haie quand j'avais voulu la remplacer par une barrière.

– Oui, eh bien... les temps changent, dis-je en rinçant ma lavette et en souriant à Arnold. J'ai décidé que puisque tu étais si réticent à faire le tour, j'allais te faciliter les choses.

Arnold me fixe de l'autre côté de la vitre. Nous ne sommes qu'à un mètre l'un de l'autre. Je vois à présent que ses pupilles sont très dilatées dans ses yeux noisette.

– Bonté divine ! dit-il en reculant d'un pas. Bonté divine, tu n'as fait ça que pour me faire bisquer. (Il se met à rire.) Tu sais, Eileen Cotton, tu ne vaux pas mieux qu'une collégienne qui a le béguin. Ce sera quoi, la prochaine fois ? Tu vas me tirer les cheveux ?

Je me hérisse.

– Je te demande pardon ?

Et puis, parce que c'est plus fort que moi :

– Je n'oserais pas tirer sur le peu qu'il te reste.

– Tu es une femme ridicule !

– Et toi, un homme ridicule. Tu viens ici, tu me dis que je t'ai manqué, puis tu repars et tu ne me parles plus pendant des jours ? C'est quoi, ton problème ?

– Mon problème ? (Son souffle embue ses lunettes.) Ce n'est pas moi qui ai rasé au beau milieu de la nuit une haie qui remplissait parfaitement son office !

– Tu veux vraiment savoir pourquoi j'ai fait ça, Arnold ?

– Oui, ça m'intéresse vraiment.

Je pose la lavette.

– J'ai trouvé ça drôle.

Il plisse les yeux.

– Drôle ?

– Oui. Toi et moi, ça fait des dizaines d'années qu'on se dispute sur tout : la propriété de telle ou telle chose, les arbres de l'un qui font de l'ombre sur les parterres de l'autre, lequel de nous deux est responsable de la taille de tel ou tel buisson. Tu es devenu de plus en plus grincheux et moi, de plus en plus narquoise. Et tu sais de quoi nous avons *vraiment* parlé pendant tout ce temps, Arnold ? Nous n'avons fait que parler de ce qui s'est passé lors de notre toute première rencontre.

Arnold ouvre la bouche comme pour répliquer, puis la referme.

– Ne me dis pas que tu as oublié. Je sais que c'est faux.

Il pince les lèvres.

– Je n'ai pas oublié.

Arnold était marié à Regina, la mère de Jackson. Une femme étrange, aux épaules carrées, qui passait la plupart du temps à la maison, les cheveux permanentés et les poings généralement serrés. Et moi, j'étais mariée à Wade.

– Il ne s'est rien passé, me rappelle Arnold.

Je suis appuyée des deux mains sur le plan de travail, à l'opposé de l'évier. Arnold est encadré derrière la vitre, coupé au niveau des épaules, comme un portrait.

– Non, dis-je. C'est ce que je me suis toujours dit, moi aussi. Inutile de s'attarder là-dessus. Et encore moins d'en parler. Puisqu'il ne s'était rien passé.

– Tout à fait, dit Arnold.

– Sauf que ça a failli se passer, n'est-ce pas, Arnold ?

Mon cœur bat un peu trop vite.

Arnold rajuste sa casquette de ses mains burinées et calleuses, ses lunettes toujours légèrement de travers. Dans ma tête je l'encourage : *Dis quelque chose. Dis-le.* Parce que c'est vrai, je suis comme une collégienne – affreusement gênée, terrifiée qu'il me dise que j'ai interprété quelque chose qui n'existait pas.

– Ça a failli, finit-il par admettre.

Je ferme les yeux et pousse un soupir.

Nous étions dans cette même cuisine, non loin de l'endroit où je me tiens à cet instant. Il avait apporté une tarte aux pommes qu'avait confectionnée Regina, avec de la crème anglaise dans un petit pot à lait ; nous avions parlé si longtemps dans le vestibule que j'en avais mal aux bras de tenir le plat. C'était un homme si charmant, si attentionné, si engageant….

Wade et moi venions d'acheter Clearwater Cottage. La maison était à peine meublée et elle tombait presque en ruine. Arnold et moi avions traversé jusqu'à la cuisine – je me souviens d'avoir ri très fort, comme si j'étais pompette – et j'avais ouvert le frigo tout neuf pour mettre la crème au frais. Et quand j'avais refermé la porte, Arnold était tout près de moi, à quelques pas de là où je suis maintenant. Nous étions restés comme ça. Mon cœur battait la chamade ce jour-là aussi. Ça faisait longtemps que je n'avais pas été autant troublée, je pensais même que ça n'était plus dans mes capacités, comme me toucher les orteils.

Rien ne s'était passé.

Mais ça avait failli. Et ça avait suffi pour que je veuille éloigner Arnold le plus possible de cette maison. Parce que j'avais prononcé des vœux. Apparemment, ça ne voulait rien dire pour Wade, mais pour moi, c'était important.

– C'est devenu une habitude entre nous, n'est-ce pas ? dit Arnold alors que je rouvre les yeux.

Il me sourit légèrement.

– On est devenus sacrément doués pour se détester l'un l'autre.

Je prends une profonde inspiration.

– Arnold, tu veux bien entrer ?

Finalement, ce n'est pas un baiser volé entre deux voisins. C'est un long baiser qui s'attarde entre deux très vieux amis qui viennent à peine de comprendre que c'est ce qu'ils n'ont jamais cessé d'être.

C'est un sentiment extraordinaire de refermer mes bras autour des épaules d'Arnold, de presser ma joue contre la peau tiède de son cou. De respirer l'odeur de savon et d'herbe coupée de ses cheveux et de son col. C'est étrange et merveilleux. Familier et nouveau.

Mes lèvres encore titillées par ce baiser, nous allons nous asseoir côte à côte sur le canapé et nous regardons la haie, ou plutôt ce qu'il en reste. Arnold sourit. Il semble revigoré, presque revenu à la vie – il se tient bien droit et sa main qui n'est pas dans la mienne tapote nerveusement son genou.

– Bon sang, dit-il, pense un peu à ce que Betsy et les autres vont dire.

Il se tourne vers moi et sourit, un grand sourire malicieux et effronté qui le fait ressembler à un petit garçon.

– Tu ne piperas pas un mot, lui dis-je gravement en levant un doigt menaçant. Pas un mot, Arnold.

Il m'attrape le doigt si vite que je pousse un petit cri.

– Je ne veux plus de ce ton-là avec moi, ça ne marche plus, dit-il en portant ma main à ses lèvres pour un baiser qui n'efface pas son sourire. Maintenant que je sais ce que tu me dis *vraiment* quand tu me rabroues.

Je proteste :

– Pas tout le temps. Parfois, tu as vraiment besoin d'être rabroué. Comme avec le lapin.

– Pour la dernière fois ! se met-il à rire. Je n'ai pas empoisonné ton fichu lapin.

– Alors de quoi est-il mort ? dis-je, démontée.

– Eileen, c'était il y a sept ans. J'imagine qu'il est trop tard pour mener l'enquête.

– Zut. Je déteste les mystères non résolus.

– Tu as vraiment cru que c'était moi ?

– Je n'ai pas pensé que ça pouvait être autre chose, franchement.

Arnold fronce les sourcils.

– Tu as une si piètre opinion de moi ?

Je promène mon pouce sur sa main, traçant des lignes entre les marques que le temps a laissées sur sa peau.

– C'est peut-être ce que je voulais croire, dis-je. C'était plus facile de te voir sous les traits d'un ogre. (Je lève la tête.) Et tu jouais ton rôle avec tant de conviction…

– Ma foi, tu as fait des merveilles dans ton numéro de vieille harpie.

Je l'embrasse. C'est doux et chaud et ses lèvres ont un goût de thé, sans sucre. Jusqu'à aujourd'hui, je ne savais même pas que c'était comme ça qu'il le prenait.

37

LEENA

– Et tu en es bien sûre ? dis-je, haletante.

Bee et moi sommes juchées sur des vélos à la salle de sport. J'ai compris au cours des dernières semaines que le meilleur moyen de survivre au stress de la vie à Selmount était de faire de l'exercice au quotidien et de manière agressive. Se retrouver assise dans une salle climatisée est un peu minable après avoir couru dans les Dales – un peu comme de prendre des comprimés de vitamines au lieu de… de manger. Mais pour le moment, on s'en contentera.

– J'en ai marre que tu me demandes si j'en suis sûre, répond Bee en me jetant un regard. Je n'ai jamais été aussi sûre de ma vie, mon amie.

Je souris et ralentis, me levant de la selle pour m'essuyer le visage avec mon tee-shirt. Les jambes encore tremblantes sous l'effort, nous regagnons ensemble les vestiaires, tout essoufflées.

– Et Jaime, comment prend-elle l'idée de s'en aller d'ici ? dis-je en allant vers mon casier.

– Elle est ridiculement heureuse. Apparemment, le Yorkshire recèle de tas de fossiles de dinosaures ou je ne sais quoi.

Bee lève les yeux au ciel, mais je ne suis pas dupe.

– Elle a fait la connaissance de Mike ? dis-je.

Bee fronce les sourcils.

– Non, non. Elle ne sait même pas qu'il existe.

– L'homme pour qui tu vas vivre dans le Nord ? Elle ne sait même pas qu'il existe ?

Elle me donne un coup sec avec sa serviette. Je glapis.

– Leena, je suis contente que tu te sois extraite de ton puits de désespoir à propos d'Ethan, assez en tout cas pour te ficher de ma gueule, mais veux-tu bien arrêter, s'il te plaît ? Je ne pars pas dans le Nord pour Mike. C'est vrai, à la base, je pars dans le Nord pour toi.

Je prends l'air penaud.

– Tu as raison. Pardon.

Nous nous dirigeons vers les douches.

– Simplement, c'est une heureuse coïncidence que Mike soit là-bas lui aussi, dis-je à toute vitesse avant de m'enfermer dans la cabine de douche.

– Tu es pire que ta grand-mère ! me crie Bee à travers la cloison.

– Merci ! dis-je avec un grand sourire tout en ouvrant le jet à fond de manière qu'il me frappe de plein fouet.

De retour à l'appartement, ce soir-là, je trouve l'endroit rempli de cartons et la dame au chat d'à côté assise devant la télévision en train de regarder des reconstitutions gores de crimes sur Netflix.

Je m'arrête sur le seuil. J'incline la tête. Je fais un quart de tour : Fitz, dans la cuisine, essaie d'attraper un décapsuleur par-dessus une pile de cartons.

– Ah, Letitia ? fait-il, en réponse à mon expression perplexe. Oui, on est les meilleurs amis du monde, maintenant.

– Tu...

Je fais volte-face vers Letitia.

– Désolée, bonsoir, dis-je, me souvenant de mes bonnes manières.

Letitia lève les yeux de l'écran, m'adresse un sourire poli et retourne à son histoire : le démembrement d'une jeune fille. Je me retourne vers Fitz.

– Et ces cartons ? dis-je, comme il ne me fournit pas plus de renseignements. Je croyais que tu n'avais pas trouvé d'endroit où te loger ?

Cette question a été une grosse source de stress pour moi ces dernières semaines. Fitz ne montrait aucune velléité de chercher de nouveaux colocataires ni de se trouver un appartement à lui : maintenant que Martha est partie et que je m'installe dans le Nord, il est absolument inenvisageable qu'il paye tout seul le loyer d'ici.

– Ah, oui... On en a parlé, Eileen et moi, en fait, me dit Fitz en s'ouvrant une bière.

– Ma grand-mère Eileen ?

– Oui, pourquoi ?

Fitz me dévisage comme si j'étais particulièrement basse de plafond. Il poursuit :

– Elle m'a suggéré d'emménager chez Letitia. Son appart est *génial*, bourré d'antiquités et de trucs vintage. Tous les meubles du club des Aînés de Shoreditch viennent de chez elle.

J'ai découvert le club des Aînés de Shoreditch il y a quinze jours. C'est de loin la chose la plus charmante qu'il m'ait été donné de voir, et pourtant j'ai vu Samantha Greenwood déguisée en mandarine satsuma. Les artistes maussades du n° 11 donnaient des cours de peinture, la femme du n° 6 faisait le taxi et Fitz coordonnait le tout avec une compétence sidérante. Franchement, je ne m'étais pas rendu compte du point auquel il pouvait être brillant quand il travaillait sur un projet qu'il jugeait important. La semaine dernière, il a posé sa candidature à un poste d'organisateur d'événements au sein d'une grande association caritative. Quand je l'ai dit à mamie, elle a lâché son fameux « youpi ! » et elle s'est mise à danser.

– Et donc, tu emménages… à côté ? Avec… Letitia, dis-je, assimilant la chose.

– J'ai décidé que les vieilles dames faisaient les meilleurs colocataires, déclare Fitz. En général, elles savent faire la cuisine, vu que dans les années 1950, les femmes étaient bien obligées de s'y coller, et elles n'ont pas perdu la main. Elles vont toujours droit au but et n'iront pas par quatre chemins pour me dire que ma tenue ne convient pas – ou du moins celles que je connais ne se gêneront pas pour le faire. Et puis elles restent chez elles toute la journée, ce qui est parfait quand on attend de recevoir un colis ! (Il lève sa bouteille de bière à mon adresse.) Merci de m'avoir éclairé sur ce point, Miss Cotton la Jeune.

– Mais de rien, dis-je, toujours aussi perplexe.

– Qu'est-ce que tu te mets pour ce soir ? me demande Fitz.

Je fais la grimace.

– Normalement, je charge Martha de me trouver quelque chose, mais là, tu sais, elle est un peu occupée.

C'est la soirée de fiançailles de Martha et de Yaz. La naissance de Vanessa semble avoir transformé Yaz : de bourlingueuse libre d'esprit, elle est devenue une compagne à plein temps en quelques semaines. Elle a fait sa demande en mariage avec Vanessa sur les genoux et Martha et elle savent déjà dans le moindre détail quelle adorable tenue la petite va porter.

– Tu sais qu'Ethan sera là ? me dit Fitz.

Mon estomac dégringole.

– Merde. C'est vrai ?

Fitz m'offre une bière conciliatrice.

– Désolé. Typique de Yaz. Elle l'avait sur sa liste d'invités juste avant que vous vous sépariez et elle a appuyé sur Envoi. Et il trouverait n'importe quelle occasion pour te croiser.

Je me frictionne le visage.

– Je peux ne pas y aller ?

Fitz lâche un soupir absolument théâtral.

– Aux fiançailles de Martha et de Yaz ? Leena Cotton ! Même ta grand-mère sera là ! Elle descend de son Yorkshire sauvage rien que pour ça !

Je grommelle :

– Je sais, je sais… Bon ! Allez. Il faut qu'on me trouve une tenue phénoménale. Salut, Letitia ! dis-je en passant près d'elle. Ça m'a fait plaisir de vous voir !

– *Chut*, fait-elle en désignant le téléviseur du doigt.

– Je te l'avais dit, me dit Fitz, tandis que nous nous dirigeons vers ma penderie. Droit au but.

38

EILEEN

Je suis prête à partir à la fête. Mais avant, je fais un petit détour pour aller chercher quelqu'un.

En deux mois, j'ai appris beaucoup de choses surprenantes sur Arnold. Il dort dans un pyjama de soie violette qui lui donne l'air d'un comte victorien. Il devient grognon si le repas tarde à venir et chaque fois que je le lui rappelle, il m'embrasse. Et il adore Charles Dickens et Wilkie Collins, mais il n'avait jamais lu d'Agatha Christie avant qu'il ne s'intéresse à ma liste de livres préférés sur le site de rencontres. Quand il me l'a avoué, j'ai trouvé ça tellement adorable que je l'ai mené droit au lit.

Mais le plus intéressant de tout, c'est qu'Arnold Macintyre est une *fontaine* de ragots concernant Hamleigh. Voilà pourquoi, grâce à l'un de ses détails particulièrement croustillants, je me trouve sur le pas de la porte de Jackson Greenwood, dans ma tenue de Londonienne : bottes en cuir, jupe-culotte vert bouteille et un pull crème très doux que m'a offert Tod en cadeau d'adieu.

Jackson vient m'ouvrir.

– Bonjour Eileen.

Il n'a pas l'air particulièrement surpris de me voir à sa porte, tirée à quatre épingles, mais maintenant que j'y pense, je ne crois pas avoir vu Jackson surpris par quoi que ce soit.

– Je peux entrer ? dis-je.

C'est un peu direct, mais je n'ai pas beaucoup de temps.

Il s'efface.

– Bien sûr. Vous voulez une tasse de thé ?

– Oui, volontiers.

Je pénètre dans sa pièce à vivre qui est étonnamment bien rangée et joliment décorée. Une table basse en bois s'y est ajoutée depuis ma dernière visite. Un livre est ouvert dessus : *Système 1/Système 2 : les deux vitesses de la pensée*. Derrière une barrière de sécurité, Hank remue la queue de façon extatique sous la véranda. Je lui gratouille tendrement les oreilles, en veillant à ce qu'il ne s'approche pas de mon beau pull crème.

– Lait, un sucre, dit Jackson en posant mon mug sur un sous-verre, tandis que je me dirige vers le canapé.

Je n'aurais jamais cru Jackson du genre à mettre des sous-verre, je dois l'avouer. D'un doigt, je caresse la table basse. Comme on sait peu de choses de ses voisins, finalement, même quand on est extrêmement curieuse…

– Ethan ne fait plus partie du décor, dis-je une fois assise.

Jackson se fige près du fauteuil. Une défaillance momentanée, mais suffisante pour faire couler un peu de thé de son mug sur le tapis.

Il s'assied.

– Ah, fait-il.

– Il avait une liaison avec une collègue de Leena.

Les mains de Jackson se crispent. Cette fois, le thé se répand sur ses genoux – il marmonne un juron et se lève pour aller chercher un torchon dans la cuisine.

– Leena l'a appris ? me demande-t-il enfin depuis la cuisine, toujours de dos.

– C'est moi qui l'ai découvert. Je le lui ai dit. Elle a rompu avec lui dans la foulée. (Je regarde mon thé.) L'adultère est la seule chose que Leena est incapable de tolérer.

Jackson me regarde alors avec un air plein de sympathie. Je fais comme si de rien n'était. Je ne suis pas venue ici pour parler de moi et de Wade.

– Je retourne à Londres, pour une fête, et Leena sera là. Je me suis dit que ça te ferait peut-être plaisir de venir.

– Moi ?

– Oui.

Jackson soupire.

– Arnold vous a parlé.

– Oui. Mais j'ai eu du mal à lui tirer les vers du nez, alors ne lui en veux pas trop.

– Pas grave. La moitié du village connaît déjà mes sentiments pour elle, alors… Mais… aller à Londres ? dit Jackson en se grattant la tête. Ce n'est pas un peu trop ?

– Ça dépend. Y a-t-il des choses que tu regrettes de ne pas lui avoir dites ?

– En fait, je…

Il se rassied, ses mains de géant enserrent son mug de sorte que je ne vois que la volute de vapeur qui s'élève de son thé.

– Je lui en ai parlé à la fête du Premier Mai. De mes sentiments.

– Ah oui ? (Ça, Arnold a oublié de me le dire.) Et qu'est-ce qu'elle a dit ?

– Elle a dit qu'elle ne me voyait pas comme ça.

Hum. Ça ne colle pas avec le compte rendu de Betsy, et je fais confiance à Betsy quand il s'agit d'un amour naissant. Les rumeurs dont elle est à l'origine sont rarement fausses.

– Après, j'ai eu honte de moi, poursuit Jackson. Elle a… elle avait un homme dans sa vie.

– Oui, eh bien, dis-je vivement, plus la peine de s'en inquiéter, nous nous en sommes rapidement débarrassés. (Je me penche en avant pour lui tapoter le bras.) Si elle ne te voit pas sous ce jour-là, c'est qu'il faut que tu changes la manière dont elle te regarde. Viens à Londres. Mets quelque chose de chic. Tu sais, comme au cinéma, quand la fille s'est faite belle pour une soirée et qu'elle descend l'escalier au ralenti. Elle a ôté ses lunettes, ses cheveux sont relevés en chignon, sa robe révèle un peu sa jambe et en bas, l'homme la regarde bouche bée, comme s'il la découvrait pour la première fois. Tu vois ce que je veux dire ?

– Et ?

– Il faut que tu sois cette fille. Allez. Tu as un costume ?

– Un costume ? Je… Il y a bien celui que je portais aux obsèques de Davey.

– Tu n'as pas d'option moins… funèbre ?

– Non. J'ai un pantalon et une chemise assez élégants.

– Ça ira. Et lave-toi les cheveux, tu as la moitié d'un arbre dedans.

Surpris, il porte la main à sa tête et en sort une brindille.

– Oh, fait-il.

– Une douche, tu t'habilles et ce sera le moment de partir. Tu peux nous conduire à la gare de Daredale avec ton pick-up ?

– Oui, bien sûr. Je… mais… (Il déglutit.) C'est une bonne idée ?

– C'est une excellente idée. Maintenant, vas-y. Allez, on s'active !

Fitz me fait la bise à mon arrivée, puis ouvre de grands yeux en voyant Jackson.

– C'est Arnold ? me demande-t-il en portant la main à son cœur.

Je me mets à rire.

– C'est Jackson, le beau-fils d'Arnold. Amoureux de Leena, dis-je dans un murmure qui ne doit pas être si discret que ça car, derrière Fitz, Martha fait « oooh » et avant que j'aie pu réagir, elle prend Jackson par le bras et entame avec lui ce qui ressemble à une conversation très personnelle.

La fête est une masse de corps mouvants ; pendant que nous nous frayons un chemin à l'intérieur, j'ai malgré moi un mouvement de recul devant le barrage de musique rythmée. Nous sommes dans un bar sous les arches, près de la gare de Waterloo, et les sons se répercutent sur le haut plafond caverneux, tandis que des jeunes gens stylés se déplacent avec une bouteille de bière.

– Oh, bon sang, marmonne Jackson à côté de moi, après avoir échappé aux griffes bienveillantes de Martha. C'est…

– Ne t'en fais pas, dis-je en lui tapotant le bras. Si tu te sens déplacé, songe un peu à ce que je ressens.

Il me regarde.

– En fait, vous vous fondez complètement dans le décor.

– Je sais, dis-je d'un air léger. Je disais ça juste pour te rassurer. Allez, allons chercher Leena.

Nous formons un couple inhabituel parmi la foule : une vieille dame et un jeune géant marchant bras dessus bras dessous dans cette cohue. Jackson s'est fait beau, ça me fait plaisir. Sa chemise au col ouvert lui tombe parfaitement sur les épaules et bien qu'il porte une paire de chaussures marron au cuir bien éprouvé, l'effet global est très impressionnant. Si on y ajoute les cheveux propres et le pantalon chic, il ne peut qu'attirer l'attention de Leena.

– Eileen ?

Je me retourne, surprise. C'est Ethan Coleman, une expression de bête traquée sur le visage.

Je siffle :

– Qu'est-ce que vous fichez ici ?

À côté de moi, je sens Jackson se redresser et même devenir plus grand, plus large d'épaules. Tout cela est très viril. Je regarde rapidement autour de moi dans l'espoir de voir Leena, en vain.

– Je suis ici pour Leena, dit Ethan. Eileen, je vous en prie, vous devez comprendre…

– Je n'ai rien à comprendre du tout, dis-je en tirant Jackson par le bras. (C'est comme essayer de faire bouger un bloc de béton.) Allez.

– Tu es venu fouiner jusqu'ici pour essayer de choper Leena, pas vrai ? demande Ethan à Jackson, avec une moue de mépris. C'est ce que je me suis dit la première fois que je t'ai vu. Mais ce n'est pas une fille pour toi, mec. Ou plutôt, tu n'es pas son genre.

Jackson est immobile comme une statue de sel. À nouveau, je lui tire sur le bras, à nouveau, en vain : il est fermement ancré au sol.

– Qu'est-ce que c'est censé vouloir dire ? demande-t-il à Ethan.

– Laisse tomber, dit ce dernier en nous passant devant. À plus tard.

Le bras de Jackson jaillit pour lui faire barrage. Ethan rentre dedans avec un petit « ouf ».

– Si tu as quelque chose à me dire, dis-le, ordonne Jackson d'une voix calme.

Ma foi, tout cela est très amusant. Mais où est donc Leena quand on a besoin d'elle ?

– Je n'ai rien à te dire, réplique Ethan. Ôte-toi de mon chemin. Je vais chercher Leena.

– Qu'est-ce que tu lui veux ?

– D'après toi ? rétorque Ethan.

– J'ai ma petite idée, dit Jackson. Tu crois encore avoir une chance avec elle. Tu penses que Leena va revenir sur sa décision et te pardonner – tu es le défaut dans sa cuirasse, pas vrai ? Ça t'a permis de te tirer de presque tout sans dommage. Tu ne vois pas pourquoi ça serait différent aujourd'hui.

– Tu ne sais pas de quoi tu parles.

Jackson hausse les épaules.

– Je souhaite que tu aies raison. Bonne chance, *mec*, mais j'espère qu'elle t'enverra sur les roses. (Il se tourne vers moi.) On y va, Eileen ?

– Allons-y !

Nous fendons la foule, laissant Ethan derrière nous.

– Alors, me dit Jackson. D'après vous, qui va trouver Leena en premier ?

J'émets un rire moqueur.

– Je suis Eileen Cotton et elle est Eileen Cotton. J'ai vécu sa vie et elle a vécu la mienne. (Je me tape le côté de la tête.) C'est une question de sixième sens, Jackson, tu ne peux pas comprendre.

– Ah non ?

– Non. C'est un lien complexe, comme celui entre une…

– Apparemment, nous nous approchons du bar à gins, me fait-il remarquer.

– Où irais-tu si tu venais de t'apercevoir que ton ex assiste aux fiançailles de ton amie ? C'était ça ou s'arranger les cheveux devant le miroir des toilettes… Ooh, comme elle est *belle* ! dis-je dans un souffle en la voyant au bar.

Vêtue d'une longue robe noire qui dénude ses bras, elle arbore un superbe bracelet d'argent au poignet comme seul accessoire. Ses cheveux sont magnifiques : portés comme il le faut, lâchés, bouffants et pleins de vie.

Je jette un coup d'œil à Jackson. Il regarde fixement Leena et sa pomme d'Adam fait du yoyo. Il faudrait être idiot pour ne pas comprendre ses sentiments.

– Leena, lance Ethan à notre gauche en se frayant un passage dans la foule.

Je jure sous cape avant de siffler :

– Le sale rat !

J'essaie de pousser Jackson en avant.

– Vite, avant qu'il…

Jackson ne bouge pas d'un pouce et secoue la tête.

– Pas comme ça, dit-il.

Je souffle, mais je reste où je suis. Au bar, Leena est en train d'envoyer balader Ethan. Elle a les joues en feu… Elle se lève, tente de s'éloigner… vers nous…

À quelques mètres de là, elle fait volte-face sur ses talons hauts.

– Écoute, Ethan, j'ai toujours fermé les yeux sur tout, n'est-ce pas ? Je ne le savais pas, mais toi, tu en as profité. J'avais décidé que tu étais l'homme de ma vie, et c'est tout. Eh bien, il s'avère que j'ai ouvert les yeux et qu'il y a une limite, une limite que tu as franchie !

– Leena, écoute-moi…

– Je ne sais pas ce qui est le pire. Que tu couches avec mon ennemie jurée ou que tu aies prétendu que ma grand-mère perdait la tête ! Tu te rends compte à quel point c'était minable ?

– J'ai paniqué, fait Ethan d'une voix doucereuse. Je ne voulais pas…

– Tu sais quoi ? Tu sais quoi ? Ça me fait presque *plaisir* que tu aies couché avec Céci. Voilà. C'est dit. Je suis contente que tu m'aies trompée, parce que ça m'a remis les idées en place : j'ai enfin compris que tu n'étais pas du tout fait pour moi. Pas pour cette Leena, pas pour la Leena que je suis aujourd'hui, ce n'est plus comme avant. Entre nous, c'est fini.

Et sur ces mots, elle se retourne comme une furie et marche droit sur Jackson.

Il la saisit par le bras au moment où elle trébuche. Leurs regards se croisent. Leena a les joues rouges, Jackson les lèvres entrouvertes. Autour de nous, la foule se déplace, se referme sur Ethan, laissant un petit îlot de tranquillité pour eux deux.

Enfin, pour nous trois, je suppose…

– Jackson ? dit Leena, décontenancée.

Elle le détaille des pieds à la tête.

– Oh, waouh, tu es…

Je retiens ma respiration, la main sur le cœur. Le moment crucial est arrivé.

– Bizarre, conclut Leena.

Je lâche :

– Bizarre ? Oh, pour l'amour du ciel, ma petite !

Ils se tournent tous les deux vers moi.

– Mamie ?

Leena regarde entre Jackson et moi, puis jette un coup d'œil par-dessus son épaule comme si elle venait de se souvenir d'Ethan. Ses yeux se plissent.

– Qu'est-ce qui se passe ?

– Rien, dis-je très vite. Jackson avait juste envie de venir à Londres et je me suis dit, tiens, comme il y a une fête ce soir…

Les yeux de Leena ne sont plus que des fentes.

– Oh, écoutez, dis-je gaiement, alors qu'un membre du personnel sort de la réserve pour aller sur le côté du bar. Venez par là une minute.

J'attrape Leena et Jackson par les mains pour les forcer à me suivre. Par chance, ils n'opposent aucune résistance. Je les conduis dans la réserve.

– Qu'est-ce… Mamie, où est-ce qu'on…

Je m'esquive et referme la porte derrière eux.

– Voilà, dis-je en lissant ma jupe-culotte.

Ma foi, il n'y a pas beaucoup de personnes de soixante-dix-neuf ans à être aussi lestes.

Je tapote l'épaule d'un monsieur tout proche.

– Excusez-moi, ça vous dérangerait de vous appuyer contre cette porte, s'il vous plaît ?

– Mamie ? crie Leena à travers la porte. Mamie, qu'est-ce que tu fais ?

– Je me mêle des affaires des autres, dis-je d'un ton joyeux. C'est mon nouveau « truc » !

39

LEENA

Ce placard est extrêmement exigu. Il est également bordé d'étagères, du coup on ne peut s'appuyer à rien ; Jackson est moi nous tenons tout droits, très près l'un de l'autre, mais sans tout à fait nous toucher, comme dans le métro.

Mais à quoi joue mamie ? Je baisse les yeux sur mes pieds, tentant de me reculer et mes cheveux frôlent la chemise de Jackson. Il inspire brièvement et, levant une main vers sa tête, me donne un coup de coude dans l'épaule.

– Pardon, disons-nous ensemble.

Je ris. Un rire bien trop haut perché.

– C'est ma faute, finit par dire Jackson.

Je risque un regard vers lui ; nous sommes si proches l'un de l'autre que je dois me tordre le cou pour voir son visage.

– Je n'aurais pas dû la laisser me convaincre de venir, dit-il.

– Tu es… venu pour me voir ?

Il me regarde. Nous sommes si près que nos nez se touchent presque. Je ne sais pas si j'ai jamais été aussi consciente de la présence de quelqu'un, de sa présence physique, je veux dire – j'entends chaque bruissement de ses mouvements, je sens la chaleur de son corps à quelques centimètres du mien.

– Bien sûr, dit-il et à ces mots, mon cœur se remet à tambouriner.

Jackson a quelque chose de particulier. Même avec ses cheveux tout ébouriffés et une trace de crème à raser sèche derrière l'oreille, il est terriblement *sexy*. Ça vient de sa tranquille confiance en lui, comme s'il était totalement lui-même et ne cherchait pas à être quelqu'un d'autre.

– Mais, poursuit-il, ce n'est pas ainsi que j'avais imaginé qu'on se reverrait. Il y a eu un changement de plan à la dernière minute. Je crois que je me suis fait piéger par Eileen.

Sa main effleure la mienne. J'inspire vivement et ses yeux, inquiets, cherchent mon visage, mais ce n'est pas une objection de ma part, c'est en réaction à la bouffée de chaleur qui se produit dès que sa peau touche la mienne. Je laisse mes doigts s'entrelacer avec les siens et je me sens comme une collégienne, aux anges avec le garçon après qui elle a soupiré toute l'année.

Je lui demande :

– C'était quoi, ton plan ? Au départ ?

Mon autre main trouve la sienne.

– Eh bien, je ne savais pas combien de temps j'aurais à attendre avant que tu jettes ton ex. D'un autre côté, je me disais que tu finirais par y voir clair à un moment ou à un autre. Alors, je m'étais dit que quand ça se produirait, je laisserais passer un certain temps avant de…

Ses lèvres frôlent les miennes, très doucement, ce n'est même pas un baiser. Tout mon corps réagit : je sens les poils de mes bras se dresser.

– Genre six semaines ? dis-je.

– J'avais pensé à six mois. Mais il se trouve que je suis impatient, murmure-t-il.

– Donc tu aurais attendu six mois et…

Nos lèvres se touchent à nouveau en un autre simulacre de baiser, un peu plus appuyé cette fois, mais sa bouche se dérobe avant que j'aie pu lui rendre son baiser. Mes doigts se referment sur les siens.

– Je n'aurais reculé devant rien – j'aurais utilisé tous les outils à ma disposition, dit-il d'une voix rauque. J'aurais dit aux élèves de te chanter la chanson d'Ed Sheeran, *Thinking Out Loud*, je t'aurais envoyé Hank avec un bouquet de fleurs dans la gueule, je t'aurais fait des brownies en forme de cœur. Je les aurais même fait brûler, puisqu'apparemment c'est comme ça que tu les aimes.

Je me mets à rire. Alors il m'embrasse, un vrai baiser cette fois, lèvres entrouvertes, sa langue goûtant la mienne. Je me fonds en lui, nos mains toujours nouées le long du corps, et je me dresse sur la pointe des pieds pour mieux l'embrasser. Puis, quand mon désir se fait trop fort, je lâche ses mains pour enlacer ses larges épaules et plaquer mon corps contre le sien.

Jackson pousse un profond soupir.

– Tu n'as pas idée du nombre de fois que j'ai imaginé l'effet que ça me ferait de te tenir dans mes bras, me dit-il en pressant ses lèvres contre mon cou.

Je soupire tandis qu'il embrasse la zone sensible derrière mon oreille. J'avoue :

– J'y ai peut-être pensé moi aussi.

– Ah ? (Je le sens sourire.) Je te plaisais vraiment, alors ? Tu n'aurais pas pu me faire un signe ? J'étais mort de trouille toute la soirée.

Je ris.

– Tu as été une délicieuse distraction pendant des mois. Je m'étonne que tu n'aies pas compris que j'avais le béguin pour toi.

– Ah, c'est pour ça que tu as perdu mon chien et embouti la fourgonnette de l'école ?

Je dépose un baiser sur sa mâchoire.

– Non, dis-je, ça, c'était parce que j'étais dans un état lamentable.

Il s'écarte alors, appuie son front contre le mien.

– Tu n'étais pas dans un état lamentable, Leena Cotton. Je n'ai jamais rencontré personne d'aussi solide que toi.

Je me déplace un peu pour le regarder dans les yeux.

– Que penses-tu que font les gens quand ils perdent quelqu'un ? me demande-t-il. Qu'ils... continuent juste en serrant les dents ? (Il dégage les cheveux de mon visage.) Tu cicatrisais. Tu continues. Tu garderas peut-être toujours cette cicatrice. Et c'est très bien. Elle fera partie de ta personnalité.

J'appuie mon visage contre sa poitrine. Il m'embrasse au sommet du crâne.

– Hé, redis-moi le truc sur la délicieuse distraction.

Je souris. Je ne sais pas comment expliquer ce que je ressens auprès de Jackson, à quel point c'est libérateur d'être avec quelqu'un de si franc, de si vrai.

– Quand tu es ici, j'y suis moi aussi, dis-je en tournant mon visage vers lui. Ce qui est incroyable parce que la plupart du temps, je suis toujours ailleurs. Je regarde en arrière ou en avant, je m'inquiète, j'organise ou...

Il m'embrasse sur la bouche jusqu'à ce que tout mon corps fredonne. J'ai envie de lui ôter sa chemise, de sentir les poils sur sa poitrine, les muscles fermes de ses larges épaules et compter les pâles taches de rousseur sur ses bras. Au lieu de quoi, je l'embrasse à nouveau, avidement, à bout de souffle, et il me plaque contre la porte du placard, son corps s'embrasant au contact du mien. Nous nous embrassons comme des collégiens, ses mains se perdent dans mes cheveux, les miennes agrippent le dos de sa chemise.

Et puis – ouf ! – la porte s'ouvre et nous rejette en arrière. Heureusement que Jackson a tendu le bras pour se retenir à l'encadrement, sinon nous serions tombés à la renverse. Je me cramponne à lui, les cheveux dans le visage, dans le vacarme de la fête. Assaillie par les rires et les cris de joie, je garde le visage enfoui dans le cou de Jackson, bien que j'aie retrouvé mon équilibre.

Fitz m'appelle :

– Leena Cotton ! Tu es aussi friponne que ta grand-mère !

J'éclate de rire, m'écartant un peu de Jackson pour contempler la foule autour de nous. Je vois le visage de ma grand-mère – elle rayonne en me regardant, un grand gin-tonic à la main.

– Tu vas me gronder pour m'être mêlée de tes affaires ? me lance-t-elle.

Je m'appuie contre Jackson, mes mains nouées autour de sa taille.

– Tu sais quoi ? Sur ce coup-là, mamie, je ne peux rien te reprocher. À ta place, j'aurais fait exactement la même chose.

Épilogue

EILEEN

Cela fait cinq mois que Leena s'est installée à Hamleigh ; presque huit depuis le départ de Marian. Et deux ans jour pour jour que Carla est décédée.

À l'aéroport de Leeds, nous attendons l'arrivée du dernier membre de notre petit groupe. C'est Leena qui a tout organisé : la mairie est décorée de lys et de marguerites, les fleurs préférées de Carla, et nous allons déguster du hachis parmentier avec des brownies en dessert. Nous avons même invité Wade. Dieu merci, il a pris l'invitation pour ce qu'elle était – une simple politesse – et il l'a déclinée.

Samantha débarque soudain, ses yeux balayant l'assemblée de gens qui attendent autour de nous. Elle repère Jackson en premier et hop ! elle vole vers lui, sa crinière blonde tressautant tandis qu'elle se faufile dans la foule pour enfin se jeter dans les bras impatients de son père.

– Papa ! Papa !

Marigold suit sa fille plus lentement. Pour sa défense, personne ne pourrait se déplacer à une telle vitesse sur ces talons ridiculement hauts.

– Bonjour, Leena, dit-elle en faisant la bise à ma petite-fille.

Marigold a l'air détendue et le sourire qu'elle décoche à Leena paraît sincère.

Tout cela, c'est l'œuvre de Leena. Samantha va passer quatre semaines ici, puis rentrer en Amérique avec Marigold après Noël. Durant des semaines, Leena a travaillé Marigold au corps : doucement, doucement, apaisant les tensions, l'habituant peu à peu à cette idée, éliminant chaque obstacle un par un. J'étais là, il y a un mois, lorsqu'elle a annoncé à Jackson que Marigold avait enfin consenti à un séjour plus long à Noël. S'il est possible qu'un homme ait l'air à la fois brisé et revigoré au même moment, c'est ce que m'a paru être Jackson. Il a étreint Leena avec une telle force que j'ai cru qu'elle allait suffoquer, mais lorsqu'elle s'est écartée, les joues rouges et rayonnante, elle a levé la tête pour l'embrasser. Je n'ai jamais été aussi fière.

Nous rentrons à Hamleigh-in-Harksdale en convoi : le pick-up de Jackson en tête et moi dans Agatha, la Ford Ka, dont désormais – grâce à Arnold – la climatisation fonctionne. Il y a de la neige au sommet des collines et les vieux murs de pierre qui quadrillent les champs en sont tout saupoudrés. J'éprouve un intense, un violent amour pour cet endroit qui a toujours été chez moi et Leena elle-même sourit largement en regardant les Dales, alors que nous passons le panneau « Bienvenue à Hamleigh-in-Harksdale ». C'est chez elle aussi, à présent.

À notre arrivée, nous trouvons les Voisins vigilants occupés à tout organiser à la mairie. Ils accueillent Marigold et Samantha comme des héroïnes revenues de la guerre, ce qui tendrait à prouver que l'éloignement renforce l'affection, car avant son départ pour les États-Unis, Basil et Betsy ne cessaient de déblatérer sur Marigold comme sur une Marie-Madeleine des temps modernes.

– Vous alors ! Vous avez fait un boulot incroyable ! s'exclame Leena en débarquant sur les lieux.

Pour toute réponse, Betsy, Nicola, Pénélope, Roland, Piotr, Basil et Kathleen lui sourient d'un air épanoui, imités en cela derrière eux par Martha, Yaz, Bee, la petite Jaime, Mike et Fitz. *Tout le monde* est là : la fille de Betsy, l'ex-femme du docteur Piotr et même M. Rogers, le père de la pasteur.

Arnold avance derrière nous, les bras chargés de serviettes prêtes à être disposées sur la longue table qui occupe tout le milieu du hall.

– Tu mates M. Rogers, pas vrai ? me demande-t-il en suivant mon regard. Probablement très ennuyeux au lit, souviens-toi.

Je lui donne une bonne claque sur le bras.

– Oh, vas-tu te taire ? Je n'arrive pas à croire que je me suis laissée aller à te montrer cette liste.

Arnold retourne à ses serviettes en gloussant. Je le regarde s'éloigner, un sourire aux lèvres. « Me hait presque autant que je le hais », c'est ce que j'avais écrit à propos d'Arnold sur ma liste. Ma foi. Ce n'était pas si éloigné de la vérité, finalement.

– Mamie ? Tu veux dire quelques mots avant qu'on commence à manger ? me demande Leena tandis que tout le monde prend place à table.

Je regarde vers la porte. En me retournant, je vois l'expression de Leena, sans doute le reflet de la mienne – nous avions toutes les deux de l'espoir. Mais on ne peut pas attendre plus longtemps, il faut attaquer le repas.

Je m'éclaircis la voix et je vais au bout de la table. Leena et moi sommes placées au milieu, une chaise vide entre nous deux.

– Merci à vous tous d'être venus ici aujourd'hui pour célébrer notre Carla.

Je me racle la gorge à nouveau. Ça risque d'être plus dur que ce que je croyais. Maintenant que je suis debout devant tout le monde, en train de parler de Carla, je me rends compte que je vais avoir du mal à ne pas pleurer.

– Certains d'entre vous ne l'ont jamais rencontrée, dis-je, mais ceux qui l'ont connue se souviendront de la personne brillante et pleine de fougue qu'elle était, comme elle aimait les surprises et comme elle aimait nous surprendre. Je pense qu'elle serait justement surprise de nous voir tous ici, aujourd'hui. Cette idée me fait plaisir.

Je renifle et bats des cils à toute vitesse.

– Carla a laissé... je ne sais pas quels sont les mots qui conviennent pour décrire le gouffre qu'elle a laissé dans nos vies. Une blessure, un cratère. Il nous semblait – il nous semblait absolument impossible de pouvoir continuer sans elle.

Je pleure à présent et Arnold me passe une serviette. Je prends un moment pour me ressaisir.

– Beaucoup d'entre vous savent qu'il y a quelques mois, Leena et moi nous sommes mises en congé sabbatique de notre vie, chacune de notre côté, et que nous avons pris la place de l'autre. Cette période nous a montré, à Leena et à moi, qu'il nous manquait une partie de nous-mêmes. Peut-être la partie qui nous a quittées en même temps que Carla, à moins qu'elle ne se soit détachée de nous depuis bien plus longtemps, je n'en sais rien. Toujours est-il que nous avons eu besoin de nous retrouver – pas seulement l'une l'autre, mais de nous retrouver nous-mêmes.

Un bruit résonne dans l'entrée. Je retiens ma respiration. Les têtes se tournent. Je ne peux pas regarder, j'ai tant d'espoir que ça me fait mal, mais j'entends Leena émettre un son, à mi-chemin entre le hoquet et le rire et je n'ai pas besoin d'en savoir plus.

Marian est si changée ! Elle a les cheveux courts et blond platine, ce qui fait ressortir son bronzage ; elle porte un pantalon à motifs resserré aux chevilles et malgré ses yeux pleins de larmes, elle sourit. Je n'avais pas vu ce sourire – ce sourire-là, le vrai – depuis si longtemps que l'espace d'un instant, je crois voir un fantôme. Marian se tient dans l'embrasure, une main sur l'encadrement, elle attend.

– Entre, maman, dit Leena. On t'a gardé une place.

Aveuglée par le torrent de larmes qui coulent le long de mes joues et embuent mes lunettes, je cherche la main d'Arnold, alors que ma fille s'installe sur la chaise libre à côté de la mienne. J'avais un peu peur qu'elle ne revienne jamais à la maison, mais la voilà, et avec le sourire, en plus.

J'inspire tant bien que mal et je poursuis :

– Quand les gens parlent du deuil, ils vous disent toujours que vous ne serez plus jamais le même, que vous en ressortirez changé, que ça laissera un vide dans votre vie. (Ma voix est brouillée de larmes.) Et ces choses-là sont vraies, indubitablement. Mais quand vous perdez quelqu'un que vous aimez, vous ne perdez pas tout ce que cette personne vous a donné. Elle laisse quelque chose d'elle en vous. J'aime à me dire qu'en partant, Carla a laissé à chacun des membres de notre famille un peu de sa fougue, de son courage. Sinon, comment aurions-nous accompli tout ce que nous avons fait cette année ? (Je regarde Leena et Marian et déglutis péniblement à travers mes larmes.) Tandis que nous avancions à tâtons, nous efforçant d'apprendre à vivre sans elle, j'ai senti Carla ici. (Je porte la main à mon cœur.) Elle m'a donné de l'élan au moment où mes nerfs menaçaient de lâcher. Elle m'a dit que j'étais capable de le faire. Elle m'a montré le chemin vers moi-même. Je peux dire aujourd'hui avec certitude que je suis une meilleure Eileen Cotton que je l'ai jamais été. Et j'espère… j'espère… j'espère…

Leena se lève alors, tandis que je m'appuie à la table, les joues ruisselantes de larmes.

– À nous ! lance-t-elle. Que nous soyons toujours à la hauteur de ce que nous sommes. Et à Carla. Toujours à Carla.

Autour de nous, tout le monde répète son nom en chœur. Je m'assieds, les jambes en coton, et je me tourne vers Marian et Leena. Leurs grands yeux sombres me rendent mon regard et je m'y vois reflétée en miniature, tandis que Marian tend les mains pour nous unir à nouveau toutes les trois.

Remerciements

L'heure est aux remerciements, chose enthousiasmante, puisque cela signifie que j'ai réussi à écrire un second roman ! Pfiou ! Ne le dites pas à Quercus, mais je n'étais pas tout à fait sûre d'y arriver.

En premier lieu, je n'aurais pas pu écrire ce roman sans le soutien de Tanera Simons, mon agent, qui a la mystérieuse capacité de tout arranger d'un simple coup de téléphone. Je n'aurais pas non plus pu écrire ce roman sans Emily Yau, Christine Kopprasch, Cassie Browne et Emma Capron, qui ont toutes été mes éditrices durant cette aventure et qui ont chacune amélioré ce livre de toutes les manières possibles. Un merci particulier à Cassie qui a choisi ce roman alors qu'il n'était qu'une chose à moitié formée et qui l'a aimé de façon si enthousiaste – tu m'as vraiment permis d'avancer, Cassie.

Publier un roman nécessite tout un village et Quercus est un village assez charmant pour rivaliser avec Hamleigh-in-Harksdale. Je suis constamment émerveillée par le dévouement et la créativité de ses habitants. J'aimerais remercier tout particulièrement Hannah Robinson qui a toujours été franche avec moi et qui m'a toujours soutenue, ainsi que Bethan Ferguson pour avoir rêvé en grand avec mes romans. Quant aux brillantes Hannah Winter et Ella Patel… que dire ? Sans vous, mesdames, j'aurais été perdue. Littéralement, sans doute. Vous êtes toutes les deux des étoiles sur mon chemin.

Aux Taverner : merci mille fois de m'avoir accueillie, d'avoir amélioré mon écriture et de m'avoir tant soutenue. Peter, merci d'avoir répondu à mes innombrables questions avec tant de patience ; Amanda le dragon et tous mes autres adorables amis consultants, désolée si j'ai grappillé quelques termes de votre profession pour les employer à mauvais escient parce qu'ils convenaient mieux à la narration.

Aux bénévoles et aux convives du lunch club le Well-Being : c'est une véritable joie que de vous voir tous les lundis. Vous m'avez inspirée, à la fois pour ce livre et dans ma vie en général – j'ai de la chance de tous vous connaître.

Merci à mes grands-mères, Helena et Jeannine, pour m'avoir montré que les femmes peuvent être incroyablement fortes et courageuses à quelque âge que ce soit. Et merci, Pat Hodgson, d'avoir oublié ton jardinage pour lire un premier jet bourré de coquilles et pour ton enthousiasme en découvrant un personnage « de ton millésime » ainsi que tu l'as si intelligemment formulé. Tu es une véritable source d'inspiration pour moi.

Papa et maman, merci de m'avoir rappelé de croire en mes capacités en ski. Et Sam, merci de m'avoir tout le temps fait sourire. J'ai plus que de la chance de me marier à un homme capable de rire à une scène comique même quand c'est la cinquième fois qu'il la lit… et qui m'aide pour toute la partie médicale.

Je tiens aussi à remercier les blogueurs littéraires, les critiques et les libraires qui font tant pour faire connaître les récits qui leur plaisent. Les auteurs seraient perdus sans vous et je vous sais gré de votre soutien.

Enfin, merci à toi, charmant lecteur, d'avoir donné une chance à ce livre. J'espère que tu auras été touché par la grâce d'Eileen…